SOB o
OLHAR
do LEÃO

MAAZA MENGISTE

SOB o OLHAR do LEÃO

▼▲▼▲▼▲▼▲▼▲▼▲▼▲▼▲

Tradução de
Flávia Rössler

4ª edição

EDITORA RECORD
RIO DE JANEIRO • SÃO PAULO
2025

CIP-BRASIL. CATALOGAÇÃO-NA-FONTE
SINDICATO NACIONAL DOS EDITORES DE LIVROS, RJ

M519s
4ª-ed.

Mengiste, Maaza
    Sob o olhar do leão / Maaza Mengiste; tradução de Flávia Rössler. – 4ª-ed.
Rio de Janeiro: Record, 2025.

    Tradução de: Beneath the lion's gaze
    ISBN 978-85-01-08801-7

    1. Etiópia – História – Revolução, 1974 – Ficção. 2. Ficção etíope.
I. Rössler, Flávia. II. Título.

11-3221

CDD: 828.9963
CDU: 821.111(63)

TÍTULO ORIGINAL:
Beneath the lion's gaze

Copyright © 2009 by Maaza Mengiste

Texto revisado segundo o novo Acordo Ortográfico da Língua Portuguesa.

Todos os direitos reservados. Proibida a reprodução, no todo ou em parte, através de quaisquer meios. Os direitos morais da autora foram assegurados.

Direitos exclusivos de publicação em língua portuguesa somente para o Brasil adquiridos pela
EDITORA RECORD LTDA.
Rua Argentina, 171 – Rio de Janeiro, RJ – 20921-380 – Tel.: 2585-2000,
que se reserva a propriedade literária desta tradução.

Impresso no Brasil

ISBN 978-85-01-08801-7

Seja um leitor preferencial Record.
Cadastre-se www.record.com.br
e receba informações sobre nossos
lançamentos e nossas promoções.

Atendimento e venda direta ao leitor:
sac@record.com.br

Para meus avós
Abebe Heile Mariam e Maaza Wolde Hanna.

E para meus tios, Mekonnen, Solomon, Seyoum, e todos que
morreram tentando encontrar um caminho melhor.

Somos os ossos humilhados
Curvados no teu mais profundo silêncio.
Pergunte ao Deus pai que te elegeu
Por que nos desamparou.

— TSEGAYE GABRE-MEDHIN

PARTE UM

LIVRO UM

1.

UMA FINA VEIA AZUL pulsava no lago de sangue que se formava onde uma bala se alojara nas costas do jovem. Hailu transpirava sob o calor das fortes luzes da sala de operações. Havia pressão na parte de trás de seus olhos. Ele inclinou a cabeça para um lado e a mão rápida de uma enfermeira secou o suor de sua testa. Voltou a olhar para o bisturi, para o sangue vivo e os tecidos rompidos e tentou imaginar o fervor que levara o rapaz a acreditar que era mais forte do que a polícia extremamente treinada do imperador Hailé Selassié.

O jovem chegara tremendo e empapado no próprio sangue, vestido com uma calça jeans de pernas largas, conforme a última moda americana, e agora não se mexia. Os gritos de sua mãe não tinham cessado. Hailu ainda podia ouvi-la logo adiante daquelas portas, parada no corredor. Mais portas levavam à rua, onde continuava a ser travada uma batalha entre estudantes e polícia. Em pouco tempo mais estudantes feridos encheriam as salas de emergência e todo o trabalho recomeçaria. Que idade teria o jovem?

— Doutor? — chamou uma enfermeira, seus olhos buscando os do médico por cima da máscara cirúrgica.

O monitor cárdíaco emitia um sinal sonoro contínuo. Tudo estava normal, Hailu sabia sem olhar, pois compreendia a linguagem silenciosa do corpo sem a ajuda das máquinas. Anos de prática o tinham ensinado a decifrar o que a maioria dos pacientes não conseguia articular. Aqueles dias estavam-no ensinando mais: que a fragilidade de nossos corpos se origina no coração e viaja até o cérebro. Que o que o corpo sente e pensa determina o modo como ele tropeça e cai.

— Qual a idade dele? — perguntou. A mesma do meu Dawit, pensou. Será um dos que tentam levar meu filho mais novo para este caos?

As enfermeiras recuaram como pássaros assustados. Ele nunca falava durante uma cirurgia e o foco nos pacientes era sempre tão intenso que se tornara lendário. Sua enfermeira-chefe, Almaz, balançou a cabeça para impedir que alguém respondesse.

— Ele tem uma bala nas costas que precisa ser retirada. A mãe dele está à espera. Ele está perdendo sangue. — Almaz falou depressa, os olhos fixos nos do médico, profissional e dura. Removeu com uma esponja o sangue do ferimento e verificou os sinais vitais do paciente.

O buraco nas costas do jovem era uma mistura chamuscada de músculo e carne. A corrida na direção da bala tinha sido mais graciosa do que sua rápida e apavorada fuga dali. Hailu imaginou-o marchando no mesmo passo dos outros secundaristas e universitários, as mãos erguidas, a voz alta. O peito franzino e orgulhoso inflado, o rosto meigo determinado. Um menino vivendo seu momento de masculinidade cedo demais. Quantos tiros precisariam ser disparados para levar esta criança de volta para casa e para sua mãe angustiada? Quem o carregara até ela depois de caído? Pedras. Balas. Socos. Porretes. Há tantas maneiras de se quebrar um corpo, e nenhum desses jovens parecia acreditar na fragilidade de seus músculos e ossos. Hailu fez um corte ao redor do ferimento e esperou que uma das enfermeiras limpasse o sangue que escorria.

Os carros de polícia passavam zunindo na frente do hospital. As sirenes não tinham silenciado o dia inteiro. Policiais e soldados estavam sobrecarregados e corriam pelas ruas atrás de manifestantes excitados que se precipitavam em todas as direções. E se Dawit estivesse no meio daquele corre-corre? E se entrasse na sala de operações em uma cadeira de rodas? Hailu concentrou-se no corpo flácido à sua frente, ignorou o coração que martelava dentro de seu peito e tirou da cabeça as ideias que lhe ocorriam sobre o próprio filho.

HAILU SENTOU-SE NO seu consultório sob a luz pálida que entrava pelas cortinas abertas. Olhou para sua mão espalmada e sentiu a solidão e o pânico que tomavam conta de seus dias desde que sua esposa Selam dera entrada no hospital. Sete dias de confusão. E ele acabara de operar um menino que tinha um ferimento de bala nas costas. Após anos de profissão, ele sabia tudo sobre as substituições e os turnos de seu pessoal, as cirurgias programadas para qualquer semana dali para a frente, a capacidade diária do Hospital Prince Mekonnen para novos pacientes, mas não conseguia controlar a doença que deteriorava a saúde de sua esposa nem o implacável impulso dos estudantes que exigiam ação para enfrentar a pobreza do país e a falta de progresso. Eles não paravam de perguntar quando seria revertido o desmoronamento da Etiópia rumo à Idade Média. Ele não tinha respostas e a única coisa que podia fazer era sentar-se e olhar, impotente, a mão vazia que parecia pálida e magra sob o sol da tarde. Ele temia por Dawit, seu filho mais novo, que também queria entrar na briga, que não era muito mais velho, nem maior, nem mais corajoso do que o paciente agora inválido para sempre. Sua esposa o estava deixando carregar sozinho o fardo desses dias.

Bateram na porta. Ele consultou o relógio, um presente do imperador Hailé Selassié na sua volta da Inglaterra após concluir o curso de medicina. Os olhos penetrantes do imperador, que possuíam o poder, segundo diziam, de quebrar a vontade de qualquer homem, tinham se fixado em Hailu durante a cerimônia especial realizada no palácio em homenagem a jovens graduados recém-chegados do exterior.

— Não desperdice suas horas e seus minutos com sonhos tolos — dissera o imperador com voz fria e decidida. — Encha a Etiópia de orgulho.

Bateram de novo.

— Dr. Hailu! — cumprimentou Almaz.

— Entre! — convidou Hailu, girando a cadeira para olhar a porta de frente.

— Seu turno acabou. — Ela parou sob o vão da porta. — O senhor ainda está aqui. — Almaz tinha o hábito de transformar todas as suas perguntas em declarações. Ela limpou a garganta e ajeitou a gola de seu novo uniforme branco de enfermeira. Tinha quase a mesma estatura dele, muito alta para uma mulher.

— Houve uma greve do sindicato de professores — ele informou. — O imperador proibiu a polícia de atirar em quem quer que fosse, mas veja o que já aconteceu. — Suspirou, cansado. — Quero ter certeza de que não haverá outras emergências. E preciso verificar logo como está Selam.

Almaz ergueu a mão para interrompê-lo.

— Já verifiquei. Ela está dormindo. Não há mais nada para o senhor fazer aqui. Seu turno já acabou, vá para casa.

— Meus filhos precisam ver a mãe — protestou Hailu. — Vou e volto.

Almaz balançou a cabeça.

— Sua esposa sempre reclama de sua teimosia. — Pegou o paletó do cabide na porta e estendeu-o a ele. — O senhor tem trabalhado demais esta semana. Acha que não reparei.

Almaz era a colega em quem ele mais confiava. Trabalhavam juntos há quase duas décadas. Ele percebeu que ela procurava seu rosto.

O barulho da queda de um objeto pesado ecoou no corredor. Vinha do outro lado das portas vaivém, da Unidade de Tratamento Intensivo.

— O que foi isso? — perguntou Hailu. Levantou-se e deu alguns passos para pegar o casaco. Foi então que se deu conta de como estava cansado. Não se alimentava desde a noite anterior no quarto de Selam e passara o dia inteiro operando.

Almaz sacudiu a cabeça e conduziu-o para fora da sala. Fechou com cuidado a porta às suas costas e indicou a saída.

— Mais tarde eu lhe digo. É alguma coisa com um dos prisioneiros.

Nas últimas semanas, o pavilhão da UTI, dirigido por outro médico, se tornara o local designado para alguns dos oficiais do imperador, velhos já bem longe da plenitude da vida, que tinham sido encarcerados sem acusação e depois adoecido na prisão devido a enfermidades preexistentes e falta de supervisão médica. Até então o hospital tinha conseguido funcionar normalmente, sem nenhuma atividade irregular que provocasse atenção indevida aos novos pacientes especiais.

Da direção do barulho chegaram uma voz masculina zangada, um tapa violento e em seguida um choro baixo.

— O que está acontecendo? — o médico voltou a perguntar, virando-se.

— Colocaram soldados para vigiar um deles — respondeu Almaz. Continuou a empurrá-lo para longe da UTI. — O senhor não pode fazer nada, então não se preocupe. — A expressão no seu rosto anguloso, de queixo aguçado e boca fina, era determinada. — Vá embora. — Ela afastou-se e entrou no quarto de outro paciente.

Hailu olhou o longo corredor que se estreitava à sua frente e suspirou. Houve uma época em que ele conseguia saber o que estava acontecendo fora do hospital a partir do que ouvia dentro, quando conseguia distinguir os gritos, os chiados de freios e as risadas e deixar que a lógica o levasse a uma suposição segura. Mas aquele período de tumulto e manifestação tornava tudo indecifrável. E agora o que antes ficava fora dos muros se instalara dissimuladamente dentro. Ele se virou e decidiu sair pela porta vaivém da Unidade de Tratamento Intensivo, um atalho para o estacionamento.

No corredor da UTI, um soldado de rosto liso e não mais velho do que Dawit estava sentado em uma cadeira do lado de fora de um quarto e limpava as unhas com a quina de um botão quebrado de sua camisa. Uma arma velha, opaca e arranhada, estava apoiada contra a parede ao seu lado. O soldado olhou de relance quando Hailu passou, e em seguida voltou a dar atenção às unhas. Mordeu a ponta de um dedo, depois cuspiu pedaços de pele calosa no chão.

2.

NQUANTO A MÚSICA pulsava do rádio de seu pai, Dawit dançava, perdido na respiração gutural de um cantor. Ele girava e girava, se contorcia e rodopiava, sacudindo os ombros largos como um pássaro pronto para alçar voo. Saltava no espaço restrito de seu quarto, um corpo esguio jogando-se para o alto, desafiando a força do próprio peso. Agarrou uma lança invisível, o coração a galope dentro do peito. A música apenas começara, mas ele já estava exausto. Os primeiros passos de sua dança tinham começado mais cedo, no silêncio apaziguante que invadira a casa após o telefonema de seu pai do hospital para avisar que estava a caminho de casa e que todos visitariam a mãe naquela noite. Ela não apresentava melhoras. Essas últimas palavras tinham mandado seu irmão mais velho, Yonas, para a sala de orações e Dawit para o seu quarto.

No dia seguinte à hospitalização da mãe, vizinhos tinham ido à sua porta orar e visitar a família. Seu pai tinha rejeitado as manifestações de pesar.

— Ela tem o melhor atendimento possível — dissera. — Logo estará de volta em casa. E estamos orando por ela.

— Mas o senhor não deve passar por isso sozinho. Não é bom para o senhor nem para sua família — tinham protestado os vizinhos. — Amamos Selam, deixe-nos entrar e orar com o senhor.

Tinham tentado passar pela porta e Hailu resistira, seus filhos observando tudo da sala de estar em um silêncio atordoante.

— Agradeço muito — dissera o pai. — Não é necessário. Temos um ao outro.

Fechara a porta suavemente e dera as costas para eles, a dor recente refletida no rosto. Ele tinha pensado em dizer algo, Dawit percebeu pelo modo como seus olhos se demoraram em cada um deles, mas, ao contrário, apenas sacudiu a cabeça e sentou-se em sua cadeira.

Foi a maneira perdida como seu pai olhou para as próprias mãos que fez Dawit debruçar-se sobre a pequena mesa e cobri-las com as suas. Não conseguia lembrar-se da última vez em que fizera um gesto parecido em relação ao pai, porém naquele dia, naquela sala tranquila, Dawit ansiava pelo toque do pai e queria aquele olhar triste fora do seu rosto.

— *Abbaye* — disse Dawit, a voz trêmula, a solidão tão intensa que fazia seu peito doer — sinto falta dela.

Era a primeira vez que via o pai desabar sob o peso da emoção. Hailu tomou a mão de Dawit entre as suas, levou-a até o rosto e chamou o nome de Selam de novo e de novo, falando para a palma da mão do filho. A demonstração de tristeza forçara Yonas a desviar o olhar, depois levantar-se e deixar a sala.

Sua mãe o tinha ensinado a dançar *eskesta* e passara horas e dias com ele na frente do espelho fazendo-o praticar o movimento controlado de ombros e torso que caracterizava a dança tradicional etíope. O corpo precisa movimentar-se quando o coração não acredita que ele consegue, ela costumava explicar. Levantava o braço dele, fazia-o cerrar o punho ao redor de uma arma imaginária e endireitava suas costas. Meu pai dançava antes de ir para a batalha; o coração segue o corpo. Dance com toda a sua força, dance. Ela explodia em uma gargalhada, aplaudindo com entusiasmo as tentativas desajeitadas de Dawit de mover-se com a mesma rapidez. A senhora é como uma borboleta, ele dizia para a mãe, ofegante pelo esforço. Ele estendera o braço e pousara as mãos nos seus ombros adejantes. Estava com 8 anos e sua adoração pelo rosto suave e amoroso que sorria para ele fizeram-no correr para ela e dar-lhe um abraço apertado.

As lições de dança tinham começado após Dawit ter se jogado um dia contra o irmão maior. Chutara o menino muito mais velho com tanto ímpeto que Yonas se desequilibrara para trás, atordoado, depois se estatelara no chão, as mãos ainda ao lado do corpo. A reação de Selam tinha sido rápida e decisiva. Em dois movimentos simples, desviara de Dawit o golpe de Hailu e arrastara o menino choroso escada acima até o quarto principal. Abraçara seu corpo trêmulo e deixara que as lágrimas de Dawit encharcassem seu vestido enquanto afagava as costas do filho e cantarolava sua cantiga de ninar preferida. Depois, sem uma palavra, ela começara a bater palmas, os pés e as mãos entrando em um ritmo silencioso que contagiou Dawit e logo tomou conta dos dois. É assim, ensinara, levando as mãos aos lábios e movendo os ombros para cima e para baixo. Agora mais depressa. Não pense, movimente-se como seu coração mandar, ignore o corpo. Relaxe os músculos. Não há espaço para raiva em nossas danças, faça de conta que você é água e escorra sobre os próprios ombros. Suas lágrimas pararam, a atenção concentrada apenas nos movimentos.

Durante aqueles dias, Dawit foi forçado a permanecer nos limites da casa de seu pai noite após noite. Foi uma tentativa de Hailu impedir que o filho comparecesse a reuniões nas quais estudantes planejavam manifestações contra o palácio. A tensão entre eles estava cada vez maior nos últimos tempos. Apenas a dança parecia acalmar sua agitação. Ele se sentia encurralado no seu quarto pequeno, na sua grande casa que representava, no mínimo, o domínio do pai sobre a família. Haveria outra manifestação na tarde seguinte. Ele estava determinado a ir, quaisquer que fossem as ordens paternas, apesar da promessa feita à mãe de ficar longe de toda atividade política.

Dawit podia ouvir o pai na sala, caminhando na direção da escada. Perguntou a si mesmo se apenas imaginara passos hesitantes diante da porta de seu quarto. Continuou a dançar. Rodopiava, os braços bem abertos, asas estendidas em busca de um ritmo que o levasse para o alto, para longe da realidade de uma casa sem sua mãe.

Um dia, Emaye, minha mãe, colocarei água dentro de meus ossos e dançarei até meu coração obedecer. Dawit girava, os olhos bem abertos para absorver o sol que se escondia devagar.

UMA MELODIA SUAVE filtrava-se do quarto de Dawit para a sala onde Hailu descansava e transportou-o de volta aos dias de sua juventude, quando sua família e a de Selam tinham se reunido no *tukul* do avô e bebido vinho de mel para celebrar o iminente primeiro filho do novo casal. O *washint* de seu primo tinha enchido a pequena cabana com cantigas de amor e patriotismo, o rústico instrumento de sopro acrescentando um tom de lamento à festança. Ela completara 17 anos; ele era um rapaz arrogante de 28, com uma grande falta de tato com relação a essa jovem que às vezes olhava para ele com desprezo infantil. Sou seu marido, dissera a ela, sentado nos degraus da casa do pai, e me manterei fiel a você mesmo durante o curso de medicina na Inglaterra. Ela se calara, nem um pouco impressionada pelo seu cavalheirismo.

Você estará mudado quando voltar, ela dissera. Você me deixará partir, se eu quiser? Permitirá que eu volte para a casa de meu pai, se eu pedir? Serei forçada a ficar ao seu lado contra minha vontade, como meu pai uma vez forçou minha mãe? E ele tinha jurado para ela, então, que a deixaria ir embora, que nunca a obrigaria a ficar com ele. Foi dessa promessa, no entanto, que Selam o lembrara na semana anterior, e era essa promessa que ele sabia que jamais poderia cumprir.

Sete dias antes, Selam tinha segurado a mão dele enquanto se esforçava para dizer algumas palavras com respiração ofegante. Acontece o seguinte. Faz silêncio e estou sozinha. Só isso. Ela estava trêmula e fraca, em pânico por encontrar-se de novo na sala do hospital de onde fora liberada apenas algumas semanas antes. Hailu prometera então que não haveria mais tentativas de devolver-lhe a saúde, que ele afinal obedeceria à vontade dela e lhe permitiria repousar, que ele se tornaria, no momento em que ela piorasse, apenas marido, e não o médico que também era. A promessa faria mais sentido em outra época, quando havia esperança e a possibilidade de vida, quando ele sabia que estava desobrigado de seguir o caminho que suas palavras tinham traçado para ele.

É preciso saber o seguinte sobre a agonia: ela chega com o luar, espessa como algodão, e imprime o silêncio em todos os pensamentos. Selam finalmente fora capaz de formular palavras inteiras e colocá-las diante dele com um desespero que beirava a raiva. Essa agonia, meu amado, é sombria e estou cansada e você precisa deixar-me ir. Sete dias antes, ele estivera no Hospital Prince Mekonnen com a mão agonizante da esposa entre as suas e ouvira de sua própria boca uma promessa que já estava a caminho de ser quebrada. Sua esposa estava desistindo e lhe pedia para fazer o mesmo.

Hailu contemplou as longas sombras na sala de estar que ele uma vez dividira com Selam. Quantas noites, quantas dessas luas vi se transformarem em luz do sol, depois em crepúsculo, com essa mulher ao meu lado? É 1974 e sinto medo sem você, ele admitira pela primeira vez. Nada do que algum dia aprendi me preparou para os dias que terei pela frente se você me deixar agora.

Ele levantou-se, atravessou a sala de estar e foi para a de jantar, resistindo ao impulso de parar diante da porta de Dawit e assegurar--se de que o filho não tinha saído escondido de casa. Dissera a Dawit e Yonas que se preparassem para visitar a mãe. Ele percebera a tristeza que se instalara no rosto de Dawit diante da insistência de que os três fossem juntos.

— Somos uma família — ele lembrara a Dawit, as palavras um eco das muitas vezes em que precisara forçar Dawit a visitar Selam com o resto da família. Seu filho mais novo não queria ninguém por perto quando falava com a mãe, para preservar o vínculo entre eles.

3.

SEU PAI ESTAVA FALANDO, mas Yonas tentava não ouvir. Estavam à espera de Dawit para poder sair, espera que se tornava mais longa pela voz cortante de Hailu no calor do início da noite.

— Acontece com muita gente. — Hailu falava com naturalidade, com palavras rápidas. — O coração enfraquece, não consegue bombear sangue suficiente para o cérebro. Perfusão. As mudanças são dramáticas. Mas é normal. Se eu conseguir controlar a pressão sanguínea por um bom tempo, ela pode se recuperar. — Alisou a gravata e ajeitou o paletó. Vestira a melhor roupa para visitar Selam no hospital. — Não entendo o que está dando errado.

Um peso entorpecedor pressionou Yonas e se transformou em dor.

— O senhor já passou por isso tantas vezes...

Seu pai continuou como se não tivesse escutado, um homem encurralado pela sua própria linguagem de dor.

— Insuficiência cardíaca congestiva. Nada mais do que o enfraquecimento do coração.

— Está na hora. Precisamos ir. — Yonas levantou-se.

Hailu levou as contas de oração ao peito.

— Talvez ela esteja melhor. As doses de furosemida devem ter surtido efeito.

Yonas voltou a sentar-se, deixou que seus olhos percorressem a sala e se fixassem nas contas de oração reluzentes do pai. Havia uma semana apenas, seu pai tinha começado a levar as contas para onde quer que fosse. O assunto tinha provocado uma briga entre seus pais, certa vez, quando Hailu insistira que religião era questão privada para os médicos e não devia ser exposta em público. Mas você precisa rezar também, Selam argumentara, olhando para Yonas como um aliado. Hailu tinha sido enfático: ninguém no seu hospital ou em qualquer outro lugar devia ver que ele tinha algum tipo de dúvida sobre sua capacidade. Tem gente, disse Hailu, que confunde oração com fraqueza.

— Devemos ir antes que anoiteça. — Yonas ficou parado onde estava, meio sem jeito. — Aqueles soldados param carro por carro de noite — consultou o relógio — e não queremos nos atrasar.

Hailu encaminhou-se para o quarto de Dawit, mas Yonas o reteve.

— Não hoje. Voltaremos outras vezes. O senhor está cansado demais para mais uma briga.

Hailu sacudiu o braço livre.

— Se ele não for conosco, você sabe aonde ele irá. Atendi um jovem da idade dele hoje.

Yonas passou o braço ao redor dos ombros do pai e conduziu-o até a porta.

— Precisamos chegar em casa antes que fique tarde. Viu o carro que estava queimando na rua ontem à noite? Com a universidade fechada, esses estudantes ficam sem nada para fazer a não ser planejar mais problemas. Além disso — acrescentou — Sara disse que tomará conta dele. — Depois da mãe, Sara, esposa de Yonas, era a única pessoa que Dawit escutava, quando decidia dar ouvidos a alguém. — O senhor está com ar exausto — concluiu.

UMA NÉVOA AZULADA subia dos pés de eucalipto, pontilhando as encostas de Adis Abeba e seguindo até o horizonte como uma leve mancha arroxeada. A noite caía e um vento abafado assobiava por uma abertura na janela do assento do motorista do Volkswagen de Hailu, onde ele estava. Yonas também estava na frente, ao seu lado, ambos em silêncio. Dawit não tinha respondido quando ele batera na sua porta, e apenas os argumentos de Yonas o tinham impedido de pegar sua cópia da chave e entrar à força no quarto do filho mais moço. Tirara devagar o carro da garagem e pegara a larga estrada de terra usada tanto por motoristas quanto por animais de carga.

O bairro de Hailu era formado por uma série de casas mais novas, com jardins imensos e gramados exuberantes, e de casas mais modestas, como a que herdara do pai, de madeira e barro, no antigo estilo italiano, com varandas amplas e telhados de folhas corrugadas. Alguns proprietários com grandes áreas cercadas alugavam a famílias mais pobres casas de um único cômodo, feitas de barro e estacas. O bairro não tinha as mansões suntuosas nem os barracos caindo aos pedaços de outras áreas e era onde Hailu passara a maior parte de sua vida de médico jovem recém-casado. Era uma comunidade, e dela, cada vez com mais frequência, ele não gostava de se afastar.

O carro, forçado ao máximo pelo peso de dois homens adultos, caía nos buracos do terreno rochoso. À frente deles e em toda a volta, a paisagem montanhosa verde, salpicada com flores *meskel* amarelas e luminosas, estendia-se até o céu laranja. Daquele ponto da estrada, as colinas de Adis Abeba bloqueavam a visão de Hailu dos prédios comerciais cinzentos em concreto e vidro que tinham brotado nas últimas décadas na cidade que se esparramava, suas fachadas feias dominando as ruas, enxotando os quiosques e as barracas de frutas que lutavam para manter o espaço que tinham ocupado durante muitos anos.

Ele acabara tendo medo de dirigir por causa das barracas, dos desvios e do barulho consistente, que ultrapassavam os limites do carro e competiam com seus pensamentos por atenção. Tudo parecia alto demais naqueles dias: os vapores da exaustão e os motores, o zurro dos burros teimosos, os gritos de pedintes e mascates. A aglomeração sem fim dos pedestres. No seu carro, no abrigo do calor controlado, ele se sentia confortado pelos parâmetros familiares.

Yonas apontou pela janela na direção dos imponentes muros altos da Missão Diplomática Francesa que lentamente se encolhiam na distância.

— Eu costumava cortar caminho pela propriedade para ir à escola antes de erguerem aquele muro. — Riu. — Uma vez um *zebenya* quase pegou Dawit quando ele tentou me seguir. Perseguiu-o com um cassetete. Dawit queria voltar e achar o velho guarda. — Yonas sacudiu a cabeça, sorrindo e atento ao muro. — Não me acostumei a ver esse muro de pedra, mesmo depois de tantos anos.

Havia manchas escuras sob seus olhos e ele tamborilou com os dedos de uma mão na palma da outra, um hábito nervoso que Hailu via apenas raramente.

Estavam agora em uma estrada mais plana, onde os buracos nas pedras davam lugar a uma superfície pavimentada que prejudicava muito menos os pneus. Se estivesse sozinho, teria aumentado a velocidade, mas quis prolongar aquele momento no carro com o filho e ouvi-lo falar de dias melhores.

Ao longo da estrada, vendedores ambulantes desmontavam as barracas após a jornada diária, arrancando do chão as estacas compridas e dobrando as enormes folhas de plástico que serviam de toldo contra a chuva. Anunciavam os preços reduzidos das mercadorias, competindo por atenção no meio do barulho e do congestionamento. Uma mulher jovem balançava delicadamente um bebê no quadril enquanto arrumava as pilhas bem feitas de paus de canela e *berbere* sobre um pedaço de tecido fino à sua frente, e organizava sacos de pimenta vermelha moída brilhante como rubi. Meninos engraxates se plantavam em cada esquina, acocorados e assobiando para os comerciantes que seguiam apressados para os estacionamentos lotados. Uma voz isolada subiu mais alto do que o alarido e o clamor, uma oração, e por um momento um silêncio profundo caiu sobre o local e tudo o que se ouviu foi o ronronar dos motores.

Aproximavam-se de Yekatit 12 Martyrs' Square, em Sidist Kilo, perto da Universidade Hailé Selassié, onde Yonas ensinava história e Dawit estudava direito. Na praça havia um obelisco que homenageava as vítimas de um massacre na época dos italianos. Do alto do obelisco, um leão de pedra observava a cidade orgulhoso, desafiador. Quatro imponentes tanques ocupavam cada canto do cruzamento. Dois soldados caminhavam de um lado para o outro e ambos ergueram os olhos do chão quando Hailu se aproximou com o carro. Viram o Volkswagen passar e, em seguida, voltaram a atenção para suas botas.

— São mais jovens do que alguns dos universitários que devem vigiar — comentou Yonas. — Meninos ainda.

Havia um ônibus capotado a distância e uma pequena multidão de meninos de rua aglomerava-se ao redor com pedras nas mãos, mas era mantida afastada à custa de chutes dos soldados.

Hailu sabia que se Dawit estivesse no carro, teria dito alguma coisa, feito uma apaixonada declaração sobre a necessidade de uma nova constituição e de liberdade de expressão, a favor da reforma agrária que desse ao agricultor a propriedade do que cultivava, a favor da deposição de um monarca velho e cansado. Mas não estava, e nada se ouviu na breve pausa após as palavras de Yonas senão o ronco e o chacoalhar de caminhões e carros que passavam zunindo e logo desapareciam. Hailu reduziu a velocidade para deixar passar um menino com suas ovelhas. Contemplou suas mãos, as marcas de idade que agora salpicavam a pele acima do pulso, e voltou o pensamento para o dia em que, pela primeira vez, viu as tatuagens de Selam, pintadas nas suas mãos uma semana antes do casamento.

— É a marca de Deus em mim — ela explicara, enrubescendo enquanto ele corria o polegar por cima de uma tatuagem tão verde quanto uma folha fresca. — Mantém o mal afastado.

Sua própria mãe tinha cruzes similares decorando a linha do queixo, mas ele tinha querido irritar a jovem até ela mostrar o mau gênio do qual seus irmãos mais velhos reclamavam.

— E se eu não quiser uma esposa com uma cruz esculpida na pele?

— Direi ao meu pai que procure outra pessoa para mim. Ele escolherá outro homem.

— E se ninguém quiser uma menina rejeitada? — Ele tinha sido um estudante atrevido e se sentia muito confiante na frente dessa bonita jovem de sua aldeia.

Ela continuou calma.

— Deus não tira sem dar. — Já naquela época, sua confiança balançara a dele.

"Deus não tira sem dar." Hailu repetia agora a frase para si mesmo, desejando que pudesse invocar a certeza de Selam.

— Disse alguma coisa, *Abbaye*? — perguntou Yonas.

— As tatuagens de sua mãe, as cruzes — Hailu respondeu. — Gosto muito delas. Sempre gostei. — Sacudiu a cabeça e dirigiu o resto do caminho em silêncio.

YONAS TINHA ESPERADO que o pai desaparecesse no consultório e vestisse o jaleco branco assim que entrasse no hospital, que talvez enfiasse as contas de oração no bolso grande da frente e depois escondesse a ansiedade atrás de um ar profissional. Em vez disso, Hailu tirou as contas do bolso no momento em que saiu do carro. Segurou-as à vista de todos. Depois dirigiu-se ao quarto de Selam e tornou-se apenas mais um marido nervoso a caminho de visitar a esposa, os passos tão largos e rápidos que Yonas ficou bem para trás.

No quarto de hospital, em uma pequena cama instalada embaixo de uma pequena janela, Selam dormia com um tubo de soro intravenoso saindo como uma cobra de seu braço fino. Vestia um avental azul do hospital. A cruz de ouro de seu cordão repousava sobre um peito que subia e descia graças à ajuda de um balão de oxigênio. Hailu parou aos seus pés, estudando atentamente a planilha de controle médico. Yonas estendeu as mãos para segurar as da mãe. Beijou as tatuagens na parte de trás de seus pulsos e fechou os olhos.

Falei para seu pai que estas cruzes precisavam de seu próprio espaço, sua mãe dissera tempos atrás, erguendo as mãos e direcionando para o sol as cruzes pintadas. Yonas tinha sido obrigado a apertar os olhos para fugir da luz que filtrava para a sala de orações contígua ao quarto dos pais. Expliquei que ele precisava construir para mim um quarto grande para os anjos que me cuidavam, um lugar onde pudéssemos conversar. Selam dissera isso com um sorriso provocante, mas, como era ainda menino, Yonas tinha acreditado nela e tinha estendido suas próprias mãos na direção do sol e perguntado a si mesmo se seus pulsos, sem cruzes, também eram dignos de um espaço sagrado. A história que a mãe contava era a de que Hailu tinha construído a sala de orações para ela. Arranjara espaço no grande quarto de dormir do casal e levantara uma parede e uma porta para marcar onde começava o espaço sagrado e acabava o mundo físico.

Seu pai tinha viajado os 748 quilômetros de volta de Adis Abeba até a antiga casa de Selam em Gondar, no norte da Etiópia, para encontrar a madeira para fazer a porta. Usara a casca da maior árvore do terreno do pai dela. A árvore tinha raízes que se enfiavam na terra como dedos famintos e eu queria fazer uma porta com a madeira de uma árvore que se recusasse a deixar a vida, Hailu contara certa vez. Ele mesmo levara o tronco de volta, o amarrara na capota de seu primeiro carro, um duas-portas com motor barulhento, depois o arrastara a cavalo a partir de Debre Markos, quando o carro atolou nas traiçoeiras estradas sinuosas no caminho para Adis Abeba. A madeira era grossa e nodosa, tinha manchas que nenhum polimento conseguia remover e Hailu não permitira que outra pessoa a cortasse ou lhe desse forma. O último pedaço da árvore foi usado para fazer a mesa retangular comprida que era a única mobília na sala de orações.

Yonas estava agora com 32 anos, tinha esposa e filha, mas ajoelhava-se na sala de orações todos os dias, levantava os pulsos nus para o sol e de novo se perguntava sobre seu mérito pessoal. Sua mãe estava no hospital há uma semana, mas a diminuição de seu ritmo cardíaco tinha começado anos antes. Ele mesmo testemunhou as incontáveis tardes em que ela fora à sala de orações chorar sozinha, sem perceber que o filho mais velho ficava espremido contra a grossa porta de madeira, ouvindo. Ele era também o único que sabia que ela havia parado de tomar o remédio para o coração que o marido prescrevera para ela. Ele a surpreendera um dia jogando pelo ralo da pia a dose diária e ficara tão chocado e confuso que simplesmente permanecera imóvel, olhando. Ela havia levantado os olhos ao percebê-lo e dado um leve sorriso de resignação.

— Meu filho — dissera, a mão fechando com suavidade a tampa do vidro de comprimidos. — Você entende, não é? — A luz do sol matinal parecia fria e cinzenta sobre seu rosto. — Estou cansada de lutar contra a vontade de Deus.

Ela o tinha abraçado, depois descido a escada para preparar o café de seu pai. Selam não precisara de palavras dele, não tinha pedido nada senão o silêncio desse filho que detestava mentir. E era esse silêncio que alimentava uma culpa que se tornava quase insuportável à medida que ele via a mãe cada vez mais doente e o pai cada vez mais desesperado para mantê-la viva. Deixou que a dor suave no seu peito desaparecesse antes de abrir os olhos.

Sua mãe estava agitada, a expressão de seu rosto mudando de plácida para tensa. Seus olhos estavam fechados, mas ela virou a cabeça na direção da janela, depois escondeu o rosto no travesseiro com um movimento rápido do pescoço.

— *Emaye* — disse Yonas, colocando a mão no seu ombro —, está sonhando?

Hailu colocou-se ao lado dela e segurou seu rosto com as mãos, apertando-o com delicadeza.

— *Emebet*, minha esposa — disse —, é a medicação. Só isso. Acorde. — Consultou o monitor cardíaco, observou o ritmo aumentar. — Acorde, Selam. Estou aqui.

— Ela sente dor, *Abbaye*? — perguntou Yonas. — Devo chamar a enfermeira?

— Ela está acordando, só isso. — Hailu beijou o rosto da esposa. — Selam.

Ela abriu os olhos e o reconhecimento suavizou sua expressão fechada. Olhou ao redor.

— Ainda estou no hospital? — perguntou. Os olhos grandes, sua característica mais evidente, estavam fixos em Hailu, que baixou a cabeça para verificar seu pulso. Ela percorreu o quarto com os olhos. — Por quê? — Deixou o dedo acompanhar o tubo de oxigênio até o nariz.

Hailu baixou a mão da esposa.

— Você está melhorando — afirmou. Limpou a garganta e examinou de novo a planilha médica com ar impassível e profissional. — O remédio fará efeito. É só uma questão de tempo. Estou verificando a dosagem.

Selam olhou para Yonas e segurou sua mão.

— Seu pai me fez uma promessa, você sabia? — Ela franzira a boca de um modo rebelde, que Yonas reconheceu como um de seus sinais próprios de irritação. — Logo que casamos...

— Selam — cortou Hailu —, não é o momento certo. Você precisa descansar e se alimentar. — Encaminhou-se para a porta e apontou para a cama. — Vou chamar Almaz, ela poderá preparar sua comida.

Ele saiu, correndo a mão pelo rosto e depois deixando-a prosseguir até a nuca para massagear os músculos cansados.

Ela olhou para Yonas.

— Yonnie, quero descansar, você sabe. Fale com ele. — Seu olhar era suplicante, desesperado.

Yonas bateu de leve na mão da mãe.

— Deus sabe o que faz, *Emaye*. Mais do que nós sabemos.

Abaixou bem a cabeça e desejou que ela não reparasse na expressão de seu rosto quando se inclinou para beijá-la.

— Dawit, diga a ele por mim... — começou, mas logo parou. — Onde está meu outro filho? — Tentou levantar-se e gemeu, irritada com os tubos que a impediam. — Dawit não está aqui?

Yonas afastou com a mão os cabelos da testa da mãe e beijou sua face. Apoiou o rosto no dela.

— *Emaye* — disse afetuosamente. — *Emama*. — Acima de sua cabeça ouviu, através da pequena janela, o leve som da batida da porta de um carro, o assobio de um pastor de cabras, a pancada amortecida que poderia ter sido o ruído de uma pedra atirada a distância, um grito afastado ou mais um fuzil disparando tiros acima das cabeças dos estudantes rebeldes que seguiam em passeata. — Daqui a pouco ele chega — respondeu Yonas, porque não havia mais nada a dizer.

4.

SARA OUVIU O PORTÃO se abrir com um rangido e em seguida o tilintar de chaves. Perguntou a si mesma quem seria tolo a ponto de sair para a rua após o crepúsculo, quando os carros da patrulha já percorriam o bairro. A polícia estava em todos os lugares naqueles dias, à procura de possíveis suspeitos pela onda de queima de ônibus e saque a lojas que aconteciam na cidade inteira. Esses atos audazes de violência e rebelião, que se tornavam cada vez mais persistentes, mantinham a maioria dos cidadãos trancada atrás de portas fechadas depois que o sol se punha no horizonte. Um silêncio fora do normal caía agora sobre as noites de Adis Abeba. Ela ouviu o gemido da porta lateral sendo aberta e o som abafado de passos no corredor. Dawit. Consultou o relógio acima da TV; quase 19 horas. Logo a família estaria sentada ao redor da televisão tentando ignorar o silêncio de Dawit e os olhares de Hailu.

Sara esperou que Dawit fosse para o seu quarto, depois levantou-se e bateu na porta. Percebeu hesitação do outro lado.

— Sou eu — disse.

A porta abriu-se de repente e Dawit apareceu na frente de Sara vestido com calças escuras e camisa preta de mangas compridas.

— O que foi? — perguntou, simulando um bocejo.

— Por que está vestido assim? — ela perguntou.

A indiferença de Dawit, mais pronunciada desde que Selam tinha voltado para o hospital na semana anterior, era irritante.

Ele olhou para suas roupas com as sobrancelhas erguidas.

— Assim como?

Ela empurrou-o e entrou no quarto.

— Vai me tratar desse jeito também? — Ela e Dawit, apesar dos oito anos de diferença, tinham sido sempre muito próximos. Quando ele não respondeu, ela suspirou. — *Abbaye* vive me pedindo para eu não deixar você sair de casa à noite. Ele está tentando fazer muita coisa sozinho. Coopere com ele.

— Eu sei — respondeu Dawit. — Estou tendo cuidado.

Colocou os cadernos no chão e sentou-se na cama virado para ela.

Ela examinou-o da cabeça aos pés.

— Não cheguei a frequentar uma faculdade, mas até eu percebo que você parece um desses arruaceiros que incendeiam ônibus e carros. — Quando Sara olhou-o mais de perto percebeu que seus olhos estavam vermelhos e que havia vestígios de lágrimas nas suas faces. — Por onde andou? — perguntou.

Há muito tempo ela suspeitava que Dawit sofria intensamente e sozinho por causa da mãe.

— Fui à casa de Lily — respondeu, referindo-se à amiga de longa data. — Depois de uma reunião — acrescentou.

Ela reparou em um livrinho vermelho ao lado da lâmpada de cabeceira.

— Você já foi a três reuniões esta semana. Que eu saiba, pelo menos. E agora está lendo Mao? Você nunca está em casa.

Ela estava impressionada de ver como idade e músculo tinham esculpido suas feições em uma versão mais angular de seu marido, oito anos mais velho. Houve uma época em que a família mal conseguia distinguir uma foto da infância de Yonas de uma recente de Dawit. A testa larga estava agora mais pronunciada acima das sobrancelhas espessas, e ele desenvolvera um queixo forte e afilado. Os irmãos tinham a mesma boca, a mesma curva suave do lábio inferior, a mesma boca que a filha dela herdara.

— Haverá uma manifestação importante amanhã. Queremos forçar o imperador a se reunir conosco e discutir reformas — explicou.

Ela riu.

— O imperador se reunir com estudantes? — Percebeu no rosto dele um olhar ofendido, depois disfarçado com um arrogante encolher de ombros. Ela suavizou o tom. — Vamos todos ao hospital amanhã, até Tizita. Por favor, vá também, pelo menos um dia.

— Tenho coisas a fazer. — Estava sendo difícil para ele sustentar o olhar dela.

— Prefere ir a uma manifestação? Você já não foi ao hospital hoje. — Ela observou que as feições dele endureceram e sua boca ficou tão rija quanto a de Tizita antes de um acesso de raiva. — Você não faz ideia da sorte que tem por possuir uma família, e tudo o que quer é empurrá-la para longe — reclamou.

Ela sabia que se seus próprios pais ainda estivessem vivos, não haveria um dia sequer de desentendimento entre eles.

Ele olhou para o chão do mesmo modo como costumava fazer quando ela perdia a calma com ele no seu tempo de menino.

— Se está preocupado com uma nova briga com *Abbaye* — ela falou, mantendo a voz tranquila — estarei lá para ajudar.

Ele sacudiu a cabeça.

— Preciso ir.

Voltou a sentar-se na cama e abraçou o travesseiro, transformando-se no menino que ela passara a amar como um irmão.

TINHA HAVIDO UM NOVO tipo de confiança que estimulara Dawit na reunião. Ele transmitira sem vacilar as mais recentes estatísticas sobre fome. Divulgara artigos da imprensa estrangeira que explicavam em detalhes as críticas sobre planos ineficazes de distribuição de ajuda. Gritara com uma voz que ele mal reconhecera como sua, o tom firme e agudo lembrando a do pai. Tinha observado seus colegas concordarem com a cabeça e cochicharem furiosamente. E tivera uma sensação de propósito, uma convicção de que uma trilha estava sendo traçada para ele, algo que era próprio dele. Dawit deixou-se levar pela lembrança de sua raiva e de seu entusiasmo. Ele precisava dessa carga neste quarto que, no fundo, era de seu pai.

Seu pai ainda não entendia sua necessidade de lutar pelos muito pobres nem seu extremo esforço para reclamar direitos básicos para eles. É uma fase, o pai dizia. Você não sabe o que está fazendo, está apenas seguindo os outros.

Porém ele tinha um motivo. Tinha havido uma briga. O menino era filho de um vizinho. A família rica vivia em uma casa maior do que a de Dawit e havia dois carros na garagem, um deles uma Mercedes que um motorista limpava e polia todos os dias. O menino, Fisseha, era mais velho... 15 anos contra os 12 de Dawit... e na escola carregava um grosso bastão de madeira e um sorriso afetado que conseguia transformar com perfeição em um ar adulto de escárnio.

Dawit e seu melhor amigo, Mickey, estavam voltando a pé para casa quando ele viu uma menina sentada junto ao portão, perto da roda da Mercedes polida, soluçando. Dawit reconheceu-a como Ililta, filha de uma das empregadas que trabalhavam na casa. Ela e a mãe iam à casa dele algumas vezes visitar a empregada Bizu, que estava ficando velha, e fofocar sobre a vizinhança. Ele ouviu um grito excitado vindo do outro lado do portão aberto. O som carregava algo que Dawit mais tarde diria à sua mãe tê-lo lembrado de um bebê, ao tentar explicar o que acontecera a seguir.

— De um bebê pequeno — ele diria à mãe.

Dawit pediu ao assustado Mickey que o esperasse no portão.

— Vou só verificar o que houve — explicou.

— A casa não é sua — retrucou Mickey. — Vamos embora.

Dawit tinha entrado no condomínio, de todo modo. Ouviu um ruído de passos e de vozes vindo da porta aberta dos quartos de empregados, e mais uma vez o grito desesperado, alto. Correu para dentro e levou alguns segundos até compreender o que acontecia diante de seus olhos.

Havia uma mulher, mais velha do que sua mãe, sentada nua na cama, as lágrimas rolando pelas suas faces e deixando um rastro entre os volumosos seios. Diante dela, segurando o pênis, estava Fisseha, também nu, com o familiar riso afetado no rosto.

— Mulu? — perguntou Dawit.

Ele não a reconheceu sem roupa, sem o vivo sorriso que em geral exibia quando visitava Bizu.

— Saia daqui! — exclamou Fisseha. — Vá embora! — Continuava a segurar o pênis, seus quadris esqueléticos ainda arqueados na direção de Mulu.

Naquele segundo Dawit teria dado as costas e corrido, teria agarrado Mickey, voltado para casa e se escondido no seu quarto até sentir o coração mais calmo se Mulu não tivesse pedido:

— Por favor.

E ele viu pânico, vergonha e terror nos olhos dela, e percebeu que não poderia ir embora, que ficaria onde estava e só depois tentaria sair. Derrubou Fisseha com uma violência digna de seu irmão mais velho e mais forte. Chutou-o, pisoteou seus pés, deu joelhadas na sua virilha, ergueu sua cabeça do chão e devolveu-a com um golpe violento, depois esmurrou os lábios machucados, o nariz que sangrava, os olhos inchados, e não parou nem quando percebeu o bastão polido que passava da mão de Mulu para o punho enfraquecido de Fisseha, deslizando depois pelo chão e rolando para baixo da cama.

— Vá embora! — implorou Mulu. — Saia, você vai fazer me demitirem. Saia!

Dawit continuava a bater, o corpo nu sob ele se contorcendo, depois se acalmando, até por fim ficar imóvel, exposto à raiva que o cegava. Ele bateu até a filha de Mulu, Ililta, entrar correndo e jogar um *shamma* sobre a nudez da mãe. O corpo de Mulu subitamente coberto fez Dawit parar e logo afastar-se de um Fisseha inerte e machucado. Estava chocado com o estrago que provocara. Antes que ele pudesse dizer ou fazer alguma outra coisa, Ililta empurrou Dawit para fora do quarto com um "muito obrigada" abafado pelo choro.

Quando chegou em casa, seu pai abriu a porta, viu o sangue em suas roupas e imediatamente começou a xingar, gritando perguntas acusatórias que Dawit se recusou a responder, ainda trêmulo pelo que vira e fizera. Quando tentou explicar à mãe, mais tarde, deixando de fora a parte sobre a nudez de Mulu, ela o abraçara, triste.

— É assim que muitos meninos aprendem a se tornar homens — disse. — Tem gente que às vezes espera que as empregadas façam mais do que cozinhar e limpar. O que você fez poderia ter custado o emprego de Mulu.

— Mas ela estava chorando — argumentou Dawit.

— Ela choraria sem trabalho, também. Para onde iria com uma filha pequena? O pai de Fisseha paga o estudo de Ililta. — Sua mãe beijou-o nas faces. — Mas a sua reação... — continuou, segurando carinhosamente o queixo do filho. — Você o machucou, isso foi demais. O pai dele levou-o ao hospital e *Abbaye* tratou-o de graça. — Sacudiu a cabeça. — Agora chega. Por favor. Em consideração a você e a mim. E agradeça ao seu pai pelo que ele fez, costurando o rosto do menino para defender você de problemas na escola. Agradeça a ele.

Ele nunca agradeceu ao pai, temeroso de que ele descrevesse com sua voz médica de um tom só todos os ferimentos que o último paciente atendido tinha sofrido nas mãos de seu filho. Depois daquele dia, Mulu não voltou à casa deles, e ele e Mickey passaram a pegar um caminho alternativo. Fisseha se esgueirava toda vez que o via, embora seus olhos faiscassem de ódio. A visão daquela briga sempre voltava à cabeça de Dawit, mesmo após todos aqueles anos.

Seu pai logo voltaria para casa e Dawit sabia que precisaria enfrentar outra briga. Dawit tentaria explicar que não tinha querido ir com ele e o irmão mais velho, porém essa razão simples não bastaria para o pai. Não seria suficiente ele querer estar sozinho com a mãe, querer falar com ela em particular como sempre tinham feito. Seu pai jamais aceitaria que a mãe fosse também amiga.

Dawit queria dizer à mãe coisas difíceis de falar para outra pessoa, até mesmo para Lily. Ele a faria lembrar de Fisseha e de pessoas como ele que se aproveitavam dos outros e necessitavam ser contidas, e explicaria por que tinha precisado quebrar a promessa feita a ela e continuado ativo na política. Queria mostrar-lhe uma das cartas de Mickey, recebida durante uma viagem dele a um dos lugares onde imperava a fome, e provar para ela, se não para o pai, que sua luta era justa, que ele estava fazendo a coisa certa. Ela entenderia, como ninguém mais na família seria capaz de entender. Ela o lembraria de que nas suas veias corria o sangue do pai dela, um dos mais ferozes combatentes de Gondar, e diria a ele que a esperança nunca pode vir do não fazer nada.

5.

NÃO ERA ASSIM QUE Mickey se lembrava de Wello. As colinas onduladas de sua infância tinham sido uma exuberante mistura de tons verdes e marrons, o solo rico cobrindo os declives suaves até onde ele conseguia enxergar da pequena cabana da tia, disposta em um anel de outras cabanas de telhado de palha tão redondas e perfeitas quanto moedas. Da área cultivada, lavrada por gado obediente conduzido e estimulado por homens e meninos de constituição física forte e magra, tinham em determinada época brotado viçosos pés de *teff*, o grão parecido com trigo e que ao sol assumia um tom dourado pálido. A terra era marrom-escura. O sol, amarelo resplandecente. O azul do céu só era interrompido por nuvens de chuva e pelo canto suave de pardais. Ele tinha corrido pela grama alta e se escondido na exuberância dos arbustos viçosos. Tinha espalhado sementes com o tio e levantado o rosto para os primeiros pingos de chuva que caíam grossos como contas. Sob a sombra estreita de uma árvore magra, tinha enterrado um pássaro agonizante e fechado a sepultura com seixos. Tinha havido cor nessa terra que agora se estendia diante dele numa palidez mortal. Ele escutara o mugido do gado, os pássaros e os assobios estridentes de pastores que incitavam seus animais a seguir em frente. Tinha existido vida com todos os seus ruídos e sombras. O que era isso que ele via agora?

As instruções recebidas eram de que avaliasse a fome que os oficiais do imperador apregoavam estar sob controle e regredindo. O comitê militar em Adis Abeba tinha se reunido no quartel-general da Quarta Divisão e discutido os últimos acontecimentos em uma cidade que explodia com manifestações e greves sindicais. Ele tinha entrado no prédio com uma bolsa de correspondência a tiracolo para entregar ao seu oficial superior, quando passou pela porta aberta da sala de reuniões.

— Ei, você — chamara o oficial na cabeceira da mesa, os olhos afiados examinando-o da cabeça aos pés. — Já esteve alguma vez em Wello? — Sua voz parecia mais alta do que devia naquela sala pequena, no silêncio tenso da mesa de soldados e oficiais de nível médio que estudavam fotografias e documentos. — Sim ou não? — perguntou, impaciente.

— Minha tia mora lá, em Dessie — respondeu Mickey, sentindo o calor subir por trás de suas pernas e chegar ao topo da cabeça. — Morava — prosseguiu, corrigindo-se, o rosto inflexível do oficial sugerindo um homem que não teria piedade se recebesse uma informação errada. — Ela morreu no ano passado.

Todos os outros homens resmungaram condolências. Alguns baixaram a cabeça em sinal de respeito, depois suspiraram em solidariedade antes de encará-lo de novo. O oficial que falava com ele não desviou os olhos de seu rosto.

— De cólera — declarou o oficial. — Era a cólera que esses elitistas deviam ter impedido. Eles tinham condições de acabar com ela. — Deu um soco na mesa, as costas voltadas para Mickey, toda a sua ira exposta diante dos homens que se inclinavam para ele e sacudiam a cabeça vigorosamente. — Foi cólera, não foi? — Virou-se de novo para Mickey.

Foi velhice, foi uma vida amarga de camponesa, foi o excesso de filhos alojados em um corpo que se degradava dia a dia, foi muita coisa, mas não cólera. Mickey, no entanto, não disse nada, a confiança e a raiva latente do homem forçando-o a um silêncio reverente. Dawit tinha essa confiança, e não havia o que fazer diante dela senão ficar calado e deixar que ela o invadisse.

O homem deu outro soco na mesa.

— Como se chama, soldado? — perguntou, embora já estivesse reunindo seus papéis e colocando-os em uma pilha bem-organizada.

— Mickey — respondeu, a bolsa de correspondência apoiada nas costas. Seu oficial superior com certeza ficaria zangado com a entrega atrasada. — Mikias Habte.

O oficial fez um sinal com a cabeça para os demais homens ao redor da mesa.

— Ele irá a Wello e trará um relatório — comunicou. — Sabe o que significa servir à pátria? — o oficial perguntou a Mickey.

Mickey rapidamente concordou com a cabeça.

— Sim, sei.

— Pode ir. — Fez um sinal com a mão para que Mickey deixasse a sala. — Reporte-se a mim quando voltar de Wello. Feche a porta.

Agora, na frente dele havia um menino com a cabeça maior do que o resto do corpo, agachado em uma posição de fadiga que apenas velhos moribundos deveriam conhecer. Seu crânio esquelético apoiava-se em punhos frágeis e ele tinha o olhar perdido, a boca flácida anfitriã de moscas e buracos onde antes cresciam dentes.

Mickey pegou seu caderno e rabiscou furiosamente. Dawit, escreveu, comemos demais em Adis Abeba. Não conhecemos fome como esta. Meu corpo gordo sente-se como uma cicatriz nesta aldeia. Estou constrangido de não ter comido nada durante a longa viagem de Adis Abeba e de não querer outra coisa senão voltar para minha tenda e devorar a comida que minha mãe embalou.

Pedaços de terra marrom rachada tinham sido retirados da aridez monótona da paisagem. Eles salpicavam a terra morta como marcas de varíola, crateras cavadas por mãos desesperadas em busca de raízes murchas e de insetos ou de uma pedra qualquer que coubesse nas suas bocas e trouxesse às suas línguas a lembrança do peso de um pão. Mickey sentia as botas apertadas ao redor das meias suadas e dos pés inchados. Sua barriga roliça parecia de repente uma obscenidade na terra de carcaças podres de animais e de fome desumana. O cheiro de gado morto forçou-o a colocar um lenço sobre o nariz e a boca.

— Logo se acostumará com o cheiro — disse o empregado do escritório do administrador local, apontando na direção de uma pequena tenda. — São as carcaças... — Parou, tirou um pedaço de papel do bolso e entregou-o a Mickey. — Existem alguns fatos básicos sobre a aldeia — prosseguiu com olhar sério. — Esses oficiais não querem saber o que acontece aqui. Tentei dizer-lhes, mas eles têm medo de uma publicidade ruim caso a notícia se espalhe. — Resmungou e balançou a cabeça. — Fui proibido de lhe contar a verdade, mas você pode ler. — Apontou para o papel e enfiou as mãos no bolso do paletó branco. — Mandaram que eu me vestisse de médico para o caso de aparecer algum repórter aqui.

— E este menino? — perguntou Mickey, apontando para a criança. — Não devemos levá-lo para algum lugar?

— Sua mãe deixou-o lá para procurar comida. Não há nada aqui. — Estendeu as mãos como se a paisagem fosse uma mesa vazia, depois voltou a apontar na direção de uma pequena tenda onde uma enfermeira cansada, apoiada em um mourão, observava-os com olhos vazios. — E com tudo isso, surge a cólera. — Seguiu adiante sem sequer olhar para a criança.

— O imperador veio aqui para uma visita no ano passado. Deve ter visto tudo isto. Ele não está ajudando? — Mickey precisou apressar o passo para conseguir acompanhá-lo.

— A ajuda dele não basta. — O empregado sacudiu a cabeça. — E chega tarde demais. Quando você está convencido de que tudo que acontece é por vontade de Deus, o que há para fazer senão esperar até que Deus tenha misericórdia? — Parou na boca da tenda e virou-se para Mickey. — As pessoas estão caminhando para Adis Abeba para pedir comida, se conseguirem chegar vivas. Talvez tenha sido para lá que a mãe do menino foi. — Fixou os olhos no horizonte. — Nada mudará se outros não ajudarem. Fale para a sua gente por nós. Conte o que está acontecendo.

DE VOLTA À SUA BARRACA naquela noite fria, tremendo sob a pálida luz amarela de uma fraca lamparina a querosene, Mickey escreveu com urgência e raiva, rabiscando as palavras no papel em branco.

É assim que um homem lavra sua terra: atrás do gado que está amarrado à extremidade de um arado que ele usa para escavar, levantar e revolver a terra. Segura um bastão com uma das mãos e a extremidade do arado com a outra. Na ponta desse bastão há uma corda que ele usa para fustigar os animais quando eles se cansam pelo calor do sol e pela falta de água ou simplesmente pela fome. Um homem trabalha assim todos os dias, todos os meses, ano após ano, atrás de seu gado, a mão agarrada a um arado que deixou suas impressões marcadas na palma calosa. Ele fala apenas consigo mesmo, não ouve outra coisa senão seus próprios resmungos enquanto enfia o arado na terra, desejando tirar uma colheita de um solo implacável, rezando diariamente por mais chuva. Mas não choveu no norte em 1972, meu amigo, e o agricultor não teve safra. As chuvas não caíram como deviam e, quando elas não vieram, as safras não vieram; e quando as safras não vieram, o agricultor sentiu fome; e quando ele sentiu fome, seu gado também ficou faminto, porque um agricultor alimenta seu gado antes de se alimentar. Quando o gado começou a morrer, o agricultor reuniu a família e tentou caminhar até a aldeia mais próxima, o abrigo assistencial mais próximo, o lugar mais próximo onde pudesse manter firme sua mão orgulhosa e implorar. Mas todo lugar em que ele ia era igual ao que abandonara. Eles estão morrendo de fome aqui em Wello, Dawit. Estão morrendo de fome no Tigre e em Shoa. Vivemos na cidade e nos esquecemos dessas pessoas. E imagine, agora, um agricultor longe de Wello, no sul, onde as chuvas são mais clementes e a terra não foi amaldiçoada pela fome. Esse agricultor ara a terra que não é dele, que nunca foi de seu pai, que nunca foi de seu avô e que nunca será de seu filho. Trabalha duro como seus animais, dia após dia, para pagar impostos a um proprietário de terras e para colher o suficiente para que sua família tenha cereais para a alimentação depois que tiverem dado ao proprietário da terra a sua parcela. A parcela do proprietário da terra é sempre grande. Corresponde sempre a mais do que ele precisa. É uma parcela egoísta criada por um sistema egoísta que saqueia os pobres e os transforma em empregados dos ricos. Dawit, vivemos em um sistema feudal. Nosso país explora os que trabalham com mais persistência para se manter vivos. Nosso imperador construiu o mito desta terra no sangue dos que estão cansados demais para expressar suas próprias verdades. É este o meu país? Crescemos juntos, Dawit, mas eu era outra pessoa antes de você me conhecer. Meu pai era esse agricultor do sul, ele morreu nas terras de um homem rico, amarrado ao lado errado do arado porque tinha sido obrigado a vender seu gado para alimentar a família naquela safra. Meu pai morreu como um animal, ainda estava amarrado àquelas cordas quando o encontrei, engolindo com o último fôlego que lhe restava o pó da terra de outro homem, rebentado pelo peso de seu trabalho. Os ricos acham que esta terra é deles, embora nunca tenham merecido o direito de dizer que é sua. Não como esses agricultores. Não como meu pai. A maioria dos que estão aqui, agonizando pelo chão, são os que foram suficientemente fortes para sair de suas aldeias e chegar aqui. As estradas estão cobertas de pessoas nossas que morreram no caminho, e seus corpos apodrecerão ao sol se os abutres não chegarem a eles primeiro.

Desonramos nossos mortos e nossos trabalhadores, Dawit. Os ricos guardaram seus segredos, o imperador nos roubou essa verdade e precisamos lutar para ter nosso país de volta e salvar essas pessoas. Um homem contou-me hoje que nada menos de 200 mil morrerão. Eles morrerão. É tarde demais para eles. Será que temos tanta gente viva em Adis Abeba?

6.

O IMPERADOR HAILÉ SELASSIÉ apoiou a cabeça na mão em concha e escutou a bolsa de ar vazia que soprava como vento seco contra seu ouvido. Ajeitou o travesseiro às suas costas na cadeira esculpida à mão e afundou na tranquilizadora suavidade do silêncio. Estava no seu amplo quarto com chão de mármore, as grossas portas de madeira dos armários revelando fileiras de uniformes cáquis idênticos e capas de veludo com bordados intricados. Não havia som senão o desse ar, não havia ninguém senão ele, não havia o que fazer senão sentar-se, e ele suspirou aliviado.

Misericórdia. É por ela que temos rezado, pensou o imperador. Misericórdia é o que sempre quisemos. Quando aqueles traidores filhos de Neway combateram nossos mais bravos homens e tentaram roubar nosso legítimo lugar neste trono, imploramos não por justiça, mas por misericórdia. Misericórdia para este trono e para este homem humilde, seu indicado. Seu muito abençoado rei Dawit, ele próprio não implorou ao senhor nos seus dias mais sombrios, não cantou seus louvores quando o senhor respondeu? Com certeza bondade e misericórdia nos acompanharão, afirmou. Pedimos apenas misericórdia, nem sequer a bênção da chuva.

Chuva. Tinha sido sempre essa a maldição de seu país. Séculos de inundações, seguidas por seca, chuva torrencial, depois lavouras ressequidas pelo sol. Tinha havido sempre excesso ou falta, sementes boiavam fora do solo ou se partiam ao meio com o calor escaldante da terra. Não deveria ser surpresa, pensou o imperador, que este novo problema tenha começado, apenas poucos meses atrás, com água.

O primeiro-ministro Aklilu Habtewold, elegante e afetado, os cabelos com brilhantina penteados para trás, tinha sido o portador da notícia.

— Temos problemas em Neghelle — disse. Anos de diplomacia francesa tinham-no ajudado a cultivar uma postura sóbria e controlada, porém as palavras do primeiro-ministro naquele dia tinham sido firmes e decididas, enérgicas, até. — Os soldados estão se rebelando. O poço deles não funciona.

O imperador ficara irritado com tamanha trivialidade. Tinha voltado aos seus papéis, a uma indagação do ministro das Finanças sobre como atender à demanda dos motoristas de táxi por preços mais baixos para a gasolina. É impossível, escreveu o imperador, os preços do petróleo subiram no mundo inteiro por causa do embargo decretado pela Opep em 1973; eles precisam participar desse fardo.

— Vossa Majestade — disse o primeiro-ministro Aklilu —, eles tomaram os oficiais como reféns. Dizem que o poço de água não é seguro e que eles não têm permissão para usar o mesmo poço que os oficiais. Alegam que são forçados a comer alimentos estragados, enquanto os oficiais jantam bem todas as noites. Receio que a situação possa se agravar. Não podemos contar com uma ajuda dos Estados Unidos, eles têm seus próprios problemas com o escândalo do presidente Nixon.

O imperador não levantou os olhos de seus papéis.

— Mande os aviões, diga que voem baixo. Que não machuquem ninguém.

O primeiro-ministro tinha hesitado.

— Os bombardeiros? Mas isso vai causar mais raiva. Há...

Um simples movimento de sobrancelhas foi suficiente para silenciar o primeiro-ministro.

— Depois conte a eles que vem mudança por aí. Não os maltrate. Diga aos outros ministros que nada disso pode ser comentado.

Ele voltara para seus papéis, para seus documentos, para suas pilhas de investigações e pedidos respeitosos e se esquecera dos soldados e de sua água poluída.

Menos de um mês mais tarde, tinha sido a Debre Zeit Air Force que pedira mais dinheiro. O primeiro-ministro Aklilu tinha concordado e depois concedido mais um aumento. Dois aumentos de salários para esses soldados humildes em menos de um mês, dinheiro que não existia para esse fim. Então a divisão inteira de Asmara tinha se rebelado e assumido o controle das estações de rádio. As vozes que falavam pelo rádio com a pronúncia imperfeita dos iletrados tiveram a arrogância de fazer mais pedidos ao trono, de levar ao ar suas queixas. A voz no rádio tinha pedido salário mínimo mais elevado, assistência médica gratuita, pagamento em dia, mudança na forma de governo e... uma pausa... a volta dos corpos de soldados rasos para sua aldeia natal, exatamente como era feito para os oficiais. O imperador havia visto nisso a compreensão de seu poder. Eles entendem que os esmagaremos, afirmou. Não tinham se esquecido dos irmãos Neway, não tinham esquecido, e ainda assim ousavam rebelar-se.

— Fecharam o aeroporto? Bloquearam as estradas? Tomaram as cidades? Como permitiu que isso acontecesse? — A raiva do imperador estava direcionada para o primeiro-ministro. — Como permitiu que isso acontecesse no nosso país?

— É um motim — explicou o primeiro-ministro Aklilu. Havia mantido a cabeça inclinada, os olhos baixos, e sua boca pequena estava apertada em uma linha fina. O terno azul, talhado por um alfaiate armênio que ele mandara se especializar em Paris, estava perfeitamente assentado em seus ombros largos; o corte era impecável. Em suas mãos havia um envelope. — Vossa Alteza... — Sua voz estava nítida, apenas seus olhos ternos traíam suas emoções — eles querem mudança, querem um novo gabinete, e as coisas tendem a piorar até que vejam algum resultado. Com todo o respeito e muito pesar apresento-lhe minha renúncia. Não vejo outra saída. — O discurso tinha sido ensaiado, o imperador não tinha dúvida. — É com profunda tristeza que lhe entrego esta carta. O senhor tem sido um pai para mim, minha educação não teria acontecido se não fosse pelo senhor. Tive a honra de servir a este país internamente e no exterior, fui abençoado por servir nas Nações Unidas e presenciar a reunificação de nossa pátria.

O imperador silenciou-o com a mão erguida.

— Está indo embora? Após tantos anos?

Mas a distância, do outro lado da janela, ouviu o rugido inquieto de seus leões enjaulados e compreendeu que o que estava acontecendo era o certo.

A POSTERIOR PRISÃO do ex-primeiro-ministro Aklilu e de seu gabinete deveria ter abrandado os soldados. Sua ida ao Mercato para enfiar dinheiro nas mãos estendidas de seu povo mais pobre deveria ter silenciado as reclamações. A indicação feita por ele de Endalkachew Mekonnen para primeiro-ministro, com sua diplomacia de Oxford e segurança aristocrática, deveria ter estabilizado seu instável país. Mas de um céu que se apresentava descoberto e quente sob o sol, panfletos caíram de helicópteros como penas partidas. Caíram dos helicópteros da Força Aérea e do Exército do imperador, dirigidos a todo o povo, folhas repletas de exigências datilografadas com esmero. Esses soldados queriam mais e pediam um comitê para assegurar o cumprimento das exigências. Para confirmar que os responsáveis pela corrupção e pela fome seriam levados à justiça. Para garantir que uma nova Etiópia poderia se erguer e romper os grilhões de uma monarquia envelhecida e decadente. As exigências não tinham fim, eram uma espessa neblina branca que dominava a cidade.

O imperador sentira uma dor pequena e aguda no meio do peito ao ver as páginas caírem em espiral no seu jardim, jogadas da janela de sua biblioteca. Viu, na leveza da descida, seus últimos dias expostos aos seus olhos. Ele chegará, disse a si mesmo. Chegará de forma tão suave e silenciosa quanto estes papéis, e precisamos nos preparar.

7.

A MANIFESTAÇÃO COMEÇOU em Meskel Square, em uma área plana de concreto e asfalto bem no centro da cidade. Quinhentos estudantes movimentavam-se, inquietos, na antecipação dos tanques militares e morteiros. No final das ruas amplas que se encolhiam e se transformavam em ruas menores, o ruído distante de caminhões e sirenes ressoava no sol da manhã e por toda parte murmúrios de coragem e desafio ecoavam nas pedras. Os manifestantes carregavam cartazes e bandeiras, erguiam e agitavam mãos vazias e punhos fechados. Atrás da cerca da escola preparatória vizinha St. Joseph's, ouviam-se vozes estridentes, leves como plumas. Alunos da escola corriam para unir-se aos outros quinhentos. E de Meskle Square subiam gritos encorpados que sacudiam a cidade e atravessavam as paredes do Jubilee Palace, onde o imperador Hailé Selassié refletia sobre esse último tumulto de seus súditos.

O tráfego estava parado, uma fila de insetos metálicos cozinhando ao sol. Espectadores penduravam-se em janelas, portas de carros se abriam, corações aceleravam na cacofonia crescente. Passantes abriam caminho para a procissão de soldados armados que avançavam em perfeita harmonia na direção da praça e com passos surpreendentemente ágeis. Os quinhentos estudantes, sem mais um movimento, ficaram parados no mesmo lugar e deixaram que um grito sufocado expressasse seu medo. Cartazes foram levados ao chão, nuvens macias sob um vento intenso. Fuzis erguidos capturavam o brilho do sol e mandavam rapidamente a luz de volta para o céu.

Dawit avançou pela multidão de estudantes, alto e rápido. De mãos vazias. Seus ombros largos abriam caminho para seus passos enquanto procurava um rosto familiar. Lily prometera encontrá-lo perto da cerca da escola preparatória. Ficou na ponta dos pés à procura de seus cabelos encaracolados e da blusa vermelha que ela prometera usar. Uma mão sólida e fria contra seu braço o deteve.

— Por aqui. — Era Solomon, estudante de economia, mais velho do que a maioria e mais taciturno do que qualquer outro.

Dawit estava surpreso. Solomon jamais tinha falado com ele antes. Raramente se dirigia a alguém, quase nunca olhava além do muro invisível que construíra ao seu redor e dentro do qual caminhava todos os dias.

— Estou à procura de uma pessoa — explicou Dawit.

— Vá lá para a frente — disse Solomon, apontando para a dianteira da multidão. — Eles não vão atirar. Não hoje. — Alisou um panfleto que tinha na mão. De um lado do panfleto havia a foto de uma criança faminta com membros dolorosamente inchados. No outro, o imperador Hailé Selassié alimentava seu chihuahua com carne de uma travessa de prata. — Guarde no bolso. Você não tem tempo de procurar ninguém, a passeata está começando.

— Tem certeza de que não vão atirar? — perguntou Dawit.

Havia boatos de que Solomon era um dos que coordenavam protestos com estudantes na Etiópia inteira e em todo canto da Europa e da América.

— Soldados se rebelaram no norte porque não têm água limpa para beber enquanto os oficiais do imperador recebem cerveja e vinho. — Empurrou Dawit à frente e apontou uma fileira de soldados parados adiante deles. — Cem mil estudantes marcharam pelos direitos dos muçulmanos e ninguém ficou ferido. Todos querem o imperador fora. Estamos todos do mesmo lado. Vá para a frente.

Dawit seguiu a instrução recebida e sentiu que os murmúrios baixos e a conversa excitada se erguiam às suas costas como uma brisa. Varreu a praça mais uma vez com o olhar à procura de Lily, mas era impossível vê-la, havia muita gente e a multidão crescia. Concentrou-se nos que pareciam ter estado à sua espera, nos que faziam um leve movimento com a cabeça e abriam espaço na frente, prontos para avançar ou cair com ele. Dawit sentiu os primeiros calafrios percorrerem seu corpo em ondas e deixou os ombros caírem.

Os primeiros passos começaram da direita, uma pancada leve no concreto irregular. Seguida por outra. Depois, o roçar de braços levantando os punhos. Solomon entregou-lhe um cartaz e Dawit segurou-o com mão firme. TERRA PARA OS LAVRADORES, estava escrito, as letras pretas grossas muito nítidas no branco perfeito. Solomon levantou o seu, GOVERNO POPULAR PARA TODOS. Os quinhentos, multiplicados, enfrentavam os soldados em um silêncio programado. Mil olhos observavam os canos de 2 mil fuzis carregados.

Dawit olhou para as colunas da frente, examinou os rostos de colegas conhecidos ou não, observou os alunos pequenos que o ladeavam e sentiu o coração se envaidecer, e uma sensação próxima à gratidão trouxe lágrimas à sua garganta e ele precisou erguer a voz com o coro de outras para não chorar na frente de tantos que, por um momento, estavam unidos em um elo tão forte quanto a família, talvez em uma união até mais forte do que a de sangue.

Seu primeiro salto foi involuntário, tão instintivo que ele mal soube o que tinha feito. Dawit saltou de novo, o peito projetado para a frente, e sentiu a onda de corpos movendo-se com ele e vozes soando como mil sinos que ressoassem. Não percebeu quando começaram as primeiras sacudidas de seus ombros, mas sentiu o estremecimento dos que estavam perto dele, ouviu os gritos dos guerreiros, vindos do fundo de suas gargantas, ora mais altos, ora mais baixos, e seus ombros moveram-se em um ritmo leve, ondas suaves contra um muro instável. Os estudantes surgiram à frente, seus pulos entusiasmados tornando-se cada vez mais selvagens e livres à medida que os soldados se dispersavam com passo desajeitado e vacilante.

8.

Dawit olhou até o final do claro corredor do hospital. Estava estranhamente silencioso, embora já fosse horário de visita. Havia algumas poucas enfermeiras circulando entre uma tarefa e outra. Ele pegou o corredor que levava ao quarto de sua mãe. Ali, também, não encontrou a movimentação habitual. Entrou e fechou a porta com cuidado.

Ela dormia sob uma janela que emoldurava as vozes excitadas e os assobios estridentes da rua. As cortinas não conseguiam absorver todos os ruídos que chegavam dos cidadãos que logo escapariam para o abrigo de suas casas. Sirenes da polícia passavam velozes e ele apertou os olhos para ver melhor o contorno do corpo da mãe no acende e apaga da iluminação de fora. Fogueiras recém-acesas por pastores piscavam nas colinas distantes, faiscando como uma estrela em explosão, e o clarão dos faróis quebrava a monotonia da escuridão do quarto apagado.

Dawit aproximou-se da cama, tocou a mão da mãe, segurou-a e deixou que o calor do corpo dele penetrasse na sua pele fria. Repousou a cabeça na dela e beijou seu rosto, depois acompanhou com o dedo a cicatriz em forma de meia-lua perto do olho, provocada por ele ainda no seu tempo de menino imprudente. A cicatriz, que antes acompanhava o nível da pele, agora formava uma dobra sobre si mesma, prova do peso que a mãe perdera na última semana. Uma vergonha antiga o invadiu e permaneceu nele tão forte quanto qualquer cheiro no prédio. Nunca tinha sido fácil para ela controlar os acessos de raiva do filho quando menino, e a cicatriz era prova da instabilidade emocional que ele devia ter descarregado na mulher miúda. Dawit alisou os lençóis e cobertores que a envolviam, depois puxou uma cadeira e sentou-se aos pés da cama.

— *Emaye* — chamou. Ela não se mexeu. — Desculpe.

Houve um tempo em que ele passava tardes inteiras assim, recostado nas pernas da mãe enquanto ela costurava ou olhava pela janela, embalado pela cadência hipnótica de sua voz enquanto ela contava histórias de sua Gondar, terra de nobres e castelos. A melodia da cantiga de ninar preferida da mãe brotou de sua memória e invadiu o quarto. Dawit cantarolou um trecho, uma sequência de notas simples. Envolveu as pernas da mãe com os braços, depois deitou a cabeça na cama, garantindo que uma parte de seu corpo tocava uma parte do dela. Relaxado, o topo da cabeça solidamente apoiado na coxa materna, a respiração profunda logo abrandou e se transformou em suspiros suaves. Seu canto diminuiu e silenciou, e Dawit adormeceu, confortado.

As contas de oração de Hailu arrastavam no chão, enganchadas no braço da cadeira; seu rádio estava desligado. Era fim de tarde, o sol começava a invadir as sombras da noite. Uma brisa tépida entrava por uma janela aberta e a tensão pressionava a casa inteira, atingindo Yonas em cheio.

— Por que ele ainda não está em casa? — Embora a voz de Hailu estivesse apertada, ela soava afável, assustadoramente tranquila. Isso acalmou os nervos de Yonas e fez voltar seu bom-senso ainda que de maneira confusa.

Hailu ligou o rádio. Primeiro vozes desencontradas que depois deram lugar a frases nítidas. Era uma informação de um repórter: Churchill Road estava bloqueada; todas as estradas para Meskel Square estavam fechadas devido à manifestação. Nenhuma notícia de feridos. Patrulhas seriam extremamente rigorosas naquela noite.

— Estudantes botaram fogo em três ônibus hoje de manhã. Sabe por quê? — Hailu perguntou. — Porque pertenciam ao governo. Mas os pais dos estudantes precisam de ônibus para ir ao trabalho. Qual é o sentido disso tudo? E quebraram os vidros de duas Mercedes estacionadas perto do Banco di Roma; lojas na Piazza e em todos os outros lugares permanecem fechadas, não podemos comprar o que precisamos. Os voos da Ethiopian Airlines estão retidos no solo. O imperador já dissolveu seu gabinete e criou um novo, mas eles não estão satisfeitos. E agora fazem essa manifestação. — Reduziu o volume do rádio. — É para lá que ele foi, não é? — Hailu fez uma pausa e olhou pela janela. — O que faço com ele?

Yonas queria fugir da voz agitada que falava para ninguém em particular. Em vez disso, desligou o rádio.

Seu pai virou-se para ele.

— Os manifestantes pediram a renúncia do imperador. — Hailu parecia não acreditar. — Essas crianças pensam que podem derrubar uma monarquia de 3 mil anos? Pensam que tudo que precisam fazer é erguer meia dúzia de cartazes para o mundo mudar? — Ele contava as contas de oração uma a uma. — Que suas ideias podem deter as balas?

As declarações do pai trouxeram à lembrança de Yonas uma das poucas brigas que tinham tido, 14 anos antes. Em 1960. Ele estava com 18 anos e o país vivia o auge de uma tentativa de golpe. Dois irmãos tinham esperado até o imperador voar para fora do país para encenar uma rebelião com a ajuda da Escolta Imperial. Os irmãos Neway. Um era brigadeiro, o outro um diplomado da Universidade de Columbia, nos Estados Unidos. Yonas tinha acreditado nos sonhos intensos e impetuosos desses corajosos irmãos, tinha aceitado seus eletrizantes apelos por mudança e avançado gritando a plenos pulmões pelas ruas de Adis Abeba. Seu pai, naquela ocasião, tinha sentado diante da porta e esperado por ele, também; tinha ficado acordado a noite inteira e ido trabalhar no dia seguinte sem dormir. Tinha feito a Yonas a mesma pergunta: O que você pode fazer para derrubar um governo inteiro? Você tem 18 anos, o imperador tem 3 mil. No entanto, Yonas acreditou até o fim, mesmo quando o país viu um golpe mal planejado se transformar em episódio sangrento. Em questão de dias, os irmãos Neway e seus homens estavam mortos, três dos corpos, inclusive o de um dos irmãos, Germame, enforcados, depois expostos em St. Giorgis Square para servir de advertência. Todas as esperanças de mudança tinham se extinguido com eles, mas o eco deixado por seus brados por revolta tinha conseguido ganhar espaço de 1960 a 1974. E agora ali estava seu pai mais uma vez questionando os ideais de um filho.

Sara entrou na sala de estar alisando a saia longa e enfiando alguns fios de cabelo de volta para dentro de seu lenço de cabeça cor de laranja.

— Não há jeito de Tizzie dormir — disse.

Só o modo de ela andar, com passos firmes e graciosos, bastou para aliviar sua ansiedade. Yonas abriu espaço para ela no sofá.

— Não tentou colocá-la na cama mais cedo? — Passou o braço pelo seu ombro e puxou-a mais para perto. — Ela vai adormecer quando se cansar.

— Selam começou a adoecer logo que Tizita nasceu — disse Hailu. Ele não tinha tirado os olhos da porta.

— Foi na mesma época? — perguntou Sara. — Eu me sentia tão fraca. — Deitou a cabeça no ombro de Yonas. — Aqueles primeiros dias — prosseguiu, com um arrepio. — Tizita era tão pequenina.

— Foi a primeira ida de *Emaye* para o hospital — respondeu Yonas.

— Tizita completará 4 anos. Não devíamos fazer uma festa para ela? — perguntou Sara. Ergueu os olhos para Yonas. — Ela já tem idade para se lembrar da festa mais tarde.

Yonas ficou surpreso com a ideia. Olhou para o pai, mas Hailu mantinha o olhar perdido na distância.

— Não me parece certo. Não agora.

— *Emaye* gosta de festas — argumentou Sara. Deu um sorriso meigo para ele. — Ela andava falando em fazer uma festa para Tizzie. *Abbaye* precisa relaxar, ver os amigos fará bem a ele.

— *Abbaye*, o que acha? — Yonas perguntou ao pai.

— Quatro anos — observou Hailu. Balançou a cabeça e o contorno de sua boca se alongou. Levantou-se com esforço. — Vou deitar.

CAIU UMA CHUVA forte. Pingos grossos que formaram poças e reluziram na estrada de asfalto. Uma lua brilhante pendia do céu de piche sem estrelas. Dawit tamborilava no volante do Fiat de Yonas, correndo demais quando não devia. Tinha deixado o hospital e ido encontrar os organizadores do diretório estudantil em uma pequena casa perto do campus universitário de Sidist Kilo. Solomon tinha recorrido a ele para encabeçar o recrutamento para a próxima manifestação.

— As pessoas gostam de você — dissera Solomon, com a cara fechada, embora fizesse um elogio. — Faça contato com os amigos, peça-lhes para falar com os amigos deles. Estamos ganhando força, precisamos de mais gente. Escolha-os com sabedoria.

Dawit fez uma lista mental de seus amigos: Lily, Meron, Markos, Teodros, Zinash, Anketse, Tiruneh, Gebrai, Habtamu, Getachew — havia muitos que deviam querer participar. Correu os nomes de quem ele conhecia de vista e, quando a estrada asfaltada se esfarelou e virou terra na frente da majestosa Legação Francesa, pensou em Mickey, o amigo que era um irmão em tudo, menos no sangue.

Tinham 7 anos quando se conheceram. Ele era uma criança franzina, magra, com a reputação de gostar de brigas e ser desatento; Mickey era filho de uma viúva, menino de respiração pesada, com um coração mole e olhos nervosos que pareciam piscar sem interrupção para afastar a luz. Tinham se conhecido ao pé da escada da varanda de Dawit, esse com os olhos fixos, como os demais moradores do condomínio, no mais recente acréscimo à sua comunidade. Mickey e sua mãe carregavam apenas uma mala, uma pequena valise de couro não maior do que a pasta de médico de Hailu. Mickey acenou, envergonhado, para Dawit e apertou os olhos, projetando o pescoço à frente como uma galinha, e Dawit percebeu que sua visão era fraca. Olá, disse Mickey, meu pai morreu, por isso vim morar aqui. Dawit retribuíra o cumprimento, dissera que tinha pai e dera ao novo menino uma tentativa de sorriso.

Mickey tinha seguido a mãe até a casa de um só cômodo, uma estrutura minúscula espremida entre outras exatamente como aquela em um caminho estreito que mal comportava duas pessoas. Largou a valise na porta e logo voltou para a varanda.

— Seu pai pode ser meu também? — Mickey perguntou.

O pai tinha aceitado a proposta de Mickey ser seu terceiro filho com uma seriedade que deixou Dawit enciumado.

— O que aconteceu com seu pai? — perguntou Hailu, inclinando-se para chegar à altura dos olhos de Mickey. Segurou a mão gorducha do menino.

— Está morto — Dawit dissera, inclinando-se para se aproximar mais do pai. — Ele me contou.

— O que aconteceu? — perguntou Hailu, seu sorriso desaparecendo, o braço movendo-se para envolver de modo firme e gentil os ombros de Mickey e trazer o menino mais para perto.

— Ele caiu — respondeu Mickey, apertando os olhos sem fixá-los em nada. — Estava trabalhando e depois caiu. — Mickey olhou para além de Dawit e seu pai e reparou na casa. A estrutura de dois andares de repente pareceu grande demais e muito imponente para Dawit, que seguiu o olhar de Mickey. — Sua casa é grande.

Hailu subiu com os meninos para a varanda. Dawit segurava com força uma de suas mãos, na tentativa de reconquistar a atenção do pai.

— Você irá para a escola. Não precisará trabalhar como seu pai.

A mãe de Mickey, Tsehai, estivera observando.

— Mickey, venha cá!

Hailu largara a mão do menino.

— Diga à sua mãe que somos todos uma família. Se ela precisar de alguma coisa, basta avisar. — Ele tinha afagado a cabeça de Mickey e soltado sua mão da de Dawit para dar um abraço no novo morador.

Os dois meninos se tornaram inseparáveis. Na escola, a proteção de Dawit impediu que muitas das outras crianças fizessem comentários sobre as roupas surradas e os sapatos gastos de Mickey. Na sala de aula, enquanto as travessuras e a preguiça de Dawit rendiam-lhe pancadas ou chutes, a sinceridade de Mickey abrandava as reações até do mais rigoroso dos professores. Os dois eram mais próximos do que irmãos e Dawit partilhava tudo com o amigo: as bolinhas de gude, o almoço, até sua tartaruga de estimação. Foi somente após terminarem a escola secundária que as coisas mudaram. Mickey precisava trabalhar e não podia cursar a universidade, embora suas notas e seus resultados tivessem sido melhores do que os de Dawit. Entrara para o serviço militar e fingia não perceber os olhares incriminadores de Dawit e seus resmungos de pesar.

— Tenho roupas novas, agora — brincara Mickey. — Finalmente minha aparência está tão boa quanto a sua.

E agora Mickey estava em Wello. Suas cartas se tornavam cada vez mais enfurecidas, mostrando a Dawit um lado da Etiópia, e de seu amigo, que ele nunca vira.

9.

O IMPERADOR NÃO SABIA ao certo como aqueles soldados tinham se infiltrado em suas reuniões. De algum modo eles tinham conseguido escapar de suas barracas e entrar sem ser vistos no Palácio de Menelik, deixando evidente em seus olhares arrogantes a aversão que sentiam por homens educados e cultos. Eles já se reuniam há algum tempo no quartel-general da Quarta Divisão quando um dia alguns homens de seu seleto grupo entraram com seus jipes em suas instalações, forçaram os guardas assustados a lhes deixar passar e se instalaram ao redor de sua mesa. Essa provocação levou o já instável Gabinete de Endalkachew a uma paralisia insustentável. Endalkachew, despojado de toda ilusão de poder, e com a maioria de seus ministros presa, foi forçado a renunciar e, mais tarde, ele próprio também foi para a prisão. Esses oficiais de patente inferior escolheram um de seus homens, Mikael Imru, para primeiro-ministro, ao mesmo tempo em que se curvavam em reverência e juravam baixinho lealdade eterna.

Ele não sabia ao certo quantos eram esses homens em uniformes verde-escuros que agora o pressionavam em reuniões palacianas e sussurravam que ele precisava se lembrar de suas exigências, que precisava se lembrar de seu povo. Não sabia mais quantos eram. Não sabia qual desses soldados austeros tinha assumido o controle de sua estação de rádio e transmitido as seguintes palavras para cada casa e restaurante da cidade: "Não acreditamos em olho por olho. Levaremos a julgamento todos aqueles que fizeram mau uso do poder. É possível haver justiça sem derramamento de sangue." E era apenas o vento ou seu povo tinha mandado gritos de alegria para o céu noturno? No turbilhão de coisas que aconteciam tão depressa, os corpos desses homens tinham se desintegrado em meras vozes nos seus ouvidos. Pareciam modelados pelas sombras que tomavam conta dos cantos escuros de seu palácio, entrando e saindo de seu campo de visão, deixando vestígios de fumaça e o odor de madeira queimada por onde passavam. Falavam com ele no seu sono e as palavras se aninhavam na sua cabeça e se entocavam no seu cérebro. O imperador passava os dias tentando livrar-se do vozerio nos seus ouvidos, tentando jogar para longe os pedidos desafiadores. Nós o ajudaremos a conduzir o país, o senhor é velho e nós somos jovens, o senhor é um, nós somos muitos. Faremos tudo que o senhor pedir.

A pressão sobre a cabeça do imperador Hailé Selassié aumentava, articulando-se por trás de seus olhos. Pensamentos se desfaziam em uma centena de palavras soltas que flutuavam diante de seu rosto, presas em páginas que eram jogadas por baixo de sua porta. Ele sentia-se entorpecido pelos sorrisos lisonjeiros que destruíam sua resistência mais do que olhos duros e penetrantes conseguiriam. Seu nome aqui. E aqui, diziam oficiais antes desconhecidos para ele. Assine isto e dissolva seu ministério e o Conselho da Coroa, temos um modo novo e melhor de o senhor governar. Não passavam de homens dando instruções ao escolhido de Deus, ao monarca com sangue que remontava ao sábio rei Salomão da Bíblia. Em pouco tempo, as vozes fluíam do rádio e conclamavam seus melhores homens a se submeter aos desejos de todos e ir para a prisão. Não haverá derramamento de sangue, o rádio dizia, apenas justiça. Seus senadores e juízes, membros do Gabinete e ministros, seus nobres, começaram a deixar seus postos e se entregar com assustadora confiança. Assine aqui, e aqui, não há tempo para ler, precisamos nos apressar, confie em nós. Não sente, não há tempo para descansar. Precisamos mostrar que a mudança está chegando. Não ouve seu povo? O imperador levantou. O imperador caminhou. O imperador foi atrás de homens uniformizados de uma reunião para outra. Em que nos transformamos?, ele perguntava a si mesmo. Quando os anjos nos levarão para longe desta disputa? O imperador Hailé Selassié fazia o possível para permanecer imóvel. Para ficar firme sem seguir ninguém. Para sentar-se sem assinar. Para observar sem assentir, sem se expressar, sem revelar o pânico que tomava conta dele. As coisas, porém, continuavam a acontecer. Precisamos ser apenas o que somos, lembrava a si mesmo. Somos como somos e assim seremos. Estamos aqui, nestes dias de perdedores e confusão, mas foi escrito que isso passará, então assim será.

NÃO HAVIA NINGUÉM no Jubilee Palace naquele dia. Nenhum som de passos no corredor a caminho de sua sala, nenhum empregado arrastando os chinelos e circulando pelas salas cavernosas. Havia apenas o cheiro pungente e forte da madeira seca que se transformava em cinza. Um empregado fiel movimentava-se, inquieto, na frente dele, à espera das próximas instruções. O imperador Hailé Selassié pegou um pedaço de papel em branco e estendeu-o para o homem. Escreva isto, disse ao empregado, e ouviu sua própria voz ecoar dentro dele. Escreva isto, repetiu, em tom mais fraco. Meus súditos não podem esquecer, eles precisam ser lembrados de que já estive no exílio em um país fora destas fronteiras e mesmo de longe governei de forma vitoriosa. Lembre-os daqueles terríveis dias de Mussolini, de gás de mostarda e tanques, quando me coloquei à frente de nações e combati intolerância com verdade. Escreva, escreva, voltava o eco, mais baixo e menos insistente. O imperador

Hailé Selassié entregou uma caneta para o antigo empregado e viu o homem tremer. Escreva, ordenou. Escreva para fazê-los lembrar, para que saibam que o Leão Conquistador de Judá continua em seu trono. Diga-lhes que não abandonei meu povo, que ainda governo, com mais de 80 anos e sagaz, parente do rei mais abençoado por Deus. O imperador olhou pela janela seus leões que caminhavam para um lado e para outro em suas jaulas, seus rugidos lembrando trovões distantes. Nosso tempo ainda não acabou. O empregado, de olhos baixos, fez uma reverência. Chame o ministro da Informação, disse o imperador, observando o sol vermelho que se escondia ao longe. Ele escreverá para nós. Chame-o aqui. O empregado murmurou: Ele se foi. Onde está? perguntou o imperador. Onde estão todos? Onde está meu povo?

10.

A SALA DE ESTAR ESTAVA apinhada como há muito tempo não se via. O motivo era a celebração da véspera do Ano-Novo e do aniversário de Tizita, mas Hailu só conseguia pensar no seu relógio que estava atrasado... mais uma vez deixara de dar corda. Estava se esquecendo de seus hábitos mais rotineiros.

— Precisávamos desta festa — disse Kifle, um homem com rosto agradável e uma longa cicatriz perto da orelha. — Fico feliz que tenha nos convidado, apesar de tudo que estão passando. — Sorriu. — Estamos todos orando por Selam. Por enquanto, é o que podemos fazer. — Seu sorriso enfraqueceu.

A cortesia de Kifle, tão característica do homem que era um dos mais confiáveis conselheiros de finanças do imperador, quase trouxe lágrimas aos olhos de Hailu.

— Devemos tomar conhecimento de um relatório às 17 horas — informou Hailu, enquanto mexia o gelo de mais um copo de uísque, atento para não respingar na tradicional túnica branca nem nos culotes brancos, presente de Selam. — Meu relógio não está certo. — Ele estava atravessando seus dias de maneira desorganizada, despreparado para o que estava por vir.

— É sobre a fome e o imperador. A cidade está muito calma hoje — observou Kifle. — Minha irmã de Gondar disse que todos estão à espera de notícias. Nenhum dos oficiais de lá saiu de casa a semana inteira.

A campainha da porta tocou e Kifle enrijeceu. Ninguém se moveu até Sara voltar da sala de jantar.

— São só as crianças — explicou. — Ainda que não haja fogueira esta noite, pelo menos as tradições não serão jogadas fora este ano. — Abriu a porta e sorriu para um grupo de meninas que seguravam flores *meskel*, as pétalas amarelas vibrantes contra suas novas roupas *habesha*. Mergulhou a mão no bolso à procura de moedas no instante em que elas começaram a cantar. — *Abebaye Hoy!* — ela exclamou. — Eu costumava ir de casa em casa no meu bairro e cantar a mesma canção na noite do Ano-Novo — disse a elas, pegando as flores e colocando moedas nas palmas de suas mãos.

As meninas gritaram, excitadas, e correram para bater em outra porta, seus vestidos brancos novos se destacando contra o sol poente.

O disco chiou e parou.

— Colocarei música de novo quando o comunicado acabar — Dawit explicou aos convidados.

Hailu engoliu sua raiva e forçou um sorriso.

— Espere que dou um jeito. — O disco era um dos preferidos de Selam, e a coleção de compactos de 45 rotações figurava entre seus bens mais preciosos. — Você acabou com ele.

A Rádio Adis Abeba entrou no ar e um locutor ofegante lembrou a todos os cidadãos que não deixassem de assistir à programação especial na Televisão Etíope naquela noite.

— Hailu — disse Kifle — vamos aproveitar. É o aniversário de uma menina e amanhã começa um novo ano. — Ergueu o copo. — À Etiópia. — Levantou o copo em um brinde solitário e ficou paralisado quando foi feito outro comunicado pedindo que mais oficiais do governo se apresentassem ao palácio para se entregar. — Se eles não chamam a pessoa pelo nome, vão ao seu escritório ou a buscam em casa — disse Kifle. Esfregou o pescoço. — Ninguém está a salvo.

— Não acontecerá nada. Os advogados deles esclarecerão tudo — amenizou Hailu, batendo de leve no braço do homem. Alguns dos que tiveram os nomes lidos em voz alta eram amigos próximos de Kifle. — Tefera será solto logo, você vai ver.

Yonas caminhou na direção do grupo de homens, com a câmera na mão.

— É puramente simbólico. Esses conselheiros militares querem que a gente saiba quem tem o poder. — Ajustou a lente. — Ouviram o novo nome que eles mesmos se deram?

— Sempre esqueço. Não é uma palavra amárica, ou é? É muito mais velha — disse Kifle.

— Derg — explicou Hailu. — Estão chamando a si mesmos de Derg. Significa comitê na língua Ge'ez.

— Por que usar a antiga língua dos padres para este desastre? — murmurou Kifle.

Yonas ergueu a câmera.

— Uma foto, por favor. — Os homens se aproximaram mais uns dos outros e olharam direto na lente.

— Kifle! — Uma das mulheres no sofá pegou sua bolsa e o chapéu enquanto o chamava.

Kifle virou-se para Hailu.

— Precisamos ir para casa.

Aida, esposa de Kifle, aproximou-se de Hailu.

— O primeiro-ministro Endalkachew foi preso. Ouviu a notícia? — perguntou. Espiou a sala de jantar, onde estava sentado Mickey, uniformizado. — O militar me deixa nervosa.

— Mickey? — perguntou Hailu. — Você o conhece desde que ele era menino.

Na sala de jantar, Dawit, Mickey e Lily observavam os mais velhos com curiosa intensidade.

— Entregamos uma programação para uma transição para o governo civil após a saída do imperador, mas o Derg não respondeu.

— Dawit virou-se para Mickey. — O militar vai falar, ouviu alguma coisa?

Mickey balançou a cabeça e sorriu com orgulho.

— O major ficou satisfeito com meu relatório. Quer me dar uma chance de subir. — Acenou cordialmente para Kifle, que deu uma última espiada na festa antes de ir embora. — O comitê disse que as pessoas seriam punidas. — O sorriso fugiu de seu rosto.

— Só as que de fato devem ser. — Dawit bateu na perna. — Estou contente que estejamos combatendo essas pessoas juntos. Você e eu — completou.

SARA ACENDEU AS QUATRO velas sobre o *dabo* redondo recém-feito, que ela havia decorado com pequenas flores amarelas de plástico, do mesmo modo como sua mãe costumava fazer para ela nos seus aniversários, e correu a mão pelas costas da filha.

— O que sou senão sua mãe? — sussurrou.

Beijou a testa de Tizita e segurou a faca antes que a menina, excitada, tentasse pegá-la de novo. Cortou o pão.

Lily bateu palmas e abraçou Tizita.

— Você é uma menina grande, agora! — exclamou. Virou-se depressa para beijar o rosto de Sara. — Parabéns — sussurrou. Beijou-a de novo. — Você tem uma menina linda.

Sara ergueu o braço para ajeitar o cabelo. A personalidade enérgica de Lily, seus cachos rebeldes e sua beleza exótica faziam com que ela se sentisse sem graça e simples. A mulher mais jovem vestia calças jeans comuns e uma blusa de gola ampla bem ao gosto das universitárias, um estilo americano que contrastava com o modo mais formal de vestir dos etíopes. A saia de Sara de repente pareceu roupa de matrona.

Hailu chamou Tizita para a sala de estar.

— Vamos — convidou Yonas, pegando a mão de Tizita.

Sara soltou a filha. Lily abraçou Sara.

— Desculpe, preciso ir.

— Não pode ficar mais um pouco? — Sara forçou um sorriso. — Ainda nem começamos a perguntar quando você aceitará a proposta de casamento de Dawit.

Lily suspirou.

— Mickey começou essa briga hoje mesmo à tarde. — Sacudiu a cabeça. — Como posso pensar em outra coisa quando tenho esses exames? — Consultou o relógio. — Diga a Dawit que mais tarde telefono para ele. Mickey está saindo, vou atrás dele pela porta lateral. — Seguiu pelo corredor.

Na sala de estar, Yonas e Dawit olhavam fixamente um para o outro. A luz intensa do sol ampliava a distância entre eles. Sara aproximou-se com fatias quadradas de *dabo*, na esperança de poder apaziguar o que parecia ser uma discussão cada vez mais acalorada.

— O que sabe sobre direitos dos camponeses? — ela ouviu Yonas perguntar a Dawit.

Ele estava com as mãos enfiadas nos bolsos. O temperamento de Yonas era tão instável quanto o de Dawit, porém seu controle sobre as emoções era muito maior do que o do irmão, embora naquele instante ele parecesse prestes a explodir.

— É para você — disse Sara, oferecendo-lhe um prato.

Yonas empurrou-o para o lado.

— Você já saiu alguma vez da cidade? Já tentou alguma vez se informar sobre as pessoas em nome das quais diz que fala? Todas as suas demonstrações dizem respeito a salário mais alto e gasolina mais barata, questões elitistas da classe média. Como isso ajuda os pobres do interior?

Sara empurrou um prato na direção de Dawit.

— Pegue. E lembre-se de que temos visitas.

Dawit baixou a voz.

— Quem vai falar por eles? Pessoas como você, que querem apenas se esconder até a situação melhorar? — Rasgou com raiva o naco quadrado de pão e enfiou um pedaço na boca. — Pelo menos estamos tentando modificar as coisas.

TODAS AS VISITAS TINHAM ido embora e o resto da família estava trocando de roupa. Sara sentou-se sozinha na sala de estar e alisou o lugar ao seu lado onde Selam costumava sentar. Sentia falta da amizade de Selam, de sua vibrante presença feminina em uma casa que, sem ela, seria dominada por homens.

— Sou só eu de novo — disse para si mesma.

Ligou a televisão e olhou a tela estática até que apareceu um repórter de aspecto afável. Ela não queria pensar em Selam. Isso apenas traria de volta lembranças de sua própria mãe e reacenderia uma perda que era tão dura quanto uma dor recente. Franziu a testa. O que a intrigava era que cada vez mais ela precisava lutar para manter viva a lembrança de seu pai, ainda que com a ajuda de uma fotografia esmaecida. Tinha quase se esquecido de seu rosto. Só conseguia, nos melhores dias, ouvir sons quase imperceptíveis de sua voz, lembrar-se de fragmentos mínimos de suas histórias.

Sara encolheu as pernas no longo sofá florido e acompanhou com o dedo um raio de luar que atravessava a sala vazia e acabava em sombra no seu braço. A janela estava aberta e uma brisa fresca filtrou-se através das cortinas finas, seguiu a curva de seu peito e invadiu sua blusa. Ela fechou os olhos e esperou que a lembrança voltasse.

Seu pai coloca o dedo no centro da palma de sua mão e acompanha as linhas mais longas que chegam ao punho. Sua mãe e eu fugimos daqui para lá. Andamos até aqui — ele faz o dedo desenhar um caminho que sobe por um braço, atravessa suas costas, desce pelo outro braço e acaba na palma da outra mão. Depois fizemos isto — ele segura as mãos da filha e as une como em oração — e aí você veio para nós. Minha filha. Você é minha filha, ele repete.

Sara dobrou a mão e descobriu que os anos tinham escurecido os caminhos sobre suas palmas; calosidades formavam agora colinas arredondadas na jornada que seus pais empreenderam para a segurança durante a Ocupação Italiana. Ela estava com 11 anos quando começou a se perguntar como o pai tinha conseguido escapar de um contingente italiano que procurava um rapaz alto com roupa de um branco resplandecente e uma garota assustada que tinha estrangulado um general italiano na cama dele. Ele riu quando ela perguntou e seus olhos se encheram de uma tristeza terna que ela não compreendeu. Eu teria morrido para ajudá-la a fugir, ele disse. A natureza do amor é matar por ele, ou morrer. Olhou para ela então, seus olhos se tornando líquidos pela emoção, um dia você saberá o valor da vida.

Quando Sara tinha 17 anos sua mãe morreu, unindo-se ao seu pai na conspiração familiar e deixando-a sozinha. Sara cortou os cabelos pela primeira vez. Desfez trança por trança e observou-os cair às costas, escuros e espessos. Em seguida pegou a tesoura velha de sua mãe e cortou punhados de cabelo. Olhou-se no espelho quando terminou e sentiu a superfície áspera do couro cabeludo nu. Então, devagar, enfiou a ponta da tesoura na pele macia. Arrastou a lâmina até o meio do couro cabeludo e olhou a pele morena empapar-se de sangue. Fez então uma oração pela alma dos pais e pediu que o Anjo Gabriel os levasse até a menina com a cicatriz na cabeça e que lhes dissesse que, mesmo das nuvens, eles sempre saberiam qual menina era a sua filha. Ela os queria ao seu lado até que chegasse a hora de ter a própria família, os próprios filhos. Até que não estivesse mais sozinha.

Sara tocou a cicatriz e traçou um caminho até sua barriga. Havia uma bolsa de calor que ainda mantinha a forma de dois bebês que tinham morrido dentro dela. Todos os meses, durante seu ciclo, ela imaginava que sua barriga se contraía e tentava expulsá-los de novo. Em algumas noites, os espasmos eram mais fortes do que em outras. Seu pai teria apontado para a sua perna coxa, resultado de um ferimento de guerra, e dito a ela que o que sobra contém suas próprias promessas, que o que fica fará nascer a esperança. Sua mãe teria compreendido sua tristeza, teria sabido, como só uma mulher consegue saber, que ela queima como fogo e permanece no coração. Talvez, ela pensou, talvez o corpo consiga conter apenas um tanto de determinada lembrança antes de começar a fazer espaço para mais. Talvez seja melhor eu esquecer algumas coisas, talvez não haja espaço suficiente em mim para pai e mãe, exatamente como aconteceu com aquelas crianças.

11.

A FAMÍLIA REUNIU-SE NA frente da televisão, as xícaras de chá intocadas diante de cada um. Estavam inclinados à frente na direção da tela, repugnados e atônitos com o que viam. Abutres grasnavam e guinchavam, vorazes e vingativos. Batiam suas asas com fúria e pressa, mandavam penas uma atrás da outra para dentro do olho de uma câmera. O clarão constante do sol disparava balões de luz para a lente, forçava sombras a se desviar de volta para o céu. Sob o calor viciado havia esqueletos cobertos de carne que respiravam. Vestidas com trapos cor de poeira, crianças rastejavam pelo chão. Mulheres adultas com ossos em vez de seios sugados por bebês macilentos. Homens vencidos deixavam moscas famintas se banquetearem nos seus olhos. Corpos nus jaziam esfacelados na terra rachada, espalhados como cinzas.

— Meu Deus! — exclamou Yonas, cobrindo o rosto com a mão e limpando lágrimas secas. — Meu Deus. Pobre gente.

A câmera era impiedosa. Passava com pressa por rostos boquiabertos, pela terra desprovida de tudo, oscilava no ventre do calor implacável e então descia para outro corpo, outra mãe indefesa, outro menino intumescido.

— Mickey estava lá, ele viu com os próprios olhos o que este governo fez. Ladrões! Patifes famintos por dinheiro! — Dawit tinha se levantado e caminhava de um lado para outro, perto do sofá, olhando a tela com raiva. — O tempo todo o imperador tem visto pessoas morrendo desse jeito. Ele estava lá, no ano passado, e não fez nada. É por isso que precisamos de mudanças. Quantos mais devem morrer até que a Etiópia acorde?

Apontou para a televisão, depois voltou a sentar-se. Um joelho sacudia fora de controle. Mordeu o lábio inferior.

— É por causa da seca e de alguns oficiais, você tem razão — concordou Hailu. — Mas não do governo inteiro. Nossos líderes não são maus, não a esse ponto. — Endireitou a posição da mesa à sua frente. — E esse comitê Derg, por que não nos falaram dele antes? São os chamados conselheiros do imperador, não é isso? — Sacudiu a cabeça. — Não podiam fazer alguma coisa antes desta noite?

O documentário de repente pulou para cenas de pomposos salões palacianos, planou acima de mesas apinhadas de iguarias fumegantes, fez um giro rápido pelo imperador alimentando seus leões com comidas extravagantes, por suas numerosas Mercedes. Depois voltou à fome, aos esqueléticos, aos mortos espalhados pelos caminhos que levavam de uma aldeia completamente improdutiva para outra. Uma menina muito pequena, com o estômago tão inchado que parecia a ponto de explodir, roía uma pedra.

— Viram isso? — perguntou Hailu, apontando para a tela.

Yonas franziu a testa.

— Essas cenas no palácio são de anos atrás, não é mesmo?

— Mais propaganda — disse Hailu.

— Ele é um homem rico que perdeu contato com seu povo — observou Dawit. Ele tinha ido ao seu quarto pegar algumas cartas. — Olhem — deu um piparote na página aberta —, Mickey me escreveu, ele ouviu boatos de que grãos estão sendo vendidos em outras cidades. — Colocou o dedo em uma determinada linha. — Grãos que deveriam ir para essa gente!

Hailu sacudiu de novo a cabeça.

— Hailé Selassié ama seu país. Não estão nos contando tudo.

— Tem mais coisa — disse Yonas.

A família ouviu a voz sufocada do jornalista britânico repetir o número de mortos, devastados pela fome inimaginável. De proporções bíblicas, sussurrou. Um vale desolado, o sol brilhante demais para sombras de morte. Quem os ajudará?, perguntou. Por que não tiveram ajuda de seu governo?, continuou. Por que o imperador se esqueceu de sua própria gente?

No olho parado da câmera: um mar de corpos empalidecendo sob um sol inclemente.

Bizu, a empregada mais velha, estava espremida contra a arcada da sala de jantar, as mãos no rosto, seus olhos acinzentados transparentes boiando nas lágrimas que não rolaram.

— Eles estão em Wello — falou em voz baixa. — Isso é Wello. — Bateu com as mãos no peito. Wello era uma província longe de Adis Abeba, no norte. — É lá que estão morrendo desse jeito. — Apoiou-se contra a parede. — Sou de lá. — Era a primeira vez que ela falava de sua vida antes de morar com eles. — Esse é meu povo.

Sara correu para o seu lado.

— Bizuzinha, Bizu, vamos para a cozinha. — Envolveu a mulher pequenina com os braços e tentou conduzi-la para fora da sala. Bizu resistiu, seus soluços cada vez mais altos.

— Não posso sair daqui — argumentou. — Viu meu povo? Não posso sair daqui. — Parou no vão da porta. Sara esfregava a mão nas suas costas, impotente.

— Ele não podia ter sabido da gravidade da situação — observou Yonas. — Não havia jeito.

— Como podia ignorar uma coisa dessas? — perguntou Dawit. Estava de pé de novo, apontando para a televisão, os olhos fixos no irmão. — Todos esses ministros que ele enriqueceu deviam ser acusados por esse crime! É isso que um novo governo fará. Essas elites ricas não passam de traidoras do povo e, até que nos livremos de todas elas, nada mudará! — Falava com tanto vigor que uma veia pulsou na sua testa.

Os olhos de Hailu estavam presos na tela e nos créditos que rolavam.

— É verdade — sussurrou.

— O que é verdade? — Dawit sentou-se de novo com algum esforço.

Hailu virou-se, acordando do devaneio.

— Isso importa? — perguntou. — Seus protestos e suas passeatas nada farão por essas pessoas. Vocês querem chamar os ministros de traidores, querem outro primeiro-ministro, uma nova constituição? O que acontece nesse meio-tempo? O problema é grande demais. Precisamos de ajuda imediata, não de um novo governo e de mais desordem. — Enrolou as contas de oração no pulso.

Pela janela entrava uma onda cada vez maior de vozes. Um homem jovem gritou a distância, em seguida ouviu-se um grito de resposta, depois um gemido. Mulheres chamavam umas às outras em um tom muito alto. Famílias já tinham entrado para o pátio do condomínio de Hailu, e seus murmúrios cada vez mais intensos chegavam a ultrapassar os ruídos vindos do outro lado do portão. Passos pesados desciam a estrada. Uma pedra afiada chocou-se contra o portão. Carros passavam em alta velocidade tocando música alta e estridente. Ninguém se trancaria em casa naquela noite. Parecia que a cidade inteira abria devagar suas portas e janelas, sua surpresa e a raiva perturbadora voláteis demais para ser contidas entre quatro paredes.

12.

HAVIA CINCO DELES E cheiravam a suor fresco e pólvora. Procuraram-no nas horas mortas da manhã, falando com sussurros. Ele estava à espera, as costas voltadas para a porta, uma Bíblia embaixo do travesseiro, orações para os famintos se derramando de seus lábios. Não se mexeu quando o trinco da porta girou, flexível e bem-lubrificado. Fingiu não ouvir os primeiros passos hesitantes entrarem no seu quarto.

— Imperador Hailé Selassié — disse um deles, em tom tão solene quanto o de uma oração —, por favor, levante-se.

O imperador forçou a perna para endireitá-la e alisou o uniforme militar, uma fileira de medalhas brilhantes oscilando no seu peito. Estendeu o braço para pedir o casaco e esperou com calma. O dia tinha finalmente chegado.

O homem que falava tossiu baixo.

— Pegue o casaco e venha conosco, por favor, Vossa Majestade.

O imperador endireitou os ombros e ergueu os olhos para observar o rosto sombrio dos cinco. Seus conselheiros. Com corpos perfeitamente moldados em uniformes do Exército, olhos e dentes afiados, mãos fortes e pés firmes. Eles não conseguiam olhá-lo de frente e ele percebeu que não conseguia lembrar-se de seus nomes. Apenas o homem na extrema esquerda, mais baixo e mais escuro do que os demais, ousou olhar na sua direção uma vez. Um rosto desconhecido, pensou o imperador, mas aquele olhar, aquela provocação altiva de animal enjaulado, ele já vira em alguns de seus generais mais destemidos, e foi então que o imperador compreendeu.

— Nossa era acabou — disse. — Sim. — Olhou dentro da escuridão, as costas rígidas. Deixou que seus olhos percorressem cada um dos oficiais até que eles se movimentaram, constrangidos, e um deles espirrou. Reparou que todos mantinham a cabeça baixa e guardavam uma distância respeitosa dele, mais uma vez seus súditos. — Não há sentido em combater o Todo-Poderoso. Vamos — continuou, e levou-os de seu quarto para o amplo corredor de mármore, os passos ecoando como uma rajada de arma de fogo.

Um triângulo perfeito de luz entrava por baixo da porta de sua biblioteca e o imperador pisou nele e saiu da sombra no momento em que iniciava seu último dia de Rei dos Reis. Na biblioteca, dois grupos de nobres e soldados, enfiados em suas cadeiras como pássaros empurrados pelo vento, levantaram-se e fizeram uma profunda reverência quando ele se sentou à sua mesa de trabalho.

Um trêmulo oficial da polícia vestido com calças surradas tropeçou, na pressa de se colocar em posição de sentido. O suor escorria livremente de suas têmporas para dentro do colarinho da camisa mal-ajustada. O mais alto dos cinco homens empurrou um documento contra seu peito e mandou-o ler. O oficial agarrou o papel com tanta força que suas mãos trêmulas quase o amassaram. Outro soldado segurou os pulsos do policial para mantê-los firmes de modo que o assustado homem conseguisse ler.

"Ao reconhecer que o atual sistema é antidemocrático; que o Parlamento tem beneficiado não as pessoas, mas seus membros e as classes dominantes e aristocráticas; e que sua existência é contrária ao lema 'Etiópia *Tikdem*', Etiópia em primeiro lugar; Hailé Selassié I é, pelo presente, deposto a partir de hoje, 12 de setembro de 1974."

O imperador sentiu o calor de mil olhos cair sobre ele e olhou de um ministro para outro, de um nobre e parente para o próximo, depois cruzou as mãos à frente, dedos indicadores e polegares se tocando, uma trindade inquebrável. Permaneceu sentado, recusando-se a acreditar que o fim seria tão indigno e sem uma cerimônia, anunciado por um homem que tinha vestígios de sujeira embaixo das unhas. Ele disse:

— Nós levantamos vocês. Esqueceram-se disso?

Do fundo da sala chegou o som de lágrimas explodindo em soluços irregulares.

Um dos nobres caminhou até ele e beijou-o afetuosamente no rosto.

— Vá — murmurou. — Não torne isso mais difícil.

Acompanhou-o até a porta, e esse gesto simples provocou movimentação nas cadeiras e sussurros, disparando ruídos atordoantes na direção do imperador, que sentiu a cabeça girar na cacofonia ensurdecedora.

Confuso, o imperador saiu atrás dos cinco homens e esperou pela sua Mercedes. Um deles indicou-lhe a traseira de um Volkswagen azul e o imperador Hailé Selassié não precisou de palavras para transmitir seu desdém pela ordem, pelos oficiais, pela conspiração traiçoeira. O mais baixo dos homens, de movimentos econômicos e muito contidos, apontou na direção do carro e com um gesto brusco abriu a porta, seus olhos esquivos a única demonstração de impaciência. Sob um sol nascente que abria caminho furiosamente entre nuvens, os cinco pararam, em perfeita ordem e empertigados, suando, esperando, depois esperando um pouco mais, até que o velho afinal inclinou-se, derrotado, e espremeu-se no banco traseiro do pequeno carro.

Apesar dos espectadores que aplaudiam enquanto o Volkswagen passava, apesar do zumbido na sua cabeça e do coro de gritos que o saudavam através do vidro espesso, apesar dos golpes fortes nos tambores por mãos rápidas como asas, nada poderia ter convencido o imperador de que o céu não caíra em súbito silêncio diante daquela traição de seu reino e ele sabia que seria naquela ausência de som que Deus ouviria as preces de seu Escolhido e daria atenção ao seu chamado.

No alto, o primeiro estrondo de trovão ressoou no céu etíope e depois a chuva. O imperador observou sua cidade querida ser coberta pela névoa, tornar-se indistinta e depois, em todo lugar, o silêncio.

13.

— Teremos dificuldade para chegar em casa — Hailu preveniu Sara quando abriu a janela do quarto de hospital de Selam em busca de ar fresco. O cheiro denso de fumaça e gasolina invadiu o ambiente. — Tanques estão bloqueando a maioria das estradas. — Olhou para fora por um momento e viu as estradas excepcionalmente congestionadas e a neblina cinzenta que se estendia sobre as colinas como uma mancha teimosa. — Prenderam mesmo o imperador?

— É difícil acreditar, não acha? — Sara verificou a temperatura de Selam. — Ela está dormindo mais — observou, franzindo as sobrancelhas. — Ontem me disse que tem tido sonhos estranhos.

— São os remédios — explicou Hailu. — Seu estado é estável.

Abaixo deles, viu dois jovens que desciam a Churchill Road cautelosos na direção do Banco Comercial da Etiópia com um enorme feixe de galhos amarrado às costas. Interromperam a caminhada para olhar de perto um dos tanques parados na esquina, depois prosseguiram, a conversa alta infiltrando-se no quarto durante uma breve interrupção no barulho da rua.

— Aquele documentário foi horrível, mas por que prender a princesa Tenagnework e as outras princesas? O que elas têm a ver com isso? — Sara observou o rosto de Selam fora da claridade do sol. — Precisamos ir. Sofia começou hoje — justificou. — Bizu não gostou, mas ela está velha demais para fazer todo o serviço de casa sozinha.

Hailu examinou com cuidado alguns vidros de comprimidos. Selam tinha emagrecido, estava com a pele pálida, o rosto desanimado e sombrio. Parecia muito mais velha do que ele.

— Almaz insiste que devo levá-la para casa — falou, derramando comprimidos na mão e contando-os.

— Ela está certa — opinou Sara, vendo Hailu separar os comprimidos por cor e tamanho na palma da mão. Estendeu o braço.

— Deixe-os comigo. O senhor devia ligar para casa e verificar como estão todos.

— Já liguei. Dawit saiu. — Balançou a cabeça, contrariado, e deixou o olhar seguir o longo caminho de Churchill Road desde a Piazza até a estação rodoviária.

Apenas poucos meses antes, manifestantes tinham marchado nessa estrada com gritos por reforma. Tinham partido da Prefeitura, passado diante do correio, virado na direção de Entoto na Meskel Square, passado pelo Palácio Jubilee, pelo Parlamento e por Arat Kilo, depois tinham ido da De Gaulle Square até a St. Giorgis Cathedral, completando um círculo quase perfeito. A cidade tinha dado a impressão de estar sitiada por aqueles pés em marcha firme. Seus gritos lembravam trovões ressoando mais e mais, tão fortes e ruidosos que os moradores acabaram trancando suas portas e se afastando das janelas. Tudo parecera tomado pela fúria e pelo barulho naquele momento, mas ele tivera certeza de que diplomacia e respeito pela monarquia triunfariam. Naquele momento, no entanto, o imperador, sua única filha sobrevivente, o neto Iskinder Desta, as netas e centenas de ministros e oficiais estavam presos.

Hailu sacudiu a cabeça e afastou-se da janela.

— Bizu pediu para você escrever regras para Sofia seguir? — perguntou. Bizu nunca tinha aprendido a ler ou escrever.

Sara sorriu.

— Ela traçou uma linha no chão da cozinha e Sofia não tem permissão de ultrapassá-la. Ela não pode chegar a todas as especiarias.

— Ela costumava infernizar minha vida com suas regras quando eu era menino.

Tentou retribuir o sorriso de Sara e não conseguiu. Reparou na sua gentileza com Selam quando levou uma xícara à boca de sua esposa e inclinou sua cabeça para ajudá-la a engolir os comprimidos. Secou o canto da boca de Selam com o dedo quando ela acabou. O gesto simples fez Hailu desviar o olhar. Sua esposa estava completamente impotente.

— *Emaye* emagreceu mais — constatou Sara.

— Seu estado é estável — Hailu repetiu, e em seguida segurou a porta para Sara. — Vamos embora — disse enquanto saíam do quarto. Olhou para trás quando a porta se fechou. — Quase me esqueci de como ela era antes.

SELAM MERGULHA NA FENDA de uma nuvem compacta, um sabor amargo revestindo sua língua. Um remoinho seco carrega poeira através de seu centro oco e mil corvos assustados invadem o céu. Uma coruja triste pia e geme, suas asas batendo contra rajadas violentas. Uma pena flutua até o chão em círculos amplos. Selam enfia-se atrás de um véu de nuvens e some no cinza. Voa sobre a estação de trem de Legehar e vê um prédio quadrado malcuidado, com pintura descascada e uma longa fila de homens que se arrastam diante de soldados sentados em mesas metálicas, seus sapatos de couro flexível chutando o chão, mandando lufadas de poeira para o ar. Selam desce na direção de uma pequena janela e de um cachorro faminto roendo pedra. Ouve um fio de contas de oração pousado nas asas de uma andorinha de rabo branco que se arremessa para o céu. Presta atenção, desintegra as palavras, mãe de novo, e ouve um homem, antes o escolhido de Deus, preso na angústia sufocante do desespero.

CHAMAS ENGOLIAM UM grande retrato do imperador Hailé Selassié. Uma multidão — os mais velhos vestidos com *shammas* e mais hesitantes — se acotovelava para aproximar-se do círculo selvagem, hipnotizada pelas brasas que explodiam e vomitavam. Algumas pessoas levantavam os punhos e gritavam, outras sapateavam com força, nuvens de poeira flutuavam diante de rostos com olhos arregalados. Outras explodiam em gritos, e os excitados guinchos estridentes de crianças penetravam no alarido cada vez mais intenso da celebração. A feira ao ar livre do Mercato se transformara em um verdadeiro caos, bancadas e mercadorias dos mascates afastadas para ceder espaço à massa que corria, pulava e se abraçava. Soldados cautelosos, solenes, observavam a multidão com ar perplexo, tanques seguindo-os pelas ruas. Um caminhão militar chiou ao frear perto de um prédio de escritórios vizinho e soldados saltaram e entraram correndo, abrindo caminho com as armas.

Era 12 de setembro de 1974, o primeiro dia do novo ano, e os sonhos e as frustrações de Adis Abeba estavam desnudados, expostos afinal a um sol quente que parecia mais brilhante e mais poderoso do que nunca.

Hailu e Sara abriram caminho pelo meio das pessoas, sacos de comida nos braços.

— Não entendo essa manifestação — Hailu confessou a Sara. — O que eles acham que vai acontecer agora?

Foram até uma esquina da rua, pararam na sombra de uma árvore e observaram as chamas que subiam acima das cabeças dos espectadores. Pedaços de madeira e mais retratos queimavam no meio do círculo. O calor fazia tremular o ar, dando à jubilosa multidão a impressão de uma miragem.

Hailu assistia ao espetáculo em estado de choque.

— Nunca imaginei... — começou.

— Vamos em frente — cortou Sara. — Esses soldados devem fazer alguma coisa. — Deu o braço a Hailu e aproximou-se mais dele. — O que farão agora? — perguntou em voz baixa.

Ele observou de novo a multidão.

— Eles se esqueceram de tudo que o imperador fez por este país?

TIZITA ACENOU PARA eles da varanda, rindo e pulando sem parar enquanto Hailu guardava o carro na garagem.

— Pensei que ela estivesse com Yonas — disse Sara, franzindo a testa. — Ela está sozinha?

— *Emaye*, olhe! — chamou Tizita. Sara aproximou-se da filha e sorriu. Os braços de Tizita balançavam como asas. — Posso pular longe — disse a menina. A varanda tinha apenas quatro passos pequenos de comprimento.

Sara ajeitou os cabelos.

— Entre, você pode brincar com o filho de Sofia, Berhane.

Tizita girava em círculos.

— Estou tonta.

O GRITO ATRAVESSOU as paredes e explodiu em cada cômodo. Ele continha o pânico de um animal preso em uma armadilha: alto e agoniado, aguçado pelo medo.

— O que foi isso? — perguntou Hailu. Estavam na cozinha esperando que Sofia pusesse os filhos para tirar uma soneca.

— Tizzie! — Sara gritou, levantando-se de um salto do banco onde estava, perto do forno.

O grito voltou, crescendo, depois se fragmentando como vidro quebrado.

Bizu parou na porta da cozinha.

— Onde ela está? — Colocou a mão em concha no ouvido.

— *Emaye*! — Tizita gritou.

— Tizzie! — Sara correu para fora da cozinha e por pouco não se chocou com Bizu. — Tizita!

Não houve resposta. Sara escancarou a porta da frente. Sua filha se contorcia no chão, logo abaixo da varanda, com a cabeça enfiada no peito.

— Levante, está tudo bem — disse. — Levante.

Tizita começou a tremer.

— O que está acontecendo? — Sara perguntou. — Responda! Tizzie! Tizita, levante. Você só levou um tombo. — Sara desceu aos trambolhões os poucos degraus da varanda. Os olhos de Tizita estavam fechados. — Acorde! — implorou Sara. A menina não se mexia. — Acorde!

Tizita estava fria, a respiração muito fraca.

— *Abbaye*! Yonas! — Sara tentou carregar a filha, mas a menina era pesada demais, suas próprias pernas fracas demais.

— Sara, estou aqui, fique calma — tranquilizou-a Hailu. — Deixe-me vê-la.

Sara não conseguia se acalmar.

— O que aconteceu com ela? Por favor, me diga!

Hailu colocou a mão no rosto dela.

— Preste atenção. Sente-se ou você acaba derrubando sua filha.

— Ela não está se mexendo — queixou-se Sara. — Está com dificuldade para respirar.

Hailu tentou tirar Tizita dos braços de Sara.

— Deixe-me vê-la. Você a está assustando. — Ela opunha resistência. — Deixe-me vê-la. Agora! — Ele usou o tom de voz que costumava fazer tremer suas enfermeiras.

Sara sentou-se no degrau, pálida e trêmula.

— Ela gritou.

Hailu colocou a neta na varanda e escutou seu coração. Seus olhos estavam fundos. A respiração estava mais rápida, o suor se acumulava sobre o lábio superior. Ela não apresentava ferimento.

— Onde a encontrou? Tem certeza de que ela apenas caiu? — Ele tentou levantá-la, mas Sara colocou-se na sua frente.

Ela tomou Tizita nos braços.

— Vamos para o hospital... onde está Yonas?

14.

O COLCHÃO SURRADO protestou sob o peso de Mickey, que se mexia sem parar, seus sapatos escancarados e vazios ao lado de seus pés descalços. A notícia de que o imperador havia sido deposto não era novidade. O documentário desencadeara a onda de violência contra a monarquia. Ele sabia que isso seria inevitável e que o Derg, esses oficiais da Quarta Divisão, somente esperava o momento oportuno para removê-lo do trono e se instalar no poder. O anúncio no rádio apenas confirmou o que era sabido pela cidade inteira. Mas ninguém tinha considerado o que aconteceria ao imperador após a deposição.

O telefonema veio do mesmo oficial que ordenara sua ida para Wello, major Guddu. As palavras soaram como rajadas bruscas e inflamadas de estática: Encontre-me no quartel-general. O imperador foi preso. Mais prisioneiros a caminho. Venha imediatamente. Depressa.

— O quê? — perguntara. Não porque não tivesse escutado, mas porque não conseguia acreditar no que ouvia.

— Venha para a base! — gritou o major Guddu.

Mickey gaguejou uma resposta e em seguida largou o telefone. Ele não considerara o fato de que alguém precisaria vigiar o imperador Hailé Selassié, caminhar na frente daqueles olhos que conseguiam abater um homem com uma simples piscada. Nunca pensara na possibilidade de caber a ele a responsabilidade de vigiá-lo. Seu trabalho como soldado não passava de uma série de tarefas subalternas autorizadas por papéis enxovalhados e selos lambuzados.

Agora chegavam os toques roucos do telefone, abafados contra sua coxa.

— Mickey — disse para si mesmo —, Mickey, apronte-se.

Seu uniforme estava em um cabide velho de arame pendurado em um prego curvo na parede, seu contorno escuro uma silhueta angulosa de seu próprio corpo.

— É a sua chance. Você merece.

As palavras, no entanto, soaram falsas. Sua experiência de vida o tinha preparado para aceitar o fato de que em praticamente tudo haveria sempre alguém melhor. Havia muitas outras pessoas em posição bem mais elevada do que a sua, com relacionamentos muito mais fortes, com um fervor por competição que ele nunca tivera estômago para suportar. Ele supunha que as Forças Armadas representariam mais uma série de oportunidades perdidas. Sua vida era uma longa lista de privilégios que nunca diziam respeito a ele. Era assim que as coisas aconteciam na Etiópia para um número incontável de outras pessoas. Ele não era diferente, não tinha nada de especial.

Agora, no entanto, havia esse telefonema e Mickey sentia que lhe mandavam assumir uma incumbência que nenhum mortal teria querido. O imperador era o escolhido de Deus, o sangue do rei Salomão e do rei Dawit corria nas suas veias, e Mickey imaginou que quem ousasse encurralar e apanhar um dos eleitos de Deus, que ousasse manchar aquele sangue divino, estaria cometendo uma blasfêmia para a qual não haveria perdão.

A POEIRA FLUTUAVA e era levada pelo vento, encobrindo tudo com um pálido manto marrom. Mickey parou na frente de uma porta grossa com a pintura descascada. Do outro lado daquela porta, no final de um corredor estreito, em um quarto mofado e com um catre sujo e um cobertor imundo, estava o imperador Hailé Selassié. Ele deixou a poeira se acumular nos seus óculos, depositar uma névoa escura e taciturna no seu dia inteiro. Músculos se contraíram em movimentos espasmódicos nos seus olhos.

— Vá em frente — disse Daniel, outro oficial que tinha sido chamado para prestar serviço. — Ele está deitado, não se mexeu desde que o trouxemos. Acho que está orando.

A voz de Daniel tranquilizou-o; Mickey sentiu nela uma firmeza paternal. Daniel colocou as mãos nos ombros de Mickey e empurrou-o à frente.

— Ficarei no seu lugar assim que terminar com os novos prisioneiros. — Suspirou. — São muitos.

Mickey estava paralisado, sua bexiga doía. Apertou uma perna contra a outra e o fuzil caiu no chão.

— Posso fazer o registro deles, em vez disso?

Daniel recuperou o fuzil.

— Deixei uma cadeira no corredor para você. É perto do quarto, mas longe o suficiente para você não precisar enxergar dentro.

— Se ele olhar nos meus olhos, serei amaldiçoado. — O suor se acumulava embaixo de seus braços, ele próprio sentia o cheiro. — Ele é o imperador. Janhoy. Eu sou quem?

Daniel sorriu. Seu olhar era tranquilizador.

— Meu irmão mais velho tem sobrancelhas que se unem no centro. — Colocou dois dedos no espaço entre as sobrancelhas de Mickey. — Você está bem, nem pense em azar. — Tentou dar um sorriso mais largo, mas ele saiu forçado. — O imperador está dormindo. Ele é velho e está cansado. Não pode fazer mal a você.

Mickey resistiu ao movimento de abrir a porta.

— Ele saberá que você não é um deles — afirmou Daniel. — Você não tem aquele olhar. — Bateu de leve nas suas costas. — Seja gentil. Ele se lembrará de você quando tudo isso acabar.

FAZIA FRIO NO corredor. A cadeira de madeira estava lascada e a quina afiada do assento quebrado espetou na sua coxa e entorpeceu sua perna. Mickey cobriu as orelhas para abafar a respiração irregular que vinha da cela do imperador para dentro de seu peito. A peça minúscula estava diretamente às suas costas, seu interior exposto como uma boca faminta, e a porta não representava restrição para o homem que poderia sem problema ter chamado até mesmo anjos para ajudá-lo. Um vento suave roçou na sua nuca e Mickey deu um salto, empurrando a cadeira para a frente.

Um gemido baixo ecoou pelo chão. Parecia oscilar na frente dele, depois envolver sua garganta. Ele lutou contra o impulso de gemer também. Seu peito arfou. Ele não conseguia dizer se o imperador estava chorando ou orando. Ouvira outros soldados afirmarem que, apesar da friagem permanente no prédio, a cela do imperador pulsava com um calor tênue e ele se perguntava se seria por isso que não conseguia parar de transpirar, por isso que sua camisa estava colada às costas, por isso que tinha a sensação de estar sufocando sob uma pressão tão densa quanto a de uma toalha quente.

— Mickey — chamou a si mesmo. — Mickey.

Lembrou-se do dia em que seu pai desfalecera nos campos dos quais cuidava para o proprietário. Eles moravam fora da cidade de Awasa, em uma cabana com teto de sapé irregular ao qual seu pai tinha tentado dar o formato de um círculo perfeito para agradar sua mãe. Folhas de plástico sobre as janelas eram a única proteção contra chuva e vento. Ele vira o pai tropeçar, depois ir ao chão. Sua atiradeira ainda na mão, o pássaro-alvo esquecido, Mickey tinha corrido até ele tão depressa quanto as pernas de um menino de 7 anos permitiam e abaixado a cabeça até a boca do pai. Ele estava caído de costas e

Mickey ouvira o que ele tinha certeza de ser seu nome saindo da respiração estrangulada. Seu pai, no entanto, pronunciava o próprio nome. "Habte. Habte. Habte", repetia sem parar. Ele deve ter visto os olhos indagadores de Mickey, reparado na confusão de um filho debruçado sobre um pai moribundo que conseguia apenas falar de si mesmo, para si mesmo, com o último fôlego que lhe restava. "Diga seu nome, force-se a existir", dissera. "Faça a vida voltar."

— Mickey — ele repetia agora, tentando lembrar a si mesmo que estava vivo, que logo sairia daquela cadeira e existiria em algum outro lugar, distante do calor, em segurança.

15.

SARA APERTOU AS PALMAS das mãos entre os joelhos, tremendo como se estivesse sentada sob um vento frio. Era uma menina assustada de novo.

— Yonas devia ter tomado conta dela — disse. Enfiou os nós dos dedos no estômago.

Hailu franziu a testa.

— Está se sentindo bem? Posso lhe trazer algo para beber? — Passou o braço ao redor de seus ombros.

A sala de espera verde-clara do Hospital Prince Mekonnen estava quase vazia, a não ser por uma senhora idosa sentada em um canto, dormindo com a cabeça apoiada em uma bolsa de roupas. Almaz, calma e confiante, as tinha encontrado na entrada de emergência e levado Tizita em uma maca, seus sapatos com sola de borracha rangendo no chão de mármore. Ela recusara o pedido de Hailu para que ele mesmo realizasse um exame.

— Fique com sua filha — aconselhou Almaz. Ela sempre chamava Sara de filha. — Ela precisa do senhor.

Hailu se sentia inquieto e agitado, inútil.

— Estão demorando demais. Por favor, tente descobrir o que estão fazendo — pediu Sara, balançando-se na cadeira.

— Eles trarão informações. — Levantou-se, mas em seguida voltou a sentar-se. Não tinha para onde ir. — Não podemos apressá-los.

— Nunca recomendei que ela não corresse naquela escada. — Ordens, recomendações, os deveres de uma mãe. Ela se esquecera desse, o mais importante.

— Não é culpa sua — ele a consolou.

Ela olhou o punho enfiado no seu estômago. Essa criança tinha sido uma prova tangível de que Deus a ouvira. Tizita era a prova de que ela, Sara Mikael, era digna de misericórdia e piedade. A vida da filha significava que esse Deus vingativo, que já levara seus pais, era capaz de compaixão.

— Foi uma queda simples — afirmou Hailu, mas ela ouviu na voz dele descrença e confusão.

Um médico jovem foi ao encontro deles com passos ao mesmo tempo largos e tranquilos. Tinha constituição física esguia, rosto fino e ombros curvados que pareciam fazê-lo inclinar-se à frente quando caminhava. Sara e Hailu saltaram de suas cadeiras.

— Sentem-se — ordenou, demonstrando mais autoridade agora que parara de se movimentar. — Estou surpreso que tenham chegado tão depressa. As manifestações bloquearam a maioria das estradas. Ouviram o tiroteio?

— Como ela está? — Sara perguntou. Sentou-se apenas para manter contato visual com o jovem médico, que tinha sentado ao lado de Hailu.

— O que aconteceu? — perguntou Hailu.

O médico inclinou-se à frente, os longos dedos cruzados. Seus olhos estavam injetados. Ele tinha a expressão suave de um homem acostumado a dar notícias ruins.

— Os intestinos dela se enrolaram, Dr. Hailu.

— O quê? Não compreendo. — Sara reparou no rosto jovem do médico e no seu cansaço. — *Abbaye*, o que quer dizer isso?

— Intussuscepção? — Hailu tinha ouvido apenas uma vez alguém falar nisso, um médico que tratara de uma criança em Dire Dawa.

O médico fez um sinal positivo com a cabeça.

— A queda aconteceu de tal modo que seu estômago se deslocou. Um segmento do intestino escorregou para dentro de outro segmento. Isso acontece às vezes em crianças.

— Significa que ela sente dor. — Sara levantou-se e segurou o braço de Hailu. — Significa que ela está sofrendo.

O médico acompanhou-os até as portas vaivém.

— Demos a ela um remédio contra dor. Está dormindo agora. Precisa ficar em observação, nenhum tipo de comida pode passar pela obstrução. Haverá intumescimento. — Abriu a porta. — Ela é pequena, talvez isso tenha alguma relação com o ocorrido.

— Não consigo fazê-la comer — justificou-se Sara, mordendo o lábio.

— Eu disse apenas que ela é pequena — rebateu o médico. Entrou no saguão e olhou para os dois lados, franzindo o cenho. — Soldados vieram tirar o tenente-general Essayas e o Dr. Tesfaye da UTI. Eles não conseguirão sobreviver de volta à prisão.

— O que pode fazer por Tizita? — Hailu olhou até o fundo do corredor à procura de Almaz. Queria falar com ela, não com esse médico jovem que tinha tão pouca informação.

O médico sacudiu a cabeça, voltando a dar atenção a eles.

— A dor nós conseguimos controlar. O resto é com Deus.

— Não! — exclamou Sara.

— Ela é forte — afirmou o médico. — Precisamos esperar, mas ela tem todas as vantagens ao seu lado. — Sua voz era mecânica, sua concentração estava direcionada para a porta que levava aos corredores silenciosos da UTI.

— Ela é muito pequena, não é nem um pouco forte — Sara retrucou.

SARA SEGUROU AS MÃOS da filha e passou os olhos pela sala superlotada. Adultos doentes estavam estendidos em camas estreitas com grades de metal que se erguiam como barras de prisão ao redor delas. Sua filha dormia naquela sala fria e feia, que cheirava a desinfetante e suor. Sara a queria fora dali, a queria em casa antes que ela acordasse e visse os pacientes apáticos com tubos enfiados em suas gargantas. Ela reparou que um paciente jovem, com uma atadura manchada de sangue sobre o olho, ergueu a cabeça e deixou seu outro olho examiná-la. Virou as costas para ele.

— A cama é grande demais para ela. — Sara beijou a face de Tizita e olhou para Hailu. — É possível conseguirmos um quarto particular? O senhor pode pedir a Almaz? — Olhou para o jovem médico. — O que deu a ela? O que fazemos agora?

O médico cruzou as mãos à frente.

— Um remédio contra a dor. Ela vai melhorar durante o sono, depois verificaremos de novo como ela está.

— Não podemos esperar até que alguma coisa aconteça, precisamos tratar dela agora. *Abbaye*, diga a ele. Verifique o senhor mesmo. Vá procurar a enfermeira! — A voz de Sara estava estridente e alta.

O paciente com a atadura no olho resmungou.

— Aqui não é o Mercato. — Virou-se para a parede. — Silêncio!

— Ele chegou — anunciou Almaz, entrando no quarto acompanhada de um pálido e trêmulo Yonas. — Nem estacionou o carro. Largou-o na frente da porta. Dr. Hailu — pediu, sacudindo as chaves penduradas em um dedo —, vá estacionar direito. Depressa. — Sua voz era fria, competente. — Você, sente-se — ordenou a Sara, enquanto empurrava Yonas com delicadeza na direção da esposa. — Doutor, gostaria de falar-lhe lá fora. — Em questão de segundos a enfermeira tinha conseguido estabelecer uma certa ordem.

Quando ficaram sozinhos, Sara escapou dos braços de Yonas.

— Almaz me contou que ela caiu, mas não entendo — disse Yonas, tentando aproximar-se de Sara.

— Você a deixou sozinha. — Sua boca tremia enquanto ela se afastava cada vez mais dele. — Você nos deixou.

— Ela não quis ir. — O rosto de Yonas estava contrito. Inclinou-se sobre a grade da cama. — Disse que queria ficar em casa. — Sentou-se em uma cadeira perto da cama, a cabeça entre as mãos.

— Como pôde deixá-la?

— Estão nos transferindo para um quarto particular — informou Yonas, fixando os olhos nos pacientes curiosos que os observavam atentos. Voltou a virar-se para Sara com o rosto atordoado e triste. — Saí por um instante apenas. O quiosque de Melaku não tinha mais leite, então fui a outro lugar, e esse trânsito, com os tanques... Como ela está?

— De agora em diante, eu é que tomarei conta dela. Não você.

Ele se inclinou para beijar a testa de Tizita. O esforço parecia consumir toda a sua energia. Abaixou-se, as mãos seguras à grade, e refletiu por um momento. Deu a impressão de que iria falar, depois parou.

— Ligarei para Lily para perguntar se ela sabe onde está Dawit. — Afastou-se.

No corredor, um soldado saía da Unidade de Tratamento Intensivo com um casaco e uma valise nos braços. Fixou os olhos em Yonas quando ele passou.

CARROS MOVIAM-SE LENTAMENTE e Dawit precisou descer todo o vidro para permitir que uma brisa entrasse no táxi quente. Tinham passado por Meskel Square e virado em Churchill Road, onde as pessoas andavam como baratas tontas para se desviar do trânsito, olhando o tempo todo por cima do ombro, ao mesmo tempo em que sussurravam dentro de grupos bem fechados. Tiros pipocavam a distância, seguidos pelo som fraco de gritos, depois por sirenes da polícia. A tensão estava alta em uma cidade ainda atônita com a prisão do imperador e a súbita restrição a demonstrações e à liberdade de expressão imposta pelo regime militar.

Uma marcha militar, cantada por crianças entusiásticas, irrompeu no rádio.

— Odeio essa música — murmurou o motorista do táxi, ao mesmo tempo em que aumentava o volume.

Enquanto a música tocava, o trânsito silenciou. Outros carros ligaram seus rádios. O locutor da Rádio Adis Abeba voltou ao ar e todos os carros foram deixados em ponto morto enquanto ele lia uma lista de nomes de capitães e generais, comandantes e nobres.

"Por favor, apresentem-se imediatamente ao Palácio Menelik. Repito, apresentem-se imediatamente ao Palácio Menelik."

— As adegas do Palácio Menelik estão sendo usadas como prisão. O Palácio Jubilee está agora sendo chamado de Palácio Nacional. O que vem depois? — perguntou o motorista. Virou-se para olhar Dawit no banco de trás e empurrou os óculos de sol para cima da cabeça. — Quem sobrou para assumir o comando, se todo mundo está na cadeia? — Era um homem jovem, com um olho preguiçoso. Surpreendeu Dawit olhando para seu rosto e recolocou os óculos escuros. — Quando tudo isso deu errado? — perguntou, virando-se de novo para o trânsito, agitado. — E agora tem toque de recolher à meia-noite.

— Pode andar mais depressa? — Dawit perguntou. — Preciso chegar ao hospital.

— Ninguém se mexe — argumentou o motorista.

O locutor continuava a ler uma lista de nomes, agora ampliada para incluir mais oficiais do governo, trabalhadores civis e outros membros da família real. Os nomes ecoavam em estéreo, multiplicando-se pelos carros na estrada. Ninguém se mexia. Pedestres fixavam os olhos uns nos outros com desconforto. Nas pistas de rolamento, mãos pendiam dos carros, esquecidas de seus gestos de revolta.

O motorista olhou para fora da janela, impaciente.

— Por que fazem isso na rádio?

A canção recomeçou, sinal de que o aviso tinha acabado, mas só quando um pastor cruzou a fila de carros parados com seu rebanho e uma ovelha sonolenta nos ombros os motoristas começaram a buzinar e gritar. O táxi tentou manobrar para desviar de uma mula que andava a passo lento.

— Eles precisam fugir — afirmou o motorista, enfiando um dedo no volante para enfatizar. — Por que estão se entregando de tão boa vontade?

— Haverá um julgamento justo — explicou Dawit. — Estudantes e líderes sindicais já fizeram as reivindicações. — Ele não conseguia deixar de sentir orgulho pelo seu papel na preparação dessas reivindicações.

— Acha que um país que tem toque de recolher e proíbe manifestações se preocupa com julgamentos justos? — O motorista riu.

O Derg tinha conseguido que tribunais militares especiais julgassem os prisioneiros após um inquérito civil. Eles estavam sendo considerados suspeitos de corrupção, abuso de poder ou de ajudar a acobertar a questão da fome. O processo legal aconteceria de forma ordeira e no momento oportuno, prometia o Derg. Dawit, no entanto, não esperava que tantos militares importantes e dignitários fossem presos.

— Pode ir mais depressa? — Dawit insistiu.

Ele consultou o relógio. Tinha ido a uma reunião que se prolongara demais e quando voltou para casa encontrou Bizu andando de um lado para o outro, nervosa com os telefonemas irritados de seu pai, que procurava por ele. Ele precisava ir ao hospital rapidamente.

HAILU ENTROU COM passos lentos e pesados no pequeno quarto que Almaz preparara para Tizita. As paredes eram do mesmo verde pálido da sala de espera e cortinas azul-claras pendiam de grandes janelas quadradas. Ela fizera questão de arranjar um quarto próximo ao de Selam e Hailu disse um obrigado silencioso pela sua atenção constante.

— Não consegui encontrar Dawit — Yonas explicou. — Ele não está na casa de Lily. — Parecia estar acordado há dias.

Hailu verificou a temperatura de Tizita.

— Ele está a caminho. — Viu que havia uma cadeira vazia ao lado de Sara, mas Yonas não fizera menção de sentar.

— O que eu fiz? — perguntou Sara com um sussurro. — Me deixem em paz.

Olhou de um para o outro. Tocou o próprio ombro e percebeu que deixara seu *netela* em casa. Abraçou os joelhos, ansiosa por alguma coisa que a fizesse sentir-se aquecida de novo, protegida e em segurança.

— O que aconteceu não é culpa de ninguém — retrucou Hailu, com crescente irritação.

Yonas segurou-a, recusando-se a deixá-la ir.

— Ela não vai parar de se culpar.

— Você não sabe — disse Sara. — Nem mesmo você sabe. Mas eu sei. Eu sinto. — Sara começou a bater no peito com pancadas fortes. Suas palavras caíram na sala com um baque surdo. — As coisas não mudam de direção sozinhas.

Hailu forçou-a a baixar o braço.

— Pare com isso. — O som o fez se lembrar dos dias após Sara ter perdido o segundo bebê, quando ela se lamentara com um fervor que tinha deixado a vizinhança espantada e ele e Yonas ajoelhados pelo desgosto.

— É o único modo de Deus ouvir — afirmou Sara. Ela queria transformar o próprio corpo em um tambor para que cada palavra pudesse vibrar e ressoar no céu como um vento ameaçador. — Nem isso é suficiente.

— Não é verdade — replicou Yonas. — Orar é suficiente. — Parou na frente dela, mas não se sentou.

— Não é — Sara insistiu. — Seu Deus — acrescentou — não me mostrou compaixão.

Yonas balançou a cabeça.

— Acha que ele quer que você sofra? — Tentou pegar sua mão.

O olhar dela era desdenhoso.

— O que sabe sobre sofrimento? — Afastou-se.

— Sara — advertiu Hailu. — Chega. — Virou-se para Yonas. — Estarei no quarto de Selam.

— Não fiz o suficiente — ela disse. — Não fiz o suficiente para conservar meu segundo bebê depois que o primeiro morreu e não fiz o suficiente para mostrar minha gratidão quando Tizita sobreviveu. — Agarrou a mão de Hailu. — Quero ir à igreja de São Gabriel.

Seu novo segredo, guardado em segurança dentro do peito: na igreja de São Gabriel ela rastejaria ao redor do prédio e deixaria seu sangue escorrer no chão sagrado. Faria esse sacrifício por um Deus que exigia de seus filhos antes de dar.

16.

O HOSPITAL CHEIRAVA a desinfetante. O chão parecia pegajoso sob seus pés. Dawit olhou para Tizita, ainda adormecida com uma agulha de soro intravenoso enfiada no braço, e escondeu sua repugnância virando-se para Sara. Estavam sozinhos; Hailu e Yonas tinham saído para buscar comida. Ele acabara de dar a ela a boa notícia de que tinha passado a chefe do comitê de comunicações no diretório estudantil. Seria responsável por todos os informativos e comunicados que circulavam em nome de estudantes universitários.

— Agora chega. Até eu acho que agora chega — retrucou Sara, afastando os cabelos de Tizita de seu rosto. — *Abbaye* já se preocupa demais com você do jeito que está.

— Ele tenta me controlar.

— Alguém de sua família já caiu alguma vez assim? — Esfregou o braço de Tizita.

Dawit olhou para o rosto bonito de Sara, uma beleza mais madura e natural do que a de Lily. No dia em que se conheceram, quando ele tinha 10 anos e ela 18, ele já sentira que eram iguais em muitos aspectos. Os anos que os separavam, ele gostava de dizer para si mesmo quando era mais jovem, na verdade não os separavam. Quando ele e Lily se encontraram pela primeira vez na escola secundária, ele falara tanto de Sara que Lily tinha ficado enciumada.

— Ela ficará boa — tranquilizou-a Dawit. — Vocês têm o melhor médico de Adis Abeba na família.

Sara estava pálida.

— Você aprendeu sobre essa doença na escola? — perguntou. — O que acha que devemos fazer?

Dawit balançou a cabeça. Sara não tinha ido além do curso secundário e suas ideias a respeito do que ele aprendia na universidade eram às vezes exageradas.

— Os médicos a ajudarão a ficar boa.

Ela olhou pela janela acima da cama.

— Ele vai tirar minha filha de mim.

— Quem?

— Nasci em Qulubi. Minha mãe fez um *silet* para Deus que se ela escapasse daquele italiano e ficasse em segurança, me batizaria na igreja de São Gabriel. Ela dizia que eu sempre estaria protegida porque cumpriu a promessa. As bênçãos de uma mãe passam para a filha, ela dizia. Mas agora, veja... — apontou para Tizita. — Alguma coisa aconteceu. Ele quer levá-la.

— Por que acha que Deus tem algo a ver com isso? — Dawit perguntou.

Yonas e Hailu chegaram carregando uma travessa de ensopado fumegante coberto com *injera* quente. Yonas parecia cansado; seus olhos estavam com o contorno vermelho.

— Almaz disse que podemos passar a noite aqui — explicou. — Vai mandar trazer camas de abrir e cobertas. Fique afastada do corredor, ainda há soldados por aqui.

— Não vou dormir — afirmou Sara.

— Prenderam mais oficiais — informou Dawit. — Por enquanto não divulgaram as acusações e ainda não há planos para um governo civil. Ouviu os avisos no rádio? — perguntou ao pai.

Hailu não respondeu. Em vez disso, estendeu um prato para Yonas.

— O Derg pediu para os tribunais considerarem a pena de morte apenas para quem for julgado culpado de acobertar a questão da fome — explicou Yonas. — Não estão citando trechos dos relatórios que Mickey apresentou quando foi a Wello?

— Acho que sim — respondeu Dawit. — Não tenho visto Mickey desde que ele esteve na prisão. — Observou seu pai servir comida em um silêncio desaprovador.

— Vamos orar, *Abbaye* — sugeriu Sara. — Estou cansada de toda essa conversa.

Hailu fechou a cara para Dawit.

— Onde estava?

— Na casa de Lily — Dawit gaguejou, vendo o descontentamento encobrir os olhos do pai antes de ele sacudir a cabeça e dar-lhe as costas.

17.

NENHUMA LUZ ENTRAVA pela janela acima de sua cama de abrir. O cheiro úmido de mofo entranhava nos pulmões do imperador. Apenas os uivos do cachorro que roçava as costelas esqueléticas contra as paredes barrentas do lado de fora na hora da comida faziam o imperador saber que mais um dia tinha se passado. Ninguém falava com ele e poucos ousavam olhar na sua direção; ninguém se aproximava de sua cela. Nos primeiros dias de encarceramento, tivera um visitante assíduo. Um oficial militar com uniforme amarrotado que entrava na sua cela com passos largos e perguntava o paradeiro de dinheiro que nunca existira.

— Está em uma conta sua na Suíça? — o oficial insistia. — Onde está o dinheiro? Onde? O senhor sabe. Qual é o número da conta?

O imperador olhava para ele, confuso. Não havia dinheiro. Por fim, tinha decidido perguntar "Quanto dinheiro?"

O oficial zombou da pergunta, depois respondeu.

— Mais de 1 bilhão de dólares americanos. — Seu tom era triunfante. — Suficiente para ter alimentado todas aquelas pessoas que o senhor deixou morrer de fome.

Foi a vez de o imperador zombar, de fixar os olhos no uniforme mal passado do soldado.

— Você pelo menos sabe quanto é 1 bilhão de dólares?

O oficial ficou furioso e bufou contrariado, empurrando o cinto para cima da barriga. Por fim ele desistiu e o silêncio cresceu.

O imperador passou horas sentado calado, respirando com dificuldade e com um chiado no peito que se tornava cada vez mais forte. Manteve-se enrolado em um cobertor fino que não bastava para protegê-lo da friagem e deixou a mente vagar e atravessar décadas até seu vitorioso retorno do exílio após o fim da Ocupação Italiana em 1941. Deixou-se transportar para aqueles dias, revivendo conversas semiesquecidas e detalhes antes insignificantes. Lembrou-se da caminhada processional para o trono, das mulheres que choravam ao vê-lo e dos olhares intoleravelmente orgulhosos e altivos de seus guerreiros enquanto saudavam sua volta para seu país e sua coroa.

O imperador arrastava-se de um lado para o outro na sua cela estreita e reproduzia seu próprio andar imponente. Acenava para espectadores no caminho de casa, no Palácio Jubilee, para reuniões no Palácio Menelik e procurava, por força do hábito, meninos com sobrancelhas cerradas para que seus guarda-costas os tirassem de seu campo de visão. Dirigia-se todos os dias, a uma hora determinada, para sua biblioteca e lá sentava-se em ricas almofadas, rodeado de veludo. O imperador Hailé Selassié atravessava os corredores de mármore e chegava ao trono real, escapava do mofo das paredes de barro e do fedor indigno de seu próprio corpo e deixava a memória filtrar-se para o presente, depois dissolver-se em um sonho glorioso.

ELE NÃO CONSEGUIA se lembrar de quando havia sido transferido da base militar da Quarta Divisão de volta para o Palácio Menelik. No entanto, jamais se esqueceria do trajeto pelas ruas de Adis Abeba e de como parecia não terem percebido sua ausência. Não vira nenhum dos olhares vazios e sem direção que chegara a imaginar no rosto de seu povo; não tinha havido ansiedade por sua volta. Tinha havido a luz do sol, mais brilhante do que de hábito, para ele quase ofuscante e dolorosa. Tinha havido a sinfonia acelerada de caminhões e táxis, de borracha e metal raspando o asfalto; carroças de madeira rangendo sobre pedra, os gritos estridentes de vendedores ambulantes. Tinha havido os cheiros: eucalipto e incenso, laranjas e fumaça de descarga, suor e animais de carga. Tudo isso sempre estaria lá. A Etiópia continuaria a existir, mesmo com sua ausência.

Por um momento, tinha sido vencido pela força genuína da vida e da energia desse país que amava tanto. Queria enlaçá-lo, abrir os braços e deixar que as crianças corressem até ele, permitir que homens e mulheres beijassem suas mãos. Se pudesse, teria feito uma pausa longa o suficiente para que as pessoas se curvassem e se prostrassem diante dele e ele as teria abençoado uma a uma e com elas derramaria lágrimas. No entanto, na frente dele e também nos seus calcanhares, empurrando-o, havia soldados que o levavam da pequena sala de barro onde vivera durante meses para um pequeno Volkswagen guardado por soldados fortemente armados que nem olhavam para ele.

No carro, tentara perguntar ao guarda ao seu lado para onde estava sendo levado, porém um oficial vestido com elegância tinha se virado do banco dianteiro onde estava e focado uma lanterna diretamente no seu rosto para silenciá-lo, fazendo com que seus olhos marejassem de tal forma que a gola de seu casaco sujo ficou molhada. Ninguém falou durante o resto do trajeto. Ele olhou pela janela, sua visão encoberta pelo perfil severo do guarda, e tornou-se o único naquela cidade abandonada a desejar que o Rei dos Reis reinasse supremo outra vez.

Ele fora levado para o enorme saguão que já pertencera à falecida imperatriz Zewditu. Toda a mobília tinha sido retirada da grande sala e havia no centro apenas uma pequena cama de abrir com lençóis ordinários e um cobertor. Soldados ficavam de prontidão do lado de fora de sua porta, que era trancada em triplicata e depois acorrentada. O temor que sentiam dele era profundo e envolvia sua solidão e o tamanho enorme do espaço vazio no qual era mantido preso. Entravam de costas cada vez que escoltavam seu antigo empregado com a comida, duplamente armados e de óculos escuros. Saíam o mais rápido que podiam, receosos demais para olhar na sua direção. Os rugidos lúgubres de seu velho leão, Tojo, o embalavam para dormir e ele se esforçava para se esquecer do jardim do outro lado de sua janela, no qual não lhe era mais permitido entrar. Sob o peso dessa solidão, todas as horas, todos os minutos e segundos do imperador se tornavam indistintos e corriam juntos como um lento rio agonizante.

18.

COMO O IMPERADOR HAILÉ Selassié descreveria mais tarde a lua naquela noite? Volumosa, espessa como leite, mil estrelas fundidas que fatiavam o céu com arestas afiadas como navalhas. Mesmo no escuro, ele percebia de sua janela o contorno de árvores se agitando na brisa. Um caminhão com freios estridentes estacionou e uma ordem transmitida aos gritos, seguida por murmúrios confusos de soldados, fez o imperador voltar para seu catre. Não havia nada ali que ele pudesse querer ver. Deitado na cama, raspou com os dedos as crostas de mordida de aranha que salpicavam seus braços, arrancou uma e gostou do leve beliscão de ferida descascando. Isso era prova, lembrou a si mesmo, de que continuava vivo. Ainda não o tinham matado. Fechou os olhos, deixou-se flutuar na escuridão e arrancou mais uma crosta. Não pôde deixar de sorrir.

Passos rápidos ecoaram embaixo de sua janela e logo veio a ordem:

— Por que eles não estão prontos? Coloquem-nos no caminhão. Amarrem-nos. Com isto. — O baque de um objeto pesado caindo no chão.

Silêncio. Depois uma voz.

— Mas eles são oficiais e pertencem à realeza. Major Guddu, eles são... — disse o homem, com voz trêmula.

— São traidores. Sua ganância provocou a fome. Coloque todos no caminhão, Mickey — ordenou o major Guddu.

Guddu. O imperador reconheceu o nome do homem escuro e baixo que tinha sido um dos cinco que o tiraram do palácio e o levaram preso.

— Major, e os julgamentos?...

— O Comitê concorda comigo. Você é traidor como eles?

— Mas...

Passos, depois um leve clique.

— Posso começar com você, se quiser. — Guddu estava tranquilo.

O imperador levou os joelhos ao peito. Afastou-se o quanto pôde dos passos que se aproximavam e encolheu-se no canto. Murmurou uma oração, o tom mais alto cada vez que ouvia o tinido de chaves, depois o rangido de uma porta e por fim os resmungos de prisioneiros conduzidos como gado embaixo de sua janela. Tentou não escutar, mas interrompeu a oração por um momento e pôde reparar no ritmo cada vez mais tranquilo das passadas. O arrastar de pés soava como o farfalhar de folhas levadas pelo vento.

A CIDADE ESTAVA silenciosa naquela noite. Não havia outro som além do de cascalho triturado sob o peso de caminhões militares repletos de prisioneiros apavorados. Nada para quebrar a espessa escuridão da noite, senão uma enorme lua cheia. Mickey estava sentado voltado para a frente em um dos caminhões, ao lado de Daniel, com o fuzil na mão e imprensado contra uma janela de vidro que revelava seu caminho do Palácio Menelik para a Prisão Akaki. Os prisioneiros acotovelavam-se no centro da carroceria do caminhão, amontoados pelas estocadas dos canos dos fuzis e pelos chutes violentos de outros soldados que os controlavam pelas laterais. Um vento fino atravessou a camisa de Mickey e chocou-se contra seu peito como uma mão fria.

— Abram espaço para eles — instruiu Daniel. — Venham para cá. — Forçou passagem para se enfiar em um canto, apertou mais as pernas para se encaixar melhor.

Todos os prisioneiros estavam barbeados e ainda vestiam as mesmas roupas com que haviam sido presos, agora rasgadas, manchadas e folgadas em seus corpos magros. Uma corda grossa serpenteava ao redor e entre suas mãos e pernas, conectando penosamente um homem ao outro. A corda machucava a cada solavanco do caminhão na estrada irregular.

— Não consigo me mexer — reclamou Mickey.

Tentou aproximar-se de Daniel e quando ergueu os olhos viu entre as cabeças, diretamente à sua frente, o amigo de Hailu, Kifle. A longa cicatriz no lado do rosto do homem cintilava sob o luar como um fio de óleo que fazia uma curva acima do queixo. Mickey sentiu a garganta apertada e abaixou a cabeça para escapar de seu campo de visão.

— Meu ombro deve estar deslocado — queixou-se Kifle com um sussurro que o vento levou até Mickey. — Não consigo respirar. — Tentou erguer a mão até o peito, porém o homem sentado ao seu lado reclamou.

— Você me machuca quando se mexe — disse o homem.

Alguns prisioneiros tentaram se encolher mais ainda e afastar-se de Kifle.

— Alguém me ajude — pediu Kifle, começando a chorar. — Houve um engano. Eles me prenderam ontem de noite. O que fiz de errado? — Tentou repousar a cabeça no próprio ombro.

— Sente-se direito — ordenou uma voz zangada. — Morra como um etíope.

Mickey reconheceu o tom brusco do famoso veterano de guerra coronel Mehari. Ao seu lado, viu o perfil estoico e inflexível do ex-

-primeiro-ministro Aklilu Habtewold, descalço e vestido com um terno esfarrapado, sentado ereto e segurando a mão do irmão, Akalework, antigo ministro da Justiça. Mickey achatou-se contra o painel de vidro e esperou que Kifle parasse de chorar. Na frente do caminhão onde estavam havia outro, na frente dele mais um e depois mais um ainda. Todos estavam lotados de prisioneiros e Mickey tinha certeza de que cada prisioneiro estava rodeado de anjos vingativos que se colocavam entre os soldados e memorizavam seus rostos. Encolheu-se o quanto pôde, mergulhou a cabeça no calor capturado pelos corpos suados e ficou nauseado com o fedor de urina fresca.

Alguns dos homens mordiam a corda que estava impiedosamente apertada ao redor de seus pulsos, deixando filetes ensanguentados em suas bocas. Ele percebeu os soluços de frustração de um homem que não conseguia enrolar-se como uma bola e a cada movimento derrubava os companheiros. Mickey viu a silhueta do homem arquejante, um corpo se contorcendo de lado. Então fechou os olhos para apagar tudo.

O caminhão cambaleou em uma cratera da estrada. Prisioneiros gritaram. Mickey abriu os olhos. A única coisa que conseguiu vislumbrar foi um emaranhado de pernas e braços unidos pela corda firme e apertada.

— Devagar — murmurou Daniel, as mãos em concha sobre o rosto. — Vá devagar. — Bateu de leve na janela lateral do motorista. Lágrimas corriam para seu pescoço. — Vê os homens que estão aqui? — perguntou a Mickey. — Não somos dignos da companhia deles.

— Por que Deus está nos punindo? — gritou alguém.

Mickey viu um homem com idade suficiente para ser seu avô começar a se mover na confusão de corpos. O primeiro-ministro Aklilu e seu irmão abriram espaço para que ele pudesse se ajoelhar. O velho gaguejou, depois ergueu devagar as mãos. Seu movimento fez os outros levantarem os braços também.

— Deixem-no ouvir todos os seus filhos — o homem exclamou.

Uma a uma, mãos se fecharam ao redor uma da outra no escuro. Mickey imaginou uma árvore de raiz grossa rebentando a terra. Kifle movimentou-se com os homens ao seu lado e foi então que finalmente viu Mickey.

— Ajude-nos! — gritou Kifle com os braços abertos, movendo-se com os homens ao seu lado. — Mickey! — implorou. Ajoelhou-se com as mãos no ar, os braços afastados como asas nuas. — Mickey — repetiu de novo e de novo, enquanto soluços sacudiam sua estrutura magra e a corda escavava sua pele.

— Pai nosso, que estás no céu... — Os homens oravam alto e suas vozes abafavam a de Kifle.

Mickey sentiu calafrios pelo corpo, colocou as mãos sobre as orelhas e virou-se para Daniel para dizer algo, para se agachar com ele, mas viu que ele também se ajoelhava com os lábios movendo-se depressa, a cabeça balançando para um lado e para o outro em seu protesto particular.

19.

A VELHA ESTAVA VESTIDA de preto e carregava um pequeno mata-moscas de pelo de rabo de cavalo com cabo de couro trançado à mão. Parou na porta da casa de Hailu, a silhueta recortada por uma lua brilhante, e bateu.

— Emama Seble, entre, por favor — Hailu convidou. — Desculpe se não a ouvi. Estava escutando o rádio. Mogus telefonou e disse que ouviu tiros perto de sua casa, mas não houve nenhuma notícia sobre isso. — Fez uma mesura para a mulher.

Emama Seble não o cumprimentou. Passou por Hailu, entrou na sala de estar e sentou-se na cadeira dele, ao lado do rádio.

— Tudo é censurado, de todo modo. O que espera ouvir? — Deu uma leve pancada com o mata-moscas no rádio e desligou-o. — Duas pessoas doentes em uma família deve ser muito duro.

— Somos gratos por Tizita estar em casa. — Hailu franziu as sobrancelhas e sentou-se no sofá ao lado dela.

Emama Seble era tia-avó de um dos amigos de Yonas e morava sozinha no condomínio. Sem filhos, mudara para lá quando o marido morreu. Todas as crianças da vizinhança tentavam evitar a mulher troncuda que, desde a morte do marido, dez anos antes, só se vestia de preto, ainda que o período de luto fosse de apenas um ano. Mães severas assustavam os filhos alegando que ela tinha o *budah* e que lançaria uma maldição sobre quem se comportasse mal ou se atrevesse a afrontar seu mau-olhado.

— Ela melhorou? — perguntou Emama Seble, limpando a testa com a borda do suéter de mangas compridas. Observou as pontas puídas enquanto aguardava uma resposta.

— Não. — Hailu afundou nas almofadas macias. — Eles não acreditam que ainda reste alguma coisa a fazer. Seu estômago aceita muito pouco do que ela come. — Arrumou os travesseiros.

— Como está Sara?

— Nada bem. Ela vai à igreja todos os dias antes mesmo de Yonas acordar. Quase não come. Não dorme.

Emama Seble enroscou um fio preto de sua manga.

— Ela quer morrer com a filha.

— Como sabe? — Hailu perguntou.

Emama Seble sorriu.

— Já fui mãe.

— Sinto muito — desculpou-se Hailu. — Eu não sabia.

— Essas coisas acontecem. — Emama Seble fixou os olhos nos dele. — Deve ser muito duro para você. Não há explicação lógica para o que está acontecendo.

— Aceita um chá, um café? — Hailu ficou de pé. — Que indelicadeza eu não ter perguntado.

— Não, obrigada. Quero ver Sara. — Ergueu-se com a ajuda de Hailu.

EMAMA SEBLE INCLINOU-SE três vezes na frente da sala de orações. Uma faixa de luar espiava pela porta à sua direita.

— Ela foi à igreja hoje de manhã cedo. Levei Tizzie para meu quarto para deixá-la repousar. — Ele bateu na porta ao mesmo tempo em que a abria. — Sara, Emama Seble veio lhe fazer uma visita.

Sara emagrecera, seus olhos fitavam o vazio à frente e sua pele tinha uma camada pálida de lágrimas secas. Emama Seble abraçou-a.

— *Lijjay* — disse. — Minha menina. Você está com a sensação de que caiu nesse buraco sozinha, não é? — Ela insistia, apesar da frieza da jovem.

— Saia. Quero minha filha — reclamou Sara.

— Estou tomando conta dela — afirmou Hailu.

— Ninguém pode tomar conta dela, só eu. — Sara estendeu o braço na direção da porta. — Me deixem ir.

As mãos largas da velha percorreram as saliências das costas de Sara. O olhar no seu rosto era meigo.

— Deixe eu falar a sós com ela, Hailu.

Sara lutou para livrar-se de seu abraço e uma luz inquieta surgiu nos seus olhos quando viu Hailu sair.

— Sente-se — disse a velha tão logo Hailu deixou o quarto. — Acha que não sei? Quero ver suas pernas. — Estava rude mais uma vez.

— Não. — Sara segurou a saia em volta do corpo.

— Levante a saia para eu ver — ordenou Emama Seble. Sacudiu de leve os ombros de Sara. — Levante a saia ou eu mesma faço isso.

Sara ergueu devagar a bainha da saia.

Havia minúsculas perfurações reluzentes e profundas ao longo de suas pernas. À medida que Sara erguia a saia, as perfurações ficavam mais profundas e mais longas. Bolsas de pus apareciam através da pele ferida e os pequenos cacos de vidro ainda cravados nas suas pernas cintilavam.

— Quantas vezes rastejou ao redor da igreja? — perguntou Emama Seble, secando a testa e em seguida o lábio superior. Ela transpirava.

— Seis — respondeu Sara, os olhos fixos na parede à frente.

— Que Deus haveria de querer uma coisa dessas? — resmungou Emama Seble. Pegou a saia de Sara e ergueu-a ainda mais. Os joelhos de Sara eram feridas abertas. — Oh, não, não. Você não pode continuar a fazer isso.

— Prometi ao Anjo Gabriel que iria sete vezes — alegou Sara, com voz fraca e fina. Tentou cobrir as pernas, mas Emama Seble segurou a saia com firmeza.

— Ninguém mais da família sabe disso? Esses homens tolos acham que você está apenas caminhando? — Emama Seble olhou rapidamente para a porta. — Não lhe perguntaram sobre isso?

— Eles não precisam saber de nada.

— Deixe eu limpar essas feridas para você — disse Emama Seble. — Não vou deixá-la ir à igreja de novo.

— Não. — A voz de Sara, no entanto, soou vazia, não transmitia força. — Minha filha está morrendo. Mais uma está morrendo, Emama. Me deixe sozinha. — Tentou levantar-se, porém Emama Seble empurrou-a de volta para a cama.

Emama Seble tocou a campainha perto da cama.

— Bizu, minha querida, traga água quente e uma toalha limpa — pediu.

— Deite. — Emama Seble fez um sinal. — Feche os olhos. Deixe eu tirar esse peso de você agora.

— Ela é minha. — Sara olhou seus joelhos. — Ele não vai levá-la daqui.

Há seis dias tinham trazido Tizita do hospital. Seis dias: tanto tempo na vida de uma menina. Seis dias de quase nenhuma comida ou água, de calafrios contínuos e dor interminável. Nesses seis dias, Sara sentira o próprio estômago afundar-se ainda mais contra os quadris, e seu peito doía. Nesses seis dias, Sara tinha começado a rezar ao pé da estátua da Virgem Maria. Diga por que fez isso, suplicava. Diga como pôde assistir à morte de seu filho e não amaldiçoar o pai. Diga como ouviu seus gritos e não se ofereceu para ficar no seu lugar. Diga o que você sabia que eu não sei. Diga como pode se considerar mãe e depois tornar-se uma espectadora daquele dia odiento.

Vamos, diga. E foi no sexto dia que Sara se lembrou, por fim, de que nem Maria tinha pranteado sozinha. Tinha sido abrigada nos braços de seus outros filhos, prova consistente de misericórdia e graça.

— Minha única filha está morrendo — queixou-se Sara.

— Aqui estão a água e a toalha. — Bizu subiu os degraus com passos lentos. Ergueu olhos embaçados e sombrios para Emama Seble. — Se precisar de mais alguma coisa, não se aborreça com Sofia, ela não sabe o lugar de nada. Deixe que eu providencio.

Emama Seble espremeu a toalha encharcada de água morna sobre os joelhos de Sara. Sara encolheu-se enquanto a água abria caminho pelo meio dos cortes.

— Traga a menina até aqui — pediu Emama Seble. — Se faz questão de ir à igreja, vá amanhã. — Estendeu o pano sobre as pernas de Sara e derramou o resto da água. — O que você recebeu precisa ser substituído.

— Esta é minha — argumentou Sara. — Esta fica comigo.

— Ela é um fio entrelaçado em um tecido maior, como todos nós. Se você pegar um, rebenta os outros ao longo do caminho. Ele precisa ser reparado. — Sacudiu a cabeça. — Posso tentar ajudá-la a se recuperar. O resto, veremos...

Na sala de estar, Hailu voltara à sua cadeira, curvado sobre o rádio. Yonas estava ao lado de Emama Seble no sofá. Escutavam em silêncio, concentrados.

"O Ministério da Educação anuncia que os dois últimos anos da escola secundária e a universidade permanecerão fechados em preparação para a movimentação estudantil de toda a Etiópia em apoio às reformas. Agitadores contrarrevolucionários foram presos sob a acusação de incitar distúrbios. A Universidade Hailé Selassié foi renomeada Universidade Adis Abeba. Vitória para nossas massas lutadoras! *Hebrettesebawinet!* Os únicos meios verdadeiros de igualdade, de socialismo etíope!"

Emama Seble sacudiu a cabeça.

— Agora estão mandando todos os desordeiros para longe? Aqueles camponeses não estão preparados para eles.

Yonas balançou a cabeça.

— O Derg só quer que eles fiquem fora de sua vista. Perto de 50 mil *zemechas*.

— Já fiz um pedido para que Dawit fique por causa de Selam — explicou Hailu. — Lily vai.

— Você precisa estar atento a ele — aconselhou Emama Seble. — Zeleka me disse que sua filha Sosena, a inteligente, não a inútil, está escrevendo cartas da América para aconselhar esses estudantes. Outros estão mandando dinheiro de todos os lugares. Ponha esse orgulho de lado e comece a tratá-lo como homem, respeite-o, ele então o ouvirá — prosseguiu. — Este sofá precisa de almofadas novas. — Mexeu-se no lugar onde estava.

Hailu desligou o rádio.

— Sara falou com você?

— Ela precisava dormir, só isso — respondeu a velha. — Também preciso descansar. Com esse tiroteio, como alguém consegue dormir à noite? — Levantou-se.

Yonas seguiu-a.

— Deixe que eu a acompanho até a porta.

Na porta da frente, ela aproximou-se mais de Yonas.

— Você estava certo ao ajudar sua mãe — disse. Procurou seu rosto. — Às vezes a vida não é o que esperávamos que fosse.

— O que quer dizer com isso? — Ele deu um passo para trás.

— Abra a porta, quero ir para casa.

Seu vestido até o tornozelo balançou quando ela se virou. Yonas observou quando uma mosca pousou no cós largo e foi rapidamente envelopada pelo material ondulante, desaparecendo no mar de algodão preto como um cascalho em uma tempestade de areia.

20.

DAWIT ACORDOU COM uma saraivada de pedras contra sua janela. Ele conhecia o sinal. Rastejou pelo corredor até a pequena porta ao lado da garagem. Seu pai continuava dormindo, mas Dawit imaginou que ele podia ouvir a voz de Yonas vindo da sala de orações. Dois rangidos reveladores acima de sua cabeça informaram-no de que Sara estava acordada, caminhando na frente da cama de Tizita. A menina começara a ter febre no dia anterior.

Dawit abriu a porta e tremeu. O frio era cortante, apesar do sol que nascia. Mickey estava abaixado contra a parede, uniformizado. Parecia mais baixo e mais gordo de uniforme. Suas faces estavam manchadas de sujeira e suor e ele não estava com seus óculos.

— O que aconteceu? — perguntou Dawit.

— Preciso entrar — pediu Mickey. Forçou a entrada na casa. — Ouviu os caminhões passando? — Estava sem fôlego. — Feche a porta!

— Que caminhões?

Mickey correu para o quarto de Dawit e mergulhou no chão.

— Você ouviu? Feche a cortina.

Dawit fechou a cortina, de repente nervoso. Era raro Mickey ficar agitado.

— O que aconteceu?

Mickey piscou rapidamente.

— Perdi meu fuzil e os óculos. — Movimentou a mão e ergueu uma armação invisível. — Eles se foram.

— Sabe para onde? — Dawit conhecia Mickey o suficiente para compreender que ele tentava explicar alguma outra coisa.

— Ele nos obrigou a amarrá-los, levá-los para longe e atirar neles. — Mickey segurou a cabeça. Sua voz estava baixa, o choro de um menino trêmulo. — Eles pediam o tempo inteiro para eu não fazer aquilo.

O rosto de Mickey estava sério, a pele nas curvas carnudas das maçãs do rosto parecia tensa. Círculos escuros davam aos seus olhos uma expressão encovada e seus lábios estavam partidos de tanto mordê-los. As pontas dos dedos estavam pretas. Sangue salpicava as costas de suas mãos. Seu hálito tinha um cheiro azedo.

— Mickey! Do que está falando?

As mãos de Mickey continuavam a apertar sua cabeça, pressionando-a com tanta força que Dawit teve medo de que ele se ferisse.

— Disseram os nomes das esposas e quantos filhos tinham em casa. Conhecemos todos. Já estiveram em nossa escola. Alguns eram muito velhos. — Tremia. — Major Guddu dava todas as ordens. Ficou parado ao meu lado o tempo inteiro. Todos morreram.

Dawit teve a sensação de que seu corpo mergulhava em uma onda de calor. Não conseguia entender o que Mickey dizia.

— Do que está falando? — Secou o pescoço, o suor pegajoso e espesso. — Quem é esse major Guddu?

— Daniel. Daniel se recusou. Tentou desamarrar alguns deles. O major enfiou um saco plástico na cabeça de Daniel e atirou de dentro do saco. Disse que a revolução não desperdiça uniformes. Meu uniforme estava tão ensanguentado que o major me mandou vestir o uniforme de Daniel. — As palavras de Mickey pareciam sufocadas entre uma tossida e outra. — Veja como está sujo.

— Quem morreu? — Dawit não conseguiu dizer "foi morto". — Mickey?

— Ele foi tão corajoso, não disse nada. Ajoelhou-se e rezou por perdão. Era meu amigo.

Dawit cambaleou até a cama. O suor estava secando depressa, substituído por um calafrio.

— Quem eram os prisioneiros? — perguntou. — Sabe algum nome? Requeremos que alguns fossem libertados, não havia acusação formal...

— Eu mesmo os matei. Não está me ouvindo? — Mickey secou os olhos com impaciência, rudemente. — Ele me forçou. Enfiou o saco plástico na minha cabeça e me mandou atirar. — Tocou os cabelos e foi então que Dawit reparou no sangue seco que salpicava sua testa. — Eles não queriam morrer. Mexiam-se muito. A corda continuava a cortá-los. Estava apertada demais.

— Quem?

— O neto do imperador, *Lij* Iskinder Desta. O primeiro-ministro Aklilu, o primeiro-ministro Endalkachew. Os outros oficiais. Até... — Mickey fez uma careta e engoliu as palavras. Deixou cair a cabeça e balançou-se para a frente e para trás. — Até outras pessoas.

Esses eram os homens que tinham governado a Etiópia com o imperador, graduados por Harar Military Academy, Oxford, London School of Economics, Sorbonne e Harvard, dignitários de nações europeias, palestrantes em foros das Nações Unidas, guerreiros orgulhosos na luta contra a Itália.

— Tem certeza? — Dawit abraçou o amigo, mas uma fissura fina como um fio de cabelo tinha se aberto entre eles, distanciando-o do pleno pesar que devia estar sentindo. O suor de Mickey tinha cheiro acentuado, marcante, misturado com outro odor forte. Dawit virou a cabeça. — Como chegou até aqui?

— Pulei da carroceria do caminhão. Joguei meu fuzil. Estava quente demais para aguentar. Ele me fez atirar muito. — Mickey enfiou a mão dentro da camisa. — Ainda tenho isso. — Sacou uma pistola e colocou-a na palma da mão como se estivesse suja. — Acabaram as balas.

Dawit pegou a pistola e, em dúvida sobre o que fazer com ela, empurrou-a rapidamente para baixo da cama. Reparou, pela primeira vez, como era amarelo o branco de seus olhos, como eram pequenas e certeiras as suas pupilas.

— Como isso pôde acontecer? — perguntou Dawit.

— Estou contando o que aconteceu. Acha que estou mentindo? Olhe embaixo das minhas unhas. Veja! — Mickey estendeu as mãos espalmadas para Dawit. Sob suas unhas havia restos escuros de sangue seco. — Não sente o cheiro da merda deles em mim? O saco cobria meu rosto, era difícil respirar.

Marcas de suor formavam um rastro nas costas de Mickey e sob seus braços. Dawit sentiu o cheiro penetrante de urina e viu uma mancha molhada no chão.

— Levante-se e tome um banho antes de ir para casa. — Bateu de leve nas suas costas, um gesto sem energia. Mickey se tornara inimigo e vítima em uma única noite.

— Sei o que está pensando. Eles estavam muito assustados. Imploraram tanto, iam nos dar tudo, todo o dinheiro que tinham. Eu não conseguia segurar o fuzil por muito tempo, ele queimava minhas mãos, o metal estava tão quente que engasgava a toda hora. Ele dizia o tempo todo que agora os russos precisariam nos dar armas novas. Repetia sem parar que não se pode ter um revolucionário sem uniforme e armas novas e que todos os traidores e covardes precisam ser mortos. Sou um covarde, sou a pessoa a quem ele se refere.

— Vou preparar seu banho. Tire o uniforme. — Dawit entregou a Mickey um roupão.

— Sou um covarde — Mickey repetiu.

— Você não teve escolha. — Dawit colocou a mão no seu ombro. — Tire o uniforme. — Envolveu-o com braços firmes e sentiu o coração de Mickey bater acelerado contra seu peito. — Você não podia dizer não.

— Prometa que não contará a ninguém. — Mickey escapou de seu abraço. — Prometa, como um irmão. — Seus olhos míopes se estreitaram. Ele parara de piscar e suas mãos estavam imóveis. — E nunca mais falaremos nisso. Prometa! — Mickey gritou.

— Fale baixo — recomendou Dawit. — Tizzie está doente. — Foi a sua vez de afastar-se um passo de Mickey, os dois subitamente sentindo-se muito próximos. — Prometo que jamais voltaremos a esse assunto.

Mickey abaixou a cabeça.

— O que faço com as mensagens para os filhos deles? O que faço com elas? Conhecemos alguns. O que digo para eles?

Perturbado, Dawit saiu do quarto e entrou no banheiro para abrir a torneira para o amigo.

21.

SARA ESTAVA DEITADA AO lado de Yonas, sufocada no espaço mudo que se formara entre eles desde o dia da queda de Tizita e que a febre cada vez mais alta deixava ainda pior. A cama deles parecia pequena demais. A respiração de Yonas soava alta demais. O quarto estava quente demais. E na escuridão opressiva, sua raiva se manifestava. Não tinham se falado desde a visita de Emama Seble, não se tocavam havia mais de uma semana. Ela mordeu o lábio para forçar-se a não chamar seu nome. Ele não estava dormindo, ela sentia que a mente dele estava acelerada, percebia a tensão no seu corpo.

— Você pode ir até onde quiser, mas ainda sou o pai dela — ele disse de repente. — Isso você não consegue mudar.

— Nem estou tentando — ela retrucou.

— Está sim. — Ele estava deitado de costas, falando para o espaço acima dele, recusando-se a olhar para a esposa. — O que não lhe agrada, você tenta mudar. Não quer partilhar essa criança, mas ela é minha também, exatamente como as outras.

Sara queria lembrá-lo de que tinha sido seu corpo que carregara dois bebês agonizantes. Sua barriga que tinha parecido se despedaçar. Seu sangue que tinha corrido. Não o dele.

— Sei disso — ela concordou.

Yonas fechou os olhos. Não conseguia discutir quando ela o fitava. Seus olhos lembravam-no de todos os motivos pelos quais a amava.

— E minha mãe?

— *Emaye*? — Sara perguntou.

— Ela não cuidou de você depois de cada gravidez? Não preparou comida especial e levou-a para visitar as sepulturas de seus pais?

Sua mão percorreu as costas da esposa com uma pressão que a fez querer gritar. Ela ergueu o corpo.

— Não entendo por que está perguntando isso.

— Você tem andado tão focada em si mesma que nem pergunta mais sobre ela. Nunca mais foi visitá-la. Está sendo egoísta com nossa filha. — Realçou a palavra "nossa". — Acha que é a única pessoa que está sofrendo, quando há *Abbaye*, Dawit e eu. Você nunca pergunta como estou. Nunca.

Ela contou as pequenas rachaduras, iluminadas por uma suave lua acinzentada, que se ramificavam da tinta branca descascada do teto.

— Você não sabe do que está falando — censurou-o, atenta a alguma manifestação de Tizita.

— Não acredita que amo minha filha? Não quero perdê-la. — A voz de Yonas estava cada vez mais alta. Ergueu-se também para que seus olhos se encontrassem. — Metade do sangue dela é meu.

— Não me fale em perder alguém — exclamou Sara, deixando a raiva tomar fôlego e crescer. Afastou-se dele.

— Por quê? — Yonas pressionou-a. — Diga por que não posso falar com você sobre isso.

— O que sabe sobre perder alguém? Sua vida sempre foi tão fácil que quando algo acontece você desaba como uma criança e começa a orar. — Ela quase gritava.

— Vamos, responda, já que não mente jamais — continuou.

Ela inclinou o corpo e aproximou-se mais do rosto dele. Estava com as feições tensas, duras como pedra, o olhar parado e frio. Sua pele clara estava vermelha.

— Está rezando para que sua mãe viva? — Ela não lhe deu espaço para escapar de seu olhar. — Estou ouvindo você. Só uma pessoa ignorante deseja a morte da mãe. Se você soubesse alguma coisa sobre perder alguém, faria tudo para evitar. Nunca rezaria para isso. Preferiria morrer a ter de novo essa sensação. Como pôde fazer isso?

— Nunca rezei para minha mãe morrer. — A voz dele era tranquila. — Rezei para ela ter o que precisa.

Embora estivessem naquele quarto, na cama do casal, juntos sob a mesma lua, Yonas de repente teve a sensação de que se afastara dali, de que já tinha se levantado e saído pela porta, deixando para trás tudo que aquelas quatro paredes continham. Ele não conhecia mais aquela mulher e talvez isso significasse que não a amava mais.

— Você reza para que Emaye, sua própria mãe, morra sem dor — cortou Sara. — Ouvi suas orações. — Depois, com a voz tão baixa que Yonas quase não escutou, completou: — É isso que você pede para minha filha nas suas orações?

Yonas balançou a mão direita. A boca de Sara ainda estava aberta quando ele atingiu-a no lado do rosto. O golpe foi violento. O impulso jogou-a contra a parede com um baque surdo.

Sara investiu contra ele. Yonas desequilibrou-se, quase caiu para trás, atordoado, assustado tanto pela ferocidade da esposa quanto pelo que ele próprio acabara de fazer. Nunca levantara a mão para Sara.

— O que há com você? — Ela bateu nele, as mãos desferindo golpes precisos, sem piedade, batendo sem parar. Parecia não conseguir aplacar sua fúria. Atacava com os punhos cerrados. Visava o rosto, a cabeça, o pescoço do marido, qualquer ponto onde pudesse encontrar carne macia. — O que você fez? — Lágrimas escorriam pelo seu rosto. Seus lábios tremiam. — Acha que não vou revidar? Esqueceu que sou filha de minha mãe?

Yonas esquivou-se, protegeu os olhos dos golpes, mas foi só o que fez.

Ofegante, Sara afinal deu um passo para trás, o corpo tenso e curvado.

— Você não me conhece.

Yonas aproximou-se. Ela ergueu o queixo, onde um vergão vermelho perto do maxilar já se tornava evidente. Não vacilou. Ele estava tão perto que ela conseguia ouvi-lo resfolegar ao fim de cada respiração. Ela resistia ao impulso de afagar seu peito e abraçá-lo. Ele tomou-a nos braços e segurou-a com firmeza; os braços dela estavam retesados, caídos ao lado do corpo. Ele embalou-a suavemente e Sara sentiu o leve roçar de lábios na sua cabeça. Ele estava orando. Logo depois virou-se e saiu do quarto.

22.

O MOTORISTA DO TÁXI QUE apanhara Sara na frente da Legação Francesa estava chorando.

— Para a igreja de São Gabriel — Sara pediu quando se sentou no banco de trás. Evitou a demonstração explícita de tristeza do motorista.

— Não consigo acreditar — ele se lamentou, sacudindo a cabeça e esfregando os olhos enquanto engrenava o carro. — Todos eles. — Olhou pelo espelho retrovisor para falar com ela. — Até o general Amman — continuou. — Esse grande homem nos ajudou a vencer a guerra com a Somália. Queria evitar uma guerra com a Eritreia.

— O que aconteceu? — Sara perguntou, mudando a posição das pernas para aliviar a dor nos joelhos, e olhou pela janela.

Estavam em uma das muitas estradas esculpidas no flanco de uma colina em Adis Abeba. Abaixo, uma comunidade esparramada de palhoças com telhados de lata corrugada surgia de onde antes havia um vale exuberante. O céu cinzento estava pesado e denso acima deles. Sara olhou para fora quando passaram por Arat Kilo e pela Faculdade de Ciências da universidade. Havia uma fileira de tanques com soldados pendurados nas laterais, os fuzis apontados para o trânsito. Outro grupo de tanques esperava em um cruzamento à frente e mais soldados caminhavam para lá e para cá em outra esquina da rua. As poucas pessoas que passavam movimentavam-se depressa, os rostos escondidos pelos *shammas* que tinham enrolado nas cabeças e nos ombros.

— Por que tantos soldados? — ela perguntou.

O motorista bateu de leve no rádio.

— Não ouviu? — perguntou, virando-se, para logo prestar atenção na estrada de novo. — O Derg matou sessenta oficiais ontem à noite. Simplesmente os matou como criminosos. — Secou o rosto. — Até o príncipe e os primeiros-ministros. Ex-primeiros-ministros. Sem julgamento. — Correu a mão pelo rosto, mas a expressão de atordoamento nos seus olhos permaneceu. Não parava de sacudir a cabeça. — Mataram o general Amman na sua casa. Mataram todos... — Sua voz enfraqueceu até chegar ao silêncio.

— Por isso está tudo tão calmo — ela comentou.

Era de manhã e o céu parecia vazio sem as preces melancólicas que em geral estariam se elevando, ao raiar do dia, da cúpula de cobre da catedral da Santíssima Trindade. Apenas os fracos e prolongados lamentos dos pedintes de rua, especialmente queixosos naquele dia, pairavam sobre a cidade sobressaltada.

Sara tocou o lado do rosto quando inclinou a cabeça contra a janela e olhou para o chão. Encolheu-se no instante em que seus dedos pressionaram o machucado deixado pelo golpe de Yonas. Lutou para conter as lágrimas e observou os pneus engolirem e depois vomitarem pequenas pedras, deixando-as para trás à espera do próximo viajante.

— Chorei quando ouvi, também — admitiu o motorista. — Não consigo parar. Como é possível uma coisa dessas? Prometeram que não haveria derramamento de sangue.

Fizeram o resto do percurso em silêncio. Quando se aproximaram da igreja de São Gabriel, o motorista franziu a cara para um grupo de soldados na frente do prédio do Parlamento.

— Eles deviam ter vergonha de sair hoje. — Encarou um deles, que baixou a cabeça e caminhou para outra esquina. — O filho de meu vizinho é soldado — prosseguiu, parando o carro para Sara descer. — Ele se vestia à paisana quando ia trabalhar e levava o uniforme. Todos deviam ter medo assim de nós.

— Obrigada — ela disse, deixando algumas moedas extras na sua mão. Evitou o olhar dos soldados e liberou o táxi com um aceno de mão.

UMA FOLHA ESGUIA de eucalipto espiralou rumo ao chão e rodopiou graciosamente em círculos perfeitos. Sara viu a folha aterrissar sobre um mendigo velho agachado em uma das fileiras de degraus que circundavam a igreja de oito lados, seus olhos cinzentos cegos vagueando em suas órbitas como ratos famintos.

— De novo de volta, minha filha? — ele perguntou, esticando o nariz no ar.

— É minha última vez. — Sara lutou contra o impulso de virar as costas para o cheiro de pele podre que o rodeava.

Ao seu lado, uma menina arrastava-se sobre joelhos feridos que se conectavam a um par de pernas mirradas avançando molemente atrás dela.

— Levante a voz para que os anjos a ouçam. — O homem olhou diretamente para o sol que despontava. — Cumpra todas as promessas que fizer, não há outro jeito. Do contrário...

Apontou com o queixo na direção da menina que se arrastava até um grupo de mulheres vestidas com elegância. Uma delas chutou-a para longe com ar arrogante.

— Deus abençoa quem ajuda. Ajudem e serão abençoadas — gritou a menina, enquanto mancava de novo na direção do elegante grupo de mulheres, tendo o cuidado dessa vez de manter uma distância segura.

— Abbaba, lamento muito pelas suas dificuldades. — Sara deixou cair moedas nas palmas de suas mãos enrugadas. A prata reluziu na luz, logo ofuscada pelas mãos do homem que se fechavam.

— Deus a abençoe, minha filha. Que nunca tenha dias como os meus — lamentou-se o velho.

Sara piscou para afastar as lágrimas que ameaçavam rolar e dirigiu-se para o pequeno caminho que circundava a igreja octogonal.

DIAS ANTES, SARA tinha pagado para que um dos mendigos trouxesse vidro quebrado e o espalhasse ao longo do caminho e cacos ainda cintilavam contra o sol. Seus joelhos naquela primeira vez em que rastejara ao redor da igreja tinham ficado levemente machucados, marcados apenas por minúsculos cortes vermelhos. Ela tinha orado baixinho, com murmúrios, em respeito aos outros devotos que rezavam com as testas contra as paredes da igreja, os lábios roçando a pedra.

No segundo dia, suas mãos ficaram cortadas e as costas doloridas e ela precisara levantar a voz para ajudar a aliviar a dor. No terceiro, estava ainda mais curvada sobre as mãos. Precisara parar várias vezes, deitar-se horizontalmente na terra até conseguir orar com palavras dignas de sua raiva. Na quarta visita, estava tão concentrada no esforço para se movimentar que ignorou as inúmeras pessoas que paravam para olhá-la, ao mesmo tempo chocadas e admiradas com sua determinação. Suas pernas ensanguentadas não vacilavam mais, a dor entorpecera e se espalhara por todo o corpo e apenas sua voz permanecia aguda, tornando-se mais alta a cada movimento.

No quinto dia ficou imóvel, um corpo trêmulo no chão de terra.

Um grupo de monges idosos, com túnicas desbotadas e longas barbas brancas, aproximou-se.

— Vamos orar com você — disse o mais velho, com os olhos tristes e fundos quase escondidos nas dobras da pele enrugada. — Um dos nossos foi preso. — Caíram de joelhos ao redor dela e a estimularam a prosseguir.

Foi no sexto dia que uma mulher ajoelhou-se ao lado dela e ofereceu-lhe duas almofadas de eucalipto. As folhas tinham sido colocadas em camadas e cuidadosamente costuradas com um fio grosso vermelho como sangue.

— Para você, irmã — disse. — Quando as folhas se partirem, o sumo ajudará a cicatrizar seus joelhos. — Ela pertencia ao grupo de mendigos, era corcunda, tinha grandes olhos ingênuos e nenhum dente na frente. Sara notara seu olhar intenso todas as manhãs.

— Saia daqui — disse Sara.

— Já tem bastante sangue seu nesse caminho. — A mulher empurrou as folhas na direção de Sara, depois finalmente colocou as almofadas na sua frente. — Cristo também não derramou seu sangue para que não precisássemos derramar o nosso?

Sara deslizou para cima das folhas e no mesmo instante sentiu seu frescor.

— Muito obrigada. — Sua boca estava ressequida e lágrimas tinham secado na sua garganta e a deixado rouca.

— Vejo você aqui todos os dias — disse a mulher. — Muitas pessoas vêm à igreja antes de visitar a família na prisão. Até nosso monge está preso. É o seu caso?

Sara não respondeu e a mulher caiu de joelhos e começou a rastejar perto dela. Recusou-se a sair de seu lado mesmo quando suas costas começaram a doer e a fizeram emudecer.

UMA BRISA SOPROU ao longo do caminho e salpicou de poeira o grupo de mulheres bem-vestidas. Seu murmúrio chegou até Sara enquanto elas subiam cautelosamente em pedras, com cuidado para não arranhar os sapatos de couro. Suas vozes, de novo sussurros delicados, se mesclavam com o zumbido das moscas que rondavam suas cabeças.

O cascalho cortava os pés de Sara. Ela deixou os olhos circularem por toda a extensão da igreja e suas pernas tremeram de pavor. As almofadas estavam quase em frangalhos, veios de seiva e sangue tinham secado entre as nervuras finas. Ajoelhou-se, a pressão sobre os ferimentos fazendo-a irromper em suor e no mesmo instante sentir um calafrio. O grito estridente de um pássaro ecoou no alto, acima de sua cabeça, e ela pensou em Tizita, deitada em sua cama. Começou a rastejar e orar.

Senhor. O senhor maldisse este ventre e arrancou o que era seu. Misturou meu sangue com cinza prematura. Ouviu meus gritos amargos e silenciou para minhas orações. Fez de mim nada mais do que a mãe de uma, a filha de nenhuma, uma mulher que carrega monumentos gêmeos de dor. Deixe-me em paz. Deixe-me ser quem sou. É só o que peço. Sara orou. Se esse Deus pedia sangue, se seu pai, sua mãe e dois bebês não tinham sido suficientes, então ela se devotaria até ele ser forçado a admitir, se não por compaixão e justiça, por uma culpa execrável surgida por ter visto o próprio filho morrer em uma cruz enquanto implorava a um pai que o tinha desamparado.

Dedos macios tocaram seu ombro e o pressionaram de leve.

— Minha irmã, estou aqui de novo. — Era a mulher corcunda. — Tenho mais folhas para você hoje.

Sara não tinha percebido que parara de rastejar. Sua saia estava rasgada e as folhas da almofada eram agora tiras verdes em frangalhos entremeadas com fios vermelhos.

A mulher ajoelhou-se ao seu lado.

— Minha mãe também fez isso quando nasci. Às vezes a dor não é suficiente. Todo o sangue que a pessoa derramar pode não ser suficiente. É um Deus faminto esse ao qual clamamos por misericórdia. — Voltou os olhos tranquilos na direção de Sara.

— Me deixe. — Sara continuou seu lento percurso.

O grito estridente de um pássaro flutuava em círculos acima de sua cabeça. Enrijeceu as costas para aplacar os calafrios.

— Eu a acompanharei no resto do caminho — a jovem mulher afirmou. Seus olhos percorreram o rosto de Sara e ela deu um sorriso meigo. — Hoje nossas vozes serão mais altas. Hoje nossos gritos serão ouvidos até nas nuvens. Hoje, por sua filha e por meu monge, faremos o sacrifício, e que Deus tenha piedade de nossa dor. Que Deus nos perdoe e nos ajude a esquecer estes dias.

Sara e a jovem arrastaram-se ao redor da igreja. Ensurdecidas pelas orações uma da outra, não perceberam que os monges tinham voltado para completar a jornada com elas. Suas vozes se elevaram em ondas — um coro de murmúrios chocando-se contra o céu. Gotas de sangue cada vez mais espesso marcavam sua trilha ao redor da estrada, uma borda vermelha brilhante cintilando ao sol.

23.

U M ANEL VERMELHO DE fogo iluminou a ponta acesa de um cigarro agonizante. Solomon caminhava de um lado para o outro com passadas confiantes. Deu três tragadas rápidas, depois exalou demoradamente, a exalação liberando sua energia. Dawit sentia-se sufocando em poder desse homem. Assustado e maravilhado pelo seu comando de cada passo.

— O que entendeu do que falei? — Solomon perguntou.

Dawit deu um passo à frente, mas logo desviou de seu olhar cortante. Estavam em uma pequena casa perto da universidade. As luzes da cidade brilhavam e enfraqueciam na pouca nitidez de uma neblina fresca. Cães resfolegavam e tossiam do lado de fora.

— Que vou buscar panfletos da imprensa e entregá-los na casa — informou Dawit. Tentou transmitir confiança. — Depois que me disser onde é a casa.

— O que mais? — Solomon perguntou, desapontado. — O que foi que eu ainda não lhe disse? O que você entende sem que precisem lhe dizer?

O coração de Dawit disparou. Ele não tinha resposta. O suor se acumulava sob sua camisa e ele sabia que Solomon percebia, por isso fez o que fazia quando não queria que o pai o visse nervoso: olhou à frente, projetou o queixo, grudou os braços no corpo. Tornou-se uma árvore jovem que se recusava a vergar com o impulso do vento.

— O que mais? — Solomon estava impaciente, insolente. Girou o cigarro quase apagado na boca, jogou-o fora e acendeu outro.

Dawit fez um grande esforço.

— Não sei.

Solomon deixou o cigarro cair.

— Escolha um codinome, ou eu lhe darei um.

— Não entendo — disse. Os panfletos que ele distribuiria eram simples, não havia nada ilegal com eles.

— Não há lei contra panfletos. — Solomon fez eco aos pensamentos de Dawit. Seus cabelos escuros eram salpicados de fios brancos, e rugas minúsculas franziam o canto de seus olhos pretos. — Ainda não, mas o dia chegará. É inevitável quando uma junta militar não admite um governo civil. Se você for apanhado, precisamos ter certeza de que não denunciará ninguém.

— Eu não faria isso — retrucou Dawit.

Solomon suspirou.

— Escolha um nome. Ninguém na organização poderá conhecê--lo por outro nome.

Dawit considerou por um momento, pensou em nomes que gostaria de ter, guerreiros que ele admirava: Adane, Amare, Menelik, Kassa, Teodros, Alemayehou, Getachew.

Solomon bateu as mãos.

— Basta. Você é Mekonnen — decidiu. — Como o hospital de seu pai, embora eu tenha ouvido dizer que estão trocando o nome.

Dawit repetiu o nome em voz baixa, as letras duras, firmes, estalando na sua boca. Soava forte, completo, o nome de um homem. Sorriu, concordou com a cabeça.

— Sou Mekonnen. — Fez uma pausa. — Seu nome verdadeiro não é Solomon?

— Paramos por aqui.

Foi quando Solomon vasculhou o bolso à procura de outro cigarro que Dawit reparou pela primeira vez nas suas mãos: trêmulas, inteiramente incontroláveis. Houve uma pausa e depois um olhar do outro homem antes que os dois desviassem os olhos da vergonha momentânea.

— Vá para casa — ordenou Solomon, com as mãos nos bolsos. — Avisarei quando estivermos prontos.

DAWIT ENCONTROU Sara no portão, agitado.

— O Derg mandou 5 mil homens da escolta imperial para a Eritreia. — Tinha um jornal na mão. — Isso não está certo. — Baixou os olhos para ler uma manchete e segurou o portão para ela. — Teferi Bante é agora o novo presidente, mas parece que Guddu é quem está no comando. — Olhou com desprezo para a foto da primeira página, que mostrava dois homens em uniforme militar atravessando um campo, marchando com os punhos erguidos. — Já ouviu falar nele?

Sara sentia-se fraca, suas costas doíam, os ferimentos profundos nos seus joelhos tinham se aberto e sangravam.

— Estou cansada — confessou. Apoiou-se no portão. — Preciso me sentar.

Dawit continuava atento ao jornal.

— Isso não a deixa com raiva?

Um caminhão militar cuspia pedras e poeira enquanto descia depressa a estrada na direção deles. Ela encontrou o olhar de um soldado. Ele baixou a cabeça e levantou o vidro.

— Mais tarde a gente conversa — ela disse.

Ignorou o olhar surpreso de Dawit, entrou no condomínio e sentou-se na varanda. Ela e Dawit tinham passado recentemente muitas horas discutindo as manchetes do dia. Ela percebeu o seu olhar curioso e deixou os cabelos encobrirem seu rosto. Sabia que esse homem, que era como um irmão para ela, seria capaz de ler sua expressão; ele sempre conseguira ver uma parte dela na qual Yonas não reparava. Se ele fosse mais velho quando ela casou e se mudou para aquela casa — na época em que a saudade que sentia da própria casa competia com a antiga dor de ter pai e mãe mortos — ela teria confiado nele com relação a tudo, teria encontrado nele a pessoa suficientemente forte para compreender a cicatriz que marcava o topo de sua cabeça.

— Onde você andava? — ele perguntou, aproximando-se para sentar-se ao lado dela.

Sara olhou com atenção o lugar que ela agora chamava de lar. Era uma casa grande, de dois andares, no meio de tantas casas de barro de um e dois quartos que a circundavam. Os caminhos de pedra que levavam de uma casa à outra estavam gastos pelos anos de incontáveis visitas amistosas. Um grande pote de água recém-limpo estava apoiado contra uma porta. Os moradores do condomínio de Hailu partilhavam o que possuíam e confiavam que tudo lhes seria devolvido.

— Fui à igreja de São Gabriel — explicou. Acomodou melhor as pernas embaixo da saia e tentou ignorar a dor.

Dawit segurou sua mão.

— Você parece triste. — Acompanhou seu olhar pelo condomínio. — Estarei muito ocupado durante algum tempo.

Sara percebeu a eletricidade que havia em suas palavras, sentiu no que ele disse o poder do que não estava dizendo. Sentaram-se juntos, aquecidos pelo companheirismo que não fazia perguntas. Ao redor havia pegadas de crianças, espalhadas por caminhos antes lamacentos. O cachorro de Dawit estava escarrapachado sobre um osso, a cabeça repousada em cima do castelo do faz de conta de Tizita. À direita, roupas puídas coloridas balançavam na brisa como bandeiras velhas.

EMAMA SEBLE VIVIA em uma peça única atrás de uma porta pintada de vermelho escuro como carne queimada pelo sol. A porta escancarou-se antes de Sara ter tempo de bater. Segurava Tizita no colo.

— Depressa! — Emama Seble puxou-a para dentro. Arrumou o xale preto ao redor da cabeça. — Me dê a menina. — Línguas de fogo tremiam acima de uma vela que derretia no centro da peça.

— O que vai fazer? — Sara perguntou.

Sombras indistintas varreram o rosto de Emama Seble.

— Vou cuidar dela.

— Não sairei daqui — argumentou Sara.

— Não pedi para você sair, agora me dê a menina. A água está quente e não pode esfriar — explicou Emama Seble.

A velha levou a menina encolhida para o quintal, até um enorme caldeirão usado pelas mulheres para ferver água. Um denso perfume de eucalipto subia do caldeirão.

— O que está fazendo? — Sara perguntou.

— Você a devia ter trazido ontem logo que voltou da igreja.

A velha aproximou-se mais do caldeirão. O fogo embaixo dele chiou sob um monte de carvão e madeira; estava se apagando. Cinzas macias se esfarelaram no chão.

— Devolva minha filha — pediu Sara.

— Não farei mal a ela, prometo. — A voz de Emama Seble se acalmou. — Já não tentou tudo?

Sara lembrou-se de que aquela era sua última esperança. Sua filha continuava a perder peso. Vomitava a comida que conseguia engolir, sua pele tinha um tom acinzentado e opaco, e a respiração era pouco profunda. Perdera a energia para fazer outra coisa senão dormir.

Emama Seble inclinou o corpo sobre o vapor enquanto Tizita dormia em seus braços, tranquila acima do calor.

— Você vai queimá-la — disse Sara.

Emama Seble fechou as narinas da menina e forçou Tizita a abrir a boca e encher os pulmões com o aroma tépido e curativo do eucalipto. Deixou a menina respirar assim, depois massageou seu estômago. Repetiu o processo, os olhos vagueando atrás das pálpebras, o rosto atento.

— Aqui está — Emama Seble disse de repente. Firmou o dedo logo abaixo do coração de Tizita. — Um nó. Bem aqui. — Emama Seble pressionou o caroço.

O estômago de Sara doeu. Emama Seble pressionou de novo, com mais força, e Sara curvou-se sobre o próprio corpo, a violência da dor impedindo-a de respirar.

— O que está acontecendo, Emama?

Emama Seble colocou a mão aberta sobre a barriga de Tizita. Segurou a menina com força e empurrou.

— É você — disse para Sara.

Sara resmungou, paralisada pela dor no estômago. Seu corpo se lembrava dessa agonia. Acontecera duas vezes antes. Ela sentiu a pressão crescer no seu ventre e metralhar sua cabeça.

— Não compreendo — disse.

— É por sua culpa que ela está doente. — O olhar de Emama Seble não vacilava.

Sara enfiou a mão fechada no estômago. Sentia alguma coisa se desenrolar como um carretel de linha; ela se desemaranhava.

— Você se apoderou desta criança — afirmou Emama Seble, tirando a mão da barriga de Tizita.

— Ela é um presente, meu presente. — Era difícil falar. A garganta de Sara queimava, os olhos lacrimejavam com o calor.

— Presentes são oferecidos. Você entrou à força em um espaço que não lhe pertence e tirou todos dali. Isso não é correto. Você sabe o que tem feito, sabe desde o início.

— Devolva a menina — insistiu Sara, estendendo os braços, porém temerosa de dar um passo na direção da mulher.

Emama Seble salpicou gotas de água em Tizita. Pegou folhas do caldeirão e acompanhou o vapor que subia das folhas em direção ao céu.

— É isso que você está fazendo com ela — reclamou Emama Seble. — Está sufocando a vida que tenta se desenvolver. Você anda muito irritada. — Virou-se de frente para a sua casa. — Venha.

Emama Seble desapareceu dentro de casa. Quando Sara entrou no cômodo único, a velha já estava sentada em um tamborete. Tizita tinha sido colocada de costas sobre a mesa. A vela fraca estava no chão, o pavio escurecido banhado de cera. Um lento crepúsculo mandava réstias âmbares de luz para dentro da peça.

— Segure-a pelos pés até ela ficar de cabeça para baixo.

Sara hesitou, dominada pelo impulso de pegar a filha no colo e correr para casa. Emama Seble esperava. Sara ergueu a filha pelos pés.

Emama Seble esfregou as folhas na barriga de Tizita, depois massageou-a. Começou perto da virilha e subiu na direção do peito, pressionando com firmeza o ventre da menina. Desenrolou uma *netela* e envolveu o diafragma da menina com o xale branco fino e poroso, como se fosse uma bandagem. Satisfeita, reclinou as costas, exausta. Ajudou Sara a acomodá-la na mesa. Tizita ainda dormia.

— Por que ela não acordou? — perguntou Sara. Sentiu surgir dentro dela um novo pânico.

— Ela está bem. Deixe a *netela* agir pelos próximos três dias.

— E depois?

— Faça o pai desenrolá-la. Não você. Estou cansada. — Emama Seble levantou-se e foi para a cama.

24.

A ASCENSÃO É UM arrebatamento que ganha impulso no ponto secreto entre suas pernas e se estabelece como uma canção. Selam canta com uma intensidade que ela consegue comparar apenas com ululações vibrantes de lascívia que se expandem até as estrelas. É uma liberdade que ela jamais conheceu, um convite desregrado e doce ao qual não consegue resistir. Cada movimento de suas asas a impulsiona para a frente, para cima, para o céu.

Então seu nome a pressiona como uma mão pesada; pressiona de volta para baixo.

— Selam. — Há uma voz, duas, há muitas. — Selam.

A voz a arrasta para um caminho tão escuro que ela compreende ter chegado ao *yealem beqayn*, ao fim do mundo. Chega a um prédio branco desgracioso, a um espaço atrás do prédio, a uma área dourada por árvores secando onde o solo foi despojado de grama. Montes de terra altos como formigueiros estão endurecidos de sangue, socados por pás que ela sabe que um dia brandiram com culpa.

Contempla retalhos de pano finamente tecido, vidro quebrado, um pingente em forma de cruz caído.

Há o fedor da traição e da dor. Tenta escapar para longe, fugir daquilo tudo. Mas as vozes a envolvem com seu pesar, repetem seu nome.

— Selam! Selam! Selam!

Estou lutando. Não consigo me mover. Por que este gosto na minha garganta? Que fim levou a doçura, o mel?

É só quando está quase desistindo e rendendo-se ao chamado do pesar deles que ela percebe que não estão chamando seu nome, mas o significado de seu nome, gritando-o aos céus para que os anjos escutem e ajam.

— Paz! Paz! Paz!

Depois, tão de repente quanto a tinham pressionado, permitem que ela se vá. Selam deixa que o momentum de seu medo a leve mais longe no céu do que ela jamais esteve. Voa de novo, rodopia na direção de estrelas que estalam com o calor, flutua na brisa, o coração tão forte que provoca clarões vermelhos diante de seus olhos, impele-a para o fundo da confortante liberdade da escuridão.

ELA NÃO respirava.

— Selam — repetiu Hailu. Sua boca cobriu a da esposa enquanto tentava respirar dentro dela de novo. — Selam!

Pressionou seu coração com as mãos espalmadas, depois tentou ouvir um batimento. Nada. Não havia nada. Ele sentiu Yonas segurar sua mão e Sara passar o braço sobre seus ombros. Dawit estava em um canto oposto, de olhos arregalados e assustado.

— Deixe-a partir — pediu Yonas, puxando-o pelo braço para longe da cama.

Hailu segurou a mão do filho, aproximou Sara e procurou os olhos de Dawit no canto escuro. Com a paciência devota de um fiel, esperou que a esposa morresse.

Mas então ouviu-a arquejar. Não havia dúvida. Selam lutava por ar e foi o que bastou para Hailu afastar-se da família e correr para a cama da esposa. Tirou do bolso uma seringa e sentiu uma punhalada tão forte de culpa que suas mãos tremeram quando ele aplicou uma injeção na esposa na tentativa de estimular o coração a fazer batimentos regulares.

Dawit começou a soluçar e mergulhou a cabeça entre as mãos. Yonas recuou e afundou em uma cadeira. A família observou o traço reto do monitor cardíaco.

— Você prometeu a ela — exclamou Dawit. — Você prometeu! — Correu para fora da sala.

— Vou atrás dele — disse Yonas, a voz embargada e baixa.

— *Abbaye*, sente-se — pediu Sara, envolvendo-o com os braços. — Por favor, sente-se. — Lágrimas rolaram pelo seu rosto.

— Selam — Hailu implorou, recusando-se a se afastar. — Selam.

Uma lufada de ar entrou pela janela aberta e ondulou as cortinas. A luz opaca do luar invadiu o quarto, deslizou sobre a cama.

— *Abbaye*? — Era Yonas, que voltava para abraçá-lo. — Sente-se, Sara tem razão.

— Feche as cortinas. Feche logo! — Hailu lutava para livrar-se do abraço do filho e tomar Selam nos braços. — Ajude-me — pediu, baixando os olhos para a esposa.

Yonas ergueu a mãe para que Hailu pudesse abraçá-la. Ela pareceu leve e frágil, os braços flácidos indiferentes à tentativa de ser amparada.

— Ajude-me a levá-la para o saguão — pediu Hailu.

Os soluços de Dawit ecoaram no corredor. Vinham do fundo de seu peito.

— Vou buscar cobertas e um travesseiro — avisou Sara.

Hailu e Yonas ergueram Selam do leito, a cabeça apoiada no peito de Hailu. Sua pele pareceu fria quando ele a tocou.

— Tem alguma janela aberta?

Yonas sacudiu a cabeça. Ele não conseguia fixar os olhos nos do pai.

— Por que quer tirá-la daqui?

— Abra a porta — Hailu pediu. — Vamos, abra.

DAWIT SENTOU-SE NO chão do saguão, dobrou o corpo sobre os joelhos, as mãos bem cerradas. As luzes intensas incendiavam sua cabeça como um sol impiedoso.

— Dawit. — Hailu estava parado na porta com a esposa nos braços. — Levante-se. — Olhou para o lado, onde estava o filho mais velho. — Venham cá, os dois.

Hailu tinha se preparado para esse momento, tinha pensado com cuidado nas suas últimas palavras para Selam, no modo como a seguraria e a ajudaria a respirar melhor até partir. Colocaria no papel os versículos que ele partilharia com a família depois de tudo acabado, os mesmos que seriam usados pelo padre de Entoto, Kidane Mehret, a quem pediria para comunicar a morte ao resto dos amigos e parentes distantes. Ele sabia qual vestido azul bordado insistiria que a esposa usasse para ser enterrada, qual fotografia de seu casamento mandaria com ela, qual de seus anéis colocaria no dedo dela. Hailu tinha pensado em tudo porque sabia que um único detalhe que ficasse sem planejar o deixaria paralisado. Era quando não sabia o que aconteceria a seguir que Hailu sentia-se mais fraco.

Por isso ele não sabia o motivo de nunca ter imaginado Dawit ao seu lado quando Selam morresse, apenas Yonas. Sara acompanhá-los parecia natural. A presença de Dawit era um detalhe a considerar e ele não estava preparado para isso.

— Você precisa olhar para ela — disse a Dawit.

Queria esconder o fato de, na presença do filho, ser invadido por um pânico selvagem. Dawit lembrava demais Selam, tinha o nariz e a testa dela, o modo de inclinar a cabeça era o mesmo. Hailu conseguia aceitar uma esposa agonizante, conseguia manter nos braços pelo tempo que fosse preciso aquele corpo que esfriava aos poucos, mas não suportava os traços da esposa no filho. Faziam-no lembrar do que sempre iria sentir falta.

— Ajude-me a descê-la — pediu.

Sara abriu um cobertor e colocou um travesseiro no chão. Do fundo do corredor um jovem soldado observava em constrangida compaixão.

— Se não olhar, jamais conseguirá se perdoar — disse a Dawit, rezando para que o filho não percebesse que ele falava para si mesmo. — Não vire o rosto — Hailu forçou-se a encarar o filho e tentar esquecer o vínculo familiar. — Olhe.

A família ajoelhou-se ao redor do corpo de Selam. Hailu estendeu a mão por cima da esposa para segurar o braço de Dawit e apertá-lo. As mãos dos dois pousaram sobre o peito dela.

— Ela se foi — disse Hailu. Sua atenção estava concentrada em Yonas. — Ela nos deixou.

25.

Já fui o Bem-amado de Deus, o Rei dos Reis. Fui o Leão Conquistador de Judá, descendente do rei Dawit. Meu sangue, rico e vermelho, é parente daquele outro Rei dos Reis, o mais Amado. Conduzi meu reino em honra ao Seu. Éramos como éramos porque Ele era. Neste reino de homens, anjos caminhavam entre nós, carne e espírito lado a lado, espadas impetuosas junto de lanças. Asas rechaçavam balas, vergavam fuzis italianos, aniquilavam tanques. Sob uma chuva venenosa despejada por aviões de guerra voando tão baixo quanto insetos, corremos e triunfamos, escudados por penas, nossa pele ainda intacta e esplêndida sob o sol. Abissínia. Os filhos abençoados de Sabá se multiplicaram, espalhados por encostas e castelos, enterrados em obeliscos e cavernas, mumificados com tanta perfeição quanto faraós. Etiópia, a mais amada das bem-amadas, ouves os tambores acima das nuvens? Sabes que anjos se aproximam e vêm em tua ajuda? Não haverá mais misericórdia para essa blasfêmia lançada contra nós. Chegará o dia, Bem-amado, quando nos levantaremos outra vez e uma fúria divina se derramará sobre o senhor e nós não deteremos a maré, ainda que o senhor nos peça. E depois da tormenta, depois da purificação, abriremos mais uma vez nossos braços e o senhor virá a nós, ansioso mais uma vez, e anjos guiarão nossos próximos passos, e prosseguiremos juntos.

NO SEU PALÁCIO, o tempo se movia em ondas, espiralava sem cisões de uma hora para a próxima. Ele acordava às seis, reunia-se com autoridades às nove. Tomava o chá da tarde às quatro, jantava com a família às oito. Cada minuto era justificado, cada necessidade antecipada por corpos invisíveis que apareciam e sumiam de sua frente na ponta dos pés e em silêncio, os pensamentos refreados escapando apenas através de seus olhos, discerníveis se ele tivesse se preocupado em observar. Mas não tinha. Não vimos a besta, ele sussurrou no interminável silêncio, quebrado apenas pelo apito do guarda. Estava diante de nossos olhos, mas não a vimos.

O APITO SOOU COMO a sirene distante de um trem chegando naquela noite. Parecia oco, fino, e as batidas rápidas do fuzil do soldado enquanto percorria o corredor imitavam o chocalhar de trilhos gastos. Algo não estava certo. O imperador Hailé Selassié percebia. Havia barulho demais vindo de fora. Dentro, o silêncio era excessivo e cada som se ampliava implacavelmente. Até seu fiel leão Tojo, que em geral rugia do lado de fora, nada fez senão pular e bater com as patas na jaula. Tudo tinha ficado em silêncio desde que o major Guddu ordenara que a família do imperador e os amigos entrassem em caminhões que se afastaram ressoando noite adentro, mas esse era diferente. Esse era o silêncio de um grito abafado, uma constrangedora ausência de som.

Foi por isso que o imperador não se surpreendeu quando ouviu o assobio morrer de repente, o fuzil parar de pipocar de um minuto para o outro, os passos do guarda se tornarem mais lentos e por fim pararem. Foi por isso que o imperador não se surpreendeu quando ouviu o guarda estalar os dedos para chamar a atenção, depois bradar "major Guddu, boa-noite". Não se assustou quando ouviu passos na direção do quarto grande que era sua cela, e também não tremeu, como normalmente faria, com o tilintar de chaves e o rangido da porta se abrindo.

O que na verdade o surpreendeu foi o jovem que o major Guddu trouxera consigo. Um menino gordo enfiado em um uniforme militar apertado demais para ele, usando óculos que se apoiavam em um nariz achatado. Filho de uma mulher pobre, o imperador podia garantir só pela aparência. Outro daqueles que se engajam no serviço militar na esperança de um ordenado fixo, crescente, e, ao contrário, se veem à mercê de uma fera incontrolável. O jovem caminhou atrás do major e parou com as costas contra a parede. Piscava tão depressa que o imperador teve certeza de que ele logo irromperia em lágrimas. O rapaz não olhou para ele e o imperador suspeitou que não era respeito que empurrava sua cabeça para dentro das dobras de seu pescoço carnudo. Era medo.

O major Guddu enfiou a mão atrás do jovem e empurrou-o à frente. Exibiu uma pistola com cabo de madrepérola e foi então que o imperador começou a tremer. Era a pistola do general Amman, um presente que ele próprio dera ao herói de guerra durante o conflito de 1964 com a Somália. Então até aquele amigo, o mais bravo, estava morto.

— Mickey. Faça o que mandei — o major ordenou.

O jovem chamado Mickey jogou-se contra a parede, longe da pistola, e ali ficou de novo, piscando.

Se não tivesse visto a pistola, o imperador teria pensado que o tempo andara para trás e que ele revivia os últimos momentos antes de a arma ser empunhada. O jovem estava de pé, tremendo, o queixo quase encostado no pescoço. A mão do major estava colocada na parte mais grossa das costas do rapaz, pronta para empurrá-lo de novo. No entanto, do fundo do corredor, o deslizar macio de sapatos com solado de couro invadiu a sala e o imperador teve certeza de que aquele era um momento inteiramente novo e que tudo que acontecesse dali em diante aconteceria apenas uma vez.

O imperador não entendeu o significado do saco plástico que o major agitava na frente de Mickey, mas conseguiu perceber o terror que envolvia o rosto do rapaz. Era um medo despojado de qualquer fingimento, puro. Ele o vira em homens adultos apenas no campo de batalha e em geral era substituído por um véu de coragem que levava a maioria para seu inevitável destino. Essa, no entanto, era a aparência de um menino que ainda não era homem, de um menino que talvez nunca se tornasse inteiramente um homem e que agora se encontrava exposto do modo pior e mais aterrorizador.

O major segurou o saco plástico e a arma na frente de Mickey.

— Você ou ele — afirmou. — Lembre-se de seu amigo Daniel.

Mickey pareceu olhar de relance para a janela acima da cama do imperador, tencionando escapar. E o imperador sentiu como se ele próprio fosse testemunha de uma pantomima macabra, de uma peça silenciosa da qual participasse ao mesmo tempo como plateia curiosa e ator relutante.

Mickey olhou para a pistola.

— Não.

O major deslizou o saco plástico sobre a cabeça de Mickey e enfiou a boca da arma dentro do plástico, contra a veia grossa que pulsava no pescoço do jovem. Em seguida, chegou tão perto do peito gordo e achatado do soldado que o imperador considerou a possibilidade de que tudo não passasse de um sonho e que os dois tivessem se fundido em um demônio de duas cabeças.

Foi somente quando o major fez um movimento brusco para trás com a mão que o imperador percebeu que Mickey conseguira jogar a arma no chão. E foi somente quando Mickey arrancou o saco da cabeça e ajoelhou-se em oração que o imperador percebeu que o major tinha se dirigido para sua cama e olhava para *ele*, com seu travesseiro na mão.

Não poderia ter sido sua a voz que dizia "O que levou 3 mil anos para ser construído não pode ser destruído em uma noite". Mas ele não sabia de quem mais poderia ter sido.

E não poderia ter sido ele quem olhou para o soldado covardemente gordo e afirmou "Seja homem, olhe isso". No entanto, era sua a boca que se movimentava, embora o resto de seu corpo estivesse imóvel como uma estátua.

Poderia ser que o assobio estivesse também só na sua imaginação. Que na verdade seu som não aumentara, que os passos do major não se arrastaram até sua cama, que Mickey de fato não disse "Como pode fazer uma coisa dessas? Ele é o imperador". O imperador não estava mais certo de nada e disse a si mesmo que não era um travesseiro que pressionava seu rosto, achatando-o contra o colchão, empurrando-o com tanta força que ele podia sentir o estrado de molas. Disse a si mesmo que era o Anjo Gabriel que descera para prestar testemunho. Convenceu-se de que a pena macia que flutuou de um rasgão no travesseiro era a prova de que anjos existem e que uma legião deles o ajudava naquele exato momento, aliviando a dor de seus pulmões sem ar. E tudo aconteceu tão depressa, tão em silêncio, tão sem esforço que o imperador Hailé Selassié acreditou que era tudo um sonho, apenas mais um ato na peça silenciosa, e o sono pesado em que mergulhou era devido apenas à fadiga de um velho.

PARTE DOIS

Mãe do menino forte, aperta o cinto ao redor da tua cintura.
Teu filho é para os abutres apenas,
Não para ser enterrado por teus parentes.

— Canto de guerra etíope

LIVRO DOIS

26.

ESTAVA VIÚVO AGORA fazia quase três anos. Passara trinta meses de solidão em uma cidade em plena efervescência. Cansara-se naqueles meses de jipes e uniformes, marchas e reuniões forçadas; sua paciência se esgotara pela constante pressão para ajustar as atividades diárias a um toque de recolher à meia-noite. Precisara se acostumar com carteiras de identidade e moedas novas, um hino nacional novo e até uma bandeira nova. Passara a detestar a Rádio Adis Abeba e a Televisão Etíope e os anúncios de prisões e até execuções de intelectuais e líderes municipais e, cada vez mais, de estudantes. Sua rotina diária era interrompida por um fluxo constante de cartazes de propaganda com o emblema de estrela e foice e trabalhadores determinados, de punhos largos. Fotos de Guddu estavam por todo lado. O comunismo tinha se instalado confortavelmente em um país que, em tempos passados, se gabara de uma monarquia salomônica.

Naquela manhã, no calor forte de mais um dia árido, Hailu tentou como pôde livrar-se de sua inquietação e ignorar o grito de meninos vendedores de jornais que anunciavam por cima da zoeira do trânsito incessante:

"Ministério da Defesa prepara-se para receber oficiais cubanos!"

"Amizade soviética mais forte do que nunca!"

A amizade soviética e o sentimento comunista tinham contribuído para a nacionalização de seu hospital, tinham ajudado a privá-lo de seu nome, Prince Mekonnen, e imposto um novo, Black Lion. O Derg tinha se intrometido no que era seu trabalho e sua paixão, transformando-o em uma terra estéril de residentes soviéticos insolentes e pacientes etíopes mal-atendidos. Os poucos médicos que não tinham fugido ou se livrado da guerra contra a Eritreia e a Somália estavam sobrecarregados; remédios estavam tão em falta que haviam se tornado itens de luxo. Ele tentara desafiar um dos soviéticos insistindo em relatar que seu desempenho seria colocado em risco com a introdução de novas teorias médicas. "Somos etíopes e sempre fizemos coisas à maneira etíope" escreveu. "Curei e tratei de alguns de vocês e de membros de suas famílias", disse aos oficiais anônimos e sem rosto que tinham ordenado as mudanças no seu hospital. "Especializei-me com os melhores profissionais da África e Europa", lembrou-os. Recebera a informação, duas semanas mais tarde, de que seu espaço e seu pessoal permaneceriam inalterados.

Hailu sentou-se no seu carro na Churchill Road e observou os pequenos jornaleiros. Perguntou a si mesmo quais desses meninos esqueléticos e esfarrapados carregavam panfletos contra o governo enfiados entre as páginas dos jornais. Eram impressos em gráficas secretas na calada da noite, depois distribuídos furiosamente nas ruas, largados em soleiras de portas e jogados em prédios de escritórios e em janelas de carros durante a noite. Cobriam a beira das estradas, os bancos e as mesas de Adis Abeba.

"Castro elogia o progresso etíope! Coreia do Norte doa uniformes!", os meninos gritavam, em um coro estridente, na neblina azul da madrugada.

Um menino magricela movimentou-se na direção de Hailu, erguendo um jornal como uma bandeira. Hailu balançou a cabeça e tentou tirar Dawit do pensamento. Seu filho mais novo tinha se afastado completamente de sua influência, tinha se dedicado de tal modo aos seus encontros secretos e telefonemas sussurrados que nada do que Hailu fizesse conseguiria trazê-lo de volta ao seio da família.

Buzinas intermitentes de carros se fundiam em uma zoada longa e contínua. Ônibus e caminhões se esquivavam dos meninos. Pedestres irritados se espremiam entre táxis azuis e brancos. A rua estava lotada como sempre. Havia muito barulho. O som se propagava de carros para pedestres e para animais de carga, aumentando e diminuindo ao longo da via íngreme. Árvores velhas pontilhavam a margem da rua e absorviam a cacofonia. A Etiópia permaneceria, apesar de todas as influências externas, uma mistura de antigo e moderno, progresso e ritual colocando-se tão desconfortavelmente ao lado um do outro quanto ideais comunistas e crenças cópticas.

"Anarquistas presos por ameaças ao Estado!", gritavam os meninos. Vários motoristas acenavam das janelas dos carros, ansiosos por ler sobre esse último acontecimento. Hailu viu um menino introduzir uma folha de papel em um jornal quando se aproximou de um caminhão.

Dawit também passava esses panfletos enfurecidos de soleiras de portas para mãos estendidas, embora negasse isso quando perguntado, sem se preocupar que os dedos manchados de tinta o denunciassem como mentiroso. Hailu engrenou o carro e seguiu na direção do hospital, subindo a janela para abafar a voz dos meninos. Seu filho não era diferente dos milhares de insatisfeitos em Adis Abeba. Como tantos, ele não tinha voltado às aulas quando as escolas reabriram, preferindo gastar o tempo com protestos contra o Derg. Resistência era a palavra cada vez mais frequente entre jovens e agitadores.

No início, o Derg prometera ao povo um "golpe sem sangue", mas nada fizera além de provar o próprio espírito perverso e assassino. Embora declarações benevolentes e bênçãos escapassem de seu quartel-general em Menelik Palace, o povo não confiava mais no regime militar. Ninguém acreditava na notícia de que o imperador morrera de causas naturais. Era um segredo conhecido que os montes de terra nos arredores da cidade eram sepulturas em massa. E aquelas batalhas de armamento — saraivadas de fogo rápido entre soldados e combatentes — eram provas irrefutáveis de uma rebelião em desenvolvimento. Havia barulho em todo lugar e nem mesmo o toque de recolher conseguia devolver o silêncio às noites da Etiópia.

Hailu já podia ver a silhueta do Hospital Black Lion à sua frente. Tentou fixar os olhos na fachada do prédio, afastar-se do Tiglachin Memorial, que agora estava plantado na frente do edifício. O monumento era a imagem alongada de um leão na forma de obelisco, encimado por uma estrela vermelha, de pedra, que serpenteava seu caminho para o céu. Era um testamento de cinco pontas para a nova façanha militar do major Guddu, fortalecida pelo apoio militar russo e cubano. A Etiópia tinha acabado vítima da guerra fria pelo Chifre da África.

A estrela vermelha saudava Hailu todas as manhãs da janela de seu consultório, as pontas agudas cortando a neblina densa. Ficava incrustada no alto de um mastro de metal e esse mastro se projetava da laje de concreto que o deixava ainda mais alto com uma precisão assustadora. Na frente do monumento havia uma estátua de jovens soldados com uma bandeira, também encimada pela estrela, que caía em dobras atrás deles. Um soldado tinha um fuzil levantado, ainda forte e apto após a batalha. A estrela vermelha, tão brilhante quanto uma gota de sangue, lançava sua sombra sobre um hospital que não era mais um lugar familiar. Aquele monumento era, pensou Hailu, um obelisco distorcido, um memorial emasculado à raiva crescente de um homem contra seu próprio povo.

Desde que os russos tinham assumido o hospital, ele parara de usar a porta da frente. A maioria deles olhava os etíopes com o mesmo desdém que seu povo sentia por eles. Tinham vindo para seu país e começado a ajudar a destruí-lo. Ele não queria vê-los, nem ser visto, não queria passar por demonstrações mecânicas de camaradagem e respeito profissional quando não sentia nenhum dos dois. Preferia, ao contrário, ir diretamente do estacionamento para a escada que levava à Unidade de Tratamento Intensivo no seu andar.

Uma vez ali dentro, Hailu movimentava-se pelo corredor silencioso com passos rápidos, consciente do eco forte que o seguia enquanto caminhava para seu consultório. Tudo nesse prédio parecia mais oco, mais cavernoso e vazio ultimamente. Alguns de seus colegas costumavam achar estranho que ele encontrasse conforto nessas quatro paredes e ele tentara explicar que não era na existência de doença que ele tinha o foco, mas na possibilidade de vida. Agora, não havia nada. Ele mal tinha sentado à sua mesa quando Almaz bateu na porta, uma mancha sobre o uniforme em geral imaculado.

— Temos paciente novo — informou a enfermeira. Ela permaneceu no corredor, um hábito antigo que se recusava a quebrar.

— Entre — ele pediu.

Virou-se para colocar um livro grosso de pé na estante. Como tudo mais no seu consultório, as prateleiras eram organizadas e os livros médicos estavam caprichosamente ordenados por tamanho. Nada ficava fora do lugar e os arquivos e apontamentos desnecessários eram descartados todos os dias. A simplicidade do pequeno espaço o confortava.

— Temos paciente novo — repetiu. — Uma menina.

A luz entrava pelas janelas em uma longa faixa brilhante e um clarão vermelho pálido se filtrava no chão vindo da estrela do lado de fora. Hailu fechou as cortinas.

— E? — perguntou. Endireitou uma pilha de papéis e ajeitou um peso de papel.

— Não é um caso normal. — Almaz era tão eficiente com as palavras quanto com as ações. Era sua melhor enfermeira, a mais confiável sob pressão, e vê-la preocupada era motivo suficiente para ele também se preocupar.

Hailu suspirou. Queria perguntar a ela o que era normal naqueles dias.

— A esta altura você já devia estar acostumada — lembrou-a.

— Soldados estão procurando pelo senhor — ela disse, baixando os olhos para a mancha no seu uniforme. — Eles em geral ficam nos outros andares, com os russos — salientou. — Vieram até aqui, agora.

— O que querem? — perguntou.

— Não querem falar com mais ninguém — Almaz explicou. — O senhor devia ver o que é. — Esfregou a mão na frente do uniforme com movimentos rápidos e nervosos, depois parou quando viu que nada removeria a mancha. — Há uma menina — repetiu, olhando para ele e depois para longe.

UMA TEIA DE ARANHA prateada pendia de um canto do saguão. Grandes gotas de água e pegadas enlameadas traçavam uma trilha pegajosa do corredor até dentro de um quarto. Mais uma vez, Hailu ficou momentaneamente paralisado pelas mudanças que tinham acontecido. Apontou para a lama no chão.

— Alguém devia limpar isso — resmungou.

— Todos foram designados para os cubanos e russos do fronte — respondeu Almaz. Ajoelhou-se para esfregar a mancha com um lenço.

— E nosso próprio pessoal?

Hailu ficou impressionado com sua tentativa sincera de limpar a mancha rebelde com um pano.

— Não temos tempo para isso — justificou.

Ela esfregou as mãos em um lenço limpo.

— Ela está sendo tratada — informou a enfermeira, quando entraram no elevador. — Seu estado é muito grave. — Almaz pareceu ficar mais agitada quando as portas do elevador se abriram.

ELE ERA MÉDICO havia quase 35 anos, tinha tratado infecções e ferimentos de guerra com tranquila eficiência, combatido doenças desconhecidas com habilidade e prudência. Reconhecia pelo aspecto um corpo que seria melhor deixar morrer ao natural e conseguia decifrar os indícios de uma vida que ainda lutava para resistir. Mas o que poderia tê-lo preparado para uma menina enrolada em um plástico transparente? Qual livro médico poderia tê-lo ensinado que um plástico tão grande quanto um corpo poderia ter penetrado nos ferimentos como acontecera com aquele? Que ferimentos assim profundos e brutais poderiam ser aplicados a uma menina? Observou-a de novo. Chumaços de cabelo tinham sido arrancados de sua cabeça. Sangue tinha empapado suas calças e a blusa clara florida. Seus pés inchados pendiam de uma das extremidades da maca. Tudo isso estava coberto e exposto em plástico como um gigantesco troféu de um açougueiro. Pela abertura do plástico escapava o cheiro de excremento e carne queimada, merda e crueldade, uma nova obscenidade.

— O que é isso? — Hailu ouviu sua própria pergunta. Um gosto amargo invadiu sua boca. — O que aconteceu com ela? — Automaticamente, pegou o estetoscópio, colocou as pontas nos ouvidos e percebeu que não conseguia se mover. — Por que ela está aqui? — perguntou. — Almaz?

Dois soldados, nos quais não reparara, surgiram de um canto da sala. Dirigiram olhares ameaçadores para Almaz. Ela deixou cair a gaze e olhou para as mãos dobradas da menina.

— Quem são vocês? — Hailu perguntou. Limpou a garganta e baixou a voz, na tentativa de transmitir uma imagem calma. — Não estamos equipados para tratá-la. Houve um engano. — Ele percebeu pânico na sua própria voz. — O que aconteceu com ela? — Virou-se para a enfermeira, porém ela estava retesada e em silêncio, desprovida de sua habitual autoridade.

— Ela precisa melhorar o mais depressa possível — um dos soldados explicou. — Por isso a trouxemos para o senhor. — Ele era magro e rugas profundas circundavam seus olhos como uma pele extra. O resto das feições era liso.

Hailu imaginou que ele e o companheiro eram um pouco mais velhos do que Yonas, talvez estivessem perto dos 40 anos. Permaneceu calado por um bom tempo e percebeu o som fraco de um rádio na sala ao lado. A batida dura de uma marcha militar disse-lhe que o aparelho estava sintonizado para mais um sermão marxista-leninista.

— Ela precisa continuar viva — observou o segundo soldado. Seu olhar não se fixava na menina estendida e exposta na maca do hospital. — Todos nós conhecemos a história.

Mas a história que dera fama a Hailu no início de sua carreira era falsa. O homem estivera sempre muito vivo, apenas temporariamente em tão profunda inconsciência que sua respiração ficara mais lenta, depois quase parara de vez. Hailu tinha sido o único médico entre tantos que decidira esperar para ouvir o pulso do homem, por mais fraco que estivesse. Tinha refutado todos eles quando assinaram documentos médicos atestando a hora exata da morte do paciente, um lavrador humilde que desfalecera diante da esposa e dos filhos assustados. Hailu, ao contrário, tinha deixado a sala esvaziar rapidamente, como costumava acontecer nos plantões noturnos de sexta-feira, e pedira a Almaz para trazer um soro intravenoso. Todos os Natais, o homem ainda levava uma cabra de presente para sua casa. Mas essa história tinha circulado por Adis Abeba e outros lugares mais distantes e, embora ele tivesse tentado durante anos explicar o que de fato acontecera, Hailu via-se escravo de um mito que ele tinha ajudado a tornar tão poderoso quanto uma verdade.

— Não entendo — sussurrou. — O que aconteceu com ela? — perguntou mais uma vez. Percebeu a contração nervosa nas grandes mãos do segundo soldado. Olhou a menina mais de perto. Ela era provavelmente uma das que o Derg rotulava de anarquistas. Tinha sido presa por atividades suspeitas, arrastada de casa ou arrancada de um café enquanto tomava chá com amigos sem que lhe dessem tempo para trocar a blusa florida e as calças elegantes. Fora levada para a prisão e submetida a um interrogatório sem fim, a noite toda. Agora, estava ali. — O que fizeram a ela? — Hailu perguntou. Viu os dois soldados vacilarem.

O primeiro deu um passo à frente.

— O senhor fez o parto do meu bebê e demos a ele o nome de Hailu — declarou. — Está com 4 anos agora, é um menino forte. Um bom menino. — Era magro, tinha um pouco de barriga e joelhos que se arqueavam desajeitadamente.

Hailu recusou-se a olhar na sua direção. Manteve a atenção voltada para a menina. Seu interrogador tivera o cuidado de não tocar no seu rosto.

O segundo soldado, de membros grossos e voz profunda, aproximou-se de Hailu.

— Ela precisa continuar viva. Ninguém pode saber que ela está aqui, certifique-se de que este corredor está bloqueado. Isso é entre o senhor e sua enfermeira — avisou, limpando a garganta. — Seguimos ordens estritas. — Olhou para Almaz com ar inflexível. — Entende?

Ela inclinou a cabeça em aprovação, o rosto sem expressão, as mãos ainda entrelaçadas à frente do corpo.

Hailu contornou a cama para olhar pela janela. Adis Abeba retribuiu seu olhar, a luz do sol piscando como um olho atento. Fechou as cortinas.

— Os russos ensinaram vocês a fazer isso às pessoas? — perguntou, o peito tão cheio de ódio que teve certeza de que sua voz saía apertada. — Ouvi dizer que esses europeus orientais têm ensinado vocês a interrogar seu próprio povo — vociferou. — Foi isso que aconteceu?

O soldado com pernas arqueadas permaneceu em silêncio, a cabeça baixa. Nenhum dos dois falou até que o soldado com voz profunda aproximou-se de novo.

— Nada de perguntas — declarou, sem alterar o tom. — Faça o que sabe fazer melhor. Trate dela.

Hailu abriu a boca para responder, depois fechou-a quando viu Almaz sacudir a cabeça.

— Ela precisa de um banho. Deixe-nos com ela por alguns minutos — pediu.

Os soldados se afastaram. A menina movimentou a cabeça. Hailu levantou um canto do plástico fino que encostava na sua mão. Veio junto um pedaço pequeno de pele queimada. Ele viu um dos dedos da menina tremer.

Almaz torceu as mãos, os olhos finalmente percorrendo a sala.

— Isso não é bom.

— Ela está tentando dizer alguma coisa — observou Hailu. Queria aproximar-se dela, mas não conseguia. — Veja se consegue ouvi-la — pediu.

Almaz pressionou o ouvido contra a boca da menina. Hailu viu que o peito dela se expandiu, os olhos se movimentaram e se estreitaram, as pupilas se reviraram sob as pálpebras.

— Venha cá — chamou Almaz, agarrando-o pelo braço e puxando-o para perto da menina. — Ouça.

O hálito da menina estava azedo e cheirava a sangue seco. Ela falou com voz débil:

— *Abbaye.*

Hailu recuou com um movimento brusco e enfiou as mãos nos bolsos. Procurou instintivamente as contas de oração que ainda carregava consigo todos os dias.

— Que Deus a ajude — disse. Começou a caminhar para um lado e para o outro, esfregando os olhos, uma dor de cabeça surgindo em uma faixa larga ao redor das têmporas. — Que Deus a ajude — repetiu. — Quem é ela? Pergunte seu nome, depressa, antes que eles voltem. — Não queria pensar no pai que naquele momento devia procurar desesperadamente a menina. Parou, frustrado pela lentidão de Almaz. — Descubra quem é seu pai!

— O que disse, minha filha? — Almaz sussurrou com voz tranquilizadora, bem perto da menina. — Quem é seu pai? — Esperou um pouco, depois balançou a cabeça. — Nada. Ela está fora do ar. — Olhou para Hailu com olhos apavorados. — O que acha que farão com ela quando a pegarem de volta?

Hailu afastou os olhos da cama, fixou-os em uma teia de aranha presa a um canto do quarto.

— Precisamos retirar o plástico — disse. Secou a testa; transpirava. — Vai levar algum tempo.

Através das cortinas, árvores lançavam sombras no gramado do hospital. Era possível ouvir o ruído das árvores se agitando no vento, as buzinas incessantes do tráfego e os gritos de agricultores e vendedores ambulantes. A vida fora daquelas paredes seguia como sempre. Dentro, parecia que o mundo tinha deslocado seu eixo e estava se partindo em dois.

27.

TIZITA, COM QUASE 7 ANOS, braços e pernas compridos, muito magra e temperamental, chutou uma bola e saltou, dando voltas e piruetas, fazendo Sara quase perder o fôlego. Sara tentou concentrar-se no *Democracia* e num artigo sobre o controle de cidades importantes da Eritreia por rebeldes. A capital, Asmara, e o porto de Massawa estavam cercados. Cubanos treinavam novos recrutas do Exército etíope. O Derg, dizia o artigo, usava táticas fascistas contra civis.

— *Emaye*, estou chutando mais alto do que Berhane! — Tizita gritou. — Olhe para mim!

Sara esperou que seu coração serenasse antes de se permitir olhar a filha brincar com o filho da empregada Sofia. Tentou lembrar a si mesma que a menina estava saudável, que suas preces tinham sido atendidas. Gostaria de conseguir aceitar a recuperação de Tizita como um presente, e não uma concessão recebida à força de um Deus rancoroso.

— Ganhei! — Tizita correu na direção de Berhane.

Um sorriso tão largo e franco quanto o de Sara tomou conta de seu rosto. Ela tinha os olhos luminosos da mãe, as sobrancelhas grossas de Yonas e os lábios cheios lembravam os de Selam. Sara deixou o informativo de lado e fez de conta que torcia pela partida de futebol que as crianças levavam a sério. Seu corpo estava tenso e ela não entendia por quê. Ficara atenta a Tizita enquanto ela brincava do lado de fora o dia inteiro e temia que essa ansiedade fosse sinal de que a filha poderia adoecer de novo. A vigilância constante era exaustiva. Ela estava transpirando e suas costas doíam. Consultou o relógio, presente de Yonas para ela pelo aniversário de 6 anos de Tizita, e bateu palmas com força.

— É hora de jantar — gritou. — Preciso entrar e me aprontar. Venham me ajudar, os dois. — Ela não queria deixar a filha longe do alcance de sua vista.

— Ainda não terminei — Tizita protestou. Atirou a bola para o menino.

Sara bateu palmas de novo, com mais força. Percebeu de imediato a cara amuada de Tizita.

— Entre — ordenou.

— Não — Tizita retrucou, fazendo beicinho e franzindo a testa. — Não quero entrar.

Sara atirou a bola para longe de Berhane.

— Falei para ela — justificou-se Berhane. Levantou um rosto bonito, atento, para Sara. — Estou com fome.

A sinceridade do menino a fez sorrir e ela o abraçou. Ela sempre pedia a Sofia que fosse morar com eles e abandonasse seu barraco, mas a mulher mais jovem se recusava alegando o desaparecimento do marido, Daniel, embora Sara suspeitasse que se tratava também de uma questão de orgulho.

— Se viermos para cá, como ele nos encontrará quando voltar? — Sofia argumentava, os olhos escuros tristes.

— *Emaye*, olhe — Tizita exclamou, apontando para o portão.

O portão estava balançando. A parte inferior arranhava o chão duro. Alguém forçava do outro lado para abri-lo na base da força bruta. Todos os moradores do condomínio sabiam que o trinco emperrava se não fosse girado da maneira correta.

— Alguém está tentando entrar — observou Berhane.

Sara afastou-se do portão, abriu os braços e deixou as crianças correrem até ela.

— Entrem, vão para perto de *Abbaye* — disse Sara, empurrando Tizita na direção da porta da frente. Pegou um exemplar do *Democracia* e entregou-o para a filha. Sara empurrou-a com mais força.

— Depressa!

Tizita não se mexeu.

— Soldados maus estão chegando — avisou, choramingando e aproximando-se mais de Sara.

— Entrem! — Sara gritou. — Leve isso. — Enfiou o informativo embaixo do braço da filha. — Rápido, vão para perto de *Abbaye*.

— As crianças subiram as escadas desajeitadamente. — Quem está aí? — perguntou, dando um passo para trás e destrancando o portão. — Quem é?

Ela viu o cano de uma arma espiar pelo portão aberto, depois uma mão calosa e pálida, uma perna grossa, botas pesadas, um corpo inteiro, e tentou juntar os olhos impiedosos do homem, sua testa alta, o uniforme militar, suas palavras: "Há uma ordem...". Os papéis desdobrados na sua mão passaram de um quadrado perfeito a uma declaração totalmente truncada. "Nacionalização de residências... novas regras *kebele*... obrigatório."

O soldado entrou. Atrás dele havia um homem magro com uma cicatriz comprida e fina que corria de uma face à outra, ampliando os cantos de sua boca.

— Recebi sua carta — disse Hailu; ele se aproximara sem Sara perceber. — Mas pensei que tinha uma semana. — Olhou o soldado com ar de desdém. — Vocês não conseguem seguir as próprias instruções?

— O que está acontecendo? — Sara perguntou, surpresa com a concisão de Hailu e reparando em seus olhos com bordas vermelhas. Parecia cansado.

— Estão nacionalizando a casa dos fundos, onde Bizu dorme — Hailu explicou, fixando os olhos no homem magro ao lado do soldado. — Como se não tivessem tomado o suficiente. Toda a terra do meu avô se foi. A mesma coisa com a que o pai de Selam nos deu. Agora esta.

O soldado limpou a garganta e ergueu ainda mais os papéis.

— São ordens — justificou-se.

— Nacionalizando a casa? — Sara perguntou.

— Agora qualquer pessoa com uma casa extra está sendo solicitada a oferecê-la para o Derg como parte de nossos esforços para ajudar todos os pobres da Etiópia — explicou o soldado.

— Mas não é uma casa extra — Sara reclamou. — É de Bizu. É lá que ela dorme. Ela está doente e precisa da casa.

O soldado forçou um sorriso e apontou para o homem que se movimentara para ficar ao seu lado.

— Este é seu novo oficial *kebele*, Shiferaw. Ele provou seu verdadeiro espírito revolucionário e estará aqui para arrecadar impostos, exatamente como o antigo oficial *kebele*. Mas vocês precisarão também notificá-lo de qualquer morte, casamento ou nascimento na sua casa. Ele dará aulas semanais de socialismo. E se instalará no seu condomínio.

Shiferaw balançou a cabeça em ansiosa obediência, enquanto o soldado o empurrava à frente para que fosse visto por todos. Sua boca esboçou um sorriso quando o soldado olhou na sua direção, a cicatriz fina subindo pelas faces, distorcendo sua expressão.

— O que é isso? — Era Emama Seble, sua figura preta abrindo caminho até eles, os olhos pousados em Shiferaw. — Hailu, você devia controlar o que ele diz.

O soldado segurou o braço de Shiferaw e sacudiu-o de leve.

— Um estado forte começa com seu povo.

— O Derg tem novas regras para suas associações de bairros — explicou Hailu. — Eles querem controlar tudo que fazemos. — Seus olhos não tinham se desviado do soldado, mas Sara sentiu um ar de resignação no modo como ele falava; seus ombros se curvaram de leve.

— É um passo necessário no nosso progresso — justificou o soldado, no mesmo tom de Hailu. — A unidade é uma garantia de triunfo certo. — Deu um sorriso frio, mecânico. — Faça o que ele diz — acrescentou, apontando para Shiferaw.

Uma multidão confusa tinha se reunido ao redor dos dois homens, a comunidade de famílias de Hailu agora formando um círculo silencioso que observava o espetáculo com cautela.

— Mas aquela casa — Hailu virou-se para o quintal — não está vazia.

A pequena casa escondida em um canto do quintal era onde sua mãe tinha morrido. Ela encontrara naquela casa escura uma paz que ninguém conseguia entender. Ela continha para Hailu todos os seus medos e todas as suas esperanças infantis, aqueles momentos em que ele via a vida manter obstinadamente o controle de um corpo que resistia a todo aquele esforço. Sua mãe deitava naquele único cômodo cujas janelas engoliam o sol, esperava a batalha enfurecer e então acabar com sua existência. "Não cabe a mim", ela dizia, forçando-o diariamente a cruzar seus braços sobre o peito como se a preparasse para o último suspiro. "A mim só cabe esperar." Para ele, no entanto, durante o tempo que ela viveu, a decepção e o pesar no seu rosto se tornavam cada vez mais difíceis de suportar. Ele começou a sentir-se responsável, a ver uma acusação nos seus olhos que nenhum dos seus abraços e beijos conseguia apagar.

Foi nos dias e meses após a morte da mãe que ele decidiu tornar-se médico, certo de que um dia ajudaria a fazer a balança pesar para o lado dos desejos dos pacientes. Nunca mais alguém se sentiria desamparado. Não tinha sido simples com Selam, ele tinha quebrado seus próprios votos, mas a possibilidade de ela conseguir uma plena recuperação o tinha impulsionado. Esperança, ele decidira enquanto cuidava da esposa, era a única exceção.

A casa tinha sido bem trancada, as cortinas fechadas para sempre, até que Bizu, mergulhada em tristeza desde que vira o documentário sobre a fome em Wello, tinha começado a dormir nela.

— Está quentinho aqui — era sua desculpa para eles. — É agradável e escuro.

No quintal, duas jovens bonitas que penduravam roupas para secar lançaram olhares encabulados para o soldado, cujo peito se inflava a cada flertada.

— O nome dele é Shiferaw — o soldado repetiu. — É um homem importante, mas vocês podem se dirigir a mim se tiverem alguma pergunta. — Seus olhos se demoraram na jovem mais alta, que sorriu e logo voltou à corda de secar roupa. — Estou baseado neste bairro.

— Vamos entrar — disse Sara para as crianças. — Sua mãe preparou nosso jantar — acrescentou para Berhane, apontando para Sofia, parada no vão da porta com a mão sobre a boca.

— Berhane, venha cá — Sofia gritou, excitada. — Depressa!

Berhane, fascinado pelo fuzil e pelo uniforme do soldado, estava boquiaberto diante do homem mais velho, como se olhasse para uma montanha gigantesca.

— O senhor é soldado? — perguntou.

— Berhane! — Sofia gritou e desceu correndo os degraus da varanda para pegá-lo. — Pare de falar com ele!

— Sou, você também quer ser um? — respondeu o soldado, ignorando Sofia. — Meu filho quer. — Sorriu, revelando um vão do tamanho de um palito entre os dentes inferiores da frente.

Berhane concordou com a cabeça.

— Meu pai é soldado. Mas não sabemos onde ele está. — Ergueu três dedos. — Faz três anos que ele sumiu.

O sorriso desapareceu do rosto do soldado.

— Berhane, venha cá! — Sofia pegou o filho e arrastou-o para dentro da casa.

28.

U M SUSSURRO FLUTUOU no céu de final de tarde e pousou em Dawit e Lily, deitados sob uma larga faixa de sol poente. Sombras suaves brincaram nas curvas arredondadas do rosto de Lily quando ela olhou para uma pequena pilha de cartas ao lado de Dawit.

Ela balançou a cabeça.

— Não havia como fazer as cartas chegarem a você senão por outra *zemecha* que estava fugindo e voltando para Adis Abeba — explicou. — Eu queria ver se me lembrava de tudo. Obrigada por trazê-las.

Lily tinha sido uma entre dezenas de milhares de estudantes mandados para a região rural da Etiópia para ensinar camponeses sobre reforma agrária e outras mudanças promovidas pelo Derg. Voltara desolada e aterrorizada, os cabelos com um corte bem curto, destinado, ao que parecia, a realçar o olhar assustado.

— Às vezes eu escrevia para mim mesma. — Segurou as cartas com cuidado, pesando-as na palma da mão. Eram folhas de papel dobradas, sem envelope, com as bordas marcadas por impressões digitais. — Você parecia tão distante. Estávamos tão longe da cidade. — Pressionou o corpo nu contra o de Dawit.

Desdobrou uma carta. "No nosso primeiro dia Tariku convocou uma reunião obrigatória com os velhos da aldeia." Começou a rir. "Ele falou durante uma hora e meia antes que um homem levantasse e se afastasse." O sorriso dela se alargou. "Eles não falavam amárico, não entendiam o que Tariku dizia. Foi um discurso bonito." Soltou uma risada ácida, seus olhos alertas e frios.

— Você tem muita sorte de seu pai ter encontrado um modo de deixá-lo em Adis Abeba — disse.

Dawit observou-a abrir a carta seguinte.

— Chovia tanto que eu costumava pensar que os agricultores rezavam para que as tempestades nos levassem de volta para a cidade — ela continuou. Segurou a mão dele e apertou-a com firmeza, e falou como se ele nunca tivesse lido as cartas, como se não tivesse memorizado cada fato e imaginado o terror de uma jovem enfiada em uma aldeia cheia de pessoas zangadas. — A noite em que Tariku e Meseret destruíram seus altares, eles foram atrás de nós com armas. A polícia apenas olhou. Descobri mais tarde que eles tinham ordens do Derg para prender qualquer um de nós que sobrevivesse.

Seus olhos estavam fechados. Ela sacudiu a cabeça devagar com uma determinação que Dawit não conseguia entender e escolheu a terceira carta, depois largou-a. Era a primeira vez que ela falava sobre aquela noite.

— Você voltou — ele disse, abraçando-a com força. — Você está em casa agora.

— O Derg executou alguns dos *zemechas* — ela continuou, segurando a cabeça. — Meseret foi preso. Quase me impediram de fazer os exames, mas depois disseram que me dariam mais uma chance. Tariku... — Sua boca tremeu. — Chega de falar nesse assunto. — Suspirou e deu um sorriso meigo para ele.

Ele a beijou e observou-a secar os olhos. Ela recuperara o peso que perdera na área rural e usava os cabelos agora um pouco mais longos, com um penteado que mostrava o pleno efeito de seus caracóis. De novo ela era a jovem imaculada e bem-vestida que ele conhecia, mas no seu rosto havia manchas onde a pele escurecera, *madiat*. Isso representava, sua mãe contara certa vez, a prova física do sofrimento profundo de uma mulher.

— É melhor irmos — sugeriu, consultando o relógio. — Daqui a pouco escurece. — Seus olhos preocupados, um pouco oblíquos nos cantos, acompanharam a mão de Dawit traçar um caminho pelo seu corpo sob o cobertor.

— Toque de recolher à meia-noite. — Abraçou-a.

Ela apoiou a cabeça no seu peito, de novo controlada.

— Tenho um exame amanhã — explicou. — E uma reunião *kebele* no meu bairro. — Virou-se e fixou os olhos nos dele. — Devo falar na reunião. Por isso precisava das cartas.

Dawit ergueu o corpo, surpreso.

— Desde quando você começou a fazer o que o Derg quer?

— Não é para o Derg — retrucou, puxando o cobertor para cobrir os ombros nus. — Ainda não me conhece? É sobre as associações de mulheres que tentamos formar na aldeia. Estou explicando o que podemos fazer para garantir que elas funcionem na cidade. Preciso ir.

— Você está ajudando o Derg — retrucou Dawit. Afastou-se dela.

Ela sacudiu a cabeça e passou um braço ao redor dele para aproximá-lo.

— Ensinar mulheres sobre seus direitos é uma coisa boa. E como os encontros *kebele* são obrigatórios, é melhor usá-los em nosso proveito. Podemos assumi-los um dia, ou pelo menos nos aproximar o suficiente para dar um golpe certeiro — ela disse com voz débil, beijando seu ombro. Estava tranquila. — Talvez o melhor modo de lutar seja a partir de dentro. Contanto que continuemos lutando.

Dawit encolheu os joelhos até o peito e olhou seus pés.

— Tudo se tornou um modo diferente de lutar. Todas as regras estão aí para que sejam quebradas. Mas como as pessoas estão sendo ajudadas? — Estendeu o braço para pegar a camisa.

Lily entregou a calça jeans a Dawit e observou-o se vestir.

— Sara disse que Mickey apareceu e procurou por você. — Sua voz estava cuidadosamente controlada. Enfiou a blusa e a saia.

— Não estou falando com ele. — Dawit bateu o pé com força depois que amarrou os sapatos e uma nuvem de poeira subiu e flutuou na luminosidade que entrava pela janela.

— Ele teve cuidado para que você não fosse apanhado distribuindo panfletos logo no início. — Ela vestiu o casaco e abraçou Dawit pela cintura. Era muito mais baixa do que ele e precisou levantar a cabeça para olhá-lo nos olhos. — Você deve alguma coisa a ele.

Dawit livrou-se do abraço e enfiou o cinto.

— Você não pode responsabilizá-lo por uma promoção — ela retrucou.

— Ninguém recebe uma promoção sem fazer nada. É uma recompensa. O que quer de mim? Que o parabenize? Não farei isso — concluiu Dawit.

Lily acalmou-se.

— Está ficando cada vez mais perigoso ter esses *kebeles* observando tudo. As pessoas andam amedrontadas. Eles estão entregando qualquer um só para evitar a própria prisão. Você precisa dele.

— Não preciso de uma preleção. Você não sabe o que eu sei.

Dawit lembrou daquele início de manhã em que Mickey tinha batido à sua porta com o uniforme salpicado de sangue e uma arma na cintura, admitindo atos sobre os quais nenhum dos dois voltara a falar. Foi depois disso que a amizade deles começou a desandar; momentos calados que não os deixavam mais à vontade e conversas que tropeçavam em silêncios forçados e constrangedores. Depois, quando a notícia da promoção de Mickey circulou pelo condomínio, Dawit recusou-se terminantemente a falar com ele.

— Então ele virou seu inimigo? — ela perguntou, encaminhando-se para a porta.

— Entende como as coisas estão ruins?

— Participo das mesmas reuniões que você. Distribuo os mesmos informativos. — Fez uma pausa. — Sou eu que arrisco uma bolsa de estudos para a faculdade de medicina.

— E é claro que isso significa tudo — respondeu Dawit.

Ela parou na porta e segurou o trinco com força.

— Você não pensa em ter um futuro melhor? — Ela estava curiosa, depois desafiadora.

Ele suspirou e deu alguns passos para abraçá-la.

— Desculpe — disse.

Lily empurrou-o e pegou os sapatos.

Dawit abriu a porta e esperou por ela.

— Um dia você cortará o pé se continuar a sair sem sapatos.

Um sorriso iluminou o rosto de Lily. Era uma frase que tinham inventado juntos como forma de terminar qualquer briga.

— Meus pés são resistentes. — Sua resposta era lírica, uma canção ensaiada.

— E o que aconteceria se você pisasse em um prego e começasse a sangrar? — Ele abraçou seus ombros enquanto caminhavam para o carro.

— Eu daria pulos no ar e gritaria como um macaco... — Ela apoiou a cabeça no ombro dele e passou um braço ao redor de sua cintura.

— E depois? — ele perguntou.

— Você me alcançaria — ela respondeu, rindo.

— Como sabe? — Abraçou-a com força.

— Porque me prometeu que sempre estaria por perto — ela respondeu, séria e serena nos seus braços.

Dawit beijou-a no topo da cabeça e logo deixou sua boca encontrar a dela. Beijaram-se, a tensão esquecida por um momento, depois desceram de carro a colina que levava à cidade. O céu ardia em um tom laranja profundo, vazio do sol e ainda não preparado para a lua.

HAILU CONSEGUIA OUVIR na sua cabeça os suaves lamentos de um *washint*, o instrumento feito de bambu oco, produzindo o que tinha sido a música favorita de Selam, *Tizita*, uma cantiga melancólica de memórias e lar. Ele estava no banheiro ao lado de seu quarto, desembrulhando um sabonete novo. Há uma menina no hospital, longe de casa, chamando pelo pai, ele pensou, examinando as palmas das mãos, e não fiz nada senão causar-lhe ainda mais dor.

Hailu deixou a água fria escorrer sobre os pulsos e seguir pelo meio dos dedos. Abriu a torneira quente e a água fria passou a jorrar agradavelmente morna para logo esquentar de vez. Manteve as mãos sob a torneira, observou a espuma borbulhar, descer em cascata pelo ralo e desaparecer. Por mais que lavasse as mãos, precisava sempre voltar e inspecionar ferimentos que nenhum ser humano deveria ter. Animais nessa condição seriam sacrificados, liberados do sofrimento. Ensaboou de novo as mãos. O que dava ao Derg o direito de dizer a ele quando devia estar em casa, o que podia ouvir no rádio, o que devia ler e, agora, de quem podia tratar no seu próprio hospital, e de que modo?

— *Abbaye*, vamos comer! — gritou Tizita.

Hailu começou a esfregar as mãos.

— Comecem sem mim — respondeu.

A água formava um redemoinho ao descer pelo ralo. Que tipo de homem podia fazer o que foi feito com a menina? De que maneira ele se tornara mais um instrumento nesse processo?

— *Abbaye* diz que sempre devemos comer juntos — insistiu Tizita, as palavras abafadas como se sua boca estivesse pressionada contra a porta de madeira.

— Enquanto me apronto, vá ver se Dawit está em casa.

Secou as mãos em uma toalha velha e áspera e inspecionou as unhas. Não havia nada nelas, disse a si mesmo. Você pode comer *injera* com as mãos limpas, pensou. Um novo pensamento insinuou-se em um canto de sua mente e o fez curvar-se sobre a pia: a casa de sua mãe não existia mais.

29.

A CÂMERA DO CANAL DE notícias percorreu um grupo de soldados dentre um exército de centenas de milhares de camponeses, a Milícia Popular. Vestidos com uniformes norte-coreanos e carregando espingardas soviéticas, eles marchavam para as colinas áridas e poeirentas, o suor nos seus rostos visível até mesmo a distância. Alinhadas na beira da estrada por onde eles caminhavam, mulheres e meninas aplaudiam e gritavam para incentivá-los, enquanto outros soldados, menos cansados, monitoravam os "vivas" apontando seus fuzis. Os soldados arrastavam-se pela estrada, com gestos mecânicos e obedientes.

— Abaixe o volume, Tizzie — pediu Yonas.

A câmera cortou para Guddu, vestido com elegância, o uniforme verde talhado com perfeição. Caminhava na frente de outro grupo grande de soldados curvados, seus lábios de fumante articulando palavras com nítida precisão. Seus olhos, pequenos e furiosos, moviam-se como flechas para lá e para cá, com mal contida agitação; o resto de seu corpo era mantido sob severo controle. Gritava para um grupo de homens, socava o ar com o punho, depois apontava para a bandeira pendurada frouxamente atrás dele. A tela mudou em seguida para um mapa da Etiópia, onde uma linha amarela serpenteava na direção norte, para dentro da região eritreia, e acabava em um grande X vermelho.

Dawit levantou-se do sofá e sentou-se no chão ao lado de Tizita, que brincava com sua boneca.

— O que Guddu está pensando?

Yonas olhou na direção da porta.

— *Abbaye* ainda não chegou?

Dawit sacudiu a cabeça. Hailu em geral sentava-se com eles para assistir ao noticiário.

Na tela, Yonas viu caminhões carregados com soldados descerem chocalhando uma estrada de terra.

— Guddu recebeu apoio soviético — comentou.

— Mas para combater Eritreia e Somália ao mesmo tempo? Depois lutar com outros grupos rebeldes dentro de nossas fronteiras? — Dawit apontou para os soldados que caminhavam indiferentes em fila única.

— Não sei por que fica tão escandalizado — disse Yonas. — Esse é o homem que deixou Kadafi atacar os sudaneses da Etiópia. Ele fechou a estação de Kagnew e ordenou que todo o efetivo militar dos Estados Unidos deixasse o país em 72 horas. Guddu está se tornando famoso por sua arrogância.

A televisão cortou para Guddu trocando apertos de mão com dignitários soviéticos, seus sorrisos resplandecentes sob a luz das câmeras.

— Não confio nele — disse Dawit.

— É nos soviéticos que não confio — retrucou Yonas. — Não muito tempo atrás, estavam dando armas para a Somália lutar contra nós. — Suspirou. — Guddu acha que basta o apoio deles para fazer os rebeldes eritreus recuarem e combater os somalis em Dire Dawa e Harar. No entanto, com os Estados Unidos por trás de Siad Barre, não será tão simples.

— Os soviéticos não são o problema. — Dawit apontou para a tela e mais um mapa da região norte da Eritreia. — Guddu precisa abrir mão da Eritreia.

— Então você quer fragmentar a Etiópia? — A risada de Yonas era de zombaria. — Agora você está falando igual a um de seus panfletos.

Dawit levantou-se de um salto e pegou Tizita pelo braço.

— Suba. — Levou-a até a sala de refeições e apontou para a escada. — Vá para a cama — ordenou, insistente.

— Não — ela retrucou, tentando livrar-se dele. — Ainda não é hora de dormir.

— Estarei lá em cima para rezar com você daqui a pouco — disse Yonas para a filha. — Vá primeiro.

Relutante, Tizita subiu para seu quarto.

— Nunca mais mencione panfletos, sobretudo na frente dela — reclamou Dawit. Apontou de novo para a escada e fixou os olhos em Yonas. — Ela poderia falar alguma coisa na escola.

Yonas devolveu o olhar, sua boca transformada em um traço firme.

— Você vive deixando panfletos no meu porta-malas — reclamou. — Estão revistando carros aleatoriamente na universidade. Pegaram o professor Shimeles e você não ouviu falar dos alunos do secundário que foram espancados na frente da turma e depois presos? Como pode ser tão desatento?

— Não pensei nisso — desculpou-se Dawit, desviando o olhar.

— Você nunca pensa — contestou Yonas. — Quando foi que pensou em alguma coisa que não fosse em você mesmo? Quando?

— Não é em mim que penso.

Yonas sorriu e balançou a cabeça.

— Não é em você? É em quem, então? Toda e qualquer causa que você abraça tem sido para beneficiar a classe média ou a alta, pessoas exatamente como você. O que sabe sobre o que os pobres de fato precisam? A experiência de Lily não lhe ensinou nada? — Aproximou-se do irmão. — Você fala sobre um futuro socialista, mas me diga como ele é diferente do socialismo que o Derg está empurrando pelas nossas gargantas. Como pode combatê-los quando nem sequer sabe qual ideologia está seguindo?

Dawit interrompeu-o com um movimento rápido de mão.

— O Derg é uma ditadura vestida de propaganda socialista. Fazem qualquer coisa para conseguir o dinheiro russo. Você devia saber disso, professor — ironizou.

Yonas segurou com força o pulso de Dawit.

— Vocês preparam panfletos que não fazem outra coisa senão criticar e não pensam no que fazer se este governo se mantiver no poder por um longo tempo. — Soltou o braço do irmão e pareceu considerar suas próximas palavras com cuidado. — E Mickey... ele pode protegê-lo de você mesmo e você se recusa a falar com ele. Sabe quantas vezes ele esteve aqui? Você quer fingir que é um herói daqueles filmes de soldados americanos dos quais tanto gosta. Seu próximo passo será correr pelas ruas com uma arma, como esses outros revolucionários.

— Não mato pessoas. Estou tentando salvá-las — rebateu Dawit, com a voz repentinamente baixa. — E como pode falar assim comigo? Você continua a dar aulas de história para uma sala vazia. O que acha que está acontecendo com todos os seus alunos? Pare de tentar convencer-se de que as coisas estão normais. — Levantou-se. — Sempre tentando esconder-se atrás de alguma coisa.

— Você está colocando minha esposa e minha filha, todos nós, em perigo — reclamou Yonas, enquanto Dawit se retirava para seu quarto. — Nossas vidas são menos importantes do que as de pessoas que você nunca viu?

Dawit parou na frente de sua porta. Deixou a cabeça cair.

— Tomarei cuidado com o carro da próxima vez — disse, e em seguida entrou no quarto.

HAILU SENTOU-SE NO quarto de hospital, os soldados montando guarda do lado de fora da porta, e observou a menina adormecida estremecer por algum pesadelo e logo voltar à inconsciência. Ele estava sentado sobre as mãos, as palmas achatadas no assento da cadeira, o corpo ainda mais pesado pela pressão que sentia no peito. A visão da menina o assustava mais do que qualquer coisa que ele já tinha visto. O som de seus gemidos e dos lamentos fracos era mais assustador do que qualquer grito que ele já ouvira. Ele tinha os olhos fixos na prova do admirável e execrável dom que o corpo tem de suportar abuso. Ela era testemunha da obstinada resistência de nervos e tecidos, prova da contínua crueldade de um homem. Nós dois causamos o sofrimento dela, o que me torna melhor?

Duas semanas antes, ele arrancara o plástico que a envolvia. Aquelas horas tinham sido angustiantes e tediosas, o trabalho delicado e esmerado. Tinha raspado e arrancado o plástico centímetro por centímetro, rezando enquanto trabalhava, percebendo pela primeira vez quão indelicadas eram suas mãos, quão desajeitadas e imprecisas no manuseio de um bisturi. A cada pausa, descobria que seu próprio corpo queimava, dolorido, e a sensação era de que toda a água do mundo não seria suficiente para aliviar a secura de sua garganta. Uma vez ele tinha se inclinado para beijar o rosto da menina e não conseguira expressar uma desculpa para o trabalho que tinham lhe mandado fazer, não conseguia reconhecer, nessa desculpa, sua cumplicidade no sofrimento dela. Naquele dia, duas semanas atrás, ele fizera o trabalho sozinho, pedira que os soldados deixassem o quarto e respondera aos esporádicos chamados dela pelo pai com sussurros simples: "Estou aqui, estou aqui."

BOATOS ESPALHARAM-SE pelo condomínio a respeito de Shiferaw: que ele passara duas noites na prisão e voltara com aquele leve sorriso forçado. Foi assim que o obrigaram a falar, acusavam as mulheres. Ele deu nomes de quem jamais conhecera, o covarde, acrescentavam os homens. Ele vai comer vocês, gritavam as crianças. Homens e mulheres idosos faziam sinais com a cabeça e apontavam para seu uniforme militar. Traiu os amigos e recebeu esse posto, denunciavam. Nosso *kebele* é dirigido por um traidor.

Shiferaw se vestia todos os dias com calças militares desbotadas e um suéter apertado demais. Conduzia as reuniões obrigatórias com satisfação, a boca fina com os cantos para cima, enquanto iniciava homens e mulheres apáticos em doutrina e hinos revolucionários. Tinha incorporado mais uma casa na mesma rua do condomínio para esses encontros e todos os dias fazia o trajeto de ida e volta entre os dois lugares carregando papéis e pôsteres de Guddu, Lênin e Marx com ar de quem sabia que estava sendo observado, mas tentava fazer de conta que não se importava.

Os vizinhos tomavam cuidado com o que diziam quando ele estava por perto; mulheres substituíam fofocas por receitas de gulo-seimas, homens baixavam o tom de suas queixas políticas e falavam sobre o tempo e crianças andavam na ponta dos pés ao redor dele sem jamais olhar para seu rosto. Apenas Emama Seble se recusava a moderar sua língua abrasiva, puxando o suéter puído, enfiando o dedo em um buraco comido por traças e fazendo cara feia toda vez que se cruzavam.

— Seus valorosos russos não podem vestir vocês melhor do que isto? — ela xingava.

Shiferaw tinha aprendido a se retrair perto dela, exatamente como faziam todos os outros, e durante as reuniões nunca a forçava a cantar com eles, permitindo, ao contrário, que ela permanecesse de braços cruzados, mal-humorada em suas vestimentas pretas.

30.

Sara e Emama Seble observavam da varanda Tizita e Berhane jogando bola de gude.

— Como essa gente pode dizer que é a favor dos direitos de todos quando não nos deixam votar? — perguntou Sara, sacudindo um pedaço de papel na frente de Emama Seble. — Porque *Abbaye* possuía e alugava casas, ninguém da família pode fazer comentários sobre o que é decidido em nossa *kebele* durante um ano inteiro? — Suas faces estavam vermelhas. — E Shiferaw disse que vai nos multar cobrando em dobro nossos impostos se não aparecermos no comício do Derg na próxima semana.

Era a vez de Tizita jogar e ela quase enfiou o nariz no chão enquanto preparava o alvo. Seus dedos deram um piparote em uma bola de gude próxima. Um sorriso largo iluminou os olhos do menino sério.

— O que um voto mudará? — Emama Seble perguntou. Pegou o pedaço de papel e estreitou os olhos. — Esse Shiferaw está tentando me fazer ir a aulas de alfabetização.

— Tizita, sente direito! — Sara gritou. Bateu de leve na perna de Emama Seble. — Bizu precisa ir, também. Melaku fez Tizita ler um livro em voz alta para ele, depois levou o livro para a reunião da *ke-*

bele e mostrou a Shiferaw que sabia ler. — Sara suspirou e olhou para Tizita. — Estou sempre tentando me convencer de que alguma coisa boa pode resultar disso tudo. Estava falando com Dawit ontem e...

— Coisa boa? — Emama Seble entregou-lhe o pedaço de papel. — Nada de bom pode vir do demônio. — Sacudiu a cabeça. — Quando os italianos estavam aqui, pelo menos a gente podia reconhecer quem era o inimigo.

As mulheres ficaram em silêncio e observaram as crianças discutirem sobre o jogo de bola de gude.

— Fico assustada cada vez que ela se curva desse jeito — explicou a Emama Seble.

— Ela não tem culpa de seu medo — disse a velha. — Ela está crescendo. O filho de Sofia também. — Estreitou os olhos. — Alguma notícia do marido dela?

As duas crianças correram para o quintal.

Sara sacudiu a cabeça.

— Nada.

Sofia voltou do quintal carregando um saco de comida e segurando Berhane pelo braço.

— Falei para você não fazer mais isso, não é bom para seus olhos — disse, curvando-se para limpar o rosto do filho. — Pare com isso. — Deu um sorriso cansado para as duas mulheres. — A toda hora ele vira as pálpebras ao contrário.

— Consigo ver melhor assim — retrucou Berhane.

— Se uma mosca pousar nelas, você fica assim para sempre — ameaçou Sofia. Conteve-se para não rir quando o menino tocou as pálpebras com expressão preocupada.

— Venha cá — Emama Seble chamou Berhane, os olhos apertados em simulada seriedade. Fingiu esfregar os olhos com a borda do suéter preto. — Deixe-me ver uma coisa.

Berhane, curioso, deu um passo à frente. Emama Seble ergueu o queixo do menino e examinou seu rosto. Riu quando o viu cobrir os dentes com os lábios.

— Eles logo voltarão ao tamanho normal, não se preocupe — tranquilizou-o. — Agora, vamos ver uma coisa, fique quieto, bem quieto. — Virou o rosto dele da esquerda para a direita. — Ah, sim, estou vendo — disse para si mesma.

O menino começou a se contorcer de excitação.

— O que é? — perguntou.

— Fique quieto ou ela não consegue terminar — Sofia riu.

— Você vê minha mágica? — ele perguntou.

— Vejo... — Emama Seble manteve o menino afastado dela e reclinou-se na cadeira. — Não posso lhe dizer, é muita coisa.

— Por favor, diga! Sei que é sobre minha mágica. — Berhane agarrou o braço da velha.

— Saia daqui — ordenou de repente Emama Seble, secando a testa e ficando séria. — Me deixe em paz.

Sara assustou-se com o seu tom de voz.

— Emama?

Emama Seble deu um longo abraço no menino. Empurrou-o para longe com a mesma rapidez, depois puxou-o para perto dela de novo, com mais gentileza dessa vez.

— Vou lhe contar sobre sua mágica — disse, depois sussurrou no seu ouvido. O menino sorriu.

— Ele fala de mágica sem parar, não sei de onde tira isso. — Sofia balançou a cabeça. — Talvez seja coisa que Tizita traz da escola.

— O que essa mágica vai fazer? — Sara perguntou, atraída pela sinceridade no rosto do menino.

— Vai trazer meu pai de volta. — Desembaraçou-se dos braços de Emama Seble e baixou a cabeça. — Mas meu irmão disse que não posso contar para *Emaye*.

O rosto de Sofia desmoronou. Ela se ajoelhou e deu um abraço apertado em Berhane.

— Sofia, vá para casa — pediu Emama Seble. — Não há motivo para deixar o menino triste assim. — Emama Seble virou-se para Berhane. — Lembre-se do que eu lhe disse.

Sara e Emama Seble observaram a jovem mãe e o filho saírem pelo portão e descerem a rua.

— Este país criou muitos tentáculos — disse Emama Seble.

— HAILU! — ERA MELAKU quem gritava do quiosque, com um largo sorriso no rosto. Cuspiu uma semente de figo alojada em um dos muitos espaços sem dente de sua boca e acenou para Hailu no seu carro. — Preciso pedir-lhe uma coisa — disse, apontando o Volkswagen.

Suas mãos eram largas, calosas e rachadas, mas os dedos longos e as unhas compridas indicavam um homem outrora habituado ao mundo da realeza e de intrigas palacianas. Estendeu duas laranjas reluzentes enquanto corria para o carro.

— Leve para o trabalho, estão maduras.

Hailu reduziu a marcha, mas não parou.

— Hoje não, obrigado. — Seguiu devagar.

— São suas favoritas — Melaku insistiu, inclinando-se para o interior do carro. — Até já descasquei uma. — Olhou a estrada à frente deles. — E recebi uma comunicação hoje, pode ler para mim?

Hailu balançou a cabeça.

— Não está frequentando as aulas de alfabetização?

Melaku pestanejou.

— Passei no exame de admissão. — Pescou uma carta no bolso.

— Aqui está, e fique com as laranjas. — Largou as frutas no colo de Hailu.

Melaku era o proprietário do quiosque do bairro, localizado no fim da rua de Hailu. Muitos anos antes, tinha sido um músico em ascensão, famoso por sua habilidade com o instrumento de corda *masinqo* e pelo tom triste de sua voz. Tocava em uma banda que se apresentava regularmente para o imperador. Sua carreira, no entanto, foi interrompida de repente quando se apaixonou por Elsa, filha mais nova de um oficial, e ousou pedir a mão da jovem em casamento.

O zangado pai pediu que Melaku nunca mais voltasse a botar os pés nas dependências do palácio.

Ainda solteiro, Melaku se tornara parte da paisagem do bairro tanto quanto as árvores que cresciam ao longo da estrada. Ninguém parecia se lembrar da época em que não podiam correr para o quiosque para comprar uma garrafa de Coca-Cola ou um saquinho de tâmaras doces. Ele era os olhos e os ouvidos da comunidade próxima, transmitindo informações quando necessário, espalhando boatos maldosos quando preciso. Era o avô de todos, o tio mais velho e, para algumas das mulheres, o ex-amante preferido.

Hailu desdobrou a carta e deu uma olhada rápida. Havia um selo oficial do Derg na parte inferior, depois um rabisco desleixado que substituía a assinatura de alguém. A carta era curta e direta.

— Diz que estão abrindo uma loja *kebele* e que todos os proprietários de lojas particulares precisam fechar — Hailu leu, franzindo a testa e baixando os olhos para o velho assustado. Releu a notícia. — Você possui apenas um quiosque.

Melaku virou-se para olhar o quiosque como se quisesse ter certeza de que ele continuava ali.

— O que significa esse "fechar"? — perguntou. Estava agitado. — Fechar meu quiosque? — Pegou a carta das mãos de Hailu. — Quero ver. — Franziu a testa e deixou que seus olhos percorressem o papel aleatoriamente. Apontou para a assinatura. — Quem é este aqui? Preciso falar com ele.

Hailu desligou a ignição. Leu a assinatura com cuidado.

— Não conheço — respondeu. Esperava que Melaku não visse a surpresa que deixou suas orelhas em brasa e seu rosto vermelho. O nome no fim da carta era o de Mickey. — Vamos ver o que podemos fazer. Não se preocupe.

Hailu ligou o carro e engrenou, nervoso e confuso, já antevendo o momento em que entraria no hospital e encontraria a menina de novo.

— Estão construindo uma nova prisão mais adiante na rua — informou Melaku, apontando para trás de Hailu. — Boas notícias a cada minuto com esse Derg.

DAWIT ATRAVESSOU A rua larga na frente da Universidade de Adis Abeba e surpreendeu-se com a multidão reunida de um lado do imponente arco de pedra da escola. No carro do irmão havia mais uma pilha de panfletos que pediam o fim da guerra na Eritreia. Solomon devia encontrá-lo na entrada da escola, perto dos degraus do que tinha sido a Biblioteca John F. Kennedy, para informar novos locais de distribuição. Soldados agora vigiavam as áreas habituais de distribuição, seus olhos observadores atentos e implacáveis, e Solomon insistia em áreas estratégicas. Quase no arco, Dawit aproximou-se da multidão cada vez maior e abriu caminho em direção à frente, curioso.

Uma mulher soluçava, embalando o corpo de um jovem.

Dawit sentiu que seus olhos se fechavam e os joelhos fraquejavam. À sua frente, os caros portões de pedra da Universidade de Adis Abeba pareciam indistintos no calor.

— O que aconteceu? — perguntou, vendo Solomon e sentindo-se arrastado para fora da multidão.

Estudantes reuniram-se ao redor do corpo, ajoelharam-se ao lado da mãe e fizeram-na levantar. Levaram-na dali, alguns cobrindo seus olhos, outros abraçando-a, seus gritos emudecidos atrás de bocas apertadas.

Solomon bateu nas suas costas.

— O sangue?

Dawit sacudiu a cabeça, atordoado.

— Isso não acontece aqui desde que eu era menino.

— É melhor se acostumar. — Caminharam para o estacionamento. — Viu quem era? — Solomon perguntou. Abriu a porta do carro e destrancou o lado do carona.

Dawit sacudiu a cabeça.

— Não muito bem — respondeu, entrando no carro.

Quando deram partida, Dawit recuperou a serenidade, sua tonteira passou. Os prédios assumiram formas retangulares, a estrada endireitou e seguiu reta à sua frente. Sua respiração estava normal de novo. Solomon ligou o rádio e tamborilou no volante, enquanto o locutor se gabava de um ataque e de investidas aéreas contra uma cidade eritreia.

O CAFÉ ERA SIMPLES, um pequeno estabelecimento de ambiente único com pôsteres desbotados. Banquetas baixas de madeira alinhavam-se contra as paredes. Atrás de camadas antigas de pintura rachada e descascada, uma colcha de retalhos de pedaços de jornais e páginas rasgadas de revistas tinha sido colada nas paredes para reforço. À exceção de uma garçonete entediada que serviu chá sem perguntar se queriam, o lugar estava vazio.

Solomon pescou no bolso um pedaço de papel amarrotado. Desamassou-o com cuidado.

— Veja isso — disse. Era um recorte do *Addis Zemen*, o jornal estatal, e mostrava uma foto típica de um estudante baleado na cabeça, o olhar sério e dignificado de um rosto jovem. — Reconhece?

— Não — respondeu Dawit, deixando o chá de canela doce assentar no seu estômago.

Solomon pegou o recorte e enfiou-o no bolso ainda mais amassado.

— É mais um estudante. — Olhou para Dawit por um momento. — Estava nos ajudando com panfletos, também. — Bebeu o chá em pequenos goles deliberadamente. — Eu acabara de saber que tinha sido levado em custódia ontem de noite. — Ergueu uma colher com a mão trêmula, depois largou-a e escondeu as mãos sob a mesa. — Eles trabalham depressa.

Dawit estava irrequieto, nervoso e perdido.

— Você queria mais trabalho de nós — disse Solomon, invadindo o silêncio de Dawit. — Mas foi por isso que insisti que você esperasse. Não imaginei que o deixariam em público desse jeito.

— Ele é o corpo. — Dawit sentiu o chá transformar-se em gelo no seu estômago.

Solomon concordou com a cabeça, as mãos agora ao redor da xícara, o vapor avermelhando seus dedos.

— Isso é só o começo. — Mais uma olhada. — Precisamos que você faça o último lote de entregas. Leve tudo para casa no fim de semana, depois tire uma folga.

— E ele? Não devíamos fazer alguma coisa com relação ao corpo?

— Ninguém tem permissão para mexer nele, nem mesmo a mãe. — O cigarro recém-aceso de Solomon pulsou um vermelho brilhante quando ele inalou. Soltou a fumaça devagar e com força. — Deixe-o em paz.

31.

SARA OLHOU COM ATENÇÃO os pequenos cartões quadrados nas suas mãos. O nome de Hailu, o número da casa e o número *kebele* estavam datilografados com tinta borrada no alto. Logo abaixo, os nomes de cada membro da família e as idades, inclusive de Tizita. Datilografados na parte inferior estavam os gêneros a que cada família tinha direito e a quantidade de cada um.

— Devemos levar esses cartões de racionamento para a loja *kebele* que será aberta aqui na rua a partir da próxima semana — explicou a Lily. — Nem consigo *teff* suficiente para fazer *injera*. Yonas pediu mais um pouco para Shiferaw... — fez uma pausa — mas não conseguiu convencê-lo.

Atirou os cartões na mesa e olhou com ar impotente para Lily, sentada à sua frente em calada solidariedade, a cafeteira esfriando na sala quente. A casa cheirava a incenso doce e canela. Uma brisa fresca entrava pela janela aberta e carregava com ela os perfumes ricos e intensos.

— Minha mãe e eu recebemos quase tanto quanto você — explicou Lily. — Acho que nosso líder *kebele* gosta de mim. — Fez uma careta. — Não precisamos de tanto *teff*, posso lhe ceder um pouco cada vez que pegar minha porção. — Estava vestida com uma minissaia, sapatos de plataforma e uma blusa decotada, parecendo exatamente a estudante que era. Levou a mão ao cabelo curto. — Ficou bem para mim? Precisei cortar na zona rural. Está crescendo, mas muito devagar. — Os cabelos de Lily costumavam chegar aos ombros, mas agora brotavam em tufos macios ao redor de sua cabeça pequena.

Sara sentia-se um lixo ao lado da mulher elegante.

— Afro é a última moda. Faz o cabelo parecer mais grosso. — Tirou alfinetes de segurança do bolso e começou a prender uma cortina na outra. — Posso sentir Shiferaw espiando dentro de casa às vezes, mesmo quando ele não está por perto.

— É melhor ficar em segurança. Tem muita gente se intrometendo hoje em dia. — Lily amassou os caracóis dos cabelos. — Não são crespos o suficiente para um verdadeiro afro. Bizu diz que a avó dela sempre falava que uma pessoa com cabelo ondulado é perigosa. Espero que o Derg não saiba disso. — Sorriu de leve.

— O que Dawit achou? — Sara perguntou, colocando os cartões de racionamento no bolso. Os cantos quadrados ficaram para fora, fizeram-na sentir-se relaxada. Tirou os cartões do bolso e colocou-os de novo na mesa. — Talvez eu fale com ele sobre os cartões.

— Ele prefere comprido — Lily respondeu.

Sara conferiu as cortinas presas. Shiferaw tinha começado a passar mais e mais tempo no quintal bem perto da janela, observando todos com olhos sérios e seu sorriso fino. Já denunciara dois homens por não cantarem em reuniões *kebele* com o devido espírito "revolucionário". Os homens tinham sido espancados e levados para a prisão. Ela alisou o tecido amarelo sobre o vidro. Bloqueava o sol e deixava a sala com sombra.

HAILU DESENROLOU UMA bandeira e desfraldou-a na sala de estar. As listras verdes, amarelas e vermelhas estavam desbotadas pelos anos de sol. O Leão de Judá, com sua coroa inclinada, estava engalanado no centro, orgulhoso contra o fundo amarelo. Era a bandeira etíope antiga, usada no governo de Hailé Selassié. Pendurou-a na parede mais distante da janela, onde ela costumava ficar antes de o novo regime bani-la de locais públicos e privados. Ainda havia o contorno dela na parede.

Yonas passou o braço ao redor do pai.

— Não sabe que esta é a bandeira dos reacionários?

Hailu alisou o vinco que corria pelo centro.

— Sua mãe me deu no meu primeiro dia no hospital. Você era pequeno. Eu tinha acabado de voltar da Inglaterra — explicou. Afastou-se da bandeira. — Parece que já se passaram dez anos desde o dia em que precisamos tirá-la da parede.

Yonas acompanhou o olhar do pai e franziu a testa.

— É ilegal pendurá-la — afirmou.

Os olhos de Hailu estavam tranquilos.

— Meu consultório era muito pequeno naquela época. — Inclinou o corpo para tirar a poeira dos sapatos. — Meu hospital era o melhor da África. — Levantou-se e examinou as mãos. — Ninguém saberá dela agora.

— Shiferaw ou um dos vizinhos poderia vê-la. — Yonas apontou para a cortina. — Sara disse que ele tem tentado espiar dentro de casa ultimamente.

Hailu sacudiu a cabeça.

— Já percebi de quem devemos ter medo. — Ajeitou a cortina. — Convidei Mickey para vir à nossa casa para uma conversa.

— Sem dizer a Dawit? — perguntou Yonas, parecendo não estar à vontade. — Você sabe que eles não se falam há muito tempo. E com a nova promoção de Mickey...

— Se ele disser alguma coisa sobre a bandeira, saberei que Dawit estava certo. — Hailu passou a mão sobre a mesa de café para inspecionar se havia pó.

— Não ouviu os boatos? Dizem que Guddu o protege graças à sua total obediência — perguntou Yonas.

Hailu sentou-se na sua cadeira azul.

— Quem pode dizer que no fim de tudo isso um de nós será inocente? — Seus olhos estavam fixos na bandeira.

No ROSTO DE MICKEY havia uma fina camada de suor; embaixo dos braços, manchas molhadas que se espalhavam pelo uniforme. Esperava Hailu na porta da frente.

— Pode esperar *Abbaye* aqui dentro, ele descerá num instante — disse Sara, olhando ao redor para se certificar de que nenhum dos vizinhos vira o oficial uniformizado parado educadamente na varanda deles. Pareceria exatamente o que era — uma visita solicitada — e poderiam ser rotulados de traidores. — Entre — convidou, abrindo mais a porta e estendendo a mão. — Por favor, antes que os vizinhos o vejam.

— Sim, claro — concordou Michey, constrangido. Entrou na sala de estar e pareceu ficar sem fôlego ao ver a bandeira.

— Sente-se — disse Yonas, observando-o com cuidado. — Quer beber alguma coisa?

Mickey sentou-se no centro do sofá mais largo, empoleirado na borda e com as mãos apertadas entre os joelhos. Abriu o botão de cima da camisa, depois tentou desajeitadamente fechá-lo de novo.

— Bebe alguma coisa? — Yonas perguntou mais uma vez.

— Não, não. Obrigado. Estou bem — respondeu Mickey, agitando as mãos para dar ênfase ao que dizia. — Não estou com sede. — Tossiu. — Ele vem logo? — perguntou, lançando olhares furtivos para a porta do quarto de Dawit.

Hailu atravessou a sala de jantar e caminhou em passadas largas na direção de Mickey para dar-lhe um abraço apertado.

— Obrigado por vir — disse, beijando-o nos dois lados do rosto. Sorriu calorosamente. — Há quanto tempo!

— Gash Hailu — cumprimentou Mickey, usando o termo para "tio" —, prazer em vê-lo. — Retribuiu o abraço de Hailu e prolongou-o. Hailu levou-o até a cadeira vazia ao lado da sua.

— Como está?

— Ótimo, ótimo — Mickey respondeu depressa, inclinando a cabeça enquanto falava. — Está tudo ótimo. — Sentou-se ao lado de Hailu e repousou as mãos nos joelhos, depois colocou-as ao lado do corpo. — O senhor está bem? — perguntou, os olhos fixos na bandeira.

— Está tudo conforme o previsto — respondeu Hailu. — Considerando todas as mudanças — acrescentou.

Fez uma pausa e esperou que Mickey respondesse. Mickey permaneceu em silêncio e voltou a olhar para a bandeira, depois de novo para Hailu.

— Sim.

— Como está sua mãe? — Hailu perguntou, caminhando até a janela. — Não entra sol nenhum quando se faz isso — resmungou. Começou a desalfinetar as cortinas.

— Não, não — interrompeu Mickey, quase se levantando da cadeira. — Não faça isso. É melhor mantê-la fechada. — Limpou a garganta. — Para o caso de alguém me ver — explicou, fazendo um sinal com a cabeça na direção da bandeira. — Não me importo que ela fique onde está. — Sentou-se mais ereto. — As pessoas falam demais sem saber de nada.

— Entendo — Hailu concordou. Voltou a sentar-se ao lado de Mickey. — Sara nos trará chá. — Apontou para a mesa de jantar onde Sara estava arrumando xícaras de chá em uma bandeja. — Não temos muito açúcar, desculpe. — Estendeu as mãos vazias. — É difícil comprar alguma coisa nos dias de hoje.

— É mesmo — concordou.

— Até Melaku acha difícil manter estoque. — Hailu inalou o ar profundamente e aceitou o chá que Sara ofereceu. Recusou com a mão os biscoitos. — Ele tem aquele quiosque há tanto tempo, dependemos dele para tudo.

— Está lá desde que eu era menino — observou Mickey. — Ele vai bem de saúde? — Brincou com os botões de seu casaco militar.

— Está com alguns problemas — Hailu revelou.

Sara entregou a Mickey uma xícara de chá sobre um pires.

— Está quente, tenha cuidado.

— Ele recebeu uma carta um dia desses — Hailu continuou.

— Quanto de açúcar? — Sara perguntou, segurando uma colher.

A xícara balançou na mão de Mickey quando ele a colocou na mesa.

— Sem açúcar — respondeu. Virou-se de novo para Hailu e pensou por um momento. — Melaku recebeu uma carta?

— Lembra-se de toda a comida que ele costumava dar à sua mãe sem cobrar? — Hailu perguntou.

Mickey baixou os olhos.

— Há ordens que precisam ser seguidas.

— Se ele perder o negócio, não terá como sobreviver — contestou Hailu. — E que mal causa um simples quiosque?

— Este governo tenta fazer o melhor que pode — retrucou Mickey. — Cuidamos de nosso povo. Ele receberá cartões de racionamento.

— Cartões de racionamento? — Hailu inclinou-se à frente, seus rostos tão próximos que Mickey precisou baixar o olhar. — Você o conhece. É um amigo, e você inclusive assinou a carta.

— Precisei assinar. — Mickey afastou-se e apertou os olhos para olhar a bandeira. — Mas não queria.

Hailu fez uma careta.

— O que faria, se pudesse?

— Algumas pessoas receberam mais ração do que conseguem usar. É assim que o sistema funciona às vezes, ainda que nos esforcemos. Talvez Melaku encontre um jeito de ajudar a redistribuí-la de maneira adequada. Para aqueles que precisam mais, claro. —

Mickey tomou o chá em goles lentos, sem desviar os olhos de suas mãos que seguravam a xícara com força.

EMAMA SEBLE NÃO conseguia tirar os olhos de Mickey. A velha, reclinada na sua cadeira na mesa de jantar, tinha posicionado o corpo na direção do jovem gordo para enxergá-lo. Mickey comia seu jantar como um homem sob vigilância. Os olhos pretos miúdos de Emama Seble movimentavam-se sobre o corpo curvado do soldado.

— Uniforme novo? — perguntou, o garfo parado no meio de um giro com o espaguete.

Mickey engoliu a salada que tinha na boca e tomou um gole de cerveja.

— Preciso usar. — Mexeu-se na cadeira, constrangido pelo exame minucioso da velha.

Hailu insistira que Mickey ficasse para jantar, e Emama Seble tinha se convidado também, depois de ter ouvido de vizinhos que Mickey estava na casa.

— Como vão as coisas desde sua promoção? — perguntou.

— Seble, basta — Hailu interrompeu. Rodou o espaguete no prato.

— Estou perguntando sobre sua mãe — ela retrucou, e dirigiu-se de novo a Mickey. — Ela deve estar orgulhosa de você. O salário é maior. — Esperou por uma resposta.

— Mickey, aceita mais um pouco? — Hailu perguntou. — Yonas e Dawit podem jantar quando voltarem.

Sara passou o prato de salada para Hailu.

— *Abbaye*, o senhor pediu espaguete de novo, mas ainda não comeu. Está emagrecendo. — Franziu as sobrancelhas, preocupada. — Não está bom? Sofia fez o molho especialmente para o senhor.

Só então Dawit saiu do quarto. Os dois velhos amigos se olharam por algum tempo até Mickey voltar a atenção de novo para o prato.

— Você estava em casa? — Hailu perguntou. Puxou uma cadeira para Dawit.

— Sim, tirando um cochilo — esclareceu Dawit, toda a sua atenção concentrada em Mickey. — Por que ele está aqui? Saia da cadeira de minha mãe.

— Gash Hailu... seu pai me convidou — argumentou Mickey, levantando-se depressa, a cadeira arranhando o chão.

— Não devia ter vindo. E por que o chama de Gash, como se fosse próximo da família? Para nós você não é ninguém. — Dawit falava com voz tranquila e ignorou a cadeira que Hailu lhe ofereceu. Aproximou-se mais de Mickey e puxou-o com tanta força que seu braço tremeu. — Como pode comer com essas mãos? — perguntou, sacudindo o braço flácido de Mickey.

Mickey abaixou-se pela força com que Dawit o segurava e olhou para Hailu.

— Gash Hailu — implorou.

— Dawit! — repreendeu Hailu. — Ele é meu convidado.

Mickey tentou livrar-se de Dawit, mas o homem esguio era mais forte. Agarrava o braço do outro com fúria. Parecia sentir prazer com a evidente dor de Mickey.

— Ele é um traidor — disse para Hailu. Sua boca sorria, mas seus olhos estavam frios. — Saia de minha casa — gritou para Mickey, arrastando-o para longe da mesa.

Dawit empurrou-o com tanta força que Mickey quase caiu de costas contra o armário na parede oposta. Hailu levantou-se e tentou alcançar Dawit, mas Emama Seble colocou a mão no seu braço para impedir.

— Deixe que resolvam isso entre eles — aconselhou. — Você já fez o que podia.

Hailu mergulhou de novo na sua cadeira, resignado.

— Isso precisava ser feito — disse. — Não havia outro jeito.

Dawit continuou a empurrar o antigo amigo até que Mickey tropeçou ao sair pela porta e foi ao chão. Seus óculos aterrissaram perto dele.

Mickey apanhou depressa os óculos e levantou-se de um pulo. Limpou com a mão a sujeira das calças.

— Só pelo seu pai não vou denunciá-lo — avisou com voz calma e trêmula. Falou mais baixo. — Eles estão de olho em você. Podemos ajudar um ao outro, como costumávamos fazer. — Levantou olhos aflitos para Dawit e procurou seu rosto. — Não sou uma pessoa má.

— Você é um covarde — acusou Dawit. Empurrou o peito de Mickey e acentuou cada palavra com um empurrão. — Sempre foi, e sabe disso. Nunca será diferente.

Mickey endireitou o corpo e ajeitou o cinto e o casaco. Inspecionou as mangas e alisou pregas imaginárias. Tirou um lenço do bolso e passou no lábio superior com meticuloso cuidado. Ficou em posição de sentido e, em pose de soldado, fez continência para Dawit. Depois, em passadas largas aproximou-se dele tão depressa que Dawit não teve tempo de reagir.

Estavam de repente cara a cara. Mickey piscou, depois manteve o olhar fixo atrás dos óculos.

— Minha mãe sabe o quanto me preocupo com ela — disse. — Trabalho para que ela possa comprar comida. Você mandou sua mãe para o túmulo pensando que seu filho preferido não conseguia sequer olhá-la enquanto ela estava morrendo. Quem é o covarde?

Mickey empurrou Dawit com tanta violência que Dawit se desequilibrou e caiu de costas. Depois virou-se e caminhou para longe, sem olhar de novo para o ex-amigo.

32.

SEU CONSULTÓRIO FICAVA confortador com as cortinas fechadas, quando não havia uma estrela vermelha para derramar sua cor pelas paredes e no chão. Não havia a luz quente do sol para lembrá-lo de uma menina indefesa que chegara vestida com uma blusa florida e que agora se recuperava lentamente. Já ia longe o dia em que ele entrara no quarto dela, revoltado com a própria eficiência. Ele não tinha sido capaz de obrigar-se a retardar sua recuperação. Tinha contado, ao contrário, com a falta de resistência da menina a uma infecção. Seu corpo, no entanto, lutara contra a doença com um espírito que, em situação normal, o teria deixado orgulhoso. Ela estava se recuperando e isso acontecia graças a ele.

Por trás da fina vidraça que o separava do mundo exterior, ele percebeu o canto alegre de um pardal. Enfiou a mão em uma pequena gaveta da escrivaninha e vasculhou o fundo até encontrar o que procurava: uma fotografia de Selam com ele quando Dawit nascera. Tinha sido tirada nos degraus na frente do hospital, na época em que havia um gramado pequeno repleto de buganvílias e roseiras floridas. Selam estava cansada, era fácil perceber que o parto tinha sido difícil e que ela ficara exausta na tentativa de expulsar Dawit.

Estava apoiada no seu braço, a mão minúscula agarrada à dele, e o rosto, fixado na câmera, era bonito, sereno. Seus olhos eram meigos. As sobrancelhas estavam perfeitamente aparadas, rotina que desenvolvera após mudar-se para a cidade, e os lábios cheios entreabertos, porém sensíveis demais para se expandir em um sorriso, de tanto mordê-los.

Em segundo plano, escondida pela metade atrás de uma coluna e olhando bem à frente, estava Almaz, e ele se lembrou naquele instante de como ela tinha relutado em ser fotografada.

— É ruim para vocês — protestara.

Yonas era quem estava fotografando e tinha implorado que ela se juntasse a eles, mas ela só concordara diante da insistência de Selam.

Hailu alisou uma borda amassada da foto e olhou com atenção a versão mais jovem dele mesmo. Seu cabelo era preto então, com apenas alguns fios grisalhos nas têmporas, e mais curto, caprichosamente cortado rente à cabeça em um estilo que Selam desaprovava. Foi só quando a saúde dela piorou que ele parou de ser tão intransigente e deixou o cabelo crescer um pouco. Ele estava orgulhoso naquele dia, feliz, confiante que conseguiria fazer o que fosse preciso para prover a subsistência da família que aumentava e mantê-la em segurança. Isso ficava evidente no braço que ele passava possessivamente sobre os ombros da mulher. A outra mão repousava com carinho na perna de Dawit, seus dedos em concha apoiando o pezinho do filho. Ele não estava olhando para a câmera e mantinha a cabeça inclinada para o filho recém-nascido e a esposa, seu sorriso apenas para eles.

ALGUÉM BATEU de leve na porta.

— Ela está acordada — informou Almaz, empurrando a porta. — O senhor precisa vê-la desta vez, Dr. Hailu.

Ele começava a se chatear com os lembretes da enfermeira.

— Não tenho permissão para cuidar dela — ela continuou. — E ela precisa de remédios mais fortes. Ainda sente dor.

Almaz estava logo adiante da porta do consultório do médico. Não entraria se não fosse convidada e naquela manhã ele sentiu um pequeno prazer em deixá-la do lado de fora.

— Por que não pode cuidar dela hoje? — o médico perguntou, colocando a fotografia no fundo da gaveta. — Não há nada diferente, ou há? — Esforçou-se para manter a voz serena. — Não temos nenhum remédio novo, de todo modo.

— Ela não tem comido, recusa-se terminantemente — explicou Almaz.

— Trate de fazê-la comer.

Os soldados tinham começado a reclamar da ausência do médico. Ele garantira repetidas vezes que a paciente estava em mãos capazes.

— Acho que o senhor deve ir vê-la, Dr. Hailu. Ela precisa de mais coisa além da minha supervisão. Seus ferimentos...

— Quero que tenha certeza de que ela comerá.

Ele se lembrou de quando tinha começado a ficar difícil fazer Selam comer, de como o simples ato de alimentá-la significava segurar seu maxilar e enfiar comida na boca como se ela fosse um animal. Não teria conseguido fazer isso sem a ajuda de Sara. Eram momentos sobre os quais a família nunca falava, momentos em que ele tinha se sentido de uma impotência paralisante.

— Por mais difícil que seja — murmurou para Almaz.

Esperava que seu tom escondesse o aperto que sentia na garganta. Fazia muito pouco tempo que ele percebera que a jovem tinha quase a mesma idade de Selam quando eles se casaram.

— O senhor sabe quão difícil pode ser — protestou Almaz, irritada. — Já tentei — acrescentou com voz trêmula.

Ele sentiu uma súbita compaixão pela enfermeira.

— Sinto muito — desculpou-se. — Você tem razão.

— POR QUE A JANELA está aberta? — Hailu perguntou quando entrou no quarto. Havia luz demais sobre a cama da menina e gotas de suor tinham se formado na sua testa. Sua clavícula machucada também estava polvilhada por um tênue brilho de suor. A luz do sol batia impiedosamente sobre ela. Ele fechou as cortinas com movimentos bruscos, puxando-as até o limite das roldanas para que deslizassem com mais facilidade sobre o trilho. O que ele via dava-lhe vontade de jogar-se sobre a menina e protegê-la.

— Está um dia tão lindo — comentou o soldado de pernas arqueadas. — Queríamos um pouco de ar fresco.

— O sol está quente demais — argumentou Hailu. — Ela já foi queimada o suficiente, não acha? — Observou o modo como suas palavras modificavam o rosto do soldado e sentiu prazer no seu desconforto. — Vá lá fora, se precisar.

— O senhor não tem aparecido por aqui — disse o soldado de voz profunda. — Estávamos esperando sua visita.

Almaz ficou perto dele ao lado da cama da menina.

— Talvez ela esteja com febre — sugeriu, colocando de leve as costas da mão na sua testa. — Não devia estar transpirando tanto. — Verificou os sinais vitais com uma preocupação paternal, o profissionalismo há muito tempo deixado de lado. — Pode ser uma infecção. Vocês não pretendiam sair para pegar ar fresco? — Hailu olhou de um soldado para o outro. — Precisamos fazer curativos nos ferimentos — prosseguiu.

Não falou mais nada até ouvir as cadeiras dos soldados estalarem quando se levantaram e depois seus passos no corredor.

Almaz afastou-se da menina.

— Ela não resiste nem uma noite se a levarem de volta.

Crostas de queimaduras de cigarro pontilhavam seus braços e as pernas; as solas dos pés estavam incrustadas de pele escurecida e cicatrizes rosadas. Hailu conseguia saber pela intensidade das queimaduras de corda que circundavam os tornozelos e pulsos que ela tentara resistir. Não havia demonstração de misericórdia.

— Isso não vai cicatrizar com muita facilidade — observou Almaz, apontando para perfurações profundas nas coxas da menina. — Acho que foi onde eles usaram alguma coisa para prender os fios elétricos nela. Um vizinho me disse que eles adotaram novos artifícios e equipamentos desses *ferengi*. Chegam em cargas aéreas. Animais.

Almaz afastou o cabelo da testa da menina e secou de novo o suor. Seus olhos estavam fechados. A respiração repercutia forte no seu peito, como se o esforço sacudisse suas costelas.

— Ela tem a mesma idade da minha Alem. Que Deus cuide de minha menina — pediu a enfermeira, enquanto fazia o sinal da cruz.

— Ela disse mais alguma coisa? — Hailu indagou.

Parou perto da janela e perguntou a si mesmo como não reconhecera Selam nessa menina mais cedo.

Almaz inclinou-se para falar no ouvido da paciente.

— Eles não estão aqui agora. Consegue falar?

Ela continuou imóvel.

— Dei a ela alguma coisa contra a dor — Almaz suspirou. Apalpou com cuidado a barriga da menina e puxou o lençol para revelar uma grande atadura. — Ouvi os soldados conversando. A pessoa que faz isso põe todos em um saco plástico primeiro para não sujar as roupas. — Retirou a atadura e removeu com uma toalha úmida a pele que escamava.

— Tenha cuidado. — Ele podia ver o corpo esquelético através da camisola fina. As pálidas flores azuis estavam encardidas por uso e suor.

Ouviu Almaz respirar fundo.

— Tento esquecer como ela é pequena — observou a enfermeira.

A menina estava fraca demais para sobreviver a mais uma rodada de interrogatório. Ainda que vivesse, carregaria as cicatrizes pelo resto da vida. Sempre haveria cortes profundos nas suas coxas e seus pés jamais usariam saltos delicados. Só conseguiria caminhar mancando. Tinha sido violentamente estuprada. Teria vergonha, jamais se casaria. Passaria os dias tentando preparar-se para os pesadelos que despertariam quando o sol morresse.

— Para que a mantemos viva? — ele perguntou de repente, surpreendendo inclusive a si mesmo. No entanto, assim que a pergunta saiu de sua boca, ele sentiu que as palavras ganhavam sentido, depois lógica. O que a esperava senão mais de tudo aquilo?

Almaz assustou-se. Suas mãos se imobilizaram acima da barriga da menina.

— O que quer dizer com isso?

— Esse caso é especial — Hailu respondeu. Virou-se para o corredor e apontou a porta. — Eles nos contaram muita coisa. Acha que a deixariam viver depois de tudo isso? E que tipo de vida...

— Ela é importante para eles — Almaz balbuciou. — Muito importante.

— Isso significa que eles mostrarão ainda menos clemência na próxima vez. Eles já a mataram. — Contou o número de lacerações no seu peito, a gravidade das queimaduras nas pernas, a profundidade dos ferimentos nas solas dos pés. — Deixe-me ver sua ficha.

Pegou o prontuário que Almaz lhe entregara e escreveu cada detalhe em termos médicos que jamais conseguiriam descrever a capacidade humana para a maldade e a angustiante resistência da menina.

— Estamos tratando um cadáver — ele disse.

Empurrou a prancheta de volta para o lugar, aos pés da cama.

— É melhor do que morrer — retrucou Almaz.

Mas Hailu percebeu que sua mão se movimentara para entrelaçar os dedos com os da menina.

— Não penso assim. — Ele a cobriu de novo com o lençol. — Também não acredito que você pense.

— Vou ao banheiro limpar a toalha. — Dobrou o lençol abaixo do pescoço da menina, depois tomou o caminho do banheiro. — Que Deus nos ajude.

33.

SELAM DIZIA QUE A morte chega com o luar. Isso é preciso saber, afirmava. O que há é silêncio e nenhum pensamento. Tudo se desfaz e é engolido na escuridão. Assim é a morte, ela dizia cada vez que acreditava estar respirando pela última vez. É assim, e estou partindo desse modo. Mas esta menina diante de mim, Hailu pensou, ainda encharcada de raios de sol, sabe que a vida está no luar, até mesmo no silêncio. Que a morte contém pensamentos. Ela trapaceia e violenta. A morte não está na ausência e no esquecimento de deixar partir, mas no caos e na destruição de depravação e brutalidade, tão eletrizantemente podres quanto excremento e carne putrefata. E o que dei a ela? O que dei a ela senão mais um momento no fedor e no lodo do horror e da confusão?

34.

O LEÃO APOSTA CORRIDA com Berhane no outro lado da colina, corre tão depressa que ele sente o vento levantar os dois bem acima das árvores frondosas e logo estão correndo sobre nuvens. Seu pai atravessa a colina em um cavalo branco, vestido com culotes de montaria e túnica brancos, uma espada na mão, os cabelos longos balançando os orgulhosos caracóis. Ele ergue os olhos e acena, depois vira-se e galopa por um campo de flores amarelas. Das nuvens, Berhane ouve o sol chamar o nome de seu pai.

— Daniel! Daniel!

BERHANE ACORDOU e percebeu que sua mãe o segurava contra o peito, embalando-o.

— Daniel.

Ela estava distante, ainda que seu coração batesse contra o ouvido dele. Ele fechou os olhos e abandonou a mãe aos seus pensamentos. Aconchegou-se mais no seu abraço e deixou-se levar de volta para seus campos luminosos e as flores amarelas.

Sofia embalou o filho a noite inteira e cantarolou canções das quais havia esquecido desde o casamento com Daniel. Os sons fluíam como água, melodias simples da infância que a acalmavam e afastavam os medos. Perto dela, o filho mais velho, Robel, mexeu-se, depois puxou o cobertor fino até o pescoço e continuou a dormir. Do lado de fora, o longo pio de uma coruja soou contra a janela.

Havia uma nova prisão subindo no horizonte perto de sua casa, uma laje de concreto e aço esculpida na floresta onde Dawit em tempos passados costumava brincar entre as árvores altas e a grama espessa. Uma atividade constante fervilhava nas proximidades. Homens e mulheres com blocos de concreto percorriam com dificuldade a estrada para cima e para baixo, sobrecarregados pelo peso adicional do sol e do suor. Dawit parou no seu portão, a caminho do quiosque de Melaku, e observou a última procissão de trabalhadores exaustos. Seus chapéus de abas largas lançavam sombra na estrada. Havia uma longa fila no quiosque quando Dawit chegou.

— Dawit! Bom-dia, o que quer? — O largo sorriso de Melaku revelou os espaços vazios na sua boca.

A pequena loja de Melaku se tornara um local alternativo para as pessoas comprarem o que os cartões de racionamento não permitiam. Os resmungos de Shiferaw não serviram para deter o velho, que preferiu perturbar mais ainda o oficial *kebele* colando na parede o comunicado de Mickey que ordenava o fechamento do quiosque.

— Se o palácio não conseguiu me destruir, acha que você conseguirá? — costumava desdenhar do homem com o sorriso deformado. — E cuidado com sua mulher ao redor de mim — acrescentava como insulto extra. — As mulheres não gostam de homem que sorri na cama.

O revide que a boca de Shiferaw não conseguia formular estava, no entanto, evidente em seus olhos.

— Dawit, diga o que quer, eu separo para você. Essa gente está gananciosa, hoje! — Melaku falou, posicionando-se em um ângulo que lhe permitia olhar por cima dos fregueses e enxergar o fim da fila, onde estava Dawit, constrangido.

— Sou invisível? — perguntou Emama Seble, que lançou um olhar irritado para Dawit.

Dawit retribuiu com um sorriso. Ver a viúva toda de preto ainda o assustava tanto quanto quando era menino. Não conseguia entender como Sara podia ser amistosa com uma mulher tão amarga e carrancuda.

— Seble, cale a boca — ordenou Melaku — ou precisará pedir mais açúcar a Shiferaw esta semana.

— Melaku — exclamou um homem à frente deles —, preciso ir para casa.

— Para qual mulher vai levar ovos hoje? Você precisa de um cartão de racionamento para viúvas, Taye. — Melaku forçou um sorriso enquanto observava o queixo do homem cair. — Próximo! — chamou, contando dinheiro com vigor e continuando a soltar farpas contra os fregueses.

— Precisa tomar cuidado — Dawit alertou-o quando chegou ao balcão. Estavam apenas os dois... e Emama Seble, que decidira ficar mais algum tempo. — Basta uma denúncia e eles o colocam na prisão. — Dawit não se sentia à vontade sob o olhar da mulher.

— Quero que vão todos para o inferno! — Melaku limpou um cisco do olho com as longas unhas limpas e cuidadosamente limadas. Olhou para Emama Seble. — Vá embora, velha chata.

— Vou com ele — ela disse, apontando para Dawit.

Melaku virou-se de novo para Dawit.

— Sou apenas um velho comerciante — argumentou.

— Isso não importa, você sabe — Dawit avisou.

— Quando eu vir o carcereiro, chamarei a mãe dele. — Melaku ignorou o riso de desdém de Emama Seble.

Dawit bateu de leve no braço do velho.

— Uma Coca-Cola. — Largou algumas moedas no balcão.

— Estou sem nenhuma hoje, acabaram todas.

Dawit olhou-o surpreso.

— Acabou de dar meio-dia.

Melaku concordou com a cabeça.

— Um grupo de soldados levou todas, nem pagou pelas que tentei esconder. — Apontou para as prateleiras. — Compraram parte das minhas rações, também, reclamando que os soldados não recebiam mais do que as outras pessoas e que tudo ia para os oficiais. Imagine, exatamente como nos velhos tempos.

— São da nova prisão? — perguntou Emama Seble. Seu braço pousou entre os dois homens.

Melaku fez um gesto com a mão sem responder, irritado com sua presença. Dawit podia sentir que ela se inclinava à frente. Havia boatos de que Melaku e Emama Seble tinham sido amantes, e ele ficava constrangido de estar perto deles agora e ouvir a discussão que ele suspeitava dizer respeito a uma história de intimidade.

— Eles usam esta estrada todos os dias — disse Dawit.

— Jipes militares. Vi Mickey num deles. Estão patrulhando melhor esta área — explicou Melaku.

Dawit encolheu-se à menção do nome de Mickey.

Todos olharam para a estrada como se esperassem um jipe passar roncando a qualquer momento. Havia apenas uma fila de mulheres curvadas sob o peso da lenha às suas costas e um menino conduzindo ovelhas.

— Tem visto seu amigo ultimamente? — perguntou Emama Seble.

— Não. — Dawit manteve os olhos na estrada para ela não perceber seu ressentimento.

Melaku colocou uma garrafa de Fanta no balcão.

— Tentarei guardar algumas Cocas.

Dawit e Emama Seble voltaram para casa sem conversar. Ele reparou quando ela se virou e olhou para o quiosque antes de chegarem ao condomínio e fecharem o portão. Esperou que ela entrasse em casa, depois saiu pelo portão e examinou a paisagem à procura de sinais de um caminhão militar ou um grupo de soldados. Nada viu senão as silhuetas dos vizinhos espremidas contra o contorno da prisão.

35.

D E LONGE, PODERIAM TER sido meras folhas de papel, páginas finas com letras toscamente impressas. Naquelas páginas, no entanto, havia palavras consideradas traidoras e ilegais. E havia uma caixa de papéis com essas palavras enfiada embaixo de uma coberta grossa no fundo de seu porta-malas; panfletos contra o governo que seu irmão, o irresponsável e arrogante Dawit, tinha deixado no seu carro. Mil maneiras de ir para a cadeia e desaparecer, empacotadas em caprichadas caixas de papelão. Se eu fechar este porta-malas e me enfiar na escuridão desta garagem, posso ir embora e esquecer que elas um dia existiram.

Por um momento, ainda com os olhos fixos no porta-malas aberto, Yonas não ouviu as batidas. Elas voltaram.

— Sim? — Fechou devagar o porta-malas. — Sim? — Consultou o relógio, ainda faltavam algumas horas para o toque de recolher.

As batidas de novo. Uma, duas, três, em rápida sucessão. Yonas parou por um momento tentando decidir o que fazer, depois abriu a porta e deu de cara com uma fila de uniformes militares.

No chão, curvado sobre si mesmo, havia um homem mais velho do que ele, porém mais jovem do que seu pai. Tinha a boca inchada;

cortes cruzavam seu couro cabeludo raspado. Estendeu para Yonas uma das mãos, da qual pendia um dedo quebrado.

— Eles estão vindo — avisou, ao mesmo tempo em que Yonas ouviu o chiado de um caminhão e sentiu o estremecimento de pesadas botas militares que se encaminhavam para eles. Foi no instante em que um soldado desalinhou da fila dos companheiros que tudo ficou paralisado.

Então Mickey estendeu a mão para Yonas.

— Ele fugiu — disse. Sua mão estendida balançou no espaço entre os dois enquanto ele piscava por trás de óculos grossos. — Só o estamos levando de volta. Só isso. — Deixou a mão cair e baixou os olhos para o homem. — É meu trabalho.

O homem tentou levantar-se.

— Por favor — disse. — Paz.

Yonas viu uma bota avançar contra as costelas do homem e ouviu o estalo do cano de um fuzil contra seu crânio. O homem tentou proteger a cabeça com os braços, mas os golpes vieram de todas as direções.

Mickey encolheu-se.

— Volte para dentro — pediu. — Por favor.

Foi o vinco marcado no uniforme novo de Mickey que avivou rapidamente as lembranças de Yonas, as imagens de um jovem Mickey vestido com calças puídas e o mesmo vinco marcado, assistindo Dawit brigar com outro menino para defendê-lo, implorando que parassem de se bater.

— Deixe-o em paz — pediu Yonas.

Mas ele falou tarde demais. Já estavam arrastando o homem para o caminhão. E Yonas teria gritado, teria puxado Mickey pela camisa e o atirado contra a parede e batido nele como merecia. Dessa vez ele teria gostado de dar vazão à sua raiva cega sem culpa. No entanto, na garagem do pai, escondidas sob uma coberta pesada, havia caixas de panfletos e isso impedia qualquer outro protesto de sua parte.

DAWIT ESTAVA SENTADO à mesa da sala de jantar conversando com Tizita e Sara quando Yonas entrou. Puxou Tizita para longe de Dawit.

— Vá brincar lá em cima — disse Yonas.

— Eu estava contando a Dawit sobre a escola — Tizita argumentou.

— O que houve? — perguntou Sara.

— Você está bem? — perguntou Dawit.

Os olhos castanhos de Yonas, em geral repletos de bondade, estavam petrificados; seus lábios cheios estavam cerrados contra os dentes.

Yonas inclinou-se para falar no ouvido de Sara.

— Leve-a daqui.

Sara levantou-se de imediato.

— Tizzie, ajude-me a torrar café. — Empurrou a filha na direção da cozinha. — Vá.

Tizita correu para dentro da cozinha.

Yonas aproximou-se de Dawit tão depressa que empurrou Sara contra a mesa. Dawit levantou-se de um salto, lembrando-se das lutas da meninice com o irmão, protegeu o rosto com uma das mãos e fechou a outra com força.

— Que diabo há com você? — A voz de Dawit falhou. Sua cabeça estava enfiada no peito. Uma das mãos repousava agora sobre a cabeça para protegê-la. — O que há com ele?

Sara já tinha visto Yonas furioso. Sua irritabilidade era forte, mas nunca durava muito. Agora era diferente. Ela estava assustada. Abriu caminho entre eles com os ombros e virou-se para Dawit.

— Saia daqui.

— O que há com ele? — Dawit perguntou de novo. Estava agora preparado para a próxima ação de Yonas.

Yonas agarrou o braço de Dawit e puxou-o, empurrando Sara para longe. Com um giro brusco, golpeou seu rosto com força. O impulso fez Dawit se estatelar contra o armário de louças.

222

— Parem! — gritou Sara, protegendo Dawit com o próprio corpo.

Yonas olhou para Dawit por cima dela com uma expressão rígida e vazia, a boca encrespada em aversão.

— Acha que sou covarde? — perguntou.

Yonas golpeou-o de novo, desta vez com o punho fechado. Acertou o queixo de Dawit e Sara ouviu o estalo de dente batendo contra dente. Yonas ergueu-se, segurou Dawit pela camisa, jogou-o no chão e ajoelhou-se sobre seu peito. Aplicou uma gravata em Dawit, fazendo-o levantar-se até ficarem cara a cara.

— Sou um covarde para você? — sibilou. Bateu com a testa na de Dawit.

— Chega! — Sara tentava puxá-lo dali. — Você o está machucando!

Dawit animou-se e tentou reagir. Pulou e chutou, mas Yonas se desviava de cada movimento. Sara por fim jogou-se em cima de Dawit e gritou com o primeiro golpe que atingiu suas costas.

— *Emaye*! — Tizita chegou em disparada da cozinha com um saco de grãos de café nas mãos. — Não bata na minha mãe! Não! — Correu para a mãe e agarrou-se à sua cintura, o rosto enterrado nas costas de Sara.

Yonas recuou. Desviou o olhar da filha chorosa para a esposa, depois para o irmão, ainda no chão, com a testa ferida e a boca ensanguentada.

— Tizita — chamou, levantando-se para segurar a filha.

Ela afastou-se dele e aproximou-se mais de Sara.

— Saia daqui. — Dawit conseguiu levantar-se, usando a mesa como apoio.

— Basta, por favor. — Sara passou os braços ao redor da filha e ergueu-a.

Os dois irmãos olharam-se em silêncio, os punhos cerrados, até que Yonas falou.

— Eu avisei. Seus jogos ridículos, infantis. — Afundou em uma cadeira e mergulhou o rosto entre as mãos. Os nós de seus dedos estavam machucados e inchados. — Suas ideias burras, sem sentido. — Fez um barulho e em seguida seus ombros se sacudiram. Dawit viu-o esfregar as lágrimas.

— O que afinal há com você? — Tinha medo de se aproximar.

Hailu apareceu com um pequeno saco de papel marrom na mão. Olhou para a boca ensanguentada de Dawit e o vergão vermelho na sua testa.

— Explique-se — ordenou Yonas. Fechou as mãos de Dawit ao redor de um panfleto amassado. — Mostre para ele.

Dawit estava sem energia.

— Eu ia jogar fora.

Yonas empurrou-o.

— Foi a última vez, de todo modo! — gritou Dawit.

— É tarde demais — retrucou Yonas.

Subiu para seu quarto e bateu a porta. A casa estremeceu com o impacto.

SARA ESFREGAVA AS costas de Yonas. Seu corpo estremecia em espasmos tão fortes e bruscos que algumas vezes ele quase caiu da cama. Não dissera uma palavra. Seus olhos estavam fixos em um ponto muito além de onde ela conseguia ver.

— Fale comigo. — Sara apertou o corpo contra o dele. Ele estava frio. — Conte para mim. — Passou o braço por cima dele e sentiu seu coração bater tão forte que ficou alarmada. — O que aconteceu?

Yonas começou de trás para a frente e contou-lhe sobre o encontro com Mickey.

— A mãe dele contou que ele conseguiu outra promoção na semana passada. Pensei que era num escritório — disse Sara.

— Não fiz nada — ele admitiu. — Nada. Nada.

— O que poderia fazer? O marido de Nardos foi morto por tentar afastar sua filha deles. Depois pegaram as duas crianças. — Abraçou-o pelo pescoço e o beijou.

Yonas sacudiu a cabeça.

— Eu poderia tê-los feito parar. Poderia ter feito Mickey deixar o homem em paz, mas não o fiz.

Ela afagou seu rosto.

— Ele teria levado você, ele mudou.

Yonas levantou-se.

— Da próxima vez que dirigir meu carro, verifique o porta-malas. Tome cuidado.

— Por quê? O que há lá dentro?

Ele saiu.

— Vou orar — disse.

36.

O CORAÇÃO HUMANO, Hailu sabia, pode parar por muitas razões. É um músculo frágil e oco, do tamanho de uma mão fechada, no formato de cone, dividido em quatro câmaras separadas por paredes. Cada câmara tem uma válvula, cada válvula tem um conjunto de cúspides tão delicadas e frágeis quanto asas. Elas abrem e fecham, abrem e fecham, de forma constante e organizada, controlando a corrente sanguínea. O coração não passa de uma mão que se fechou ao redor de um espaço vazio, se contraindo e expandindo. O que mantém um coração em funcionamento é o ato constante e sem fim de preencher-se com sangue e a reação inexorável de se esvaziar a seguir. Pressão é a força da vida.

Hailu compreendia que uma mudança no coração pode bloquear um batimento, pode inundar artérias com excesso de sangue e causar dor ao seu dono. Um movimento brusco pode provocar alteração nos batimentos. O coração pode prejudicar, pode bater sistematicamente nas paredes do esterno, dilatar e comprimir os pulmões até deixar seu dono inválido. Ele tinha consciência do poder e da fragilidade dessa coisa que sentia bater agora contra o peito, alto e rápido na sua sala de estar vazia. Um batimento, o primeiro sinal de pressão em um coração, ele sabia, era motivado por um impulso elétrico em um pequeno feixe de células situadas em um lado do órgão. Mas o ritmo dos batimentos sincopados é afetado pelo sentimento e ninguém, muito menos ele, podia compreender a súbita, impulsiva e intensa interferência que as emoções exercem sobre o coração. Ele tinha certa vez visto um paciente jovem morrer do que sua mãe insistia em dizer que era um coração esfacelado que tinha afinal desabado sobre si mesmo. Um batimento falho pode derrubar um homem. Um coração saudável pode ser silenciado por praticamente qualquer coisa: esperança, angústia, medo, amor. O coração de uma mulher é menor, até mais frágil, do que o de um homem.

Não seria surpresa, portanto, que a menina morresse. Hailu simplesmente apontaria para seu coração. Seria suficiente para explicar tudo.

ELE FICARA SOZINHO no quarto enquanto os soldados fumavam do lado de fora. Podia ver as sombras se ampliando sobre o gramado nu e quebradiço enquanto o sol descia cada vez mais, para depois sucumbir sob o peso da noite. Era fácil imaginar que o manto escuro de fora tivesse também invadido o quarto hospitalar, ainda que as luzes estivessem acesas. Era a tranquilidade, a absoluta ausência de movimento, que o convencia de que eles também, aquela menina e ele, eram apenas uma extensão da opressão que havia do lado de lá da janela. A paciente melhorava progressivamente, tinha começado a ficar acordada durante horas de cada vez e a olhar, aterrorizada, para os dois soldados sentados à sua frente.

Os soldados tinham visto sua recuperação com alívio, depois confusão e, por fim, culpa. Hailu conseguia perceber que a vergonha os mantinha curvados sobre monótonos jogos de carta.

Não tinha sido tão difícil conseguir o cianeto. Ele tinha simplesmente entrado no depósito atrás do balcão da farmácia, feito um sinal com a mão para o farmacêutico sonolento e tirado o cianeto de uma gaveta que abrigava um minguado suprimento de penicilina. De volta ao quarto, Hailu rezou e fez o sinal da cruz sobre a menina. Depois abriu sua boca e deslizou a cápsula minúscula entre seus dentes. O que aconteceu em seguida não teve a intrusão de palavras nem o conflito de sentido e idioma. A menina relaxou o maxilar e agarrou a mão dele por isso ele foi forçado a encontrar seu olhar. O terror tinha passado a morar dentro da menina e aquele momento não era exceção. Ela tremeu, embora a noite estivesse quente e o quarto mais quente ainda. Depois cerrou o maxilar e Hailu ouviu o estalo da cápsula e o gemido abafado da menina. O cheiro de amêndoa, úmido e doce, escapou de sua boca. Ela arfou na busca por ar, mas Hailu sabia que ela já se sufocava com o veneno; se asfixiava. Segurou a mão dele, levou-a ao coração e apertou-a. Ele queria pensar que aquele último olhar antes de ela fechar os olhos era de gratidão.

APENAS ALMAZ RECONHECERA o rubor vívido no rosto da menina, o quase imperceptível odor de amêndoas, e soubera o que tinha acontecido. Ela entrara no exato momento em que Hailu explicava aos soldados como os choques elétricos que ela recebera a tinham prejudicado internamente.

— Ah, sim — ela disse, e logo recuperou o controle. — Foi demais para ela. Infecção demais.

Os soldados estavam agitados. Andavam de um lado para outro. Pediram repetidas vezes que Hailu explicasse exatamente o que acontecera.

— A infecção estava subindo de seus pés para o coração — repetia. — Não havia como controlar. Estava fraca demais para reagir.

— Mas ela estava recobrando a consciência, melhorando.

As palmas das mãos de Hailu estavam suadas. Ele ouviu alguma coisa ecoar em seus ouvidos e o som parecia se tornar mais alto enquanto ele falava. Limpou a garganta.

— Foi uma surpresa para todos nós.

O corpo da menina ainda estava na cama, inteiramente coberto por um lençol. Eles não tinham preenchido os formulários necessários, os soldados ainda precisavam providenciar os passos seguintes.

— O senhor precisa fazer alguma coisa — exigiu o soldado de voz profunda. Agarrou o braço de Hailu e sacudiu-o. — Notificamos que ela estava em condições de deixar o hospital em poucos dias. Estão esperando por ela. — Segurou-o com mais força. — Faça alguma coisa.

O soldado esquelético voltou para sua cadeira e começou a balançá-la.

— O que vamos dizer? Nos mandarão para a cadeia. — Encolheu-se para se desviar de um golpe imaginário.

— Darei o certificado de óbito — garantiu Hailu. — Tudo será esclarecido nele.

— Sou testemunha — afirmou Almaz. — Não havia nada a fazer.

O soldado parou de balançar a cadeira e olhou para o colega.

— Não podemos dizer nada durante alguns dias. — Apontou a menina com a cabeça. — Ontem mesmo dissemos a eles que ela estava bem.

O outro soldado concordou.

— Devemos esperar. — Olhou para Hailu, os olhos cada vez mais frios. — Eles nos farão mais perguntas, tenho certeza. Ela era uma presa importante.

O fato é que a menina continuava no quarto de hospital naquela noite, morta, sendo observada por dois soldados apavorados que nada podiam fazer senão olhar à frente e estremecer diante da reação que o relatório deles provocaria. Hailu tinha querido ficar, sentar-se ao lado da menina, mas Almaz o tinha mandado para casa.

— Nada vai mudar — ela garantiu. — Ficarei aqui, de todo modo. — Tinha lhe entregado um saquinho de papel marrom logo antes de ele sair do hospital. — É da menina. Estava com ela quando chegou aqui e o guardei. — Apertou o braço do médico. — Fique com ele.

Dentro do saco, no espaço marrom grande demais para ele, havia um delicado e fino colar de ouro com um pingente oval de Santa Maria com o filho no colo. Ele suspendeu o colar e observou-o balançar caprichosamente sob a claridade de sua lâmpada. A luz fria e brilhante atingiu o pingente e o refletiu no para-brisa.

37.

SOFIA APERTOU AS bochechas de Robel para fazê-lo sorrir enquanto despejava água na enorme lata que usava como chaleira. Enfiou uma ripa nos dois orifícios que tinha feito nos lados. A lata balançou na ripa. Acendeu o pequeno monte de carvão e gravetos e deixou Robel soprar as brasas, sorrindo quando os olhos do filho faiscaram ao ver o carvão flamejar em um vermelho resplandecente. Deu-lhe um abraço apertado.

— É o primeiro dia de trabalho de seu irmão — disse. — Vá acordá-lo.

Estavam do lado de fora de sua pequena cabana, diante do buraco cavado na terra que Sofia usava para cozinhar.

Robel hesitou.

— Ele devia ir para a escola — disse, escapando de seu abraço e franzindo a testa.

Acrescentou gravetos ao fogo e observou as chamas que começavam a crepitar. Estava com 12 anos, mas começara a portar-se como homem desde o desaparecimento de Daniel.

— Precisamos do dinheiro — ela argumentou, esfregando a ponte do nariz do filho onde suas sobrancelhas se encontravam quando ele franzia a testa. — Foi um azar muito grande o que aconteceu — lembrou-o.

Ele relaxou a expressão, as sobrancelhas de novo afastadas uma da outra.

— Mas prometi que daria um jeito de ele ir para a escola.

— Se Berhane vender jornal, já será uma ajuda. — Ela beijou seu rosto. Sabia das promessas silenciosas que Robel fazia ao pai. Ele mantinha atualizada uma lista interminável delas em uma folha de papel que carregava para todo lado. — Ele vai para a escola um dia — ela garantiu. — Você também. — Colocou algumas folhas de chá na água. — Vamos, acorde seu irmão.

Robel entrou.

— *Emaye*, estou pronto para o trabalho — disse Berhane, aproximando-se com os braços bem abertos para receber um abraço.

Ela abraçou-o, apertando-o até ele rir.

— Venha tomar um chá. — Despejou quantidades iguais da água pálida e doce em duas latas menores.

— Sou grande agora — ele afirmou.

O estômago de Sofia embrulhou-se com a ideia de o filho mais novo vender jornal na rua. As coisas nunca deviam ter tomado esse rumo. Seus dois filhos deviam ter ido à escola. Daniel tinha aceitado o emprego de guarda para pagar a melhor educação possível para Robel e economizar para a de Berhane. Agora tudo era diferente. Cada plano que ela um dia traçara tinha se transformado em um monte de pó.

Ela conseguia suportar o vazio da ausência de Daniel. Já começara a aprender maneiras de mascarar o lado vago de seu travesseiro. Passara a dormir com uma das camisas de Daniel perto da cabeça. Prometera fazer isso pelo resto da vida. Planejava acordar todas as manhãs antes dos filhos, enfiar a camisa de volta em um saco plástico e preservar um pouco do marido a cada noite. Poderia fazer isso até o dia em que morresse. Não seria suficiente, porém seria alguma coisa. E as crianças? Nossos filhos nasceram pobres, Daniel, mas a ideia nunca foi de que continuassem pobres, pensou.

Berhane tomou o chá ruidosamente e sorriu.

— Está doce. — Apalpou o estômago.

Hoje, seu filho mais novo, seu menino muito especial, começaria a vender jornais na mesma rua em que Robel lustrava sapatos. Trabalhariam até ela voltar para casa. Longos dias de trabalho não eram adequados para crianças.

Ela inclinou-se para beijar o rosto do menino.

— Calce os sapatos, você caminhará muito.

Berhane ergueu o pé caloso.

— Tizita diz que meus pés são os mais fortes.

— Ainda assim quero que use sapato — insistiu Sofia, referindo-se ao par de chinelos gastos que já tinham sido de Robel.

Eram grandes demais para Berhane, mas o protegeriam do vidro e das pedras da estrada. Robel, por insistência dela, tinha afinal concordado em usar nos dias frios um par de sapatos de Daniel, enchendo as pontas com pedaços de pano para não escaparem dos pés.

Berhane levantou-se e revelou calções vermelho-escuros que eram grandes demais para sua estrutura miúda e dançavam ao redor de sua cintura.

— Por que não veste os azuis? — ela perguntou.

— Vermelho é a cor preferida de Tizita — Robel respondeu.

— Me dê seu cinto. — Sofia apontou para o cinto gasto de couro ao redor da cintura de Robel. — Tentarei conseguir outro para que você não precise dividir este.

Sofia observou os dois filhos voltarem correndo para dentro de casa a fim de se prepararem para o dia. Virou o rosto na direção do sol que nascia no horizonte. Por hábito, seus olhos esquadrinharam a estrada que se estendia ao redor do amontoado de cabanas, à procura de Daniel.

DAWIT E HAILU OLHARAM um para o outro no exíguo espaço do quarto de Dawit. O ar estava carregado.

— Encontrei isto — disse Hailu. Ergueu as mãos até o peito. Nas palmas abertas havia uma pistola. — Onde a conseguiu?

Suas mãos tremiam como se a arma fosse pesada demais. Estava tão tenso que teve certeza de que o filho conseguia ver as batidas fortes de seu coração através do jaleco de hospital.

— Eu lhe fiz uma pergunta — insistiu Hailu.

No seu nariz estava o cheiro de cianeto, no bolso, o colar da menina e agora, nas mãos, a pistola do filho. Selam, o que estou fazendo errado?

Dawit estava confuso e sem fôlego. Acabara de testemunhar dois homens armados saltarem de um carro e matarem a tiros dois outros. Não tinha parado para olhar os corpos tombados, não tinha perguntado se os atiradores faziam parte da oposição ou do governo, não tinha querido fazer nada senão chegar à segurança de sua casa o mais depressa possível. E agora aqui estava seu pai, no seu quarto, segurando a arma que Mickey não tinha querido de volta desde aquele dia terrível das execuções. A arma que foi parar nas mãos de Dawit sem balas e que ele escondera muito bem embaixo de sua cama, a contragosto.

Dawit fixou os olhos no pai por alguns momentos.

— Acha de fato que é minha? — Começava a transpirar. — Acha que eu a usaria? — A raiva voltava a crescer dentro dele com a acusação, a invasão de seu quarto, a arrogante exigência de respostas que deveriam ter sido óbvias.

Seu pai segurou a arma mais perto de Dawit e ele recuou até a escrivaninha.

— Não minta para mim — gritou Hailu, o rosto vermelho e determinado. — Já sei o que está fazendo. Conte a verdade!

— O senhor acredita mais em uma mentira do que na verdade — reclamou Dawit, dando um passo na direção do pai e erguendo a voz. — Eu poderia lhe dizer que não é minha, mas não é isso que quer ouvir. Quer ouvir o que acha que já sabe. E o senhor sabe de nada!

— Acha que é forte o suficiente para combatê-lo com isto? — Hailu balançou a arma diante do rosto de Dawit, segurando-a pela coronha com dois dedos, como se não quisesse sujar as mãos. — Onde guarda as balas? — Abaixou-se e percorreu com o braço o espaço embaixo da cama. Levantou-se e espanou com a mão uma mancha da frente do jaleco. — Pegue as balas, vamos. — Colocou a arma no bolso, ajeitou o colarinho e esperou com as mãos cruzadas.

— Não tenho balas. Era um aluno da minha escola — explicou em voz baixa. — Eles o largaram perto da estrada como se fosse lixo. São eles os assassinos, não eu.

— Então você decidiu carregar uma arma, agora? Você precisa trabalhar — disse Hailu. Sacudiu a cabeça, depois olhou para a arma no seu bolso. — Vou lhe mostrar o que preciso consertar. — Não há espaço neste país para erros juvenis. Nada senão eu os protege deles, pensou. — Todos vocês estão se transformando em alvos fáceis.

Ele queria sacudir dos ombros orgulhosos do filho o desafio e en-fiar um pouco de lógica em uma mente que se fechara há muito tem-po. Um ano antes o teria agredido. Hoje, sentia-se cansado demais.

— Proíbo-o de ter qualquer tipo de ligação com esses grupos. Fico com a arma e de hoje em diante você chegará em casa na hora de jantar e não irá a lugar nenhum sem permissão — avisou.

Aquele grito viria de uma batida policial em outra casa ou de um pai à procura da filha?

Dawit falou mais alto do que o barulho na cabeça de Hailu.

— O senhor sabe que não pode fazer isso. O senhor não compreen-de. Nem sequer sabe as perguntas certas a fazer. Quer me controlar e tenta fingir que nada está acontecendo neste país. — Dawit esfregou os olhos, engoliu a angústia entalada na garganta. — Precisamos continuar a lutar. Somos diferentes de sua geração. Só porque uma pessoa tem autoridade não significa que deva ser respeitada. — Sua boca se abriu, depois se fechou e se transformou em uma linha reta. Manteve os olhos fixos nos do pai.

Hailu viu naquela atitude a volta de sua própria arrogância na juventude.

— Dawit — disse Hailu. Afundou na cama. Colocou a cabeça entre as mãos. — Pare com isso. Eu lhe peço.

Meu pai não conhece o que não consegue ver; não vê o que não consegue entender. Sou um filho para ele apenas no nome. Dawit deixou seu quarto com passadas largas e bateu a porta, deixando Hailu sozinho com aquele grito distante.

UMA FAIXA ESCURA de corpos descia a estrada na direção de seu quiosque e o coração de Melaku deu um salto. Soldados. Escondeu algumas garrafas de Coca-Cola em uma caixa vazia, depois tentou preparar-se para seus mais novos e regulares fregueses. Era de manhã cedo, mas eles já estavam a caminho de sua portinhola para ser servidos. Abriu as persianas, sorveu a brisa fresca e orvalhada, em seguida preparou-se para a troca rotineira de dinheiro por mercadoria. Ele conduzia seu negócio com uma série de movimentos tão coreografados e precisos como se participasse de uma peça de teatro: um resmungo ácido, o tilintar de moedas no balcão, a batida de uma garrafa contra a palma da mão, outro resmungo, em seguida passos arrastados, outro uniforme, para depois começar tudo de novo.

Tentava esconder dos soldados o estoque de mercadorias quando podia e guardava parte das provisões para os vizinhos. Fingia para os soldados que era um comerciante batalhador que vendia apenas cigarros, goma de mascar e coisas assim, sobrevivendo das boas graças de um velho amigo que era agora oficial de alta patente... não um dos muitos vendedores ambulantes do mercado negro que tinham começado a florescer na cidade. Todas as manhãs, Melaku se transformava em artista, uma casca envolvendo partes de um corpo em movimento e um sorriso artificial. Olhava apenas para as moedas, para as mãos dos soldados, para a Coca-Cola que eles adoravam. Evitava seus uniformes e seus olhos.

Naquela manhã, no entanto, o ritmo foi quebrado bem no fim da fila por soldados que ele nunca vira. Formavam um trio de jovens muito magros. Não houve moedas escorregando no balcão, nem palmas da mão batendo no fundo da garrafa, nem resmungos de agradecimento seguidos de passos se afastando. Houve apenas o escasso e contido encolher de ombros e o limpar de gargantas suave e feminino.

— Coca-Cola. — Falavam em uníssono. — Três.

Ele empurrou uma garrafa na direção deles. Nenhuma mão encontrou a dele no meio do caminho. Um deles plantou a palma da mão sobre o balcão e deslizou moedas na direção do comerciante. Tinha olhos da cor de folhas novas e esses olhos observavam cada movimento de Melaku.

— Algo mais? — Melaku perguntou, enquanto pegava uma garrafa, e outra, depois mais outra, e se afastava.

Sacudiram as cabeças. As garrafas e as moedas permaneceram intocadas. Continuavam rígidos como pedra, uma fileira caprichada de ombros e pescoços. Melaku sentiu o calor de seis globos oculares disparando sobre seu rosto no que parecia seis direções diferentes.

— Conhece um homem chamado Hailu? — perguntaram.

— Quem? — Melaku sentiu que seus joelhos começavam a tremer.

— Dr. Hailu, pai de Yonas e Dawit. — Apontaram na direção da casa de Hailu, três dedos ossudos com unhas curvas e lisas.

Melaku não conseguia ver diferença entre eles.

— É um nome comum — respondeu. — Recebo muitos fregueses todos os dias. Esta área está crescendo depressa. — O medo subjugava sua determinação, fazia tremer sua voz.

Os três cruzaram as mãos sobre o balcão e inclinaram-se à frente.

— Diga a ele que precisamos vê-lo hoje. Estaremos à sua espera na prisão.

Melaku sentiu um leve aroma de mirra, viu bocas manchadas de marrom pelo excesso de fumo. As palavras tomaram conta de seu peito.

— Não sei se saberei quem é ele — argumentou. — Nem todo mundo vem aqui, especialmente depois que a loja *kebele* abriu. — Ofereceu-lhes um olhar de velho confuso.

Eles deram meia-volta para pegar a estrada.

— Ele passa por aqui de carro todas as manhãs.

O soldado com os olhos pálidos empurrou mais uma moeda na direção de Melaku.

— Pelo seu trabalho.

Melaku sacudiu a cabeça.

— Fique com ela.

Mas eles já tinham partido quando sua boca conseguiu articular as palavras.

TINHAM LEVADO O CORPO da menina no dia anterior. Os soldados tinham ido fazer seu relatório e voltado horas mais tarde, despejado o corpo em uma maca e empurrado para um jipe que esperava, deixando atrás deles um rastro de sussurros assustados.

A partida da menina tinha sido abrupta e sem cerimônia. Hailu tinha feito uma oração rápida diante do corpo, enfiado o lençol ao redor de seus ombros e recomendado que tivessem cuidado.

— Ela andava fraca — o médico falou. — Digam ao pai dela que ela o chamou muitas vezes — acrescentou. — Ela foi valente com relação à dor — lembrou-os.

Mas ele tinha sido ignorado e em minutos o quarto que ela ocupara estava vazio, restando apenas uma cavidade no travesseiro.

No trajeto de carro para o trabalho, Hailu respirou fundo. Levaria algum tempo até conseguir esquecer a voz da menina chamando pelo pai. Buzinou para cumprimentar Melaku. Estava atrasado.

Melaku saiu em disparada do quiosque e bateu com força no capô do carro.

— Pare!

— O que é isso? — Hailu gritou. Freou de repente. — Eu poderia ter atingido você!

— Soldados vieram perguntar pelo senhor. — A voz de Melaku saiu fraca. — Falei que não o conhecia, mas não sei se funcionou. Queriam que o senhor fosse até a prisão. — Passou a mão na cabeça. — Isso significa que já a construíram...

Hailu sentiu um aperto no peito.

— Quando esteve com eles?

— Hoje de manhã. — Melaku apontou para a casa de Hailu, exatamente como o trio fizera. — Eles sabem que o senhor tem dois filhos, até disseram os nomes deles.

— Eles conhecem meus filhos? — Hailu olhou ao longe. — O que mais?

Melaku esfregou a testa.

— Não pensei em fazer perguntas. — Baixou os olhos. — Eu queria que eles fossem embora.

Hailu queria ficar sozinho. Queria deixar sua angústia extravasar para poder examiná-la em particular.

— Já estou atrasado.

Pelo espelho retrovisor, Hailu viu a imagem refletida de Melaku. Ele estava parado junto da estrada, as mãos penduradas ao longo do corpo, um medo violento visível até com a distância que aumentava. Hailu baixou o vidro para secar o suor que encharcava as costas de sua camisa.

38.

O LEÃO É VELOZ E FORTE. O leão pode pular até o céu. O leão é valente como um soldado.

— É valente como eu — exclamou Berhane, lutando com uma pilha de jornais que chegava à altura de seu queixo. Tropeçou e deu um encontrão em Robel.

— Deixe que eu carrego — ofereceu-se Robel. Pegou alguns dos braços de Berhane. — Cuidado para não dar uma topada nas pedras.

Estavam perto do campus Sidist Kilo da Universidade de Adis Abeba e a estrada à frente era um amplo círculo de asfalto que fazia a volta em Yekatit 12 Martyrs' Square. Degraus baixos de concreto levavam a um obelisco alto. Na base do obelisco havia cenas do massacre italiano de 1937 que se seguiu a uma tentativa de assassinato do tirano general Graziani. Mais acima, um leão de granito apoiava-se orgulhosamente sobre uma saliência, a pata envolvendo seu cetro.

O coração de Berhane disparou.

— É um leão voador!

— Era lá que o imperador morava. — Robel apontou para uma enorme e imponente construção do outro lado da rua, atrás de um muro espesso de pedra, escondida por pés de viçosas buganvílias roxas e vermelhas. — Ele tinha muitas casas, então deu essa para os estudantes.

Berhane tinha dificuldade para equilibrar os jornais nos braços. Robel pegou vários outros.

— Não dá para ver nada e você vai perder o leão do zoológico. Berhane parou.

— Onde?

— Cheire — disse Robel, franzindo o nariz. — Percebe o cheiro?

— Fedor de leões? — Berhane perguntou.

— Eles comem carne podre. Estão lá, atrás daquele muro.

Robel apontou para um par de leões de metal sentados com ar entediado e sombrio em cada lado de um portão sujo. Havia uma placa vermelha em arco acima da entrada. Letras amarelas escritas com caligrafia trêmula estavam espalhadas irregularmente de um lado ao outro do arco.

— Estão presos? — Berhane perguntou. Reparou no muro baixo pintado. Ele conseguiria escalar aquele muro e tirar um leão de lá.

— Soldados não podem matar leões.

— É um zoológico. — Robel atravessou a rua com ele. Um táxi parou e desembarcou três estudantes na frente da escola. — Venha, vou lhe mostrar aonde você precisa ir.

Robel largou a caixa de engraxate de madeira, abriu a tampa e tirou dela graxa, escova e um pano manchado. Fechou a tampa e bateu nela para que Berhane sentasse.

— Você fica lá. — Apontou para uma esquina próxima. — Poderei ver você. Não corra para a rua. Apenas venda para os estudantes. Se avistar um caminhão com soldados, volte para perto de mim.

— E se eu vir *Abbaye* na estrada? E se um jipe vier comprar meu jornal e ele estiver dentro?

— Preste atenção. — Robel pegou duas moedas do bolso. — Isto é quanto custa um jornal. Duas destas.

— Estou com fome — reclamou Berhane, sentando-se obedientemente até o irmão dar o comando de que ele podia ir para seu posto e começar a trabalhar.

Robel bateu de leve no seu braço.

— Compro alguma coisa para você comer logo que conseguir um freguês. — Abraçou o irmão. — Não fique assustado, certo?

— Não estou assustado — respondeu Berhane, atento ao leão de granito.

HAILU SENTOU-SE À SUA mesa de trabalho no escuro. Tinha sido chamado oficialmente à prisão. Sua presença fora requerida por escrito, entregue a ele por três soldados magros que falaram em uníssono. Tinham entrado no hospital e ido ao seu consultório. Pararam um ao lado do outro, os ombros nivelados. Os uniformes idênticos, o modo como cada um mantinha os pés afastados exatamente na mesma distância e as mãos cruzadas à frente com os dedos trançados fizeram Hailu pensar que estava diante de trigêmeos, embora não tivessem a mesma aparência. Um era mais escuro do que os demais, outro era mais pesado e o terceiro tinha estranhos olhos transparentes que pareciam lascas de um vitral. Observá-los dirigir-se a ele tinha sido tão desconcertante para Hailu quanto a intimação em si, expedida por um homem que a maioria conhecia apenas como "o Coronel".

— O senhor foi convocado a se apresentar, falamos com seu amigo. Aqui está uma intimação por escrito. Compareça à prisão amanhã, chegue ao nascer do dia — informaram. — O Coronel acorda cedo.

Todos mantinham os olhos baixos, mas mesmo assim Hailu percebeu a indiferença deles com relação à sua posição e idade.

— Do que se trata? — Olhou a assinatura a tinta no fim da carta e tentou imaginar o homem cuja mão se movera pela página com movimentos tão irregulares da caneta. — Preciso trabalhar amanhã de manhã, tenho uma cirurgia marcada.

Dois deles viraram-se para olhar o terceiro soldado. Ele deu um passo à frente.

— Por favor, não desobedeça ordens — avisou.

Seus olhos eram da cor de uma folha prematura, suas pupilas duas moedas pretas flutuando em um lago de água verde.

— Devo levar uma valise? — Hailu perguntou.

A maioria dos prisioneiros recebia a instrução de levar uma valise com roupas sob o pretexto de que no final retornariam para casa. Os soldados pegavam as valises e as incorporavam aos seus guarda-roupas, muitos usando para ir a bares e festas as roupas de quem eles tinham executado.

— Não precisa levar nada — o terceiro soldado esclareceu.

Hailu tentou não pensar no fato de que ninguém que ele conhecia tinha voltado de uma intimação à prisão.

— Amanhã — disseram, antes de sair do consultório. — Não desobedeça desta vez.

Agora, Hailu estava na sua cadeira com as luzes apagadas. Manteve as costas retas como uma árvore e esperou, embora não tivesse certeza do que exatamente.

YONAS AGUARDAVA no meio do tráfego barulhento. As ruas estavam congestionadas em todas as direções; era impossível seguir adiante. À distância, tanques e caminhões se arrastavam em perfeita simetria. Pedestres circulavam por entre os carros, esticando os pescoços para ver o que podiam das ruas; uma massa curiosa, prudente.

— O que está acontecendo? — perguntou a um motorista perto dele.

— Não sei — o homem respondeu enquanto secava a testa com a gravata. — Alguém falou que há dignitários, cubanos. Talvez até Castro.

— Mais cubanos? — Yonas perguntou. — Para quê?

— Para nos ajudar a matar uns aos outros mais depressa. Estarão no norte, na Eritreia. — Desligou o motor e saiu do carro. — Ficaremos aqui por um bom tempo — constatou, apoiando-se na porta do carro.

— Quero ver o que está acontecendo à frente. — Yonas desceu do carro. — Acha que meu carro ficará seguro?

— O comunismo tem sido a melhor coisa para o crime, amigo. Que ladrão quer ficar na cadeia nos dias atuais? — Tirou um cigarro do bolso e acendeu-o.

Yonas não conseguia ver através da aglomeração de gente. Foi imprensado em todas as direções. A multidão estava impaciente, ninguém se movia, as pessoas empurravam de trás. Houve um atropelo para a frente, um corre-corre repentino para trás, um pontapé impaciente. A tensão era grande.

Um zurro alto provocou um murmúrio na multidão.

— Estou emperrado exatamente como vocês — retrucou um homem parado perto de seu burro. Segurava um pedaço de pau em uma das mãos e a corda do animal na outra. — Não é culpa minha.

— Camponeses — alguém reclamou.

Yonas sorriu para o homem.

— Preciso ver até onde vai isso. Posso subir no seu burro? — Yonas tirou algumas moedas do bolso.

O camponês fez uma careta e abanou a cabeça.

Yonas pegou mais.

— É o que tenho.

O camponês resmungou, mas aceitou o dinheiro.

Yonas olhou por cima do mar de cabeças. Na extremidade da multidão havia fileiras de tanques e grupos de soldados sentados neles, atentos. Estava acontecendo uma parada, uma comitiva pomposa de Mercedes e jipes. A nova bandeira etíope tremulava em cada antena, as listras verdes, amarelas e vermelhas livres do orgulhoso leão. Em um dos jipes encontrava-se o major Guddu, vestido com o uniforme marrom do governo e erguendo o punho no ar enfaticamente, seu sorriso determinado, os dentes cintilando. A multidão continuava imóvel, silenciosa. Um homem gordo de óculos pretos estava sentado ao lado do major e só quando empurrou os óculos para o alto do nariz foi que Yonas reconheceu Mickey, acenando docilmente com um sorriso afável. Ele podia estar enganado, mas pensou que, por um breve momento, Mickey olhara para o homem parado acima da multidão e o reconhecera também.

39.

UMA MENINA AMARRADA com cordas apertadas foi jogada na Yekatit 12 Martyrs' Square. Sua saia estava presa às pernas com uma corda que marcava seus pulsos e tornozelos e deixava seus membros numa posição estranha.

Estudantes se aglomeravam ao redor dela com seus temores cuidadosamente dissimulados. Dawit enfiou-se no meio deles e forçou passagem para olhar melhor. Ele podia contar as costelas da menina através da blusa ensanguentada. Um brinco tinha sido arrancado. No seu rosto, embora muito inchado, havia uma beleza plena e algo mais. Dawit observou-a bem. Lembrou-se dela. Ililta. Certa vez, o rosto de Ililta tinha ficado marcado pelas lágrimas e seus olhos grandes tinham se fechado para bloquear a imagem da mãe, Mulu, nua, com um rapaz muito, muito cruel. Uma vez, essa menina tinha beijado seu rosto e sorrido. Tinha brincado com Bizu e servido café ao seu pai durante visitas, suas pernas magras e pálidas cruzando a sala de jantar na ponta dos pés. Dawit ajoelhou-se na frente dela e começou a desamarrar as cordas.

— Deixem-na em paz. — A voz soou rouca, autoritária atrás de um fuzil. — Saiam daqui.

Dawit sentiu o círculo fechar-se ao seu redor enquanto os espectadores se inclinavam para olhar mais de perto. A boca do cano de um fuzil fez pressão contra sua camisa. Ele afastou-se.

— Eu a conheço — avisou. — É minha vizinha.

À frente dele na multidão, Solomon balançou um cigarro na mão trêmula. Sua cabeça moveu-se para trás e para a frente. Seus olhos suplicavam a obediência de Dawit.

— Mas eu a conheço — Dawit repetiu, desta vez para Solomon.

— Afaste-se dela se não quiser ser preso — o soldado avisou. Ele cheirava a aço bruto e gasolina.

— Quero tirá-la da praça, do sol.

O soldado balançou a cabeça.

— Ela é uma lição para todos vocês. E haverá outros, a não ser que todos esses anarquistas interrompam seus ataques burgueses.

Os olhos de Solomon se estreitaram, sua boca transformou-se em uma linha fina. Sacudiu de novo a cabeça, mais enfático.

— Levante-se! — Ouviu-se o som de passos correndo, mais soldados. — Agora!

Dawit recusou-se a largar a corda. O soldado ergueu-a com a ponta do fuzil e deixou-a cair de novo sobre a menina. Empurrou Dawit, jogando-o de costas no meio da multidão.

— Saiam daqui — o soldado rosnou. — Todos vocês!

SOLOMON E DAWIT sentaram-se na casa de chá velha e escura, uma xícara de chá doce diante de cada um.

— Está maluco? — Solomon perguntou, batendo com força na mesa. — Você é burro a esse ponto?

— Eu a conheço — justificou-se Dawit.

— Não importa quem ela é. — Fez uma pausa. — Especialmente se sabe quem ela é, mantenha-se afastado. Afastado para valer, entende? — Sacudiu o braço de Dawit. — Você faz de conta que não percebe. Idiota! — Percorreu a sala com os olhos e abaixou a voz embora não houvesse ninguém. — Estão de olho em nós e agora o vigiarão sempre que estiver no campus. Se fizer alguma coisa parecida com isso de novo, será seu fim.

— Não está certo abandonar o corpo.

— Você quer salvar o povo, então salve quem está vivo. — Solomon levantou-se e empurrou a cadeira para baixo da mesa. — Não vale a pena morrer por quem já está morto.

Saiu a passos largos, seu chá intocado.

HAILU ESTAVA DEITADO na cama inteiramente vestido, uma valise aos seus pés. Usava camadas de roupas: dois pares de meia, três camisas, duas cuecas e um casaco por cima de um suéter grosso. Podia sentir o suor acumular-se embaixo dos braços. Não pregara o olho durante a noite. Passara o tempo todo olhando fotografias, caminhando descalço, sentindo a madeira lisa sob os pés. Tinha traçado seu caminho com impressões digitais pressionadas em paredes azul-celeste. A cor predileta de Selam.

Eles costumavam pintar o quarto juntos uma vez por ano e, quando os filhos ficaram maiores, isso passou a ser um projeto familiar. Não houve nenhuma camada nova depois que ela morreu. Ele passara a odiar a cor. Tinha esperado que a luz do sol desbotasse o brilho da pintura e a deixasse com um tom sombrio solene, mas isso não acontecera ainda.

Sentou-se na cama e imaginou-se flutuando na imensidão do céu. Segurou o fôlego o quanto pôde; queria sentir-se leve, fútil, até, quando acordasse Yonas.

HAILU E YONAS ajoelharam-se diante da estátua de Santa Maria.

— Você precisa me levar até lá — disse Hailu.

Yonas virou-se para o pai, depois de novo para a estátua.

— Como isso pôde acontecer? Não compreendo.

— Vamos — disse Hailu. — Preciso me apressar. — Ergueu-se.

— Por quê? Por que o chamaram? O senhor sempre se manteve fora de tudo.

— Levante-se. — Hailu estava rígido.

— Seria bom escondê-lo — sugeriu Yonas, ainda ajoelhado. — Vou acordar Dawit e o esconderemos. — Abraçou as pernas do pai.

— Não quero estar aqui quando Tizita acordar. Vocês explicam tudo por mim. — Hailu forçou Yonas a se erguer.

— Irei em seu lugar — Yonas decidiu. — Posso falar com eles. Pego Dawit e vamos juntos.

— Estarei de volta hoje à tarde. — Hailu limpou a garganta. — Foi o que me disseram e não há razão para não acreditar.

— O senhor pode se esconder com Melaku até eu pegá-lo. Rápido. — Empurrou Hailu para fora da sala de orações e a pressa quase o fez tropeçar. — Vamos à casa de Melaku, depois o levamos para algum outro lugar.

— Pare com isso — pediu Hailu com voz trêmula. — Eles virão atrás de você e Dawit, talvez até de Sara, se eu não for.

Yonas estendeu os braços para abraçar o pai, mas Hailu não fez nenhum movimento na sua direção. Deixou os braços caírem. Ele não era o filho de que seu pai precisava. Compreendeu, afinal, o que sua mãe sempre soubera sobre Dawit, que esse era o mais forte de seus filhos. Dawit teria lutado com Hailu, em vez de querer abraçá-lo como uma criança. Dawit teria entrado à força na prisão e exigido que deixassem seu pai em paz.

Yonas segurou firme a mão do pai.

— Não permitirei que vá.

— Prenderão vocês se eu não for. Não há escolha. — Hailu abraçou Yonas e apertou-o contra o peito. — Eu o conheço. Lembre-se de que não havia outro jeito. — No mesmo instante soltou-o e virou-se, sereno e controlado.

Caminharam até o quarto escuro de Hailu. Yonas acendeu a luz, iluminando a angústia estampada no rosto de Hailu. Sua cabeça voltou aos dias da doença da mãe.

— *Abbaye*, quando *Emaye* estava doente...

— Não há nada a dizer — Hailu cortou, a boca trêmula. — Apague a luz. Me passe a valise. Preciso pegar o carro.

Yonas apagou a luz e tateou para encontrar a valise.

— Mas por que fez a mala se... — Encontrou a mão de Hailu segurando firme a alça. — Deixe que eu levo — disse Yonas.

Hailu não a soltou. Saíram, ambos agarrados à valise, Hailu à frente de Yonas com passos que tinham havia muito memorizado o caminho de saída.

40.

DAWIT ARRASTOU-SE CONTRA o vento, procurando encontrar uma mão, um pé, o contorno de um torso. O lenço ao redor da boca disfarçava o fedor de cadáver com o perfume da colônia de seu pai. Roçou o corpo em pedra, terra, galhos caídos e estrume. Conseguiu chegar até o centro da praça, onde permanecia o corpo. Cortou as cordas com uma faca.

Dawit passou um grande cobertor ao redor e por baixo do corpo, depois rapidamente arrastou-o da praça até o carro de Yonas. Por sorte não havia ninguém para testemunhar o que estava fazendo. Soldados da área violavam as ordens e assistiam a uma das únicas bandas que ainda tinham permissão do Derg para se apresentar. Preparou-se para enfrentar a ira e a perplexidade de Mulu e pediu à sua própria mãe que o ajudasse a convencer Mulu a enterrar a filha sem uma cerimônia.

A PRISÃO ERA UMA construção em concreto que se erguia de uma campina com muito pó e poucas árvores. O estacionamento era uma área de terra recortada da paisagem seca. O pequeno Volkswagen de Hailu ficou menor ainda diante dos jipes e caminhões militares enfileirados em um dos lados como crocodilos sonolentos. Embora o prédio tivesse janelas, nenhuma luz filtrava-se através delas. Que cena familiar ambos devem ter representado para os soldados que trabalhavam dentro: dois homens em um pequeno carro no estacionamento, sentados em silêncio e com rostos angustiados.

Yonas percebeu o distanciamento do pai e não soube o que dizer.

— Hailu — disse Yonas; o nome de seu pai significava "seu poder". Sentiu o pai estremecer ao seu lado. — Hailu — repetiu, com voz mais baixa.

Hailu agarrou-se à mão de um filho que não conseguia parar de repetir seu nome. Voltou do espaço adiante das nuvens onde estava e deixou que o sofrimento e o medo se derramassem sobre ele.

41.

A MESA DE JANTAR PAIRAVA larga e comprida entre eles e fazia Dawit sentir-se menino de novo. Por fim, sacudiu a cabeça.

— Não entendo. O que está dizendo?

— Já lhe disse — respondeu Yonas. — Preciso contar para Sara — acrescentou, olhando dentro da sala de estar vazia como se esperasse que Hailu surgisse — mas queria falar com você primeiro. — Limpou o rosto e procurou a mão de Dawit.

— Isso não faz sentido — argumentou Dawit, retirando a mão. — Como ele podia ser convocado desse jeito? Para quê?

— Não conhece alguém que possa ajudar? — Yonas mergulhou a cabeça entre as mãos, forçou as palmas contra os olhos. — Não conhece alguém?

— Como pôde deixar que ele fosse? — Dawit levantou-se e falou para o topo da cabeça do irmão. A ficha começava a cair. Seu pai estava na prisão. — Por que o levou para lá? — Conseguia divisar o formato do rádio do pai, quadrado e pequeno, na sala de estar.

Yonas curvou-se ainda mais.

— Tentei impedir.

— E podia ter me acordado. — Dawit entrou na sala de estar e sentiu a vastidão do ambiente devorá-lo. Ainda sentia os odores densos de almíscar, sujeira e suor, de corpo, ainda ouvia os lamentos guturais de Mulu quando viu a filha. Esfregou o nariz, abrangeu com o olhar a cadeira do pai, o rádio silencioso, a solidão de tudo. — Eu devia ter ido com você. Poderia ter feito alguma coisa.

— Não havia nada que você pudesse fazer. Tentei tudo — Yonas sussurrou. — Eu precisava levá-lo. Eles teriam vindo atrás de nós.

— Vou até a prisão — afirmou Dawit.

— Tentei tudo — Yonas repetiu, os olhos desfocados. — Ele não me deixou fazer nada. — Pensou por um momento. — Há Mickey.

Dawit lembrou-se de Mickey no dia em que tinham passado por Ililta soluçando e ouvido o grito de Mulu; pensou em como esse jovem gordo tinha covardemente preferido não fazer nada e se afastar, em como ele tinha parado e observado, depois corrido para longe enquanto Dawit lutava com Fisseha.

— Não — disse.

Yonas levantou-se e empurrou a cadeira.

— Não estou pedindo a você.

A sala de estar continuava impregnada do cheiro de seu pai, de seus odores marcantes, limpos, dos odores prolongados de um homem meticuloso em seus hábitos, enobrecido em todas as suas maneiras.

— Ele perguntou por mim? — Dawit indagou de repente.

DAWIT SAIU LENTAMENTE do carro do pai e olhou para a maciça estrutura da prisão, uma laje cinzenta de espessura imponente construída com dinheiro soviético. Estava plantada em um terreno plano que parecia ceder sob o peso inexplicável. Havia pessoas aglomeradas na rua, homens e mulheres, meninas e meninos, fervilhando e se entrechocando, apenas uma ou outra preocupada em formar alguma coisa que parecesse uma fila na porta. Sentiu o estômago embrulhar.

Um homem baixo com um terno bem talhado bateu na porta maciça.

— Abram esta porta! Abram logo, não sairemos daqui.

Dawit caminhou na sua direção.

— Meu pai está aí dentro. Viu um homem alto com cabelos brancos entrar ontem de noite?

O homem dirigiu um olhar impaciente para Dawit e recomeçou a socar a porta. Em seguida voltou a olhar para ele.

— A janela — disse, apontando para o alto. — Consegue alcançá-la? Ver se tem alguém lá dentro?

O que Dawit viu pela pequena janela alta o fez suar frio. O escritório era uma demonstração de precisão militar. Não havia montanhas de papel espalhadas em mesas sujas e desorganizadas. Não havia grupos de soldados sentados pelos cantos, fumando ou jogando cartas. Nenhum toco de cigarro atirado no chão. O que havia era a arrumação metódica e afável de um hotel com soalhos polidos e balcões brilhantes. Dawit virou-se para o homem.

— Está vazio — informou.

— Eles nos veem — cortou um homem com uniforme de guarda de segurança, aproximando-se deles. Inalou um cigarro curvo. — É a mesma coisa todas as manhãs. Eles nos fazem ficar aqui durante horas, depois permitem que pouca gente entre.

— Meu pai está lá — explicou Dawit. — Foi intimado.

— Você tem sorte. Eles tiraram minha filha da sala de aula — o guarda de segurança contou. — Trabalho no mesmo prédio, mas eles usaram o caminho de trás, não tive como vê-la.

Dawit virou-se.

— Onde eles colocam as pessoas? — perguntou, observando a multidão impaciente. — Toda essa gente está à procura de alguém?

O guarda de segurança deu uma longa tragada no seu cigarro e soltou a fumaça pelo nariz e pela boca. Sacudiu a cabeça.

— É um lugar pequeno.

A conversa morreu aos poucos e o silêncio caiu sobre a multidão. No estacionamento, uma jovem com vestido florido tirou uma valise do carro. Carregava um paletó dobrado sobre o braço. Equilibrava-se em saltos altos.

— Disseram para eu me apresentar. Como faço para entrar? — perguntou.

Um murmúrio de compaixão ergueu-se da multidão. Abriram caminho para ela até a porta.

A jovem aproximou-se da porta e começou a bater.

— Por que está aqui? — o guarda de segurança perguntou. — Não sabe o que eles fazem?

— Meu marido está aí dentro — explicou. — Disseram que se eu não viesse, o matariam. — Mordeu o lábio. — Não sei o que ele fez.

Dawit parou ao lado dela. Era da mesma altura de Lily, porém mais esguia. Tinha pulsos frágeis com ossos salientes que davam a impressão de que trincariam sob muita pressão.

— Fique aqui — sugeriu, indicando o outro lado dele. — Se a porta abrir, pode se machucar.

— Como digo a eles que estou aqui? — Socou a porta pesada.

— Eles a ouvem — explicou o guarda de segurança.

A jovem sentou-se na valise, o paletó ainda dobrado cuidadosamente por cima do braço.

— Ele me deu este casaco — disse, acariciando o tecido.

— Eles contaram por que seu marido está na prisão? — Dawit perguntou. — Deram alguma razão?

— Saia daqui — ordenou o guarda de segurança, acendendo mais um cigarro. — Deixe que eles a encontrem.

Ela ignorou os dois. Dawit lutou contra o impulso de segurá-la pelos braços e forçá-la a prestar atenção nele. Gostaria de ter levado uma foto de seu pai.

— Seu marido é médico? — perguntou Dawit. Ele não sabia qual resposta queria ouvir e se encolheu quando a pergunta saiu de sua boca.

— É cozinheiro — respondeu. — Temos três filhos. — Correu os olhos pelas calças e pela camisa elegantes de Dawit. — Não somos ricos.

Juntos, observaram o sol primeiro pálido, a seguir amarelo, depois dourado em um horizonte que escurecia aos poucos. Então a porta da frente abriu-se com violência apenas pelo tempo suficiente para que três soldados segurassem a jovem e a arrastassem para dentro.

Isso É MEDO. Conheço este gosto de bílis e suor na minha boca. Já me deparei com balas italianas e senti este gosto espesso na minha língua, ergui fuzil, bisturi e minhas mãos com este fedor familiar. Não é uma coisa estranha para mim. Isso é medo, Hailu repetiu, mas a constatação não aliviou o aperto que sentia na garganta. Não relaxou as veias que inchavam e palpitavam pela pressão de um coração que batia depressa demais. Não há nada aqui que não seja a soma de suas mais diminutas partes, não há nada aqui que um discurso lógico e racional não possa levar de volta ao lugar. No entanto, cada respiração parecia empurrá-lo cada vez mais fundo na prisão, apesar de ele não ter se movido daquela sólida cadeira durante o que parecia ter sido horas, talvez dias.

Então Hailu começou a contar. *And, hulet, sost, arat*. Ele não conseguia entender por que o Coronel estaria tão interessado em uma jovem pequena, calada, que era frágil, muito frágil, frágil demais para viver naqueles tempos. Diria ao Coronel que ela tinha sido levada a ele já quase morta. Como espera que eu mantenha vivo um corpo que está morrendo, perguntaria. Não passo de um simples médico, um homem apenas. Como o senhor, lembraria ao Coronel. Nós dois somos apenas homens. É a Deus que devemos perguntar, interrogar, pedir respostas.

Hailu levantou o rosto para sentir uma brisa fresca. A cana está alta nos meus campos, tão alta que bloqueia minha visão, encobre o sol e me recolhe à escuridão. Ele não ouviu a porta pesada que se fechou às suas costas. Ao contrário, mergulhou ainda mais fundo nos números cada vez mais altos. Procurou nos bolsos as contas de oração e percebeu que as tinha esquecido em casa. Segurou a mão de Tizita. Vamos contar juntos, Tizzie.

— Pare de rezar — ordenou um soldado.

Empurrou-o do pequeno quarto para um corredor comprido, depois para uma ampla área de recepção com lâmpadas fluorescentes tão brilhantes que nem a luz do sol conseguiria competir com elas. O ar estava leve e gelado, o nariz queimava ao inalar.

A prisão era mais limpa do que a recepção de seu hospital. Não havia cheiros; não havia ruídos. Soldados estavam colados a cadeiras, rígidos como estátuas, curvados sobre documentos que repousavam em cima de escrivaninhas em perfeita ordem. Nenhum deles ergueu os olhos para ver quem era esse mais recente prisioneiro, ladeado por dois de seus camaradas com ar severo. Hailu vacilou por um momento, mas uma mão o empurrou para frente e ele escutou, no silêncio que fazia sua cabeça doer, minúsculos e reveladores sinais de vida: o raspar de uma caneta sobre papel, a pancada deliberada em um selo, a abertura de uma gaveta recém--azeitada, o silêncio abafado de uma cadeira empurrada de um lado ao outro de um piso de concreto.

— Sente-se — ordenou uma voz às suas costas.

Hailu afundou na cadeira de metal empurrada para ele. A faixa de luz que se introduzia à força na sala através de uma fresta nas cortinas era fraca, quase desprovida de sua cor dourada. Ela pousou em um soldado que, com as costas tão eretas quanto uma régua, manuseava cuidadosamente uma pilha de papéis. Hailu olhou ao redor. Desaparecera sua plantação de cana-de-açúcar. A mão de Tizita evaporara. O ar pressionava em toda a sua frieza. Apertou a valise contra o peito, implorou ao seu corpo que produzisse calor para substituir o calafrio que já sentia instalar-se em seus ossos. O impulso de correr invadiu-o de novo, porém a simples ordem das coisas, a simetria de movimento e o silêncio no escuro escritório cinzento tornaram ilógica até a ideia de resistência.

— Você não precisará disso. — Um soldado tentou pegar a valise. — Nem das camadas de roupa que está usando. Vamos guardá-la para o senhor. — Um leve sorriso espalhou-se em seus lábios.

Hailu agarrou-se à alça da mala.

— Por que não posso ficar com ela? — Falou devagar, com cuidado para não perder a conta dos números na sua cabeça. Pelo canto do olho, conseguia ver o raio de luz que batia nos sapatos pretos do outro soldado e ricocheteava contra a parede. — Tudo que é meu está aí dentro.

O soldado tomou dele a valise.

— São ordens. O Coronel é muito rigoroso com relação a essas coisas. — Enfiou a mão no bolso do casaco de Hailu e pescou suas chaves. — Levo isso, também. — Escreveu alguma coisa em uma folha de papel. — A lista — ergueu a folha — manterá controle de tudo.

Hailu observou-o escrever com letra desajeitada, infantil.

— Quando verei o Coronel?

O soldado sorriu de novo.

— Está ansioso?

— Preciso trabalhar amanhã de manhã. — Fez uma pausa para produzir efeito. — Sou médico.

— Sabemos quem o senhor é.

Hailu fechou os olhos e visualizou cada número, desenhou seus caracteres em um quadro-negro imaginário.

— Siga-me — ordenou o soldado, indicando com a mão o longo corredor.

A CELA TINHA o comprimento da sua sala de jantar e praticamente nenhum ar. Tinha uma porta pesada que era difícil distinguir na parede uniforme de concreto. Não havia janela, apenas um teto baixo que abrigava uma lâmpada no meio de um emaranhado que parecia uma teia de ferro. O chão era apenas uma continuação das paredes: liso, polido, cor de água barrenta. Havia um balde de plástico em um canto. Era frio demais para ficar descalço, embora ele o estivesse, e a dureza fazia o arco de seus pés doer. A cela parecia um esquife, uma caixa criada para abrigar os mortos esquecidos.

— Aproveite — disse o soldado. — Não é tão ruim quanto poderia ser, o senhor tem sorte.

Saiu, carregando as roupas extras que Hailu tinha usado, e deixou-o imóvel no centro da cela minúscula.

Fixou os olhos na lâmpada presa na teia de ferro, tentou encontrar a borda dela, aquela ponta onde a escuridão dava lugar à claridade. Esforçou-se para ouvir alguma coisa, qualquer coisa além das batidas de seu coração. Prestou tanta atenção, e por tanto tempo, que o chiado da lâmpada aumentou até provocar um zumbido nos seus ouvidos e disparar flechadas de dor na sua cabeça. Então a luz de repente sumiu, desligada por uma mão invisível do lado de fora da cela, e Hailu sentou-se no seu catre, envolto em escuridão.

LIVRO TRÊS

42.

A NOTÍCIA DA INTIMAÇÃO DE Hailu tinha se propagado como uma corrente de uma porta aberta para uma janela descerrada e uma veneziana erguida, até que os rotineiros cumprimentos matinais tivessem se dissolvido em silêncio mortal. Ninguém ainda viera apresentar condolências à família. Todos tinham se mantido afastados, desconfiados e temerosos de que o próximo a ser denunciado fosse um deles. Emama Seble sentou-se perto de Sara com seu mata-moscas de crina de cavalo batendo ora em uma perna ora na outra. A seus pés, Tizita jogava bola de gude sozinha.

— Sente-se direito — ordenou Sara.

Tizita suspirou e endireitou os ombros. Emama Seble olhou na direção da casa de Shiferaw.

— Diga para ele pedir por nós. Hailu não fez nada. — Apontou para as outras casas. — Eles não vieram ver como vocês estão?

— As pessoas têm medo — Sara respondeu.

— Do quê? Elas deviam era provocar medo — retrucou a velha.

— Melaku esteve aqui. — Sara percebeu a breve pausa antes de Emama Seble falar.

— Alguma notícia? — Emama Seble empurrou de leve uma bola de gude na direção de Tizita.

— Ele perguntou a alguns soldados. Todos se calam quando ele menciona o Coronel.

Sara abaixou-se e endireitou os ombros de Tizita.

— Não consigo jogar desse jeito. — Tizita livrou-se de Sara com um movimento de ombros. — Onde está Berhane? — perguntou, apoiando-se contra a cadeira de Emama Seble.

— Sente falta dele? — Emama Seble perguntou.

Tizita confirmou com a cabeça.

— Sofia disse que ele está trabalhando. Posso trabalhar, também?

Sara sorriu.

— Você vai à escola.

— *Abbaye* está trabalhando? — Os olhos cintilantes de Tizita fixaram-se em Sara, ela apertou bolas de gude grandes na mão e esperou pela resposta.

— Não minta para ela — recomendou Emama Seble.

— Veja — Sara começou, segurando o braço de Tizita e apontando para sua pulseira —, como é possível você sentir falta dele quando tem esta linda pulseira que ele lhe deu?

— Você sabe, não é mesmo? — Emama Seble perguntou.

Tizita aquiesceu.

— Ele arrumou a mala, isso quer dizer que precisava ir para a prisão.

— Você está certa — concordou Emama Seble —, mas ele voltará.

— Papai também precisa ir?

— Vamos entrar — sugeriu Sara.

Ela não sabia ao certo como explicar o que ainda não conseguia compreender inteiramente.

A MINÚSCULA CASA de Mickey parecia ainda menor do que Dawit lembrava. Ele e Yonas se empoleiraram em bancos baixos de madeira na sala de estar que também servia de quarto para Mickey. A mãe de Mickey, Tsehai, uma mulher magra com braços enrugados e pele flácida, observava-os de perto. Caminhava ligeiramente curvada, uma das mãos apoiada na cintura quando não estava em movimento no ar, marcando sua agitação.

— Mickey devia voltar logo para casa, mas nos dias de hoje é difícil saber. — Ajeitou um uniforme cáqui caprichosamente passado que estava pendurado perto da porta. Limpou uma mancha de pó das paredes cor-de-rosa desbotadas. — Deram muita responsabilidade a ele.

Tsehai sentou-se, irrequieta em meio ao silêncio. Serviu colheradas de legumes, *misser* e *shiro* no grande prato de *injera* diante deles. A lentilha cheirosa e o grão-de-bico esmagado encheram o ambiente com aromas picantes.

— Há tempos não a vemos. — Yonas empurrou o prato na direção dela. — Sirva-se, por favor.

Houve uma época em que Tsehai fazia visitas regulares. À medida que Mickey progredia na carreira militar, ela passou a evitar contatos desnecessários com os vizinhos.

— Dawit, como vai a escola? — perguntou. — Mickey sempre desejou ter ido para a universidade, como você.

— *Abbaye* está na prisão — disse Dawit. — Foi intimado.

O rosto de Tsehai não a traiu. Serviu-se da comida com dedos esqueléticos.

— Ele não fez nada — Yonas explicou. — Não sabemos quais são as acusações, não nos disseram. Pelo menos se pudéssemos descobrir isso...

— Não me envolvo nessas coisas — justificou-se Tsehai.

— Quando Mickey chegará em casa? — Dawit perguntou.

— Não sei. — Observou-os comer. — É tão difícil conseguir um bom repolho hoje em dia, não é mesmo? — perguntou, apontando os legumes.

— Precisamos de motivos e ninguém parece ter. — Dawit empurrou o prato. — Estou satisfeito. — Olhou o prato ainda pela metade.

— Tenho certeza de que o posto de Mickey garante a vocês muitos legumes. A senhora não se preocupa com o que ele é pago para fazer?

Tsehai resmungou alguma coisa quando pegou o prato e se dirigiu à cozinha. Virou-se de repente.

— Meu Habte morreu trabalhando no campo. Acha que eu não daria todos esses cartões de racionamento para ter sua vida de volta? — Olhou para uma foto desbotada na parede. — Quer motivos? Vocês vêm aqui pedir motivos ao filho de Habte? — Cuspiu. — Estamos conseguindo justiça, finalmente. — Interrompeu, mordendo o lábio inferior.

— Para nós basta. — Yonas levantou-se e puxou Dawit.

— Desculpe. Não me referi à sua família.

— Estamos indo — disse Yonas.

Saíram.

O RÁDIO VELHO e rachado de Melaku estava no chão, perto de seus pés. A peça estava escura.

— Eles tiram do ar a Rádio Voz Gospel e nos dão a Rádio Voz da Etiópia Revolucionária. Preleções comunistas em lugar de música americana. Marx não se divertia de vez em quando? — resmungou. Colocou uma xícara de chá fumegante ao lado de Dawit e acendeu uma vela. — O que importa, de todo modo? Estamos sem luz de novo.

— Ela nunca dirá a Mickey que fomos lá — observou Dawit, imerso em pensamentos.

— Provavelmente não. Aquela mulher é muito braba — disse Melaku. — Mickey já voltou?

Dawit sacudiu a cabeça.

— Estou de olho na casa. — Mexeu o chá. — Eu teria feito *Abbaye* ficar.

— Você sabe como Hailu é quando ele diz algo, é assim que as coisas são — observou Melaku. Colocou mais um torrão de açúcar no chá de Dawit. — Meu último torrão até receber mais. Aproveite.

— O que ele sabe sobre como as coisas são?

Melaku sorriu, as rugas marcando seus olhos. Tocou de leve o braço de Dawit.

— Lembro-me de quando sua mãe brigava com ele. Ela reclamava da mesma coisa. Seu pai é um homem forte, mais forte do que você pensa — afirmou. — Eles teriam vindo atrás de você ou de seu irmão se ele não comparecesse à prisão.

— Eles que venham.

Melaku ergueu as palmas das mãos para o céu. Revirou os olhos de forma teatral.

— Ser jovem e tolo de novo.

— Eu teria feito alguma coisa.

— Com o quê, uma funda? — perguntou Melaku.

— Não tenho medo.

— Tolos morrem sem medo. — Melaku aproximou-se, a mão no ombro de Dawit. — E o que o leva a pensar que pode fazer algo que homens melhores não conseguiram?

Dawit ergueu os ombros para livrar-se da mão de Melaku.

— Eu posso.

Melaku soltou uma risada amarga.

— Considera-se melhor do que os homens nascidos antes de você? Acha que o resto de nós fica simplesmente parado, bebendo chá, enquanto as pessoas que amamos morrem? — Melaku começou a andar de um lado para o outro. — É o que pensa? Que é melhor do que eu, do que os patriotas que garantiram que este país não se tornasse italiano? Imagina que é mais forte?

— Sente-se. — Dawit bateu de leve no banco. — Não foi o que eu disse.

Melaku sentou-se.

— Você sabe de nada. Não comprometa sua vida com tanta facilidade. Você é como meu filho. Falo tudo isso para seu próprio bem.

— E se acontecer alguma coisa com ele? — O queixo de Dawit tremeu.

— Eles precisam de médicos no hospital. Precisam dele, não percebe? — Melaku perguntou, embora seu rosto também estivesse tenso e preocupado.

43.

— Está claro demais, apague a luz — pediu Sara. — Por que não consegue só usar a vela? Devia estar acostumado.

Yonas ergueu a Bíblia.

— A vela não é suficiente. E ninguém sabe por quanto tempo teremos eletricidade. Quero ler enquanto a luz ainda funciona.

Ela atravessou o pequeno quarto, foi até a janela e fechou as cortinas.

— É demais. — Apagou a luz. — Vou pegar uma vela maior, comprei mais hoje. — Suspirou aliviada com a repentina escuridão que invadiu o ambiente. A atmosfera era acolhedora, e até os disparos de armas de fogo do lado de fora pareceram diminuir. — Começaram cedo esta noite — comentou. As rajadas por todos os lados fizeram a janela estremecer.

— Ler com vela me dá dor de cabeça, você sabe. — Yonas voltou a acender a luz. Seus olhos estavam injetados e ele tinha o ar abatido. Envelhecera dez anos em uma semana.

O chiado de pneus e em seguida uma buzina estridente invadiram o quarto. Sara apagou de novo a luz rapidamente. Passou a mão em um suéter e enfiou-o por cima da camisola.

— Vou pegar a vela — avisou.

Não tinham falado sobre Hailu desde a detenção. Tinham caído em um ritual de protestos silenciosos e tensões inexprimíveis. Cada vez que Sara tentava falar sobre o sogro, Yonas se fechava em si mesmo e respondia com o olhar vazio. Suas interações consistiam em reparar na ausência de coisas: chuva, visitas, a risada da filha e, agora, a luz.

Yonas repousou a Bíblia sobre a mesa ao lado da cama.

— Esqueça a vela. Vou para a sala de orações.

— Você acordará Tizita, ela insistiu em dormir na cama de *Abbaye* — advertiu Sara.

— Posso trazê-la para cá — decidiu Yonas. — Dormirei no outro quarto.

— Você não quer voltar? — ela perguntou. — Ando com muita dificuldade para dormir. — Engoliu em seco.

— Voltarei, então. — Encaminhou-se para a porta, mas logo parou. — Você está deixando Tizita com medo. — Olhou-a de frente. — Ela agora sente medo de noite por sua causa.

— Há motivos para sentir medo. Eles podem nos forçar a fazer o que quiserem. — Arrependeu-se de suas palavras quando o viu recuar.

— Ela é jovem demais para entender — ele observou. — Você devia dizer que dormir no quarto de *Abbaye* não fará com que ele volte mais depressa. Devia falar com ela.

— Por que você mesmo não fala? Você não conversa mais com ninguém.

Yonas fechou a porta às suas costas sem uma palavra.

QUANTOS SEGUNDOS? Quantos dias? Quantas semanas? Não havia um marcador de tempo, não havia dia nem noite, nada que o ajudasse a passar de um minuto para o seguinte senão aqueles momentos em que se arrastava pelos oito degraus para urinar no balde plástico, que há muito começara a transbordar, e depois secar as bordas. A cela estava impregnada do fedor dele, de suas piores partes: o medo e a paranoia, o arrependimento e a solidão, as lágrimas incontroláveis que chegavam de repente e paravam com a mesma rapidez. Ela sentiu a mesma coisa? Hailu perguntou-se. Sentiu seu sono orientado apenas pelo peso das pálpebras? Seu peito afundava contra a espinha quando deitava de costas? Ela ansiava pela dor, antes da tortura e do espancamento, como prova de que era humana e vivia? Também seu estômago conhecera a voracidade torturante que apenas os famintos compreendiam? Logo, logo, não restará mais nada de mim, senão meus filhos, meu Dawit...

Quantos dias passara na cela apertada, Hailu não sabia, mas durante aquele tempo comera apenas punhados de pão seco. Água borrifada de urina e servida em uma lata enferrujada havia em abundância, no entanto. A lata era deixada logo adiante da porta por um par de mãos que ele chegara a imaginar desconectadas de um corpo, colocada no chão com um silêncio tão completo, tão amortecido de qualquer ameaça de barulho que Hailu cantarolava para convencer- -se de que não nascera surdo. Meus olhos, no entanto, tinham se tornado insensíveis naquela pequena cela aterrorizante, deles foram roubados cor e distância, formas e texturas. Como dói olhar esses cantos e arestas e encontrar linhas retorcidas e indistintas.

Ele começara a esquecer o som da própria voz, embora falasse consigo mesmo continuamente.

— Há quanto tempo, doutor? — perguntava-se. — Há quanto tempo estou aqui?

E no seu melhor tom profissional, respondia.

— Há dias. Semanas. Meses, talvez. O corpo não entende o tempo do modo como nós entendemos.

— O que ele entende, doutor?

— O corpo se conhece.

— Acho que não — contestava. — Como pode se conhecer, se não consigo ouvir a mim mesmo?

— Escute, escute, escute — ele dizia. E escutava, esperava e não ouvia nada, nem um som que pudesse tirá-lo daquele poço sem luz e arremessá-lo para a vida.

A CASA SE localizava nos arredores da cidade. Ficava atrás de um imponente muro de pedra salpicado de cacos de vidro. O gramado impecável era repleto de roseiras viçosas e fantásticas touceiras de lírios africanos. As janelas brilhavam ao sol. Era pequena, Dawit pensou, encolhido no banco de trás do carro de Solomon, pequena demais para ser o quartel-general da Revolutionary Lion Resistance.

— Fique abaixado até entrarmos — recomendou Solomon, enquanto dirigia até o portão e piscava os faróis. — Ouça o que digo, pelo menos uma vez — acrescentou.

Dawit mergulhou até o chão quando ouviu o clique do portão metálico se abrindo, mas não pôde deixar de espiar por um buraco da manta que o cobria.

— Não há ninguém aqui — disse o *zebenya*. Era franzino, com um rosto delicadamente talhado, a boca um pouco caída para um lado e olhos que não se desgrudavam do carro. — Vá embora.

Solomon debruçou-se para fora da janela.

— O engenheiro Ahmed é meu tio e faz aniversário hoje. Tenho um presentinho para ele, de parte de sua irmã, minha mãe.

— Qual irmã? — o *zebenya* perguntou.

— Sou o filho mais velho da irmã mais velha dele.

O guarda abriu o portão.

Uma vez dentro, Solomon virou-se para Dawit.

— Seja educado com Kidus, ele nos protege com sua vida.

Dawit podia sentir os olhos do velho, pretos como tinta, fixos no seu rosto. Kidus tinha um fuzil da época dos italianos enfiado embaixo do braço. Um ex-soldado, deduziu Dawit, um patriota da

Ocupação. Kidus trancou o portão, depois sentou-se com as mãos nos joelhos, o velho fuzil ao lado, os pés descalços perfeitamente alinhados. Observou Dawit com intensa suspeita.

— Aqui? — Dawit perguntou a Solomon, apontando para a porta da frente. Viu o guarda fazer um leve sinal positivo com a cabeça. A porta se abriu.

DENTRO, HAVIA PILHAS de roupas, cobertas, sacos plásticos sujos, homens de diferentes idades cansados e curvados em grupos de dois ou três, cabeças inclinadas em conversas desatentas, olhos injetados que acompanhavam cada movimento de Dawit enquanto Solomon o conduzia pelo corredor.

Solomon parou para ajeitar um desenho a carvão de dois guerreiros com enfeites de cabeça feitos da juba de um leão.

— Lá adiante, terceira porta — informou.

Era um quarto com uma cama suntuosa e grossas cortinas de seda. As tábuas do chão tinham um brilho impecável e um tapete de lã creme cobria o centro do quarto. Um homem jovem, com rosto de menino e um sorriso aberto saiu da sala contígua.

— Então Solomon diz que você está preparado. — Deu um sorriso forçado.

— Para quê? — perguntou Solomon. — O que eu quis dizer foi que ele é muito voluntarioso.

O homem empurrou o ombro de Dawit e mandou-o aos trambolhões até Solomon. Sua boca ainda estava curva em um sorriso, embora seus olhos ficassem de repente sérios.

— Voluntarioso?

Solomon balançou a cabeça.

— Ele não sabe ouvir.

Dawit sentiu uma frieza estabelecer-se atrás do ar agradável do homem.

— Sente-se. — O homem apontou para o chão. — O engenheiro Ahmed não gosta de nos ver na cama. — Deslizou para o chão e dobrou as pernas sem cerimônia. — Quem é você? — perguntou. — O que faz aqui?

— Quero ajudar — respondeu Dawit.

O homem encolheu os ombros.

— E daí? Por que devemos confiar em você?

— Pode confiar em mim. — Dawit não conseguia capturar o olhar de Solomon, que estava de costas, olhando para uma janela fechada.

O homem sorriu com ar pesaroso.

— Você nos diria se não pudéssemos?

Dawit ouvira boatos sobre o líder da Revolutionary Lion Resistance, que ele era grande e ameaçador, severo e cruel. Que tinha furado um bloqueio na estrada apenas um mês antes para ajudar um antigo juiz e sua família a escapar de Adis Abeba. A cidade esperava a cada semana mais notícias sobre o líder que tinham começado a chamar de Anbessa, "leão".

O homem franziu a testa e Dawit viu rugas finas ao redor de sua boca. Era mais velho do que parecia.

— Por que deveria confiar em você? — perguntou de novo.

Dawit baixou os olhos para suas mãos.

— Acredito que isto seja uma ditadura, não um governo do povo. Acredito na luta de vocês.

O homem deu uma gargalhada.

— Nossa luta? Não tem lido o *Addis Zemen?*

— Esse é o jornal do governo — retrucou Dawit.

— Por isso deveria ler. De que outro modo saberia que estamos todos na mesma luta? Eles agora são de esquerda, meu amigo. — Riu. — Eles nos prenderam, estão nos matando, começaram a se livrar de nós como lixo na rua e agora realmente fizeram isso, estão roubando nossa ideologia. Pode imaginar? Patifes! Criar conselhos consultivos socialistas com alguns de meus antigos amigos, tentando criar um fórum conjunto. — Puxou um cigarro. — Não temos mais um conflito, estamos todos dizendo as mesmas coisas. — Riscou um fósforo. — Mas por que diabos acredita que isso seja diferente deles? — A ponta do cigarro cintilou e escureceu.

— Meu pai está na prisão.

Sua revelação não abalou o homem.

— Isso não quer dizer nada. Você o entregou?

Dawit encolheu-se.

— Não sou desse tipo.

— Como você é com sangue?

Dawit engoliu em seco.

— Meu pai é médico.

Solomon e o homem trocaram um rápido sinal com a cabeça.

— Anbessa. Ou pelo menos é assim que as pessoas me chamam. — Deu um sorriso largo e piscou o olho. — Armas?

— Posso aprender. — Dawit endireitou o corpo.

— Ele não é do tipo — disse Solomon. — Não consegue fazer isso.

Anbessa virou-se de novo para Dawit.

— Quem o ajudou a tirar da praça o corpo daquela menina?

— Ninguém — Dawit respondeu, nervoso diante do olhar de Solomon. — Fiz questão de que ninguém soubesse.

— Comece a treiná-lo — Anbessa ordenou a Solomon.

— Ele é bom em organização. Pensei que tínhamos vindo por isso — disse Solomon.

Os olhos de Solomon pareciam mover-se sobre Dawit de novo, reavaliar todas as falhas e deficiências que o tinham frustrado desde que se conheceram.

Anbessa franziu a testa e foi no brilho de suas narinas e nos olhos ávidos que Dawit viu um indício da raiva que poderia ter arrasado uma dúzia de soldados em uma barricada.

— Teremos novas incumbências logo.

— Eles estão observando um a um. Em especial os estudantes.
— Solomon lançou um olhar irritado para Dawit. — E ele discutiu
com um soldado depois de ver aquele corpo.

— Olhou dentro da sala de estar? — Anbessa apontou para a
porta. — Havia outros quarenta que não conseguimos salvar — explicou. — Amanhã haverá mais.

— Ele precisa de tempo — justificou Solomon.

— Não temos mais tempo. — Anbessa passou o braço por cima
do ombro de Solomon. Solomon ficou em silêncio e Dawit pôde
sentir sua resistência e seu ressentimento. — Meu amigo, estamos
sendo encurralados — Anbessa continuou. — Os planos precisam
ser alterados. Você é inflexível demais, às vezes.

Anbessa pegou mais um cigarro e virou-se para Dawit. Colocou
o cigarro entre os lábios, mas não o acendeu.

— Tenho uma boa impressão de você.

— Não o desapontarei — respondeu Dawit, já sentindo uma profunda lealdade pelo homem de rosto amigável. — Sou um lutador.
— E no momento em que disse isso, deu-se conta de que a prisão de
seu pai e a morte de Ililta tornavam mais fácil para ele imaginar-se
disparando uma arma sem sentir remorso.

— Ótimo — disse Anbessa. — Até a próxima. Que Deus o oriente
e a todos nós.

Solomon acompanhou Dawit para fora do quarto e de volta à
sala de estar.

— Não tente reconhecer alguém. — Solomon ignorou o homem
magro que os observava com olhos impassíveis. — Isso nunca lhe
fará bem — concluiu, antes de puxar Dawit para fora.

44.

NO INSTANTE EM QUE o oficial botou o pé dentro da sua cela, as luzes se acenderam. Hailu ergueu-se na cama, piscando para acostumar-se à claridade, e viu o homem enorme vir na sua direção. O oficial aproximou-se da cama em tamanho silêncio que ele pensou por um momento que todo som tivesse tomado o rumo da escuridão e fugido pela porta que se fechava.

O oficial possuía ossos grandes, era corpulento. Usava um elegante e bem-talhado uniforme militar com uma medalha vermelha.

— Levante-se — disse, e então veio uma batida de mãos assustadora que pareceu um trovão rasgando o céu. Suas mãos eram nós protuberantes de músculos e carne marcada por cicatrizes.

Hailu não teve tempo para pensar ou começar a contar antes de ser arrancado da cama. Mãos ásperas mantinham-no firme enquanto ele cambaleava. Seus olhos lacrimejavam com a luz que piscava. Parecia mais brilhante do que antes, mais brilhante do que qualquer luz que ele já vira.

— A claridade incomoda — reclamou Hailu. — Apague. — Então percebeu que nenhum som saía dele.

— Fique alerta — recomendou o oficial.

Hailu afundou na cadeira empurrada por trás de seus joelhos e não reagiu quando mãos calosas bateram com força nas suas faces uma, duas, três vezes. Ao contrário, segurou-se nos ombros largos do oficial sem reclamar. Perguntou a si mesmo de onde viria aquele perfume de capim-cidreira. Queria interromper todos os movimentos e tentar lembrar-se em que número tinha parado de contar, recomeçar de onde interrompera, sentir a brisa de seu canavial, tocar de novo a mão suave de Tizita, mas tudo girava e caía e apenas os ombros fortes do homem zangado o livravam de perder-se no esquecimento. Em algum momento entre os alucinantes saltos-mortais de sua mente, Hailu viu um traço azul-celeste luminoso atrás do oficial e teve certeza de que se conseguisse estender a mão e tocar aquela cor, conseguiria trazer Selam para junto dele.

Mas então começaram as perguntas.

— Por que matou a menina? Não imaginou que descobriríamos? Achou que poderia mentir?

O céu sumiu e apenas palavras rodopiaram acima de sua cabeça.

— Tornou-se médico para poder matar pessoas? — O oficial deixou aparecer um dente de ouro que cintilou na luz brilhante. — Talvez tenha escolhido a profissão errada, doutor.

O oficial não esperou resposta. Pressionou o cotovelo contra o centro do peito de Hailu, continuou forçando, não parou, a mesma pressão implacável apertando devagar, metodicamente. A dor o fez cair de joelhos.

— Dr. Hailu — o oficial sussurrou no seu ouvido —, quem lhe disse para envenenar a prisioneira? — O oficial ajoelhou-se, forçou-o a endireitar o corpo e deu a Hailu plena visão de um nariz quebrado. — Sabemos quem o senhor é. Patriota, pai de dois filhos, viúvo. Estudou na Inglaterra, casou com sua esposa antes de partir, seu primeiro filho nasceu enquanto estava no exterior. Sua neta Tizita logo começará o segundo ano na escola. Talvez o senhor não veja isso. Que pena.

As narinas se inflamaram e Hailu não conseguiu ouvir o resto das palavras do oficial devido ao zumbido em seus ouvidos. Um calor intenso percorreu suas costas, deixou sua espinha em fogo, atirou brasas dentro de sua cabeça. Suas costelas roçaram as pernas do oficial, finas como gravetos.

— Dawit contou para alguém o que o senhor fez. Seu próprio filho o traiu e podemos trazê-lo para cá, a não ser que nos conte tudo. — O oficial riu. — Pai e filho.

Hailu traçou uma imagem da boca de Dawit sussurrando seu nome em um ouvido ansioso, mas logo a abandonou. Ele às vezes não reconhecia o filho, porém conhecia o homem em quem Dawit estava se transformando e esse homem não trairia alguém, nem mesmo ele.

Sua cabeça começava a desanuviar. O som vibrante se transformava em um gemido triste. Ele começava a ouvir a própria respiração. Hailu sabia que, se tentasse, conseguiria reunir força para falar, porém não confiava que a voz fluísse de sua garganta com muita clareza. Algumas palavras certamente ficariam presas dentro da boca; o nome de seu filho merecia mais do que aquilo.

— O Coronel assume depois de mim. Ele não será tão tolerante. — Os olhos do oficial procuraram furiosamente os seus. — O senhor só tem uma chance. Agora.

— Ela já estava morta — Hailu conseguiu dizer.

Os braços do oficial balançaram e ele grunhiu com a força de cada movimento. Hailu tentou como pôde afastar-se do impulso daquele punho sólido, mas a mão áspera que agarrava sua nuca mantinha-o suspenso em uma agonia que enviava espasmos coluna abaixo. Ele se surpreendeu, na luminosidade prateada que cortava seus olhos inchados, com o prodígio de um braço que conseguia oscilar com tanto abandono e ainda assim manter tão perfeita precisão.

Solomon e Dawit estavam bem no meio da floresta de Sululta, a cerca de 30 minutos de Adis Abeba. Árvores altas com raízes emaranhadas cresciam do solo rico, vermelho, e se esticavam para alcançar o sol. A distância, o mugido de gado e o assobio estridente de um pastor ecoavam através da folhagem cerrada.

Dawit carregava no ombro um fuzil descarregado, uma Beretta antiga cujo peso aumentava minuto a minuto. Mirou no cepo de uma árvore. Da arma vazia explodiu um som rápido e seco dentro do vale silencioso. Ele inalou o aroma de eucalipto e esperou mais críticas de Solomon.

— Oriente o cano com os olhos, confie na mira — instruiu Solomon. Com um movimento brusco, empurrou o cano mais para cima.

— Não consegue saber onde está o gatilho sem olhar? — Mascava um palito, exercitando as mandíbulas. — Esqueça.

Dawit ergueu a arma e mirou.

— Posso tentar mais uma vez? — pediu.

Solomon empurrou o cano para baixo.

— Já demoramos muito e você tem outras coisas a fazer. Vamos. — Bateu de leve na arma. — Este modelo tem duas travas de segurança, não esqueça. Feche-as.

Não falaram dentro do carro. Solomon ligou o rádio e ouviu a notícia das manobras do Derg contra a Somália. Quando se aproximaram da cidade, Solomon pescou do bolso um pedaço de papel amassado. Alisou-o com cuidado sobre a perna, depois entregou-o a Dawit.

— Veja isso — disse. — Anbessa quer que você comece a trabalhar. Leia o papel, depois rasgue. É sua localização para as próximas semanas. — Ergueu a mão. — Não faça perguntas ainda. Apenas escute.

Dawit pegou o papel e o abriu. Continha o nome de uma região e um bairro de Adis Abeba: *Wereda* 12, *Kebele* 11. Os seus. Sentiu um aperto no coração. Ele tinha se imaginado movendo-se nas sombras da noite em operações clandestinas distantes de qualquer lugar que conhecesse, escondendo-se em casas secretas e passando dias e noites em lugares subterrâneos rodeado por compatriotas leais e inflexíveis. Nunca pensara que seria indicado para seu próprio bairro.

— Enquanto nos preparamos para a grande tarefa, Anbessa acredita que precisamos aprimorar novas táticas de luta. Ele acha bom o que você fez, resgatando aquele corpo. — Solomon suspirou. — No entanto, precisamos de um sistema mais eficiente do que o seu. — Reduziu a velocidade para deixar outro carro passar.

Aproximavam-se do Mercato, uma área tão congestionada e movimentada que ninguém notaria Dawit desembarcar e ir para casa. Pararam o carro em uma viela e permaneceram sentados em silêncio enquanto o canto do muezim erguia-se da mesquita de Anwar.

Solomon observou uma fila de fregueses circulando diante das lojas.

— O Derg começou algum tempo atrás a chamada Guerra de Aniquilação. Você sabe disso. Temos resistido. Mas agora eles acham que podem nos intimidar e amedrontar o povo deixando esses corpos espalhados pela cidade inteira. Isso não pode acontecer. Se perdermos a esperança, perderemos esta guerra. — O cigarro de Solomon pulsou um vermelho brilhante.

— Posso fazer isso — disse Dawit. Ele não estava com medo de carregar um desses corpos, estava horrorizado era com a ideia de encontrar o pai entre os corpos em decomposição. Estremeceu.

— É simples, mas esses são os planos mais difíceis, às vezes. Procurar corpos, começar antes do toque de recolher. Levá-los para um lugar que você precisará encontrar. Ter alguém que conheça pessoas que possam ajudar na identificação e no contato com as famílias. Isso significa que você precisa de ajuda, mais um ou dois. Nenhuma tarefa deve envolver mais de três. — Solomon respirou fundo. Sacudiu a cinza fora da janela. — Comece antes do toque de recolher, acabe antes do toque de recolher. Viole o menor número possível de regras. — A fumaça subiu e envolveu o rosto de Dawit antes de Solomon jogar fora o cigarro. — Você começará quando eu disser. — Fez um sinal para Dawit desembarcar. — Não faça nenhuma bobagem.

O Derg usava a floresta perto de sua casa como campo de execução; ele a tinha evitado tanto quanto possível. Ficava perto da nova prisão e naquela nova prisão estava seu pai. Saiu do carro e quase caiu, tal a fraqueza que sentia nas pernas.

Dawit inclinou-se para dentro do carro em busca de apoio e viu que Solomon o observava de perto.

— Que tal praticar tiro ao alvo? — perguntou, simplesmente para ter alguma coisa a dizer.

— Daqui a pouco. Você precisa de alguma coisa não tão velha, de todo modo. Ainda temos de continuar — disse Solomon. Fez uma pausa e olhou para ele. — Consegue dar conta disso?

Dawit concordou com a cabeça. Imaginou passar dirigindo por aquela floresta à noite e encontrar o pai à sua espera na beira da estrada, mal conseguindo manter-se de pé, mas de algum modo conseguindo.

AGORA SEI QUE DE FATO não está escuro. Há o luar que refrata do sol e traz ordem ao mar. Aqui a luz do sol é abundante. Não tenho necessidade de ossos e cartilagens, sangue e respiração. Posso esquecer. Hailu balançava em um pêndulo. Sei agora que o tempo mergulha até o fundo do mar e surge de novo em curvas. Meu reflexo é apenas uma ilusão, apenas carne e água manifestados em uma gota de luar que estremece diante do que vê nesta terra morta que um dia chamei de meu lar. Hailu não sabia por quanto tempo estivera inconsciente. Seu rosto estava machucado, seus olhos inchados, o quarto escuro e silencioso de novo. Levou muito tempo até o zumbido nos seus ouvidos diminuir, e foi só então que escutou o gemido. A menina voltara e sangrava no centro de sua cela. Erguia a mão na direção dele. Ele faria tudo de novo? Então mais uma vez não havia nada nos seus ouvidos senão o zumbido, depois o suave deslizar para o bojo da inconsciência.

45.

MELAKU ESTAVA resoluto e firme.

— Você sabe que ajudarei — garantiu a Dawit. Passou um pano na prateleira empoeirada. — Conheço todas as famílias neste bairro. Pelo menos as mulheres — completou, piscando o olho.

A transformação em Melaku tinha acontecido gradualmente à medida que Dawit explicava a missão, mas ele a percebia agora como um todo: sua compleição física franzina parecia mais alta, as rugas ao redor dos olhos tinham diminuído e suavizado, seus movimentos eram tão firmes quanto os de um dançarino.

— Qualquer coisa pelo meu país — afirmou Melaku, com voz tranquila.

Dawit sentiu de repente uma afeição tão grande pelo velho que precisou controlar-se para não abraçá-lo.

— Será perigoso — avisou.

— Você já disse isso — respondeu Melaku. — Viver é perigoso nos dias de hoje.

Dawit viu Melaku mergulhar em um longo silêncio.

— Preciso conseguir mais uma pessoa — afirmou.

— Sara — Melaku disse, imediatamente. — Há alguma dúvida?

Dawit sacudiu a cabeça.

— Há Yonas.

— Ela é a melhor opção — observou Melaku. — É uma dona de casa e, aos olhos deles, uma mulher simples. — Sorriu. — Embora nós conheçamos o outro lado.

— Se ela falar alguma coisa, ele vai nos barrar — assegurou Dawit. — Quero Lily.

— Acha que Sara teria se casado com o homem que você acha que seu irmão é? — Melaku fixou os olhos nos dele. — A família é seu aliado mais fiel.

— Não podemos ter um país cheio de pessoas como Yonas — Dawit afirmou.

— Ou cheio de pessoas como você — rebateu Melaku. — Um governo de combatentes não saberá liderar, apenas criar mais guerra. Você acha que bravura é medida por resistência.

— Meu pai está na prisão porque Yonas o levou para lá — argumentou Dawit, sentindo lágrimas quentes aflorarem aos seus olhos. Mordeu o lábio e virou-se.

— Você está chateado por não o ter levado e sabe disso. Agora chega. Minha paciência está se esgotando. — Organizou algumas caixas de fósforo na prateleira cada vez mais minguada. — Fale com Sara.

LILY ENCONTROU-O NO quiosque de Melaku. Seu cabelo tinha crescido, seus caracóis agora chegavam à altura do queixo.

— Qual é o problema? — perguntou. — Por que estamos nos encontrando aqui?

— Entre — convidou Melaku, abrindo a porta lateral. — Soldados passam por aqui o tempo inteiro. — Fechou a porta às suas costas.

— A loja *kebele* desta área está ficando tão grande quanto a da minha? — Lily perguntou. Inclinou o corpo para fora da janela e observou a rua. — Eles as estão organizando bem.

— Saia da janela. — Melaku indicou uma banqueta ao lado de Dawit. — Eles compram ovos e leite dos mesmos agricultores de quem eu comprava, o que há para organizar? — Limpou o pó do balcão com mãos cuidadosas. — Tomaram conta de tudo.

Lily enrubesceu, séria e nervosa.

— Esse novo sistema de distribuição é a melhor solução, todos têm o que precisam, nem mais nem menos. Os métodos capitalistas apenas exploram os fracos.

— Solução? Isso não passa de controle. — Melaku riu. Olhou para Dawit. — Até os russos estão me pedindo para conseguir coisas para eles. O dia em que os comunistas pararem de querer seus jeans americanos, podemos falar em exploração.

Lily prosseguiu como se não o tivesse ouvido.

— Falei com os aldeãos na semana passada para poder escrever um relatório sobre clínicas médicas. Eles precisavam saber sobre higiene e vacinação — ela disse, perdida no calor de seu entusiasmo. — Eles precisam de mais do que comida, mas construímos essas mudanças em pequenas etapas. Finalmente aprendi isso depois de me tornar *zemecha*. — Sorriu para Dawit, depois voltou a ficar séria. — Todos nós precisamos contribuir com o que temos. Eles fornecem os produtos, nós entramos com outros recursos. — Relaxou, satisfeita.

Dawit já tinha visto Lily envolvida em suas convicções. Ela não focava em nada além do objetivo.

— O Derg é quem explora — ele disse, com voz pausada. — Eles usam o imperador como desculpa para acabar com nossa liberdade e nossos direitos...

Lily interrompeu-o colocando a mão na sua perna.

— Não consegue ver que precisamos trabalhar com o governo, usar nossa influência para educá-los de acordo com as verdadeiras políticas socialistas? Isso não acontece combatendo-os. — Evitou o olhar de Dawit e virou-se para Melaku. — Alguns fóruns já conseguiram concessões e nós estamos estabelecendo um comitê conjunto.

— Nós? — Dawit pareceu surpreso. Moveu-se de modo que a mão dela escorregasse de sua coxa. — O que quer dizer com isso?

— Quero que os comitês vão para o inferno — cortou Melaku. — Este governo organiza comitês para tudo. Logo haverá um comitê do Derg para nos ensinar a limpar nosso traseiro à maneira socialista.

Tinha havido uma época, nos primeiros dias da revolução, em que Dawit sabia o que esperar de Lily. A pessoa que estava emergindo depois de seu trabalho como *zemecha* e de seus encontros com seu oficial *kebele* era alguém que tinha mais a ver com a retórica governista. Ele de repente percebeu que havia sido uma tolice pedir ajuda a ela. Tinham se encontrado cada vez menos nos últimos meses e ela se tornara então mais reservada.

— Isso tem alguma relação com sua bolsa de estudos para Cuba? — perguntou. Viu-a fazer uma careta, depois apertar as mãos.

— Não sei se conseguirei — respondeu.

— Então precisa provar sua dedicação a eles. — Melaku lustrou o balcão com a bainha da camisa, de costas para os dois.

— Significa que preciso estudar muito — justificou Lily.

Melaku transferiu algumas caixas do chão para o balcão.

— Tenho coisas a fazer. — O silêncio aumentou a tensão.

— Vamos embora — disse Dawit.

Lily estava sentada no centro da sala, rígida.

— Terei a resposta sobre Cuba na próxima semana — explicou, voltando-se para Dawit. — Sou finalista.

— Boa sorte — desejou-lhe Dawit.

— Você sabe que mereço. — Ela se recusava a levantar, ainda que ele já estivesse quase na porta.

— Acha que esses corpos que você vê no caminho para sua preciosa escola mereciam isso? Este governo não dá às pessoas o que elas merecem. — Dawit sentiu o primeiro abalo de um coração sendo atordoado por um novo tipo de submissão. — Vamos, para que Melaku possa fazer seu trabalho. — Estendeu a mão. A ternura que sentia por ela lutava para superar sua raiva.

Ela se levantou e apertou as mãos.

— Preciso ir, de todo modo. Tenho uma reunião. — Não deixou seu olhar desviar-se do rosto dele e Dawit percebeu ali, também, o amor dela por ele. — Venha comigo.

Um barulho forte os fez dar um salto. Fileiras de latas tinham despencado de uma prateleira. Melaku resmungou enquanto as recolhia.

— Saiam daqui, os dois. — Levantou-se com as latas nos braços e fez um sinal para Dawit. — Vá embora.

Do lado de fora, perto do carro do pai, olharam um para o outro com o constrangimento de jovens amantes.

— Todos os dias, enquanto dirijo, penso que um daqueles corpos poderia ser o de meu pai — disse, ansiando pela intimidade familiar que ele tentava trazer à força para esse estranho momento entre eles.

— E todos os dias acontece o quê? — ela perguntou. — Eles são sistemáticos, não tem havido tantos corpos. Se trabalharmos com eles, estaremos a salvo. — Tocou o braço dele, deixou um dedo abrir caminho por baixo de sua manga e acariciar a pele nua. — Eles não estão fazendo mal ao seu pai. Precisam da experiência que ele possui.

— Como sabe? — Ela parecia tão segura, os olhos fixos nos dele não transmitiam nada da incerteza que fazia estremecer o mundo dele.

— Trabalho com as pessoas que elaboram as políticas. Elas são humanas, do mesmo modo como você e eu. Elas têm famílias. Acreditam em uma Etiópia melhor.

— Como pode dizer uma coisa dessas? Quem você acha que está matando tantos dos nossos, então? Não ouve falar das mesmas execuções que eu? Sabe quantos estudantes estão na prisão?

Ela baixou a cabeça, mordeu o lábio inferior.

— Eles não são inocentes, Dawit. — Tentou tocá-lo de novo, mas ele se afastou. Ela deixou a mão cair. — Sacrifícios precisam ser feitos às vezes, mudanças também provocam dor. — Olhou fundo dentro de seus olhos, dentro dele. — Não é fácil.

Dawit viu-se apanhado no olhar reflexivo de uma pessoa completamente estranha. Desviou o olhar, entrou no carro e foi para casa.

NENHUM DOS IRMÃOS falou à mesa do jantar. Não se falavam há dias e a comunicação entre eles estava reduzida a olhares, enquanto uma semana sem o pai se transformava em outra e os dias continuavam a se acumular.

— Emama Seble trouxe alguns ovos para nós — disse Sara. Sentou-se entre eles. — Ela disse que Shiferaw está tentando nacionalizar a galinha dela.

Tizita mantinha o rosto colado ao prato enquanto remexia a comida. A menina emagrecera visivelmente desde a prisão de Hailu.

— Coma — ordenou Sara. — Você não almoçou hoje. — Dirigiu-se a Dawit. — Melaku tem batalhado muito, embora não queira dizer. As rações estão cada vez menores. Ninguém está vendendo comida para ele.

Dawit afastou-se da mesa.

— Estou satisfeito. — Levou o prato para a cozinha e deixou-os à mesa.

Sara olhou para Yonas.

— Vá falar com ele.

— Ele não quer falar comigo. Você é quem deveria ir. — Yonas bateu de leve na cabeça de Tizita. — Já fez a lição de casa?

Tizita fez um sinal positivo.

Dawit estava na cozinha, apoiado na parede, quando Sara entrou. Mantinha os olhos fechados.

— Ele voltará para casa — disse Sara. — Tenho certeza. Ele está vivo e voltará para casa. — Abraçou-o longamente. Esfregou suas costas em círculos amplos, do mesmo modo como fazia para confortar Tizita. — É um homem forte.

Dawit livrou-se do abraço.

— Não consigo mais olhar para ele sem ter vontade de agredi-lo. Quanto mais tempo *Abbaye* ficar na prisão... — Interrompeu e colocou as mãos nos ombros dela. — Ele não devia tê-lo levado para a prisão, devia ter me pedido ajuda. Poderíamos ter feito alguma coisa por ele. Como pode perdoar alguém que faz uma coisa dessas? — Seus olhos, sombrios e confusos, mergulharam nos de Sara e assim permaneceram. — Como o perdoou por ter deixado Tizita cair?

— Você não está sendo justo. São duas coisas diferentes. Uma delas foi um acidente.

— E a outra ele poderia controlar, certo? Se podia controlar uma parte dela, por que não conseguiu fazer a coisa certa?

Procurou abraçá-la, a inconveniência de seu gesto fazendo-a recuar para a cozinha fracamente iluminada.

— Você está distorcendo as coisas. — Manteve os braços dele afastados. — O que há com você hoje? Como sabe que poderia ter feito *Abbaye* ficar?

— Estou? — ele perguntou. — Como pode amar alguém que faz exatamente o oposto do que você faria?

— O que está acontecendo?

— Lily foi embora. — O corpo ágil e magro de Sara aparecia em silhueta contra a luz suave da sala de jantar. Ele baixou os olhos.

— O que quer dizer com isso? Ela conseguiu a bolsa de estudos? — Sara perguntou.

Ele se ajoelhou.

— Ela me deixou. — Lágrimas correram para o canto de sua boca e ele as engoliu, fungando alto, de novo um menino.

Sara sentou-se de frente para ele, uma mão consoladora no seu joelho.

— Sinto muito. — Ofereceu-lhe um lenço.

— *Emaye* tinha razão. Lily jamais se casaria comigo — disse, assoando o nariz.

— Lily acreditava que se casaria com você. Acho que ela mudou. É o momento atual, todos estão mudando. — Ela baixou os olhos para suas mãos. — Não há o que você possa fazer.

— Mas você não mudou. Nem Yonas... — deu um sorriso amargo. — Até meu irmão mais velho continua o mesmo. Pensei que a conhecesse.

— Você a conhecia, sim, e ainda a conhece. É a revolução. — Sara balançou a cabeça. — Ela está virando tudo de cabeça para baixo.

— Ela vai para Cuba. Assim que receber a bolsa de estudos, vai embora. — Abraçou os joelhos. — Mesmo que eu não a visse, era suficiente saber que a veria logo. Agora...

Sara abraçou-o longamente.

— Sinto muito.

Ele retribuiu o abraço, inclinando-se sobre ela com tanta força que quase a derrubou. Sua mão encontrou a parte de trás de sua cabeça e a fez virar-se para ele. Olhou dentro de seus olhos e sem uma palavra roçou suas faces com os lábios, depois os pressionou, e Sara permitiu. Não ofereceu resistência quando ele segurou seu queixo e conduziu sua boca até a dele. Mas depois o empurrou.

— Você não está entendendo.

Ajeitou os cabelos e limpou a boca com as costas da mão antes de afastar-se e deixá-lo sozinho.

46.

YONAS LEVOU O CARRO PARA a beira da estrada e analisou os rostos de pedestres, que lhe devolviam o olhar com um medo confuso. Andar devagar e encarar as pessoas tinha se tornado um hábito que começava no momento em que acordava, quando esperava pelo som familiar dos passos do pai e precisava se resignar mais uma vez ao silêncio de outra manhã fria. Sentia a ausência de Hailu no rádio que não era mais ligado, na cadeira azul de espaldar reto que ninguém mais tinha usado, na solidão da cama de seus pais, na insuportável tensão instalada entre ele e o irmão.

Tinha ido à igreja naquele dia para de novo pedir perdão por ser o filho que era e o homem em quem tinha se transformado. Tinha fechado os olhos em oração e tentado afastar a imagem da mãe jogando fora seus comprimidos. Sentiu uma vergonha renovada ao lembrar-se da confiança que ela tinha na obediência dele. Ela estava certa. Apesar do sofrimento que ele sabia que a doença da mãe causava ao seu pai, Yonas nunca dissera uma palavra sobre a medicação não tomada. Se pelo menos tivesse resistido às instruções do pai, se tivesse feito o que realmente queria fazer e tivesse ido ao quarto de Dawit acordá-lo, seu pai poderia estar em segurança.

Estacionou o carro ao lado do quiosque e tão logo bateu Melaku abriu a porta.

O velho foi rude.

— Não. Não de novo. Vá para casa, para o lado de sua esposa e filha, elas precisam de você mais do que eu. — Começou a fechar a porta. — Pare de vir tanto aqui.

— Sara está cozinhando. Tizita está fingindo que dorme — Yonas respondeu. — Ela não dorme mais. — Segurou a porta com o pé. — Eu queria saber como vão os negócios.

— Não poderiam estar melhor. Os russos descobriram que meu *arake* é melhor do que vodca — respondeu Melaku. Pegou dois ovos e ofereceu-os a Yonas. — É tudo que tenho. Leve-os para casa. Você tem passado tempo demais aqui — repetiu. — Você e seu irmão deviam me deixar em paz e conversar um com o outro.

— Por favor — pediu Yonas.

Melaku afastou-se para o lado e suspirou.

Yonas sentou-se e juntou as mãos sobre os joelhos.

— Tizzie não para de perguntar por *Abbaye*.

Melaku balançou a cabeça.

— Você está emagrecendo e parece cansado.

— Estou ótimo — respondeu Yonas. Esperou.

— Não vamos falar sobre as mesmas coisas tantas e tantas vezes — prosseguiu Melaku. — Tenho uma conversa com seu irmão, depois a mesma com você. Para mim chega — disse, sorrindo. — Não estamos fazendo nenhum bem ao seu pai nos preocupando deste jeito. Você deve rezar e cuidar da família. Se eu ouvir alguma coisa, aviso. — Suspirou. — A mesma coisa eu disse ao seu irmão. Agora, me ajude a falar sobre algo diferente.

Yonas voltou a sorrir e olhou ao redor.

— Posso abrir? — perguntou, apontando para as persianas.

— Ainda não — respondeu Melaku, verificando se estavam trancadas. — Seble vem aqui cedo e reclama que não tenho comida.

— Sacudiu a cabeça. — Ela devia comprar na loja *kebele* em vez de me importunar.

Yonas riu baixo.

— Ela está escondendo sua galinha — afirmou. — Shiferaw está tentando nacionalizá-la, acho que só por despeito.

— Que Deus o ajude se conseguir — acrescentou Melaku.

— Ela às vezes pergunta por você. — Yonas viu o rosto do velho corar por baixo da pele vincada pelo tempo.

— Aquela mulher precisa parar de se intrometer.

— Ela só está preocupada. — Olhou o velho com o canto do olho e cutucou-o. — Emama Seble sempre se vestiu toda de preto?

— Ela ainda não se veste toda de preto. — Melaku deu um riso forçado.

BERHANE CORREU para os braços de Sofia e abraçou-a.

— Eu vi. Eu vi — exclamou, apontando a longa estrada estreita adiante das cabanas mal-iluminadas. — Estava assim — arqueou as costas em uma curvatura difícil, que quase o fez cair. Seus olhos exibiam um ar selvagem que deixou Sofia nervosa.

— Do que está falando? — perguntou.

— Vi um corpo. Estava assim — repetiu. Sofia impediu que arqueasse as costas de novo. — Era uma pessoa morta — afirmou.

— Onde? Onde você estava?

— Perto do leão, era uma menina e estava amarrada. — Passou a língua nos lábios. — Mas não tive medo. Olhei para ela. — Deu o sorriso excitado de uma nova descoberta. — Estava com os olhos abertos.

Sofia sacudiu-o.

— Do que está falando? — Sua mente lutava para fazer a conexão entre um pensamento assustador e outro. Seu filho menor tinha visto um dos corpos dos quais ela começara a tomar conhecimento pouco tempo antes.

Robel aproximou-se por trás, preocupado.

— Não sabia que ele tinha visto, eu estava à procura dele.

— Você precisa tomar conta de seu irmão — ela recomendou. — É o mais velho. — Virou-se para Berhane. — Você precisa trabalhar em outro lugar. Não pode voltar lá. — Sacudiu Robel, embora não precisasse. — Vá para o Café Peacock, lá tem um estacionamento grande e é um lugar movimentado. — Levantou o queixo de Berhane. — Você precisa correr para o outro lado se vir de novo algo parecido. Não faz bem ver uma coisa dessas.

— Está certo — concordou.

— O Café Peacock é longe. — Robel segurou a mão do irmão. — Ficarei de olho nele o tempo todo. Conseguimos um bom dinheiro perto da escola.

— Posso dar o dinheiro do ônibus para vocês. Mudem o trajeto a partir de amanhã — disse, como decisão final.

A barriga de Berhane estava cheia de tanto chá e pão, redonda como uma lua e satisfeita. E como Robel não estava lá para mandá-lo parar, ele empinava ainda mais a barriga e caminhava com as pernas em ângulo aberto, como vira os homens mais gordos e mais ricos fazerem. O Café Peacock estava animado e ele gostou de caminhar entre os carros parados no estacionamento e de olhar seu reflexo. Fez uma careta para sua imagem deformada em uma porta e riu.

— Notícias de hoje! — gritou. — Compre as notícias de hoje!

Uma mão disparou de um automóvel preto salpicado de lama acima dos pneus.

— Aqui!

O carro preto reluzente buzinou e ele apressou o passo para trocar um jornal por moedas. O Café Peacock estava cheio de fregueses que tomavam o chá da tarde e Berhane preparou-se para mais um dia de bolso repleto de moedas pesadas e tilintantes.

— Ei, você! Venha cá! — outro freguês chamou.

Berhane aproximou-se devagar do pequeno carro; as mãos do homem tremiam. Sua mãe dizia que apenas as pessoas com vergonha no coração tinham mãos trêmulas.

— Dez centavos — disse Berhane. Estreitou os olhos para que a fumaça do cigarro do homem não atrapalhasse sua visão.

O homem pegou o jornal, enfiou um bilhete dentro da primeira página e devolveu-o a Berhane.

— Entregue este bilhete e o jornal para meu amigo que está lá. — Apontou para um carro três vagas adiante. — Não diga que é de minha parte — o homem recomendou. — Ele vai entender.

Depositou um *birr* na mão de Berhane. O vento quase carregou a nota antes que o menino fechasse a mão.

— É muito. — Berhane começou a entregar-lhe o troco. — Só preciso de duas moedas.

— Fique com o resto para comprar balas. — Sorriu e Berhane reparou que o homem tinha dentes perfeitamente alinhados e pequenos.

— Gosto de seus dentes — comentou.

— Então compre leite. — Depositou mais uma moeda na mão de Berhane e sorriu.

Berhane dirigiu-se para o amigo do homem.

— Para o senhor — disse ao homenzinho debruçado sobre sua xícara de chá. — De seu amigo.

— Que história é essa? — O homem repeliu-o, agitando a mão ossuda. — Não chamei você. — Bebeu o chá em pequenos goles e fingiu que Berhane não estava de pé ao seu lado.

— Seu amigo pediu para eu lhe entregar este bilhete e isto. — Berhane entregou-lhe o jornal com o bilhete em cima.

— Quem? — O homem começou a levantar a janela. — Onde?

A bandeja presa à janela inclinou-se e a xícara deslizou para o lado oposto.

— Ele foi embora — constatou Berhane, confuso. — Não quer o jornal?

— Vá embora! — o homem exclamou. — Saia daqui! — Berhane percebeu que sua testa estava salpicada de suor.

— Mas ele já me pagou — explicou Berhane. Tentou de novo entregar o jornal ao homem.

O homem começou a dar ré no carro, ignorando a bandeja pendurada na janela aberta e a xícara que se espatifou no chão.

— Vá embora! Vá embora! — gritou.

Berhane escutou um estampido forte acima de sua cabeça e em seguida viu uma bala entrar como uma broca pelo para-brisa. Ficou no ar o cheiro queimado de fumaça. O homem tombou para a frente, a buzina do carro disparou e silenciou. Berhane ficou na ponta dos pés para enxergar o homem e viu sangue pingar da cabeça dele no assento do carro.

— Está ferido? — perguntou, mas sua voz soou distante demais para que alguém escutasse.

Só depois que seus ouvidos pararam de zumbir e os olhos começaram a se encher de água Berhane viu soldados correndo na direção do carro, as armas sacadas e apontadas para ele. Largou os jornais no chão e ergueu devagar as mãos, do mesmo modo como uma vez vira um homem fazer na rua quando soldados o cercaram.

— Afaste-se! Ele levou um tiro! — os soldados gritaram. Empurraram-no para o lado. Um apontou para um prédio próximo. — Veio daquela direção. A sacada!

Berhane afastou-se do enxame de uniformes militares e botas pesadas e desceu a rua correndo para encontrar o irmão. Somente quando chocou-se com Robel percebeu que ainda segurava o bilhete que o outro homem lhe entregara. O tilintar de moedas contra sua perna diminuiu quando ele parou para abraçar o irmão.

— Estava à sua procura. O que aconteceu? — Robel perguntou.

— Um homem levou um tiro, o amigo do outro homem, e não consegui entregar para ele este bilhete. — Berhane enfiou o pedaço de papel na mão do irmão. — Ele não quis pegar.

Robel mergulhou o bilhete no bolso e puxou Berhane rua abaixo. Abriram caminho pelo meio dos grupos de pessoas que tinham começado a lotar o estacionamento e a cochichar entre as palmas das mãos.

Foram até um outro café e sentaram-se atrás do prédio, nos degraus. Robel abraçou Berhane.

— Não tenha medo. Você está bem?

— O outro homem me deu dinheiro para comprar leite — contou Berhane, com palavras rápidas. — Ele tinha dentes bonitos.

— Alguém viu você com o bilhete? — Robel perguntou.

Berhane balançou a cabeça.

— O homem não disse seu nome e o outro homem estava muito assustado e a bala entrou deste jeito pela janela e ele caiu assim. — Berhane fez uma pantomima e depois jogou-se no chão, revirando os olhos.

Robel desdobrou o papel.

— Vou comprar um sanduíche para você — disse. — Não fale sobre isso para *Emaye*. — Robel franziu a testa enquanto lia.

— O que diz aí? — Berhane perguntou. Pegou o bilhete da mão de Robel e segurou-o perto do rosto.

Robel olhou fixamente o papel nas mãos de Berhane por um longo tempo e por fim leu-o em voz alta para o irmão. "A essência da nossa existência é a destruição do Derg."

47.

DAWIT TOMAVA CHÁ NA sala de jantar e lia as manchetes matinais no *Addis Zemen*. Um oficial de nível médio do governo tinha sido morto com um tiro. Nenhuma testemunha se apresentara para identificar o pistoleiro.

Major Guddu, noticiou o jornal, estava pessoalmente interessado nesse recente assassinato de um de seus camaradas mais queridos e não sossegaria até o criminoso ser encontrado. Condolências sinceras foram enviadas para a esposa e os filhos do falecido em nome de toda a Etiópia revolucionária. Investigações começariam imediatamente e quem tivesse testemunhado o crime era impelido a apresentar-se. Escolas de ensino médio e a universidade ficariam fechadas até segunda ordem.

— Leu o que aconteceu?

Dawit ergueu os olhos e viu Yonas carregando embaixo do braço uma pasta transbordando de papéis. Seus cabelos em geral rentes agora formavam caracóis compridos e desleixados ao redor das orelhas; seus olhos estavam emoldurados por círculos escuros. Cada vez mais Dawit surpreendia o irmão com o olhar perdido na distância, o queixo caído e um ar de atordoada derrota.

— As escolas estão fechadas — observou Dawit. — Por que a pasta?

— Tentarei entrar na minha sala e trabalhar um pouco. Eles estarão à procura do atirador por todo lado, você sabe, não é? Acreditam que quem fez isso participa de algum grupo secreto, de algum movimento liderado por estudantes. — Yonas buscou o rosto de Dawit.

— Acha que sei de alguma coisa? — Dawit olhou a sala de jantar por cima do ombro do irmão. As cortinas estavam bem-fechadas, como permaneciam desde a prisão do pai.

— Talvez — respondeu Yonas, olhando de relance as manchetes da primeira página. — Por qual outro motivo você estaria lendo o *Addis Zemen*? Por que se preocuparia com o que o Derg diz sobre o assunto?

— E se eu soubesse? — Dawit deu um piparote no jornal. — O que quer que eu faça, que me entregue? Talvez eu peça para você me levar — afirmou.

O irmão mais velho respirou fundo e falou devagar, como se o outro não passasse de uma criança.

— Ele sabia qual de nós faria o que fosse preciso, por mais que doesse. — Limpou a garganta. — Você é egoísta e irresponsável demais.

— Você é tão obediente quanto um cão ensinado. — Dawit deu um soco na pasta que o irmão levava embaixo do braço e afastou-se a passos largos, deixando Yonas sozinho para recuperar os papéis.

HAILU TENTOU FIXAR os olhos no braço que balançava uma longa corrente e algemas na sua frente, mas sua visão estava embaçada. As bordas da cama se misturavam ao contorno confuso dos sapatos do oficial. Linhas retas ondulavam como serpentes em movimento. Toda precisão tinha sumido do mundo, seu corpo não passava de ossos doloridos e carne inchada. Sua boca tinha gosto de ferro, a língua estava coberta por uma película grossa e amarga. Qualquer que fosse a direção em que girasse a cabeça, a dor se alojava ainda mais fundo no seu pescoço.

A voz do oficial se derramava sobre ele entremeada com estática. Hailu colocou a mão em concha no ouvido e inclinou-se à frente.

— Não acho que você seja páreo para o Coronel, ainda que traga pessoas de volta à vida — disse o oficial. — Estenda as mãos. — Fechou as algemas com um estalo.

Os tornozelos de Hailu foram unidos com violência e também algemados. Suas mãos e pernas foram presas a uma pesada corrente prateada. Seus ossos pareciam escapar das articulações na tentativa de arrastar a corrente de um lado para outro. Ele queria sentar-se na cama, mas o oficial chutou-o pelas costas e mandou-o para o chão aos trambolhões. Seus dentes se chocaram uns contra os outros com tanto barulho quanto o das algemas que golpearam o concreto.

O oficial riu.

— Levante-se.

Hailu cambaleou até ficar de pé e manteve a cabeça baixa, à espera de ordens. Não tinha energia para se preparar para o que estava por vir.

— Caminhe até a porta. Não tire os olhos do chão. — O oficial sacudiu a corrente como se fosse uma tira de couro. — Vamos — ordenou, e abriu a porta.

As linhas indistintas e ondulantes do mundo de Hailu se moveram sob a rajada de ar fresco logo adiante de sua cela. Esgueirou-se em direção ao espaço aberto livre das manchas secas de urina e excremento.

— Para a esquerda — prosseguiu o oficial, empurrando-o por trás. — Olhos baixos.

Não se via sinal de vida em nenhum dos lados do corredor, apenas a infindável expansão do mesmo concreto de sua cela. Havia três outras celas naquele corredor e nenhum som ou vestígio de luz se filtrava pelas portas espessas. Havia uma finalidade incontestável nessas salas trancadas que quase fez com que os joelhos de Hailu se vergassem.

A última sala à esquerda era maior do que o resto, a porta tão grossa e impenetrável quanto mármore. Um fraco filete de luz escapou por uma rachadura na parte inferior da porta e pousou nos pés de Hailu. O oficial limpou a garganta e esperou.

A porta abriu-se devagar. O oficial puxou-o pela corrente, depois largou-a no chão tão de leve que não se ouviu um ruído sequer. Foram necessários vários segundos para que os olhos de Hailu se acostumassem à luminosidade. Era uma claridade branda, dourada.

O Coronel sentou-se atrás de uma mesa limpíssima. Medalhas polidas pendiam em caprichadas fileiras de seu uniforme militar. Seu rosto não demonstrava qualquer expressão. Uma cicatriz larga acompanhava a linha de seu cabelo. Hailu percebeu o interesse cruel do homem, sua raiva latente, aqueles olhos pequenos que pareciam perfurá-lo como uma broca. Fixou a atenção na corrente, fez força para que sua língua e garganta soltassem sua voz.

O Coronel fez um sinal com a cabeça para o oficial, e um guarda tão discreto que Hailu nem reparara nele acompanhou o oficial até a saída.

— Sente-se — ordenou a Hailu, apontando para uma cadeira de metal.

De repente foi mais difícil respirar. Hailu sentou-se e sentiu a cadeira ceder sob seu peso total.

— Esta prisão é o orgulho do Estado, limpa e dirigida com competência. Não gastamos energia desnecessária. — Os olhos de novo, calculando e memorizando as feições de Hailu em lances rápidos. — Combati na guerra com seu tio mais novo, era um bom amigo, um verdadeiro lutador — prosseguiu. Olhou firme para Hailu. — Percebo a semelhança.

O tio de Hailu era conhecido pela sua crueldade na guerra contra a Itália. Diziam que atirava em qualquer dos seus homens que desobedecesse à ordem de disparar contra as linhas de frente de Mussolini. Aqueles que lutavam no seu regimento não eram diferentes na sua aversão por fraqueza.

— O senhor não precisa falar. — O Coronel desdobrou um lenço sobre a escrivaninha e acompanhou os vincos com a unha comprida do dedo mínimo. — Mas logo vai querer. — O sorriso apertado desmentia suas palavras. Hailu percebeu sua impaciência. O Coronel arrastou sua cadeira mais para perto da escrivaninha e inclinou-se à frente. — O senhor matou uma jovem. Ela chegou viva — afirmou, secando a boca com o lenço. — Saiu morta.

Hailu pensou em Selam e nos filhos e perguntou a si mesmo quanto Tizita teria crescido nas últimas semanas.

— Preste atenção — recomendou o Coronel, com a voz mais alta. Suas mãos estavam entrelaçadas, apertadas com força. — Lembra-se dela, Dr. Hailu?

Hailu sentiu que aquele homem tinha a resposta para qualquer pergunta que viesse a fazer.

— Lembra-se dela, doutor?

Hailu assentiu. Percebeu de novo o cheiro da menina, aquele fedor repugnante de carne queimada por eletricidade. Hailu queria voltar para sua cela, para a familiaridade de seu lixo e seu cheiro e sair daquela luz morna e macia.

O Coronel esperou, as mãos apertadas. Em seguida levantou-se.

— Vamos começar do início — avisou o Coronel. Caminhou de um lado para outro à sua frente, em passos talhados para se ajustarem às dimensões da sala. — Ela chegou viva, começou a melhorar e de repente estava morta. O senhor a matou. — Curvou-se sobre Hailu, os olhos frios, a voz firme. — Tinha 16 anos. — Seu rosto se contraiu. — Por que fez isso?

Seu controle assustou Hailu mais do que a raiva desatinada do oficial.

— Ela já estava morta — respondeu Hailu. Perguntou a si mesmo se o Coronel teria percebido o lamento que escapara de seus lábios. — Já estava no fim. — Então preparou-se para o assalto que essa verdade em geral provocava.

— Como pôde pensar numa coisas dessas? — O Coronel caminhava atrás dele.

Hailu tentou virar-se, mas o Coronel manteve-o parado torcendo com força sua orelha.

— Era uma prisioneira especial — continuou o Coronel. — O senhor foi informado disso. Não devia haver dúvida. Nenhuma dúvida. Dou instruções claras para que nunca haja dúvida sobre o que quero que seja feito. — A respiração do Coronel inflou suas faces. — Faço isso porque a maioria das pessoas é ignorante e preguiçosa. Qual parte o senhor não entendeu?

— Tentei salvá-la — justificou-se Hailu.

A mão úmida do Coronel envolveu o pescoço de Hailu, o polegar pressionado contra sua veia jugular. Ossos minúsculos se vergaram com a pressão crescente. Ele apertou com mais força. Ficarei tonto, sentirei dor, mas não morrerei, Hailu lembrou a si mesmo.

— Sua enfermeira já confessou. Contou tudo. — A menção a Almaz forçou-o a endireitar o corpo. O Coronel movimentou-se na frente dele e voltou a sentar-se na escrivaninha. Suas mãos estavam elegantemente pousadas sobre um joelho magro. — Não foi difícil. Já tínhamos a filha dela. O que o senhor sabe sobre essas crianças burras que distribuem panfletos e fazem seus joguinhos rebeldes? — perguntou, erguendo os olhos para o teto.

Hailu não conseguia respirar.

O soco veio tão rápido que Hailu não teve tempo de se preparar. Jogou-o para trás e o derrubou. A dor causou apenas torpor — seu corpo a essa altura já estava acostumado aos golpes —, mas a violência do impacto persistiu. Era difícil erguer-se do chão com as correntes.

O Coronel apenas observava, mais calmo do que nunca.

— Sua leal enfermeira — continuou, com um sorriso — nos contou que o senhor mandou que ela o ajudasse, que a demitiria caso se recusasse. Foi sua a ideia de roubar o veneno do hospital. — Pegou o lenço e limpou unha por unha. — É verdade?

— Onde ela está? — Hailu perguntou, deslizando de volta para a cadeira e tentando não cair para o lado.

A que sacrifício a tinham submetido para que mentisse desse jeito? A cabeça de Hailu doía, os pensamentos se acumulavam. Ergueu os olhos. A luz de repente brilhou na sala com tanta intensidade que seus olhos lacrimejaram. Selam ria, e seu riso era como o repique de mil sinos.

— Explique qual era o estado dela quando a trouxeram. — O Coronel estava de pé de novo e caminhava para um lado e para o outro com passadas militares, os olhos fixos à frente. — Os soldados que a vigiavam morreram no exercício de suas funções. Ela morreu antes que soubéssemos o que aconteceu. Assim, dependemos do senhor. Conte como ela estava. Conte tudo que ela disse.

O Coronel colocou as mãos nos ombros de Hailu. Dedos afiados enfiaram-se em nervos macios. Hailu tentou mexer-se para evitar o dano aos nervos que ele sabia estar pouco a pouco acontecendo dentro dele. O Coronel apertou com mais força.

— Permita que eu vá para casa — pediu. — Minha família.

— Quer ir para casa — o Coronel ironizou, dando uma risada sem nenhum entusiasmo. — O que somos sem nossa família, Dr. Hailu? — perguntou. — O que somos senão conchas?

— Ela estava muito mal — explicou Hailu, e perguntou a si mesmo se o Coronel conseguiria ouvi-lo. — Era tão pequena — acrescentou, sem ouvir nada além da própria respiração.

— Comece a falar e eu paro — disse o Coronel, pressionando todo o ar que havia nos pulmões de Hailu. — Vou lhe mostrar como a coisa funciona.

O Coronel disse o horário das aulas de Yonas, o número de sua sala e o café onde costumava comprar chá. Hailu falou. Contou ao Coronel sobre a menina e sua blusa florida, as sobrancelhas perfeitas e as calças elegantes. Falou até perceber que nada mais saía dele a não ser gemidos, e ficou sabendo que Dawit tinha deixado de ir à prisão

para ter notícias dele, que ninguém mais ia. Quando Hailu mergulhou, agradecido, no travesseiro da escuridão, o Coronel contou-lhe
coisas que Dawit dissera, coisas sobre um pai e um irmão mais velho
covardes demais para opor resistência ao regime.

Hailu desistiu e procurou Selam, mas Selam tinha partido. Ergueu-se com dificuldade no escuro, perguntando-se como Selam
tinha podido deixá-lo e por que levara o céu com ela.

48.

UMA BATIDA FORTE NA PORTA interrompeu a tranquilidade da sala de jantar. Uma voz zangada pediu para entrar. Sara não teve tempo de pensar em outra coisa senão em levar Tizita para o andar de cima.

— Suba! Suba! — gritou para a menina assustada.

Yonas saltou do sofá e correu para a porta. A televisão etíope transmitia as notícias da noite:

Após mais três assassinatos de companheiros nossos nesta semana, estão sendo realizadas buscas de casa em casa para livrar a Etiópia de inimigos reacionários. O Derg condena a chamada Revolutionary Lion Resistance como agente de subversão e contrarrevolução. A Guerra de Aniquilação destruirá todos os inimigos e libertará a Etiópia de opressores burgueses.

A televisão cortou para o interior de uma sala de aula, onde vários corpos pendiam de cordas.

— Quem é? — gritou.

— Não abra! — Sara exclamou. — Ainda não. — Puxou Tizita para a escada. — Suba!

A porta foi aberta com um chute. Um grupo de três soldados com fuzis apontados para Yonas e Sara entrou em passos largos na sala de estar.

— Não temos nada! Não há nada aqui! — disse Yonas. Moveu-se para segurar Sara e ficou paralisado quando todos os fuzis apontaram na sua direção. — Não há nada aqui — repetiu com calma, levantando as mãos. — Sara, venha cá. — Deixou os braços caírem quando Sara parou ao seu lado. — Não temos nada a esconder. Por favor, podem olhar. Tudo está lá em cima, não temos nada a esconder. — Falou em um quase sussurro e se colocou entre o fuzil e a esposa aterrorizada.

Dois dos soldados atravessaram correndo a sala de estar enquanto o outro ficou, a arma ainda apontada para Yonas e Sara.

— Tizita — chamou Sara. Correu na direção dos dois soldados que começavam a subir os degraus. — Tizzie!

— É nossa menina, ela está lá em cima — Yonas disse ao soldado nervoso, com voz ainda mais suave. — Minha esposa pode buscá-la e trazê-la para cá. Só isso.

No andar de cima, o choro de Tizita foi mais alto do que o galope das pesadas botas.

— *Emaye*!

— Tizzie, fique aí. Estou subindo — gritou Sara, tentando empurrar o soldado para passar. — Preciso buscá-la. Me deixe passar. Pegue o que quiser, não me importo. Ela é apenas uma criança! Saia da frente!

— *Emaye*!

— Tizita, não se mexa, fique onde está. Feche os olhos, não olhe para nada. — Sara espremeu-se para conseguiu entrar no quarto e abraçou a filha.

NO SEU QUARTO, Dawit sentou-se atrás da escrivaninha, à espera de que a porta fosse rebentada. Tinha empurrado um caderno de anotações e uma pilha de papéis para baixo da cama, embora eles não contivessem nada além de trabalhos escolares. Ele sabia que precisava levantar-se, abrir a porta e ir para a sala de estar juntar--se ao irmão e a Sara. Compreendia que o homem que ele queria ser teria feito isso sem hesitar. Ele podia ouvir gritos, o choro de Tizita, o tom ríspido de Sara com os soldados. Mas nada vinha de seu irmão e ele sabia que naquela noite precisaria dividir a culpa por aquele silêncio vergonhoso.

ADIS ABEBA ESTAVA enterrada em nuvens escuras de fumaça de armas. Ondas de prisões varriam rapidamente a cidade inteira. Balas caíam como chuva. Sangue escorria em cascata. O vento carregava o fedor de podre dos mortos pelas ruas desertas. Salpicando as regiões montanhosas próximas e avançando com passo firme nos bairros assustados, a milícia urbana do Derg reunia mais membros e, com pesados fuzis soviéticos nos ombros, apinhava a cidade.

Atiradores de elite e esquadrões de tiro trabalhavam sem parar. Um ritmo frenético e constante reinava na cidade atordoada, enquanto em uma faixa estreita de terra estéril o luar fechava-se ao redor de uma mulher grávida suplicando aos pés de um homem com pedras no lugar de olhos e na mão um fuzil com baioneta apontada.

49.

BERHANE LEVOU UMA garrafa vazia de Fanta aos lábios e soprou dentro do gargalo. Riu e inclinou o corpo para uma plateia imaginária.

— Obrigado, obrigado — agradeceu.

Seus jornais estavam empilhados contra o pneu de um carro vazio no Peacock Café. O dia estava lento. Ninguém queria comprar jornais. Berhane, entediado, brincava no imenso estacionamento, enquanto Robel engraxava sapatos duas quadras adiante. O sol jorrava sobre sua cabeça.

— Ei, você. — O soldado era baixo e mascava um palito. Apontou para Berhane com um dedo curvo. — Venha cá.

Berhane endireitou o corpo. O riso transformou-se em um sorriso nervoso.

— Eu?

O soldado agarrou-o pelos ombros. Deu um tapa violento atrás de sua cabeça. Berhane estremeceu e soltou um grito agudo.

— Cale a boca — ordenou o soldado. — Mandei que viesse aqui. — O soldado conduziu-o para um canto onde não havia carros. — Trabalha aqui todos os dias?

Berhane fez um sinal afirmativo com a cabeça.

— O que viu quando estava trabalhando aqui e mataram aquele homem com um tiro? — perguntou o soldado.

— Nada — murmurou.

O soldado bateu nele de novo.

— O que viu no dia em que o homem foi morto?

— Não sei. Não vi nada — Berhane insistiu, encolhendo-se para escapar do próximo tapa que ele sabia que viria.

O soldado atingiu-o de um lado e do outro do rosto, com mais força desta vez.

— Quer que eu continue a bater? — perguntou.

— Não — Berhane respondeu e começou a chorar, as lágrimas misturando-se com o muco que escorria de seu nariz. Procurou por Robel; estava absolutamente só.

— Então me conte o que viu e o deixarei em paz. — O soldado olhou ao redor. — Se não me contar, outros amigos meus virão aqui e eles são muito malvados.

Berhane concordou e limpou o nariz com as costas da mão. Viu vestígios de sangue. Sentiu os joelhos tremerem.

— A bala foi assim — Berhane começou, fazendo um movimento em arco com a mão. — Entrou no carro e acertou o homem e ele morreu. Os soldados vieram. — Preparou-se para mais um golpe.

— Quem atirou nele?

Berhane protegeu as faces com as mãos e abaixou a cabeça.

— Não sei.

O homem agachou-se para ficar no nível dos olhos dele. Berhane viu poeira nas suas sobrancelhas grossas.

— Então você mentiu para mim. Disse que não viu nada. Como posso acreditar em você agora?

— Não estou mentindo. Eu juro. A bala entrou no carro, não sei de onde veio.

— O que mais você viu? — O soldado segurou seu ombro com força. — O que mais você viu?

— *Emaye*, quero *Emaye*! — Berhane não conseguiu escapar do golpe seguinte. Foi tão forte que o deixou estatelado no chão. — Um homem comprou um jornal e me mandou entregar para o homem que levou o tiro — Berhane contou, caído no chão.

O soldado inclinou-se sobre ele.

— Que homem?

— Não sei. — Berhane rastejou para longe do soldado. — Robel! — gritou. — *Emaye*!

O soldado agarrou-o pelos ombros e aproximou-o tanto dele que Berhane pôde ver a pupila dilatada de seu olho.

— Ele só me deu dinheiro para pagar o jornal e comprar bala — gemeu.

— O que mais? — o soldado insistiu. — Conte tudo e poderá ir para casa.

— Ele me deu um bilhete — continuou Berhane.

— Onde está?

Berhane enfiou a mão no bolso e tirou o bilhete.

— Pode ficar com ele. Quero minha mãe.

O soldado agarrou o bilhete e o leu. Ergueu-se, enfiou o papel no bolso e arrastou Berhane pelo braço.

— Venha — resmungou.

Berhane resistiu.

— Quero ir para casa. — O soldado, no entanto, puxou-o na direção de seu caminhão. — Robel! Robel! — Berhane gritou. Seus gritos foram interrompidos pelo punho fechado que o atingiu na boca e levou-o de novo ao chão.

— Levante-se! Você vai comigo para a prisão.

Berhane obedeceu com passo vacilante, tonto e desorientado, agarrado à mão do soldado, e logo foi jogado na carroceria de um caminhão militar. Pensou, por um momento efêmero, antes que um pé surgisse do nada e aterrissasse no seu estômago, que talvez finalmente encontraria seu pai.

O ESTÔMAGO DE Sofia contraiu-se.

— Sara... — Virou-se para a outra mulher. Estavam na cozinha descascando batatas para o jantar daquela noite, cada uma perdida em seus próprios pensamentos.

— O que foi? — Sara perguntou. Varreu com as costas da mão cascas depositadas na sua saia. — Devemos descascar mais? Bizu disse que ajudaria depois de descansar.

— Preciso ir — disse Sofia. Parecia confusa e atordoada. — Não sei por que, mas preciso ir para casa. Desculpe. — Teve dificuldade para se erguer, derrubando batatas no chão. — Preciso ir. Meus meninos. Meus filhos.

Correu porta afora, ainda de avental.

ESTAVAM, MÃE E FILHO, no ventre vazio de uma sala nua suando e chorando. Sofia começou a caminhar para um lado e para outro, fazendo para Robel as mesmas perguntas que repetia havia horas. Tinham examinado minuciosamente as áreas próximas a Peacock Café e Sidist Kilo durante a tarde inteira. Sofia tinha inclusive oferecido suas economias, uma bolsinha de notas e moedas, a motoristas de táxi e lojistas confusos que no final apenas abanavam a cabeça.

— Onde o viu pela última vez? — Ela torceu as mãos. — Como alguém pode sumir sem mais nem menos? Ele nunca largou seus jornais desse jeito, nunca.

Robel enfiou a cabeça nas mãos trêmulas.

— Não ouvi nada. Deixei-o no lugar de sempre, depois fui buscá-lo. — Fez uma pausa. — Ele não estava mais. — Aproximou-se de Sofia. — Vamos à polícia.

Sofia concordou, como fizera horas mais cedo, mas não se aproximou da porta. Seus olhos estavam fixos em um ponto distante.

— A polícia não vai ajudar. Nunca ajuda. — Ajoelhou-se de repente e sua testa tocou o chão. — Eu lhe suplico — rezou, com uma das mãos no ar — traga-o de volta e pagarei com minha vida.

Robel abraçou-a.

— *Emama*, vamos à polícia.

Ela ergueu o corpo. Seus dedos encontraram a bainha da blusa e rasgaram o tecido.

— Prometo pagar o que quer que eu tenha feito para ser punida desse modo, eu prometo. Fique com meu marido, fique com Daniel, mas devolva meu filho. Minha luz.

Rasgou a blusa e o algodão fino abriu-se nos ombros, expondo uma clavícula lisa e elegante. Começou a golpear os seios, seus gemidos reverberando, seu peito um enorme tambor.

— *Emaye* — Robel gritou, forçando-a a baixar os braços e apoiando a cabeça no seu peito. — Pare, por favor.

— Daniel! — ela gemeu. — Onde está meu filho? Ajude-me! — Jogou-se no chão, levando Robel com ela. — Por que Deus está zangado?

Robel soltou a mãe com cuidado no chão e ajeitou um travesseiro sob sua cabeça.

— Volto logo — avisou.

Ela olhou o teto e acompanhou com a mão o contorno do crucifixo que carregava pendurado no pescoço, enquanto repetia o nome do filho mais novo.

O POSTO POLICIAL cheirava a vômito. Do lado de dentro, bem junto ao portão, mulheres e meninas formavam um grupo exausto. Estavam vestidas de preto, seus rostos manchados de lágrimas escondidos atrás de suas *shammas*. Um soldado caminhava de um lado para o outro na frente delas.

Robel enfiou-se no meio de uma longa fila, forçou passagem e conseguiu introduzir-se em uma sala apinhada. Ignorou os resmungos e murmúrios às suas costas. Bateu com a mão espalmada no balcão e recebeu a atenção de um policial agitado.

— Pare com isso — o policial gritou. — Se quer denunciar alguém, coloque o nome naquela caixa. — Apontou para uma caixa quadrada de metal branco perto da entrada.

— Estou à procura de um menino pequeno, meu irmão. — Robel levou a mão ao nível do peito. — Desta altura.

O policial sacudiu a cabeça.

— Nenhum menino hoje. Só trouxemos essas mulheres do funeral de um anarquista. — Revirou os olhos. — Elas não conhecem as leis que tratam do luto por inimigos? — Deu um sorriso cansado para Robel. — Você parece um rapaz inteligente.

— Meu irmão vende jornal no Peacock Café. Tinha sumido quando fui buscá-lo. Preciso encontrá-lo.

O policial suspirou.

— Talvez ele tenha ido simplesmente brincar com amigos. Tenho dois filhos — acrescentou. — Eles deixam o condomínio a toda hora, mesmo quando digo para não saírem. — Bateu de leve na mão de Robel para tranquilizá-lo. — Vá para casa e espere, ele deve chegar logo. — Virou-se e voltou para sua mesa, onde em seguida envolveu-se com uma pilha de papéis.

Robel parou junto ao balcão até que apareceu outro policial.

— Saia daqui. Estamos ocupados — disse. Empurrou Robel para longe do balcão. — Vá embora.

Robel saiu, derrotado. Viu um dos soldados chutar uma mulher magra e levantar o fuzil acima da cabeça dela. Ela curvou-se aos seus pés, uma pilha de ossos e tecido preto.

BERHANE ESTAVA PRESO por correias a uma cadeira de metal aparafusada no chão. Diante dele havia dois homens enormes uniformizados curvados sobre uma caixa com agulhas compridas e cordas. Um deles, o mais alto, puxou com força duas pontas de uma longa corda e aproximou-as do rosto de Berhane.

— Isso deve funcionar — disse.

Berhane choramingou quando sentiu suas pernas serem erguidas e amarradas à cadeira. O homem levantou-se, satisfeito, ao fim do serviço. Os pés de Berhane balançavam e a ponta da corda arrastava no chão.

— Não me obrigue a fazer isso — avisou. Bateu de leve na cabeça de Berhane. — Basta que nos diga o nome do homem que lhe entregou o bilhete.

— Não sei. Não sei. Não sei! — Berhane gritou, aterrorizado. As lágrimas se concentraram na sua garganta e ele tossiu para livrar-se delas. — Não sei, não estou mentindo. Eu juro.

O homem tirou uma das longas agulhas da caixa e agitou-a na sua frente.

— Sabe o que vou fazer com isso? — perguntou.

Berhane sacudiu a cabeça, assustado demais para falar. Tentou mexer os braços para liberá-los, mas isso fez com que a correia de borracha lhe causasse um corte profundo. O homem encostou a ponta fina da agulha na sua coxa. Berhane sentiu-a fria e penetrante contra a pele.

— Vou enfiá-la inteira. Tem ideia da dor que sentirá? — o homem perguntou.

Berhane viu o homem mais baixo secar o lábio superior.

— Basta — resmungou. Ele não conseguia olhar Berhane nos olhos. — Basta. Ele não sabe de nada. — Deslizou a caixa para mais perto do próprio corpo. — Está dizendo a verdade. Pare.

O homem alto virou-se, irritado.

— Sabe sim. Eles sempre sabem. — Atirou a agulha para o outro lado e Berhane acompanhou com os olhos cada movimento, pronto para gritar quando ela tocasse sua pele. — Eles acham que podem usar crianças agora e que não teremos coragem de interrogá-las? Ele não é uma criança. — O homem apontou para Berhane. — É nosso mais novo inimigo.

Berhane estava tão concentrado observando o homem baixo correr até um canto e ajoelhar-se que desviou o olhar da agulha. Ela atingiu-o na coxa antes mesmo de ele conseguir gritar. Atravessou sua perna, o metal frio aquecido pelo sangue, e ele pensou ter ouvido a ponta chocar-se contra a cadeira metálica antes de o homem arrancá-la, trazendo vestígios de carne pendurados à sua ponta. Berhane ficou boquiaberto ao ver o ferimento aberto na sua coxa e percebeu que a voz chorosa nos seus ouvidos, que ecoava na sua cabeça quente e latejante, era a sua.

A agulha desceu de novo. Berhane viu-a descrever um lento arco no ar, uma faixa brilhante vermelha que flutuava através do silêncio e do vazio.

SOFIA ACORDOU sobressaltada.

— Robel — disse, sacudindo-o —, acorde. — Estavam embolados embaixo de um cobertor. Ela sentou-se e segurou Robel, enquanto lágrimas escorriam pelo seu rosto. — Fui eu que o mandei para lá, eu que o fiz trabalhar naquele lugar.

— Está tudo bem, *Emaye* — Robel consolou-a, esfregando suas costas. — Vamos encontrá-lo. Não chore. — Engoliu as lágrimas que correram para sua garganta. — Prometo. Vou encontrá-lo para a senhora.

O que ele não disse foi que agora havia duas pessoas perdidas para eles e que, se existisse um Deus, talvez elas tivessem finalmente se encontrado.

50.

SOFIA JOGOU-SE NO CHÃO logo que Sara abriu o portão para deixá-la entrar. Caiu de joelhos, os braços abertos, arrastando-se na direção da outra mulher.

— Levaram meu filho — gemeu. — Levaram meu menino. Alguém viu quando o pegaram. Bateram nele. Bateram no meu filho. — Sofia respirava com dificuldade, seus olhos estavam vazios. — Quem é esse Deus para o qual rezo? — perguntou. — Quem é ele para fazer isso com um menino? — Suor escorria pelo seu rosto. Cambaleou e quase caiu de novo.

Sara atravessou com ela o portão e fechou-o depressa.

— Fique de pé — disse. — Levante-se, vamos entrar antes que Shiferaw veja.

Sofia lutou para se manter de pé e apoiou-se em Sara para entrar na casa. Uma vez dentro, desabou no sofá.

Sara esfregou as mãos.

— Conte-me o que ouviu. — Seus olhos estavam meigos, tristes.

— Um outro vendedor de jornal disse que viu Berhane ser levado em um caminhão militar. Prestou atenção a um soldado que batia nele. — Levantou-se furiosa. — Por que não conseguiu fazer alguma coisa?

Sara sentou-se ao lado dela e abraçou-a.

— Ele é apenas um menino, vão soltá-lo.

— Tive um sonho — Sofia contou. — Daniel e Berhane caminhavam juntos. — Começou a soluçar. — Fiz força para ele trabalhar naquele café, para sair da praça.

— Tudo vai acabar bem para os dois — Sara tranquilizou-a, tentando sorrir. — O sonho significa que tudo vai dar certo.

Sofia balançou a cabeça.

— Daniel está morto. Eu sabia. Sabia há muito tempo. — Abaixou a cabeça. — Foi morto na mesma noite em que os oficiais do imperador foram executados. Não consegui contar para meus filhos. Queria que eles continuassem a acreditar em algo, a ter esperança, até chegarem a uma idade suficiente para compreender. — Virou-se para Sara com olhos aflitos. — Acha que matei meu filho? Acha que ele fez alguma tolice na tentativa de encontrar o pai? Você deve se lembrar de como ele sempre falava em encontrá-lo. Tentei tirar essa ideia de sua cabeça, fazer com que apenas rezasse. Mas este é meu castigo por mentir. — Ela estava imóvel, rígida como pedra. — Deus é assim. No final, nós sempre pagamos.

A VELA QUE QUEIMAVA na sala escura ficava mais luminosa à medida que o sol se escondia através da janela de Emama Seble. A velha estava sentada, curvada sobre uma tigela de *dabo kolo*, e jogava pequenas porções da massa frita na boca.

— Você devia estar contente de eles não terem entrado no quarto de Dawit e o encontrado. Só levaram a maleta médica de Hailu. No entanto, você insiste em testar Deus — afirmou Emama Seble, sacudindo a cabeça. — É melhor deixa as coisas como estão.

— Havia uma mulher grávida de oito meses. A única coisa que ela fez foi trabalhar em uma gráfica que esses assassinos consideravam contrarrevolucionária. E outro cachorro *kebele* a matou. Uma mulher grávida! — Afundou a cabeça nas mãos. — Agora pegaram o pequeno Berhane, um menino tão doce. — Esfregou os olhos. — E se tivessem levado Tizita?

Emama Seble acalmou-se.

— Eles executaram o homem que matou aquela mulher. Ele morreu com seus próprios demônios, fez o pior para si mesmo. Houve justiça.

— Não é suficiente. — Sara torceu as mãos. — E com relação a Berhane? Como é possível não fazermos nada?

Emama Seble levou as mãos de Sara ao peito.

— Então você acha que entrar na luta ajudará sua família, estando Hailu preso? O que pode fazer para trazer esse menino de volta para a mãe? Nada.

— Minha mãe lutou em batalhas, meu pai quase morreu em uma. Foi assim que me criaram.

Emama Seble apanhou mais um punhado de *dabo kolo*.

— Você não pode pegar uma arma e sair pelas ruas. — Moveu os olhos para uma janela aberta e aproximou-se dela. Abaixou a voz. — Ouça o que vou lhe dizer. Continue viva, faça o que puder para manter-se viva. Seja uma irmã para Sofia, conforte o filho dela. O que importa é a vida.

— É como a pessoa vive.

— E sua filha? Depois de tudo que fez para mantê-la com você, agora vai arriscar a própria vida?

— Não quero que ela cresça pensando que não nos defendemos — respondeu Sara.

Emama Seble sacudiu a cabeça.

— Sou filha de patriotas — explicou Sara. — Eles investiram contra fuzis italianos com lanças. Minha tia sofreu queimaduras pelos produtos químicos que eles jogavam dos aviões, mas tentou lutar tão logo teve condições.

Emama Seble parecia peneirar as palavras, escolhendo-as com cuidado.

— Por que tanto ódio? Você não consegue ver o que tem — disse por fim. Colocou a mão no joelho de Sara. — Quanto mais pedirá de Deus? Ele já não lhe deu o suficiente?

— Não quero esperar pacientemente enquanto as pessoas estão morrendo — contestou Sara. — Talvez você não entenda.

— Você esquece que fui uma das mulheres que viveram durante a ocupação italiana. — Emama Seble colocou a mão no estômago. — O que eles nos fizeram foi um outro lado da guerra.

— Eu sei — disse Sara, com voz tranquila.

— Todos nós falamos sobre sua mãe, sobre como ela lutou na cama com um deles e o estrangulou. Todas as mulheres em Adis Abeba comemoraram. — Olhou dentro dos olhos de Sara. — Ela foi corajosa. Corajosa o suficiente para dar à luz, diferentemente de algumas de nós. — Tocou seu rosto.

— Esses boatos não são verdadeiros — Sara retrucou com a voz trêmula. — Sei quem é meu pai.

— Então deveria saber que não há necessidade de lutar. Isso não a tornará mais etíope — disse Emama Seble. — Não trará de volta nada do que você perdeu.

— Não basta orar — observou Sara.

Emama Seble suspirou.

— Todos temos um modo e uma hora de morrer, inclusive nossos inimigos. Não apresse o trabalho de Deus.

— Ninguém recebe punição suficiente. Se não fazemos alguma coisa, precisamos pagar pelos erros durante gerações — prosseguiu Sara. — Minha mãe sabia disso.

Emama Seble sacudiu a cabeça e acendeu mais uma vela.

— Vá falar com Melaku — aconselhou. — É um homem tolo o suficiente para concordar com você.

A porta de Melaku abriu-se de repente e a fechadura solta caiu no chão com um estrondo.

— *Emaye*! — gritou sobressaltado, seguindo o hábito infantil de chamar pela mãe. Gemeu de frustração quando percebeu que era Emama Seble e que ela escancarara com um chute a porta sem fechadura. — Não podia bater? — perguntou. Tentou retardar sua entrada na casa, mas ela empurrou-o para o lado e examinou a sala com olhos críticos.

— Quem vem tomar chá assim cedo? — Emama Seble apontou para a xícara vazia ao lado dele. — Você é velho demais para visitas noturnas. — Afundou na cama, franzindo as sobrancelhas ao ouvir o guincho das molas. Recostou-se devagar.

As faces de Melaku ficaram vermelhas.

— Seble?

Ela revirou os olhos.

— Não seja tão convencido. — Ajeitou um travesseiro às suas costas. — Precisamos conversar sobre Sara.

Melaku recuperou o controle.

— Os soldados encontraram alguma coisa além da maleta de Hailu?

Os olhos de Emama Seble não se desgrudaram do rosto dele.

— Sara vem falar com você.

— Sobre o quê?

— O que acha? — Suas mãos estavam entrelaçadas à sua frente. — Por que outro motivo eu estaria aqui?

Melaku soltou uma risada curta.

— Nem todo mundo faz parte da resistência.

Emama Seble inclinou-se.

— Cuide dela. A responsabilidade será sua.

— Não faço parte de nenhum movimento secreto. — Apontou para as xícaras vazias. — De fato, esses idiotas revistaram tudo ontem à noite e levaram minha melhor chaleira. Para que precisam de uma chaleira, perguntei. Mas eles a levaram para o caso de ela ser contrarrevolucionária. Não tenho nada.

— Suas mentiras funcionam com outras mulheres, não comigo — retrucou Emama Seble.

— O que a faz pensar que sabe tudo sobre mim? — ele perguntou em tom ácido.

— Esteja preparado para quando ela vier procurá-lo. — Levantou-se e olhou ao redor. — Limpe este lugar.

Melaku caminhou até a porta e a abriu.

— Nunca me julgou erradamente antes? Não é por isso que estamos sozinhos agora? — Ele percebeu que ela não estava tomando a iniciativa de ir embora. — Saia — disse. Sentiu os olhos dela percorrerem-no da cabeça aos pés.

Ela se aproximou.

— Não fui eu que fiz más escolhas — retrucou.

— Você nem sempre está certa.

Emama Seble saiu e fechou a porta com uma pancada forte. Ela bateu na moldura, depois abriu-se de novo, fazendo o trinco de metal enferrujado ranger alto.

SARA CHEIRAVA A CRAVO e canela, um perfume almiscarado que Dawit aspirou. Ela curvou-se sobre a luz fraca da vela, enquanto a claridade do dia morria acima de sua cabeça e sombras se derramavam pelos seus cabelos.

— Quero fazer isso — ela disse. — Preciso.

Estavam agachados dentro do quiosque de Melaku, e o velho montava guarda no balcão.

— Pegaram Berhane — Sara acrescentou, com a voz embargada. — Mataram uma mulher grávida e agora pegaram o menino. E se isso estivesse acontecendo comigo? — Cobriu o rosto.

Dawit queria confortá-la, mas se lembrou de como se encolhera no seu quarto enquanto ela, destemida, gritava com os soldados, e recolheu-se, envergonhado, ao silêncio. Limitou-se a balançar a cabeça.

— Não contarei para Yonas — ela prosseguiu.

A chama da vela expandiu-se sob seu peito. De novo o odor de cravo e canela, e Dawit imaginou chá com mel fervendo sob uma cobertura de folhas de hortelã e especiarias. Lembrou-se da silhueta dela na cozinha, do rubor de sua pele caramelo, do estremecimento que ele queria acreditar ter detectado em seus lábios.

— Somos só nós — ele observou. Lutava com a culpa que seus pensamentos deixavam para trás. — Precisamos começar logo. Se acha que ainda não está preparada...

— Você nem devia questionar isso. — Ela espanou com a mão uma sujeira da saia. — Somos da mesma família, ajudamos um ao outro — afirmou. — Você é meu irmão.

Melaku baixou os olhos para eles.

— Sei de uma pequena cabana que não se consegue ver da estrada. Não é longe daqui, fica nas colinas de Entoto. — Forçou um sorriso. — Não a uso há anos.

Dawit recuou.

— Como sairá de casa sem que Yonas descubra?

— Ele costuma ler de noite, depois dorme na cama de *Abbaye* — ela explicou.

Dawit ficou surpreso.

— Desde quando?

Sara escondeu sua expressão atrás de uma cortina de cabelo.

— Faz pouco tempo.

— E Tizita? — Dawit perguntou.

— Dorme com Yonas, para estar perto de *Abbaye*, segundo ela — respondeu Sara.

Seu rosto, Dawit percebeu, tinha se tornado mais frágil nas últimas semanas. Os ossos salientes das faces pareciam querer atravessar a pele fina e os olhos estavam enfiados em círculos escuros profundos.

— Você precisará me ajudar a carregar... os corpos... para a cabana — Dawit disse, observando de perto sua expressão. Ela apenas parecia mais determinada.

Melaku concordou, acima deles, ao mesmo tempo em que acenava para um pedestre na rua.

— Posso identificá-los.

Sara fez uma careta.

— E eu avisarei as famílias, as mães...

Dawit lutou para manter a voz firme, vencido por um momento pela lealdade dela. Buscou a mão de Sara.

— Eu devia ter saído do meu quarto quando os soldados foram lá — disse.

Ela se afastou.

— Não, não devia. Eles queriam prender qualquer estudante que aparecesse perto deles.

Melaku cantarolou para si mesmo, mas em seguida parou.

— Depressa — sussurrou. — Soldados.

Dawit saiu. Sara continuou atrás do balcão, pronta para atender o próximo freguês. Um grupo de soldados se aproximava com passo preguiçoso, rindo tranquilamente entre eles. Um ergueu os olhos e fixou-os em Sara por tanto tempo que seus companheiros seguiram em frente sem esperá-lo.

51.

UM DIA, ELE CONTARIA O seguinte ao pai: que os olhos morrem primeiro, que abrimos caminho para o pó e a cinza às cegas. Dawit falaria para ele sobre a noite em que aprendeu isso, a noite em que encontraram a mulher ainda respirando à beira da estrada, com os ossos quebrados e feridas abertas cobertas de grama e terra. Sara tinha buscado um cobertor no carro para cobri-la, para ocultar aquele rosto sombrio e aflito, mas as pálpebras da mulher tinham se movimentado, e por fim se aberto, e Dawit observara sua respiração deixar o corpo através dos olhos. Ele percebera, atônito, quando uma película nebulosa os encobriu e pareceu percorrer todo o seu corpo, enrijecendo o que havia no caminho. Ele permanecera ao seu lado por mais tempo do que devia, examinando de perto aquele olhar vazio e as pupilas dilatadas, fascinado em ver como o terror desaparecera de seu rosto e deixara apenas uma boca entreaberta. Um dia, perguntaria ao pai se ele sabia que a morte não mostra clemência em um corpo combatente, que aqueles que lutam sofrem o rigor da morte mais depressa do que os que permanecem submissos e deixam a morte aproximar-se devagar. Contaria a Hailu que essa rigidez vingativa não dura mais do que dois dias, que a eterna ânsia do corpo por movimento acaba assumindo de novo o controle, e os membros se tornam flexíveis. Contaria tudo para ele. Até admitiria, sem jamais soltar a mão do pai, que um corpo rijo poderia ser quebrado, tirado de sua rigidez pela simples vontade e pelo esforço de seu filho mais novo, depois reestruturado para se encaixar na traseira de um Volkswagen já tomado pelo cheiro de deterioração.

ERA FÁCIL ENCONTRAR os corpos, descartados sem qualquer cuidado à margem da estrada logo adiante da nova prisão, despejados de caminhões barulhentos nas primeiras horas da noite. Dawit, Sara e Melaku trabalhavam incansavelmente, aproveitando a calma das mudanças de turno dos soldados e dos horários de refeições. Dawit erguia os cadáveres, Sara ajudava a carregá-los para dentro do carro e depois ambos seguiam em frente, passavam diante de casas e logo se embrenhavam nas colinas e chegavam primeiro a um denso aglomerado de árvores e arbustos e, por fim, a uma cabana onde Melaku esperava para deixar que a memória o orientasse rumo ao reconhecimento. Descobriram que os soldados que patrulhavam a área eram inexperientes e preguiçosos, que o Coronel mantinha os melhores homens dentro da prisão monitorando sua coleção particular de prisioneiros. Ficaram sabendo que os corpos abandonados por um dia levantavam menos suspeita do que os recolhidos de imediato. E, à medida que família após família de bairros mais afastados começaram a se reunir no quiosque de Melaku ao raiar do dia, desesperados por notícias de seus desaparecidos, perceberam que eles não eram, e jamais seriam, suficientes para livrar as estradas dessa mais recente blasfêmia.

DAWIT E SARA pararam diante de um menino descalço estendido na estrada de barriga para cima, com não mais de 15 anos. Seu ombro estava deslocado, o rosto inchado, o pescoço quebrado. Um bilhete estava alfinetado à sua camiseta de algodão rasgada.

SOU INIMIGO DO POVO.
MÃE, NÃO CHORE POR MIM, MERECI MORRER.

Dawit saiu do carro e trabalhou depressa, encolhendo-se cada vez que o vento espalhava o cascalho e trazia aos seus ouvidos o ruído de passos afobados.

— Vamos! — Sara exclamou, consultando o relógio. — Já é tarde. — Olhou por cima de Dawit, na direção da extremidade de uma fileira de árvores. — Vou ver se caiu alguma coisa — acrescentou. Em algumas noites, eles tinham encontrado pedaços de papel rasgado com o nome da vítima, escondidos em bolsos ou apertados dentro de punhos cerrados. Gestos simples de rebeldia daqueles que se recusavam a ter suas vidas extinguidas no anonimato.

Ele ergueu o corpo do menino e colocou-o na traseira do Volkswagen, deitado sobre um velho cobertor puído, tomando cuidado para não manchar de sangue o assento do carro. Forçou-se a manter o olhar longe do corpo, longe de uma demonstração mais tangível de que não havia Deus, de que durante sua vida inteira ele e esse menino tinham rezado para nada.

Dawit e Sara conduziram o carro colina acima, na direção de onde estava Melaku.

— Tenho tanto medo de encontrar Berhane, ou... — Sara parou e empurrou os cabelos de volta para baixo do lenço de cabeça. — Há sentido em dizer alguma coisa? — perguntou com um sussurro. Dormira menos do que ele durante o dia e o cansaço começava a se manifestar. — Deve ter havido alguma comemoração que os manteve ocupados, pois há somente um corpo esta noite. — Esfregou os olhos, depois cheirou as mãos e fez uma careta. — O cheiro não sai nunca.

Dawit apertou seu braço.

— Você está exausta. Seria melhor tirarmos uma folga amanhã. Ela sacudiu a cabeça e olhou pela janela.

— Pare! — exclamou.

Havia outro corpo encolhido na grama. Um homem nu. Tinha testa larga e cílios compridos. Seus cabelos brancos estavam manchados de sangue e os lábios secos ocupavam o espaço que deveria ter sido dos dentes da frente. Suas orelhas tinham sido cortadas e havia carne queimada retorcida ao redor de seus tímpanos, além de um buraco de bala que atravessava seu peito. Ele poderia ter sido um tio mais velho, um colega de seu pai, um antigo estadista. Mas naquela cidade, naquela estrada, não passava de mais uma advertência, de uma mensagem em deterioração para os vivos.

Dawit se curvava para recolher o morto quando faróis brilhantes surgiram às suas costas e projetaram sombras altas no seu caminho. Afastou-se do corpo, na esperança de que a grama alta o ocultasse. Sara, mais longe da estrada, primeiro ficou de joelhos, depois deitou-se no chão, escondida.

— Não saia daí — recomendou Dawit. — Aconteça o que acontecer.

Correu os dedos pela costura do colarinho da camisa e apalpou o minúsculo frasco de cianeto. Sara tinha o seu no colar, atrás de um pingente em forma de cruz preso a uma corrente de ouro comprida o suficiente para chegar à sua boca.

Um caminhão militar reduziu a velocidade até parar atrás do carro. Com os olhos apertados para se livrar da luz forte, Dawit caminhou para o Volkswagen com a maior naturalidade possível, esfregando uma mão na outra para limpar a poeira, bocejando e espreguiçando-se exageradamente.

Um homem esbelto vestido com um casaco exclusivo dos militares aproximou-se com um AK-47 enfiado embaixo do braço. Dawit olhou de relance dentro do caminhão para ver se enxergava outro soldado. Não havia mais ninguém. Aquele era um soldado a caminho de casa.

— O que está fazendo? — o soldado perguntou.

Estava a uma pequena distância de Dawit, mas ainda oculto pela claridade dos faróis. Dawit não sabia o que responder. O soldado ergueu o fuzil e mirou seu peito enquanto se aproximava.

— Responda! O que está fazendo? — perguntou de novo.

Dawit tentou enxergar o rosto do soldado. Viu apenas um vulto bloqueando cada vez mais o clarão à medida que a distância entre eles diminuía. O contorno curvo do dedo do soldado destacou-se na luz, apoiado delicadamente no gatilho.

— Estou recolhendo estes corpos — explicou Dawit. Surpreendeu-se ao perceber como era fácil admitir a verdade.

O soldado parou. A distância, Dawit ouviu a respiração que vinha do fundo da garganta de um bando de hienas. O soldado continuava com o AK-47 apontado para o centro de seu peito.

— Está quase na hora do toque de recolher — avisou o soldado, como se não conseguisse pensar em mais nada para dizer. Sua voz falseou e Dawit percebeu que ele era jovem.

— Vou para casa depois deste. — Dawit reparou mentalmente na calma que voltara a rodeá-los. As hienas tinham sumido.

O soldado abaixou o fuzil e olhou o banco traseiro.

— É apenas um corpo — explicou Dawit. Ele podia sentir o cheiro do suor do soldado. — O senhor deve estar a caminho de casa.

— Ele é um traidor da revolução. O que vai fazer? — Seu dedo continuava pousado no gatilho.

— Ele precisa ser enterrado. Daqui a pouco começa a feder.

O soldado balançou a cabeça.

— Não queremos funeral para o inimigo. Deixe que as hienas o comam.

— Será apenas um enterro. Nada de funeral. — O soldado, no entanto, não pensava em deixá-lo sozinho.

— Tire-o daí — ordenou o soldado. — Faça isso agora ou atiro.

— Camarada — retrucou Dawit, segurando as mãos à frente —, um corpo ainda pode ser considerado inimigo?

— Tire-o daí!

Olharam um para o outro até Dawit concordar com a cabeça.

— Tudo bem. Preciso de ajuda. Ele é pesado.

O soldado cutucou-o com o fuzil.

— Abra a porta e tire o corpo — ordenou. — Depois irá preso.

Dawit virou-se depressa, esperando que seu rosto não revelasse o medo que sentia.

— Eu só quis tirá-lo do caminho. As hienas vêm até aqui e podiam perturbar a área. — Abriu a porta traseira do carro com mãos trêmulas.

O soldado limpou a garganta.

— Depressa.

Dawit ergueu o pequeno corpo.

— Não consigo, sozinho. Pode me ajudar a segurar o outro lado? Não deixe cair.

— Que diferença faz? — o soldado resmungou, enquanto se aproximava e segurava a outra metade do corpo.

O soldado retesou-se com o peso do menino. Dawit não pensou duas vezes, não permitiu-se o luxo da dúvida. Passou o braço ao redor do pescoço do soldado até que o queixo dele se ergueu e enrijeceu. O soldado arqueou o corpo e se debateu, na tentativa de manter o equilíbrio.

— Por favor — pediu o soldado.

— Fique quieto — sussurrou Dawit, sentindo os joelhos enfraquecerem.

Segurou o queixo do soldado com a mão em concha e empurrou-o com força na direção da curva de seu cotovelo. O pescoço do soldado deslocou-se tanto quanto possível sem estalar.

— Por favor — disse Dawit, sua garganta começando a doer. Engoliu as lágrimas. — Por favor, não lute. — Duas corujas piaram do alto de uma árvore.

O soldado ficou imóvel por uma fração de segundo, seu pomo de adão movendo-se para cima e para baixo contra a parte interna do braço de Dawit, que fechou os olhos e pediu o perdão da mãe que ele sabia estar em casa à espera do filho. Respirou fundo e torceu o pescoço do soldado, surpreso com a flexibilidade encontrada, o estalo da quebra abafado por sua própria respiração ofegante e assustada. O soldado caiu bruscamente no chão com o menino nos braços. Dawit deslizou o AK-47 para o chão, empurrou o menino de volta para dentro do carro e em seguida arrancou o uniforme do soldado. Enfiou as roupas embaixo do banco da frente e arrastou o corpo para a grama.

— Venha me ajudar com este corpo! — Dawit gritou para Sara. — Depressa.

Parou, no entanto, quando a viu imóvel e com as mãos sobre a boca, os olhos cheios de terror. Ele se aproximou dela e a abraçou. Ambos tremiam.

— Mekonnen fez isto — falou. — Eu fiz isto. Não você. — Beijou-a na testa, com o coração aos pulos, seus sentidos atentos a qualquer ruído da noite. — Não pense em nada. Tire isso da cabeça até que tudo esteja terminado. — Forçou-a a afastar as mãos da boca. — Vamos.

Apressaram-se para chegar onde estava o velho e tiveram dificuldade para colocá-lo no carro, em cima do menino. Dawit resmungou alguma coisa para abafar o som de osso sobre osso. Depois embarcaram no Volkswagen e se afastaram.

SOLOMON SENTOU-SE NA sala escura de armazenagem de uma pequena loja no Mercato, papel e caneta na mão. Cutucou Dawit.

— Não durma. Quantos? — perguntou. — Não podemos ficar muito tempo aqui.

— Quatro desde que nos falamos. Sei que perdemos alguns poucas noites atrás.

Dawit apoiou a cabeça contra a parede. A frieza dura aliviou sua dor de cabeça.

— Estou com fome.

Ele tinha estado com Sara e Melaku poucas horas antes, os três com medo, porém decididos. Agora, a única coisa em que conseguia pensar era na fome que sentia. Ainda não dormira.

— Precisamos acabar isso. — Solomon tinha a compostura de uma secretária anotando um ditado. Observou com atenção as caixas de panfletos e munição enfiadas embaixo de cobertores, depois voltou a concentrar-se no papel. — Ferimentos.

Dawit não queria lembrar do corpo da menina que ele recolhera naquela noite. Os ferimentos na sua barriga tinham feito até Melaku protestar.

Tentou tirar da cabeça o rosto do homem que tinha mais ou menos a idade de seu pai.

— Os habituais — respondeu.

— Preciso de detalhes, não há nada diferente esta noite. — Solomon largou a caneta e pegou um cigarro. — Não seja preguiçoso.

— Ela tinha talvez 16 anos, ossos quebrados. Queimaduras de ferro de passar na barriga, cortes profundos. O homem, dentes arrancados. — Fez uma careta e olhou para Solomon. — Queimaduras de cigarro.

Solomon balançou a cabeça e escreveu.

— Quantas? — Esperou, depois estalou os dedos. — Mekonnen! Quantas?

— Que diferença faz?

— Estamos preparando um caso. — Solomon comprimiu a boca ao redor do cigarro. — Um dia haverá um julgamento, essas pessoas serão levadas à justiça e todos saberão o que de fato aconteceu. — Fez uma pausa e olhou à frente. — Alguma novidade sobre o menino que vendia jornais?

Dawit sacudiu a cabeça e seu rosto se anuviou.

— Teve mais um. Menino ainda, 19 anos talvez, com uniforme de soldado. Não muito longe da igreja Kidane Mehret, a de Entoto.

Solomon parou de escrever.

— Um soldado?

— Um jovem a caminho de casa. — Dawit desenhou círculos no chão empoeirado. — Estava sozinho.

Solomon olhou diretamente à frente, o rosto sem expressão.

— Pegou a arma dele?

— Você devia estar anotando isso. — Dawit apontou para o papel, para o lugar onde a palavra inacabada de Solomon sumia na extensão do branco.

Solomon bateu de leve na cigarreira e pegou outro cigarro.

— Onde está a arma dele?

— Na maleta. — Apontou para um canto da sala. Dawit olhou as pilhas de caixas adiante dele que bloqueavam a entrada de luz pelas janelas. — Parecia assustado. Implorou que eu não fizesse aquilo.

— Acha que ele teria deixado você ir embora se tivesse implorado? — Solomon perguntou. — A única vantagem que você teve foi rapidez, não compaixão.

— Não sei nada sobre meu pai. — Dawit virou-se para que Solomon não percebesse seu queixo tremer.

Solomon soltou uma grande baforada de fumaça.

— Você está fazendo alguma coisa por ele; o que fez esta noite ajuda a todos. — Levantou-se e pegou a maleta. — Depois desse soldado, penso que precisamos deslocar você. As coisas podem esquentar demais por algum tempo.

Dawit suspirou.

— Sairei primeiro. — Solomon esfregou a cabeça, os olhos vermelhos de cansaço. — Nada acontece durante a noite, mas cada ato conta.

Fez uma rápida continência para Dawit antes de pegar a maleta e deixar o local.

DE UMA CASA DE CHÁ decadente com paredes rebocadas, um nome pouco mencionado viajou como uma corrente e transformou-se em grande maré de admiração: Mekonnen. Mekonnen recolhe os corpos. Mekonnen os leva para os anjos. Mekonnen, vingador dos fracos, ouve nossas súplicas. E de bocas que sussurravam histórias sob luz de vela e incenso, Mekonnen, assassino de soldados, cresceu e ficou forte, mais poderoso do que mil exércitos enfurecidos.

52.

NO PRINCÍPIO, SARA PENSOU que poderia acostumar-se à visão daqueles corpos sem vida. Tinha certeza de que as mortes de tantos que ela chamara de seus a tinham preparado para o testemunho que os moribundos deixam atrás de si. Estava confiante de ter se preparado para enfrentar a constante sucessão de cadáveres. Tinha raiva suficiente, dissera a si mesma, para enfrentar os riscos de dar o primeiro passo em cada uma das longas noites. Estava protegida da ordinariedade da náusea e do impacto. Mas Sara começava a sentir o peso da tragédia e da injustiça. Seus passos eram mais lentos, ela abraçava a filha durante um tempo maior. Ansiava pelos braços fortes do marido, mas o repelia, ciente de que sua presença apenas suscitaria perguntas que ela não conseguiria responder. Caminhava sozinha no espaço criado por sua lealdade violada, presa entre o que não podia ser dito e o que precisava ser contado. Sabia que o marido fazia perguntas sem palavras e que ela se afastava dele com mais frequência, na esperança de que seu amor pudesse um dia cobrir a distância que os deixava lado a lado agora e os separava mais adiante.

— VIM FALAR COM VOCÊ — disse Mickey —, não consigo falar com Dawit.

Mickey e Sara estavam no pátio do Hotel Ghion, cuja decoração com teto de sapê era uma versão modernizada das cabanas rurais que pontilhavam a Etiópia. Estavam rodeados por roseiras e jacarandás em flor, hibiscos vermelhos luminosos e árvores frondosas. Os empregados, vestidos de preto e branco, recolhiam pratos e completavam xícaras de chá quase sem ser percebidos em meio à conversa discreta dos hóspedes. Em uma mesa, homens russos e cubanos analisavam documentos com oficiais etíopes. Em outra, dois jovens etíopes e suas companheiras curvavam-se para se aproximar uns dos outros, as mãos sobre as bocas, ao mesmo tempo em que lançavam olhares dissimulados para a mesa de oficiais militares.

— Seria melhor você contar a ele por mim — disse Mickey.

Sara carregou a cadeira um pouco mais para longe de Mickey com os braços cruzados sobre o peito.

— Ele esteve na sua casa procurando por você — ela explicou. — Você jamais sequer tentou contato com ele.

— Eu não sabia, minha mãe nunca tocou no assunto.

— Por que não nos procurou quando descobriu que *Abbaye* estava na prisão? Esperou até agora? — ela perguntou. — Você o conhece desde menino, ele sempre o tratou como um filho.

Mickey ergueu a mão. Levantou-se.

— Vamos dar uma caminhada no jardim. — Ele emagrecera no rosto, embora a barriga estivesse maior. Seus ombros e braços pareciam mais musculosos, mas o andar, arrastado e sem graça, não tinha mudado.

Os dois foram para a área dos fundos, onde rosas e buganvílias viçosas e exuberantes inundavam o pátio de cor. Mickey deu o braço a ela.

— É só para que todos vejam — explicou. — No minuto em que pegaram Gash Hailu, começaram a me vigiar para saber se eu tinha alguma ligação — continuou.

— Ligação? — Sara sentiu um certo prazer ao ver sua saliva aterrissar no rosto de Mickey. Ela sabia que ele seria educado demais para limpá-lo na frente dela.

Mickey empurrou os óculos para cima e piscou. Pigarreou e puxou uma ponta da camisa, depois parou.

— É complicado... — começou.

— Nada é tão complicado que você não possa explicar.

— Ele está vivo — disse Mickey. — Está sendo mantido separado dos outros prisioneiros, até da maioria dos guardas. Não consigo chegar até ele. Já tentei.

— Tente com mais empenho — aconselhou Sara. — Se fosse seu pai, o que faria?

Mickey sacudiu a cabeça.

— Ele fez alguma coisa. Está sendo acusado de algo importante ou não estaria isolado desse jeito.

— O que está querendo dizer?

Mickey limpou a saliva dela do rosto.

— Se ele não tivesse a informação que eles queriam, já o teriam matado. Não sei o que é.

— Quem saberia? — Sara perguntou. — Você não está me dizendo nada.

— O Coronel. — Mickey cruzou os braços sobre a barriga redonda. — É a única pessoa perto dele desde sua primeira semana.

— O Coronel?

Uma imagem de um homem de nariz afilado e olhos vivos surgiu de repente na frente de Sara. Ela ouvira falar nesse Coronel, vira fotos de um homem sempre tão ereto que alguns diziam que sua espinha tinha sido substituída por um bastão metálico quando ele se feriu lutando contra a Somália. Ela ouvira boatos sobre sua crueldade com prisioneiros de guerra, sobre seus meios aterrorizantes e metódicos de torturar e matar.

— Ele está sendo agredido?

— É provável. — Baixou os olhos.

Ela sacudiu o braço dele.

— Você não pode fazer nada?

— Juro pela minha mãe que tentei. Gosto muito de Gash Hailu. — Mickey engoliu em seco. — Vocês que se intitulam revolucionários, o que sabem de política? — sussurrou.

Apertou a mão de Sara com tanta força que ela estremeceu.

— Não sei do que está falando — disse Sara, puxando a mão para livrar-se da dele.

— Vocês fazem o que precisam para se sentir bem, depois vão para casa e dão as costas para todos os detalhes feios. — Ele estava cheio de desprezo. — Viram as costas para o resto de nós.

Deu um sorriso pretensioso.

— Somos os que ficam no meio do sangue tentando desviar a arma de um irmão para que ela aponte para um estranho. Essa é a guerra da qual participamos, não esse joguinho de criança que vocês estão fazendo.

Ele voltou a segurar sua mão e acariciou-a, agora com um toque suave.

— Vocês não sabem o que estão fazendo — disse, e as bordas de sua boca grossa se arquearam. — Sou eu que vou mantê-los a salvo.

Sara afastou-se. Empurrou os óculos dele que escorregavam e segurou firme a armação contra sua testa.

— Mereça a bondade que ele tem lhe demonstrado — ela disse, e saiu.

53.

EM UMA ESTRADA DE encosta com vegetação exuberante, acima dos sons do tráfego, Yonas parou o Volkswagen do pai e girou a chave na ignição. O ruído suave do motor morrendo lembrou pios de um pássaro distante no meio da noite. O ar estava gelado e um vento cortante entrava pela janela traseira aberta; Yonas enrolou-se ainda mais no seu suéter marrom grosso em busca de calor. Era o 61º dia da prisão de seu pai e ele ainda não conseguira nenhuma palavra sobre as acusações. Sabia das idas contínuas de Dawit à prisão de manhã cedo. Entendia a necessidade de o irmão sentir que estava fazendo algo para libertar o pai. O que ele não entendia era o segredo de Dawit, a solidão autoimposta de sua dor. Sara também se tornara mais recolhida, mais taciturna e distante. Tizita afastou-se dele, apegando-se à mãe e perguntando a todo instante sobre o amigo Berhane. Havia horas em que a única coisa que ele sentia era uma onda de desamparo e raiva. E à medida que os dias se aproximavam de um novo mês, ele se surpreendia desejando o conforto da presença de Sara, a confiança inata de Dawit e sua força. Ele passava cada vez mais tempo na sala de orações tentando afastar da cabeça as perguntas sobre onde sua esposa ia todas as noites com seu irmão.

— CONTE-ME DESDE O INÍCIO — o Coronel pediu. Olhou pela minúscula janela da saleta. Uma cortina de chuva escorria pela vidraça enquanto lá fora trovões sacudiam o céu. A luz piscou, mas logo se estabilizou. — Fale sobre o estado dela.

Hailu sentou-se em uma cadeira aparafusada no chão, as mãos presas às costas, os pés descalços amarrados à frente. Fios elétricos estavam conectados às suas orelhas, o zumbido em sua cabeça era tão alto quanto mil sinos descontrolados. Encostou a língua de leve nos dentes da frente; estavam frouxos. O que parecia um inseto arrastando-se pelo lado de seu rosto era uma gota de sangue que escorria da boca para o queixo. Os socos desferidos pelo Coronel tinham tido pontaria cuidadosa e certeira. Ele foi atingido repetidas vezes no maxilar, bem no canto da boca, e o impacto forçou a metade inferior de seu rosto a curvar-se para se proteger do punho violento. Foi somente após o terceiro golpe que Hailu ouviu uma árvore lascar e entendeu que seu queixo estava fraturado. O estalo e o roçar de folhas caindo bem dentro de sua cabeça deram-lhe a certeza de que seu tímpano estava danificado.

— Vamos, fale — insistiu o Coronel, ainda de frente para a janela.

Suas mãos estavam cruzadas com esmero às costas. Não havia vestígio do sangue de Hailu nele. Permanecera imaculadamente limpo como sempre, tão sério e controlado quanto um padre na hora da oração.

Hailu respondeu do mesmo modo como vinha respondendo, sua memória para palavras novas traindo-o.

— Ela estava fraca. — Viu que as mãos do Coronel se contraíam e os dedos empalideciam com a pressão.

— Entendo — cortou o Coronel. — Fraca. O que mais?

— Tinha cortes nas pernas.

— E? — O Coronel fez um sinal com a cabeça, dispensando os detalhes.

— As solas de seus pés tinham sido queimadas, depois açoitadas.

— Isso é mentira — retrucou com voz mais macia. — Sei que é mentira, doutor. Mas vá em frente, por favor. Tenho bastante tempo para arrancar a verdade do senhor. — Inclinou a cabeça na direção de Hailu, o rosto observando com atenção sua boca.

— Ela tinha sido violentada — Hailu continuou, entre os dentes cerrados.

— É um privilégio estar vivo. — O Coronel afastou-se dele. Falava depressa, transpirava. Começou a caminhar para um lado e para o outro. — Ter a chance de ver os filhos de novo, não é? — Secou as mãos em um lenço branco impecável. — O senhor ama seus filhos, doutor? — perguntou, com os olhos fixos em Hailu.

O maxilar de Hailu estava rígido demais para que ele conseguisse falar. Tentou balançar a cabeça e descobriu que ela parecia soldada às vértebras. Acompanhou os passos do Coronel com olhos inquietos que ele tinha certeza de que voltariam a sangrar se os movimentasse depressa demais. Sentiu a cabeça ser puxada para trás pelos cabelos até que se viu olhando, de olhos arregalados, diretamente para a luminosidade brilhante da lâmpada. O rosto do Coronel pairava acima dele.

— Diga que ama seus filhos.

— Amo meus filhos — Hailu obedeceu.

— Diga o que faria se Dawit fosse trazido à sua frente agora mesmo e amarrado a uma outra cadeira. Eu poderia fazer isso, o senhor sabe. Nós o pegamos.

— Não! — Hailu exclamou. — Não!

Mas ele não sabia contra o que protestava, não sabia mais nada. Por um momento efêmero, pensou ter vislumbrado Dawit no canto, cansado e ferido, mas quando piscou não havia ninguém.

Hailu encolheu-se no instante em que a mão do Coronel pousou na chave elétrica. Tentou interromper o grito que escapou de seus lábios quando seu corpo estremeceu, queimou e congelou ao mesmo tempo. Sinos ressoaram por trás de seus olhos e ele sentiu o cheiro de chamuscado de seus cabelos. Uma centena de formigas vermelhas disparou dentro de seu estômago. Ele estava cozinhando, seu sangue chegava ao ponto de ebulição em milissegundos que se prolongavam até virar minutos eternos. As formigas atacavam na tentativa de encontrar um caminho de saída. Se já não tivesse esvaziado as tripas na última rodada de choques, ele sabia que teria se borrado e mijado no chão de novo.

O Coronel observava tudo com indiferença.

— O que somos sem nossos filhos, doutor? Se pudéssemos interromper o sofrimento deles, qual seria o nosso? — O Coronel secou o rosto, os olhos, limpou o suor que se acumulara sobre o lábio superior. — Qual seria o nosso? — Retirou a mão da chave elétrica para segurar a de Hailu. Usou o lenço para evitar tocar nos ferimentos. — O senhor é um bom pai? — perguntou, curioso. Acariciou a mão de Hailu com gesto paternal e afetuoso. — Seu filho diria que o senhor é um bom pai?

A cabeça de Hailu afundou no peito.

— Não — respondeu. — Não.

— O senhor não daria qualquer coisa para ter mais uma chance de corrigir seus erros?

Hailu não sabia quando o Coronel tinha atravessado a sala para observá-lo com intensa concentração.

— Não daria qualquer coisa para reparar seus erros? — o Coronel insistiu, suas costas tão retas quanto a parede atrás dele.

— Dawit — disse Hailu. — Dawit — repetiu, ansiando pela lembrança de um bom momento entre eles.

O Coronel apoiou-se na parede.

— Não teria vontade de matar o homem que se colocasse no seu caminho? — Depois, devagar e com voz clara, prosseguiu. — Estou pedindo que me conte a verdade. O que a menina lhe disse? O nome de quem ela lhe deu?

— Ela perguntou pelo pai. Foi tudo o que disse, *Abbaye*.

O Coronel deu algumas passadas largas na frente dele e desferiu outro golpe no seu rosto com uma fúria que explodia de cada poro.

— O senhor está brincando! Não minta para mim! Posso matá-lo agora mesmo!

Hailu percebeu um vestígio de pânico na voz do Coronel.

— Não diga isso de novo! — O Coronel começou a asfixiar Hailu. — Não diga isso — repetiu. — Sei o que o senhor está fazendo.

Um soco atingiu o rosto de Hailu. Outro dente rodou na sua boca, depois desceu pela garganta. A sala girou.

— Ela estava dentro de um saco plástico — Hailu gemeu.

— De um saco plástico? — O Coronel recuou, afrouxando as mãos do pescoço de Hailu. — Saco plástico? Não. Não estava. Ela não foi levada para Girma. Não foi levada para aquele monstro. — Botou as mãos na cabeça. — Ela não devia ir para lá. — Caminhou de novo para um lado e para o outro, a atenção concentrada em seus passos, em seus pés, os dentes enfiados nos lábios. — O senhor só queria corrigir seus erros.

O Coronel voltou a pousar a mão na chave elétrica. Depois continuou a falar, o corpo inteiro tremendo.

— Está me dizendo que desobedeceram minhas ordens e a levaram para aquele açougueiro? Espera que eu acredite que o senhor foi misericordioso ao matá-la? É isso? — O Coronel olhou-o de cima, com os olhos molhados, movendo a cabeça para um lado e para o outro. — O que foi que eu fiz? O que foi que eu fiz? — sussurrou sem parar.

DAWIT E SOLOMON instalaram-se em uma cabana em Sululta. Dawit tremia, pois sua camisa fina não o protegia da friagem noturna. Imaginara que o encontro seria curto e agora Solomon lhe dizia algo diferente.

— Preciso fazer contato com minha família — Dawit disse. — Ficarão preocupados — acrescentou quando não obteve resposta.

— Não podemos nos arriscar. As Forças Armadas estão rastreando Adis Abeba inteira à procura de Mekonnen, o matador de soldados. — Solomon carregava um fuzil no ombro e um cigarro queimava sozinho no canto de sua boca. Os dois objetos pareciam permanentemente incorporados a ele. — Neste exato momento, eles não sabem que você é Mekonnen. Ficará escondido até estar a salvo. Se o pegarem, encontrarão meios de fazê-lo falar, acredite em mim. É o único modo de ficarmos livres do perigo. — Solomon acendeu um cigarro já pela metade e deu três longas tragadas antes de jogá-lo no chão. — Pratique carregar mais depressa — sugeriu, estendendo a arma para Dawit.

— ELE NÃO VOLTOU para casa ontem de noite — Yonas disse a Sara. Estavam na sala de orações, tentando esconder-se de Tizita, que passara o dia inteiro agarrada na saia de Sara perguntando por Dawit. — Liguei para seus amigos, ninguém o viu desde ontem. — Cerrou a cortina da janela. — Não é o estilo dele.

— Lily não sabe de nada. — O eco de uma arma de fogo entrou pela janela. — Ela esteve aqui. Contou para ele que iria embora esta semana e ele ficou de encontrá-la hoje.

Yonas caminhou de um lado para o outro. As tábuas do soalho rangeram sob seus pés.

— Ela pode escutar — Sara o preveniu, apontando para a porta. Ele parou. Yonas observou longamente o rosto de Sara. Alisou o veludo vermelho que cobria a mesa. — Sabe de alguma coisa?

— Como o quê? — Sara tentou sorrir, mas seus lábios tremeram, depois voltaram devagar a um traço inflexível.

Ele continuou calado, atento às suas expressões, aos segredos que ambos sabiam que ela guardava.

— Não faça isso — ela recomendou. Esperou que ele respondesse.
— Diga alguma coisa — pediu.

Ele deu um salto.

— A maleta dele. Onde está? — Empurrou Sara para o lado e correu escada abaixo. — Levaram Dawit quando saímos para algum lugar?

Sara encontrou Yonas no closet de Dawit examinando montes de roupas e sapatos. Ele puxou uma valise que estava embaixo de uma pilha.

— Está aqui. — Pegou-a, afastando-se de Sara. — Está aqui.

54.

O AGENTE FUNERÁRIO ABRIU uma porta grossa de metal.
— Mantemos os corpos aqui até a chegada da família — explicou a Yonas, movendo um palito no vão enorme entre os dentes. — É um pouco demorado para alguns, eles não querem admitir a verdade. — Deixou a porta fechar às suas costas. — Diga como ele é, depois vou lá e verifico.

— Ele se parece comigo.

O agente funerário sacudiu a cabeça.

— Todos dizem a mesma coisa. Tem uma foto?

Yonas remexeu dentro do bolso da camisa.

— Acho que não...

— Alguma marca de nascença, cicatrizes, idade?

— Tem 27 anos, é da minha altura, usa muito uma camisa verde, é a sua favorita.

A imagem do irmão mais novo veio à sua mente em fragmentos: a amplitude de seu sorriso, as rugas de expressão ao redor dos olhos, as linhas fortes do maxilar, a fragilidade do tornozelo que ele quebrara ainda menino.

O agente funerário bateu de leve na porta.

— Estamos lotados, preciso de mais detalhes. Algumas famílias não têm 125 *birr*, por isso ainda estamos esperando por elas. Não há lugar refrigerado suficiente na cidade.

— Cento e vinte e cinco *birr*?

O agente suspirou com ar entediado.

— É a taxa de bala. Se foi usada uma bala para matar seu irmão, preciso cobrá-la antes de entregar o corpo. É a norma. Pensei que todos soubessem.

Yonas estava atônito demais para dizer alguma coisa.

O agente funerário parecia sentir muita pena dele.

— Ouça — disse. — Posso tentar encontrar seu irmão, mas não tenho muito tempo. — Entrou na sala.

Quase uma semana se passara e Dawit não tinha voltado para casa. Sara, afinal em pânico depois do que parecia um tempo longo demais para ele, andara de casa em casa no bairro perguntando se alguém sabia de seu paradeiro. Yonas tinha ido à prisão do pai e percorrera uma longa fila fazendo perguntas sobre o irmão. Muitos o conheciam, mas há uma semana ninguém o via.

— Com certeza o pegaram, era um dos mais atuantes aqui — disse um homem com olhar cansado e rugas profundas ao redor da boca. — Era um bom menino. — Depois o velho tinha afundado no degrau mais alto da escada da prisão. — Eles sabem quais pegar.

O agente funerário saiu da sala.

— Nada. Verificou as ruas perto de sua casa?

— Verifiquei todos os lugares.

— Precisa fazer isso dia após dia. Se não puder, conheço alguém. É muito bom e barato — explicou o agente.

— Barato?

O homem magro riu da surpresa.

— Ele é esperto. Devia cobrar um extra por se enfiar nas colinas e examinar o rio, mas quem tem condições de pagar? — O agente funerário segurou-o pelo cotovelo. — Volte com uma fotografia, pedirei ao meu amigo que verifique.

— Me deixe entrar. — Yonas pescou algum dinheiro no fundo do bolso.

— Vá para casa.

Yonas enfiou o dinheiro na mão úmida do homem e fechou-a bem.

— Faça do seu jeito — disse o agente funerário, deixando o dinheiro escorregar para dentro do bolso. Abriu a porta de repente e virou o rosto para evitar o cheiro. — Desculpe a confusão.

O agente funerário entregou a Yonas uma pequena caixa de palitos que tirou do bolso.

— Ajudam a afastar o cheiro, pelo menos gosto de pensar que é assim. — Sorriu, mas logo deixou o sorriso escapar de seu rosto. — Se ele estiver aí dentro, não posso deixar que leve o corpo sem pagar. Atiram neles depois de mortos, mesmo que os tenham matado de outro modo, só para receber a taxa.

ESTAVAM ENFILEIRADOS em vários estágios de decomposição e despidos, deitados em macas de metal escurecido encaixadas umas nas outras. De algum lugar, ouvia-se a respiração ofegante de uma hiena faminta. Revirou o bolso à procura das contas de oração do pai.

Maxilares frouxos por agonia e choque, mãos emaranhadas em uma teia de dedos quebrados e, em cada rosto, o mesmo olhar angustiado de um animal preso em uma armadilha. Não havia ar suficiente na sala. Yonas sentiu a respiração acelerada e curta; ficou tonto, percebeu o efeito de ficar sem ar e teve a sensação de que uma bolsa de algo quente, preto e incontrolável subia do centro de seu peito. Ele sabia que quando atingisse sua cabeça, desmaiaria. Dawit não estava naquela sala, não podia estar.

55.

SELAM TRISTE E LUMINOSA está sentada no concreto frio e cinzento da cela dele, suas cruzes cintilantes como folhas novas após a chuva. Ela abre os braços e Hailu sente o coração escapar de seu corpo. Ela está tão jovem quanto no casamento, quando havia apenas os dois descobrindo um ao outro. Ele endireita as costas, sente-se encurralado pelo corpo envelhecido, pela estranha ausência de som, tenta escutar o mínimo eco de sua respiração, leva a mão à boca, sente o ar contra a palma, não consegue ouvir a si mesmo. Gelo sobe pela sua espinha, desvia para o estômago, repousa em seus ossos, afunda na medula. Selam está sumindo aos poucos. Um peso martela sua cabeça, fecha sua garganta, paralisa-o. Seu maxilar dói, ele respira pelo nariz, inala muco, tem a sensação de que está se afogando, ainda que diga a si mesmo que isso é impossível.

LIVRO QUATRO

56.

"PÁTRIA REVOLUCIONÁRIA OU MORTE!"

Nuvens de poeira envolviam um grupo de prisioneiros que marchavam diante de espectadores com rostos entorpecidos. Moviam-se com precisão militar, pernas duras subindo e descendo no ritmo. Soldados entediados montavam guarda em cada esquina com fuzis apontados com displicência na direção dos prisioneiros.

— Vida longa ao marxismo! — exclamavam os manifestantes.

— Mais alto, anarquistas! Endireitem o corpo! — gritou um soldado de pescoço comprido para um velho apoiado em uma jovem. Ignorou as moscas que rondavam seu olho.

A jovem ergueu a mão até a boca para gritar mais alto. Empurrou a mão do velho de seu ombro e ajeitou a gola esfarrapada de sua blusa vermelha. Um corte profundo expunha o rosado da carne aberta na sua clavícula.

— Viva a Etiópia proletária! Viva Guddu! — ela gritou com o resto.

— Segurem mais alto os cartazes! Não diminuam o passo! — o soldado berrou para uma fileira de rapazes que carregavam cartazes feitos à mão apoiados nos quadris ossudos.

Berhane afastou-se para o lado com passo claudicante.

— Viva Guddu! — exclamou. Deixou cair seu cartaz e puxou até a cintura os calções frouxos, revelando feios ferimentos infectados em cada perna. — Não tenho cinto — choramingou para os companheiros que prosseguiam sem ele. — Esperem por mim.

— Falei para não diminuir o passo! — O soldado ergueu o fuzil. Levou o dedo ao gatilho e aproximou o rosto da coronha da arma. — Não me ouviu?

Berhane atrapalhou-se para pegar o cartaz do chão.

— Estou me apressando!

Levantou o rosto a tempo de ver o olhar oco da arma e ouvir sua própria respiração ofegante. O soldado puxou o gatilho. O ruído alto do disparo do fuzil silenciou os manifestantes. Uma lufada de fumaça pairou acima do corpo caído.

— Continuem caminhando! — gritou o soldado, as veias salientes no pescoço. — Ou serão os próximos.

Os manifestantes caíram em um silêncio pantomímico, seus olhares aflitos para Berhane instigados pela mira ameaçadora do fuzil do soldado. Empurraram mais para o alto os cartazes de letra irregular, depois colocaram um pé diante do outro. Esquerda direita esquerda direita. Caminhavam em uníssono perfeito.

— Não consigo ouvir o que dizem! — gritou o soldado.

— Vitória para as massas!

— Revolução é alegria!

— Morte ao imperialismo!

Sob o sol, as letras irregulares, vermelhas e desleixadas, brilhavam contra o papel pardo sujo.

Yonas ouviu o disparo e virou-se. Havia um menino pequeno deitado na rua com o rosto para baixo. Balançou a cabeça e tentou ultrapassar a multidão sem pensar duas vezes. As pessoas ao redor se espremiam, uma massa imóvel de fiéis, e observavam o corpo caído. Yonas tentou abrir caminho de qualquer jeito, mas foi bloqueado por peitos e braços, pernas e quadris, encurralado pela pressão de um número excessivo de corpos vivos. Desistiu e consultou o relógio. Passava pouco do meio-dia. Tinha esperado duas horas para conseguir carne fresca e cebola.

Pelo canto do olho, percebeu o impiedoso momento em que pés descalços pisotearam o pequeno corpo em uma perseverante marcha à frente.

— Etiópia revolucionária! —, gritavam os manifestantes.

A multidão começou a diminuir quando a última fileira de manifestantes passou. Um grupo de mulheres aproximou-se depressa com lágrimas escorrendo pelas faces, as mãos abafando soluços.

— Você! — o soldado gritou.

Uma mulher de ombros curvados e roupa preta olhou para Yonas, balançou a cabeça com compaixão, depois segurou o braço da amiga e as duas caminharam mais depressa.

— Pare! Estou falando com você com o saco — disse o soldado.

Algumas pessoas diminuíram o passo. Seus olhos acompanharam os do soldado até se fixar em Yonas. Outras seguiram mais depressa. Outras, ainda, pararam completamente, uma tristeza tediosa esboçada em seus rostos.

Yonas ficou imóvel, os olhos grudados no saco plástico. Baixou os ombros, recolhido em si mesmo, e orou. Evitou o olhar do soldado.

— Ajude-me a tirar este lixo do caminho. — O soldado era muito magro. O branco de seus olhos era da cor de ferrugem. O cano de seu fuzil apontava para o menino na estrada. — Ele se borrou.

Yonas olhou a mancha escura que se revelava na parte de trás dos calções do menino e descia pela perna fina. Era pequeno. Parecia ter a idade de Tizita.

— Ouviu o que falei? — perguntou o soldado, parado diante de Yonas.

Ele se virou para piscar para os companheiros que se aglomeravam ao redor dos dois. As pessoas baixavam a cabeça e se movimentavam no mesmo lugar, desconfortáveis, enquanto os soldados as vigiavam de perto.

— Pensei que tínhamos matado todos os surdos na semana passada — brincou um dos soldados.

— Este não ouviu o aviso — gracejou um outro.

— O que vai fazer, Lukas? — perguntou um terceiro. — Chamar Mekonnen para recolher este corpo? — Os soldados riram.

O sol batia intensamente em Yonas e manchas de suor apareciam nas costas de sua camisa azul-clara. Ele não se movia. Apenas olhava o menino na estrada e apertava ainda mais o saco plástico. Suas unhas cortavam as palmas das mãos.

— Eu disse vão lá e tirem o corpo do caminho! — Lukas gritou. — Vocês deviam estar na estrada ajudando com os manifestantes, não aqui — disse para os outros soldados.

Os soldados deram um sorriso forçado. Lukas aproximou-se de Yonas. Seu nariz pronunciado roçava o queixo. Espichou o pescoço.

— Tire este corpo do caminho se não quiser morrer.

— Professor Yonas? — Um soldado com olhar tranquilo e testa alta saltou da fila de homens. — É o senhor?

Yonas calculou o quanto já estaria atrasado para chegar em casa. Sara estava à espera da carne. Prometera a Tizita que a ajudaria com a lição de casa. Ela estava aprendendo o alfabeto amárico. Ele mostraria a ela como escrever seu nome. Sentaria com ela e conversaria como há muito tempo não fazia. Ela estava com 7 anos. O menino morto seria um pouco mais velho?

O soldado sacudiu-o de leve pelo braço.

— Professor, arraste o corpo para fora da estrada. Ele já está morto, não há mais nada que o senhor possa fazer.

Uma trava de segurança foi liberada e estalou.

— Lukas! Espere, ele vai removê-lo. Professor, por favor — pediu o soldado.

Yonas sentiu os membros pesados, mais lentos pela pressão que lhe oprimia o peito. Largou o saco plástico e caminhou na direção do menino. Segurou os tornozelos magros e puxou. Carne pegajosa soltou-se sob as palmas de suas mãos e ele viu nas pernas do menino as terríveis marcas de queimadura deixadas pelas cordas. Abaixou-se para desvirar o corpo, ergueu-o pelas axilas e evitou os ferimentos expostos. Com um movimento rápido, deixou-o de costas.

— Mais depressa! — ordenou Lukas.

Yonas recuou, assustado. Berhane.

— Eu o conheço — disse em voz baixa. — Conheço este menino.

— O senhor tem um minuto! — vociferou Lukas.

— Empurre-o para o lado — ordenou o outro soldado.

O rosto de Berhane estava inchado e barbaramente machucado, quase irreconhecível, a não ser pelos grandes dentes da frente e pelos olhos igualmente grandes. Yonas percebeu, mesmo no olhar vazio, os últimos vestígios da infinita curiosidade do menino. Virou a cabeça e arrastou o corpo para fora da rua. Depois ajoelhou-se ao lado de Berhane e fechou seus olhos vazios, mais uma vez reparando na sua semelhança com Sofia. Cruzou os braços do menino sobre o peito.

— Gabriel, tome conta de sua alma, não lhe deixe lembrança disso — pediu em oração ao arcanjo. — Mande-o para junto de seu pai.

Os soldados seguiram a furta-passo, chutando pedras em um jogo de futebol imaginário. Acompanhando-os de perto, Lukas carregava o saco plástico branco de Yonas, balançando-o sem nenhuma cerimônia. O saco subia e descia no ar, o sangue da carne sombreando o plástico de rosa.

— Morte a todos os inimigos! — gritavam os manifestantes a distância.

Yonas esperou até que os soldados fizessem a curva da estrada e desaparecessem, e os cânticos dos assustados manifestantes sumissem aos poucos no céu, para então voltar até Berhane, erguê-lo e abraçá-lo. Afagou sua cabeça, cuidando que não caísse para trás, depois carregou-o de volta para o carro e deitou-o no banco traseiro, enfiado embaixo de um cobertor puído que ele não sabia que estava lá.

57.

A NOITE ESTAVA DENSA pelo medo. Ecos de tiros ressoavam implacavelmente no horizonte. Os prisioneiros tinham sido levados para o estádio de futebol, passado pela Revolution Square para entrar no coração da cidade e depois sido obrigados a celebrar com cantos sua lealdade a Guddu e ao Derg. Seus gritos fervorosos de revolução e comunismo logo foram eclipsados por repentinas e contínuas saraivados de tiro. Na cidade inteira as famílias escutavam em suas casas, com impotentes raiva e tristeza.

Anbessa, comentava-se, tinha subido em uma árvore que dava vista para o campo de futebol e começado a abater impiedosamente soldado após soldado. Sussurros levados de um ouvido ansioso para o seguinte falavam de uma fileira de anjos enfurecidos com o derramamento de sangue, que o rodearam com espadas, disparando balas e cegando soldados que ousassem olhar na sua direção. E sob esses sussurros, outras histórias surgiram, de três homens que se moviam com a ferocidade e a rapidez do fogo: Mekonnen matador de soldados, Anbessa destruidor de barricadas, Solomon o sábio.

ATRÁS DE UMA porta desbotada, Emama Seble ajoelhou-se, solene e exausta, sobre Berhane, o pequeno corpo enrolado em um lençol branco. Sofia e Robel apoiavam-se um no outro, observando todos os movimentos. Melaku parou logo atrás deles, balançando-se para a frente e para trás, a boca movendo-se em rápida oração. De uma fileira de velas, luminosas chamas amarelas subiam em espiral e se transformavam em longas colunas de fumaça. A distância, balas perseguiam os manifestantes remanescentes.

Emama Seble virou-se para Sara e Yonas.

— Não sei o que vocês esperam — começou. — Não passo de uma mulher simples. — O suor escorria pelo seu rosto e se acumulava no pescoço.

Sofia abraçou Robel com mais força.

— Faça alguma coisa por ele — pediu.

Emama Seble alisou carinhosamente o lençol.

— Não posso. — Sentou-se para trás. — Ele está morto.

— Emama... — começou Sara.

Emama Seble segurou sua mão.

— Sua filha só estava doente. Se há vida, há uma chance. — Secou os olhos e virou-se para Sofia e Robel. — Sinto muito.

Melaku afundou-se em uma cadeira.

— Tínhamos esperança...

Emama Seble estava extenuada, parecia ter encolhido dentro das roupas, seu suéter folgado e amarrotado no peito. Fez gestos na direção de Sofia.

— De que adianta ter falsas esperanças? Por que dar a ela algo que precisará levar embora depois?

— Onde está meu menino? — Sofia sussurrou. — Ele já devia estar em casa. — Seus olhos vidrados procuraram os de Emama Seble. — Você sabe onde ele está.

Robel segurou a mão da mãe e acariciou-a. Sua boca tremia.

— Vamos para casa, *Emaye* — pediu.

Sara e Yonas acompanharam Sofia até a porta.

Emama Seble parou-os do lado de fora.

— Precisamos enterrá-lo. Descubram como. — Apontou para Sofia e Robel, que entravam na casa de Yonas com Melaku. — Não a deixem sozinha quando ela entender que ele se foi.

UM GEMIDO CORTOU o céu, espantando pardais das árvores. Um grito baixo e lúgubre transformou-se em soluços guturais. Sofia golpeava o peito, o rosto voltado para estrelas fracas, seu filho remanescente enroscado ao seu lado e abraçado às suas pernas. Seu sofrimento não conhecia refúgio, não encontrava abrigo.

— Daniel — ela balbuciou, sua voz não mais do que um sussurro. — Onde está a misericórdia? — Falou mais alto. — Onde está a justiça?

— *Emama*. — Ela estava surda aos gritos de Robel, a angústia dele eclipsada pela dela.

Sara ajoelhou-se sobre eles, os olhos inchados pelas lágrimas.

— Não pode ser — Sofia exclamou. — Não pode ser. Não acredito. Vocês estão mentindo!

Sara colocou a mão sobre a boca de Sofia.

— Fique quieta, eles podem ouvi-la. Shiferaw passa a toda hora diante da janela.

Estavam na sala de estar da casa de Sara, com as portas trancadas. Bizu fechou as cortinas, protegendo-os de olhos intrometidos. Sentou-se perto de Sofia murmurando *Aizosh, Aizosh* em tom consolador.

— O que mais eles podem levar? — Sofia perguntou.

— Você tem um filho — respondeu Sara, endireitando o corpo de Robel. — Você tem Robel. — Empurrou-o de leve para a frente.

Robel tentou passar os braços ao redor da mãe.

— Saia daqui — ela exclamou. — Estou amaldiçoada.

— Está tudo bem — Sara disse para Robel. — Suba. Vá descansar.

— Venha comigo — sugeriu Bizu, estendendo a mão.

Robel, abalado, recusou.

— Não posso deixá-la. — Seus lábios tremeram. — Ela está sozinha.

Sara abraçou-o, perturbada pelo modo como ele se agarrou a ela em desespero.

— Ela tem você. Você é tudo para ela agora. Ela tem sorte de ainda possuí-lo. — Secou as lágrimas. — Vá dormir um pouco no nosso quarto. Ela ficará bem. — Podia ver a luta do menino. — Vá. Depois comeremos alguma coisa. Você não comeu o dia todo. Precisamos enterrá-lo amanhã. — Afagou os cabelos dele.

Robel olhou para ela, atônito. Contemplou suas mãos como se esperasse que Berhane se materializasse entre elas.

— Suba — sugeriu Sara, colocando a mão dele na de Bizu.

Depois que ele saiu, Sara deitou Sofia no sofá.

— Descanse — disse. Cobriu-a com um cobertor antes reservado apenas para Hailu. Abraçou Sofia quando ela lutou para sentar-se. — Ele está bem. Vocês dois ficarão aqui por algum tempo, não se preocupe com nada.

ADIANTE DO CONDOMÍNIO, embaixo de uma árvore, Yonas contava moedas e notas na palma aberta da mão de Shiferaw. O oficial *kebele* fitava com olhos gananciosos a pilha cada vez maior, seu sorriso permanente expandindo-se em um traço de um lado ao outro do rosto.

— Será extra porque agora você quer ficar com ele durante a noite — disse a Yonas. — Corro um risco maior. — Enfiou o dedo em um buraco de seu suéter. — Leve-o simplesmente de volta para a rua. A mãe já o viu.

Yonas afastou a mão do homem de seu suéter e segurou seu pulso.

— Eu trouxe o que me mandou trazer. Limpei minhas economias. Precisamos enterrá-lo.

— Está maluco? — Shiferaw protestou, tentando livrar-se dele. — Onde?

Abriu os braços para abranger todo o bairro.

— Se virem terra recém-removida em algum lugar, você sabe que eles virão desenterrar o corpo. Principalmente depois desta noite e de todo aquele tiroteio. — Sacudiu a cabeça. — Leve o corpo para algum lugar nas colinas e enterre embaixo de pedras. Queime. Tanto faz, mas não pode deixá-lo em um lugar perto daqui. Eles me jogarão na cadeia. — Seu sorriso ampliou-se, o dedo encontrou de novo o buraco. — Da próxima vez cortarão fora meu nariz.

Yonas bateu na mão do homem para afastá-la de seu suéter e levantou seu queixo. Procurou o rosto de Shiferaw.

— E meu irmão? — perguntou.

— Não basta. — Shiferaw ergueu a palma da outra mão, depois recuou quando Yonas tentou alcançar sua garganta. — Tudo bem, tudo bem. Tenho uma família, também — disse, afastando-se. Limpou a garganta. — Esses fanáticos não me pagam o suficiente pelo que me fizeram. Cortam meu rosto e me deixam com um único suéter. Dão as melhores casas nacionalizadas para esses conselheiros estrangeiros. — Cuspiu com nojo. — Ninguém falou sobre seu irmão. Eu teria sabido se o tivessem encontrado.

Yonas virou para o lado, sem querer que o homem visse o alívio no seu rosto.

— Leve-o para as colinas. Amanhã é o aniversário do major Guddu, eles não estarão vigiando — explicou Shiferaw, enquanto Yonas entrava pelo portão e voltava para o condomínio.

O Volkswagen serpentava colina acima. Sara estava sentada na frente. Robel, Sofia e Emama Seble seguiam em silêncio, aturdidos, no assento de trás, o corpo enrolado atravessado no colo deles. Sofia concentrou-se na paisagem de colinas suaves e no amarelo luminoso das flores *meskel*. Bateu de leve na janela quando avistou uma cavidade afastada da estrada. Havia uma árvore frondosa protegendo a boca de uma pequena gruta.

— Pare — pediu, batendo na janela. — É aqui. — Desceu depressa assim que o carro parou. Apoiou-se na enorme árvore, depois sentou--se no chão. — Bem aqui. Vamos cavar neste lugar. — Examinou o céu. — Ele verá o sol todas as manhãs.

Sara sentou-se ao lado dela.

— Os homens cavarão — decidiu. — Vamos esperar lá. — Apontou para um local vários passos à frente.

— Onde está a pá? — perguntou Sofia, levantando-se. Olhou ao longe sem ver nada. — Preciso dela.

Robel e Yonas afastaram-na dali.

— Emama Seble disse que esta tarefa é minha — Robel lembrou-a. Passou o braço ao redor de seus ombros, apoiando-a.

— Não — protestou Sofia, com os olhos fixos em um ponto no chão. — Eu farei isso.

A velha, ainda sentada no Volkswagen, franziu a testa.

— Sofia, vá para junto de Sara, deixe o rapaz cavar.

Sofia acompanhou Sara mecanicamente.

— Ele precisa fazer isso por ele mesmo — justificou Sara. — Seja gentil com ele.

— Por que não posso vê-lo? — Sofia perguntou.

O sol incendiava o céu, cortava profundos veios cor de laranja até o horizonte.

Sentaram-se na terra dura e rochosa, os vestidos pretos enfiados sob as pernas. Sofia olhou para Sara como se a visse pela primeira vez.

— Usarei preto pelo resto da vida — confessou. — Pelos dois. — Pegou um pequeno saco plástico da bolsa e tirou dele uma camisa desbotada. — É de Daniel — explicou, levando-a ao rosto. — Ainda guarda seu perfume. Vou dá-la a Berhane, assim ele terá um pouco do pai. Quanto egoísmo querer guardá-la para mim. Não pude sequer partilhá-la com meus filhos. — Dobrou-a com cuidado e devolveu-a ao saco plástico.

Sara pegou o saco.

— Fique com ela. Pode dá-la a Robel. Você deu a eles tanta coisa do pai. Lembranças. — Tocou o rosto de Sofia, mas ela não reagiu, era apenas a silhueta de uma estátua contra o sol que desaparecia aos poucos.

— Acha que ele teve medo? — perguntou Sofia. — No final, acha que chamou por mim? — Cobriu as orelhas com as mãos. — Ouço a voz dele. — Abraçou as pernas. — Como posso colocá-lo na terra depois de tudo por que passou... — Abraçou o próprio corpo. Não conseguia ficar parada.

— Aquele corpo não é mais seu filho — disse Sara, amparando-a. — É apenas uma casca.

A mulher observou o sol formar um arco e escorregar pelo céu, uma brisa mais fresca descendo sobre eles à medida que o horizonte escurecia.

— Acabamos — avisou Emama Seble.

Caminharam de volta para a árvore e, à visão da pequena sepultura rasa, Sofia caiu de joelhos e estendeu os braços.

— Devolvam meu menino — exclamou. — Devolvam meu filho.

Emama Seble e Yonas depositaram o corpo na frente dela. Sofia começou a desenrolar o lençol.

— Quero vê-lo — balbuciou, falando para ninguém. — Quero ver o que fizeram e nunca mais esquecer.

Emama Seble segurou-a.

— Não faça isso. Não se culpe.

Sofia livrou-se dela com um movimento de ombros e afastou o lençol do rosto de Berhane.

— Não tenho sequer uma fotografia dele. Nada restou senão isto. — Recuou ao ver os ferimentos. — Daniel, o que eles fizeram com seu filho? — Virou-se com a mão sobre a boca, lutando para não gritar. Em seguida começou de novo a abrir o lençol, conversando com Berhane enquanto cumpria sua tarefa. — Conheci seu pai no festival de Timket, num grande campo chamado Jan Meda, já lhe contei?

Robel enterrou a cabeça no peito de Sara.

— Não consigo olhar — confessou.

Sara levou-o até Yonas e o menino agarrou-se a ele. Ela se sentou ao lado de Sofia e segurou a outra ponta do lençol, ajudando-a a desenrolar o corpo. À visão dos tornozelos do morto e das perfurações nas suas coxas, ela parou e observou Sofia, que se recusava a tirar os olhos do rosto do filho, ao mesmo tempo em que continuava a falar com ele.

As duas mulheres trabalharam sob o sol que morria e não pararam até uma lua pálida postar-se acima delas como um olho curioso.

Sofia beijou as faces e as mãos do filho e alisou as dobras de seu calção amassado. Deslocou o corpo rígido para o seu colo, depois embalou-o do melhor modo que pôde. Acalentou-o ternamente e começou a cantarolar, sua voz apenas o sopro de uma pena, os sons a prova de uma dor que não podia ser contida nos limites do idioma.

— Daniel — ela disse, por fim. — Ele não é mais meu. Leve-o e espere por mim. — Fez uma pausa, depois olhou para o carro ao lado do qual estava Robel, trêmulo. — Espere por nós dois.

Um leão se ajoelha. Berhane monta nas suas costas e eles atravessam depressa um campo de flores *meskel* até o topo de uma colina verde luminosa onde o pai espera no seu cavalo branco, os cabelos como um sol escuro ao redor da cabeça. Berhane precipita-se no vento, transforma-se no vento, desliza até a extremidade do sol e cai no Nilo. Ele nada, livre e sereno, na luz dourada do crepúsculo. Seu pai estende a mão.

— O senhor veio! — exclama Berhane.

— Ando à sua procura.

Berhane sobe no lombo do cavalo e se segura com firmeza enquanto atravessam colinas, saltam sobre riachos e se precipitam no céu laranja.

58.

A PORTA DA CELA DE Hailu abriu-se de repente e dois soldados o arrastaram rumo à área imaculada de recepção, que ele não via desde a chegada. Soldados trabalhavam em silêncio em suas mesas, alheios ao seu barulhento arrastar de pés rumo a uma fileira de cadeiras de metal polido. Não teve força suficiente para sentar-se ereto na cadeira fria para a qual o empurraram. Um soldado com uma calvície disfarçada entregou-lhe papéis que escorregaram de sua mão como pó. A caneta que sacudiram diante de seu rosto caiu no chão tão logo lhe foi entregue.

O soldado pegou a caneta, testou-a e vociferou:

— Tragam uma Biro nova, o Coronel não gosta de tinta velha. — Seu grito produziu outra caneta e alguns sorrisos forçados. — Assine — ordenou, apontando para o papel na mesa à sua frente.

As letras se movimentavam vertiginosamente diante de Hailu. Dois soldados o seguraram pelos braços. Sua cabeça inclinou-se, arrastando o resto do corpo para baixo, até que alguém finalmente firmou sua testa e o apoiou.

— Não quer saber o que está assinando? — o soldado perguntou, as sobrancelhas levantadas causando rugas profundas na sua testa.

Os demais soldados ergueram os olhos de seus documentos. Hailu viu que a boca do soldado se movimentava, suas sobrancelhas apontavam para o alto, porém não conseguia decifrar as palavras. Sua cabeça parecia densa, pesada.

— É sua garantia de morte — o soldado gracejou, apontando para o papel. — Assine ou eles o matarão.

Riram.

Hailu rabiscou sua assinatura na página; manchas e borrões de tinta marcaram a palma de sua mão enquanto ele a arrastava pela folha.

O soldado colocou o papel assinado dentro de uma pasta e entregou-a ao companheiro. Ergueu Hailu pelo cotovelo.

— O que disse a ele? — perguntou, batendo de leve na área calva no topo de sua cabeça. — Como ele pôde soltá-lo depois que o senhor matou sua filha?

Hailu não conseguiu escutar por cima do zumbido nos seus ouvidos. Permaneceu com as mãos cruzadas à frente, a cabeça baixa, esperando para ser levado ao Coronel. Em vez disso, foi puxado na direção da porta de entrada, depois cutucado por trás. Na porta, entregaram-lhe sua valise, agora vazia, e o empurraram para fora. Ele piscou vivamente no ar gelado. A porta foi fechada e trancada.

Ficou imóvel, com a boca seca, à espera de que os soldados abrissem a porta com violência e o empurrassem de volta. Esperou pelos risos de escárnio e insultos pela sua credulidade. Esperou até conseguir parar de tremer, até suas pernas se firmarem, até um pensamento se instalar na sua cabeça e se solidificar: ele estava livre. Livre. Não houve aviso, não haveria uma cerimônia, mas ele estava livre. Poderia pegar a estrada e, a cada passo, tornar-se apenas mais um homem atravessando o dia, o tempo de novo restrito a 24 horas. Minutos caprichosamente divididos em segmentos orientados pelo sol. Hailu apertou os olhos contra a luminosidade que diminuía. Deu um passo na estrada empoeirada que o conduziria para casa e movimentou a valise vazia na sua mão. Olhou por cima do ombro para a prisão quadrada e cinzenta e procurou soldados na paisagem. Esperou durante intoleráveis minutos que o ruído das passadas dominadoras do comandante soasse cada vez mais alto. Nada aconteceu.

Olhou ao redor. Havia olhos sobre ele, que espiavam de colinas distantes, de persianas semicerradas, de binóculos militares focados. A Etiópia se tornara um país de sentinelas. Imaginou a figura que fazia: um homem sozinho com uma valise gasta, cambaleando sobre pedras e crateras. Por um instante, pensou que era uma visão vulgar e assustadora. Estava quase nu, suas calças cortadas e rasgadas, buracos revelando indecentemente partes de seu corpo. O pensamento, no entanto, evaporou-se na nebulosidade de uma mente entorpecida e machucada. Ele não se importava. Qualquer pudor tinha sumido durante os interrogatórios. O Coronel o tinha transformado em nada mais do que uma massa de nervos avariados e ossos moles. Ele tinha repetidas vezes se despido de toda inibição, uma indignidade após a outra. Não se importava que suas roupas expusessem cada parte de sua figura macilenta. Não se importava que a palma de sua mão aquecida pelo sol voltasse a fazer parte de seu mundo. Não se importava com nada.

Se ainda tivesse o mesmo coração com o qual nascera, teria se perguntado sobre Yonas e a culpa que ele sabia que o filho carregava. Teria reconsiderado o que diria a Tizita, como explicaria onde estivera e por quê. E teria pesado suas palavras com Dawit, escolhido apenas as mais amáveis. No entanto, nenhum pensamento entrou na sua cabeça; nenhuma emoção incitou seu coração a voltar para a vida. Ele movia-se mecanicamente, arrastando uma perna para a frente da outra e permitindo que aquele momento o puxasse na direção do passo seguinte. Procurou o espaço ocupado por Selam pelo qual seu corpo ansiava, algum indício de que ela estava com ele, mas havia apenas o som do pedregulho que se chocava e estalava sob seus pés feridos e doloridos.

PESSOAS PARARAM para olhar, grupos se dividiram, atônitos, para deixá-lo passar. O ar se deteve ao redor de sua cabeça e acima de seu corpo, o canto de um pássaro foi interrompido na metade e acabou em silêncio. Hailu tinha o aspecto de um homem que arrastava consigo a morte... um Lázaro condenado. Suas costas eram um arco profundo, seu estômago uma caverna. A pele flácida se franzia e pregueava onde antes havia carne e gordura.

Uma mulher aproximou-se com uma xícara na mão, os olhos acompanhando-o da cabeça aos pés, depois desviando-se com cautela.

— *Abbaye* — ofereceu. — Tome um pouco de água.

Sua voz soou rica e pura, límpida e suave como uma fonte. Trouxe lágrimas aos seus olhos e ele as engoliu para aplacar a secura da garganta. Continuou a caminhar, receoso de estender o braço para pegar a xícara e o impulso jogá-lo ao chão. A mulher então aproximou a água de sua boca e suavemente inclinou sua cabeça para trás, apoiando-o para que bebesse um gole.

— Caminharei ao seu lado, agora abra a boca e beba — disse.

Hailu obedeceu, há muito incapaz de opor resistência a uma ordem. A água desceu depressa pela sua garganta, inundou seu estômago e o frescor e a total pureza do gosto o sobressaltaram. Nada mais havia naquela água senão sua doce, luminosa, resplandecente umidade.

Sentiu a mulher segurá-lo pelo braço. Ela deslizou o *shamma* de seus próprios ombros e passou-o ao redor dos dele.

— Para onde vai? — perguntou.

— Para casa. — Sua voz soou seca e frágil, fraca. — Para casa — repetiu.

Ela aproximou o braço dele do dela. Caminharam até ela não poder mais prosseguir.

— Serei denunciada se não voltar para o *kebele* — disse. — Vá com Deus.

Soltou o braço e Hailu sentiu-se como um pássaro assustado que se arremessa para o céu. Sua cabeça rodopiou com o desequilíbrio renovado, mas, vacilante, logo deu o próximo passo solitário. Tateou o espaço vazio à sua frente em busca de alguma coisa, qualquer coisa, que o orientasse à frente, de corpo ereto e dignificado, rumo à sua porta de entrada, mas se deparou com o som de folhas, esvaziadas do canto dos pássaros, tremendo no vento.

ALGUÉM BATEU na porta.

— Veja quem é, Tizita — pediu Sara. — Deve ser Emama Seble.

Tizita saiu depressa da cozinha e atravessou a sala de estar aos saltos. Parou no rádio vermelho de *Abbaye*, silencioso e empoeirado, e beijou a frente dele, como fazia em segredo cada vez que passava. Depois prestou atenção à porta para ter certeza de que não havia soldados do outro lado.

"Como posso saber se eles estão lá?," perguntara à sua melhor amiga na escola, Rahel. O irmão de Rahel tinha sido levado de casa uma noite por soldados que bateram antes. Rahel tinha inclinado a cabeça com conhecimento de causa. "Eles têm cheiro de bode".

Tizita parou junto à porta e pressionou o nariz contra ela. Sentiu um cheiro ruim. Rahel tinha dito a ela que se a pessoa não abrisse a porta os soldados levariam todos. Abriu a porta, cobrindo o nariz. Os olhos dele estavam fundos e sua boca sem energia revelou dentes amarelos. Faltavam dois na frente e sua língua lambia o espaço vazio como um cão sedento. Seu rosto parecia ter sido achatado por um martelo nos lados, seu nariz estava torto, grande e inchado. Havia pelos rebeldes em áreas de seus maxilares e pele espinhenta e esburacada nas cavidades pálidas e nuas.

O nariz dela queimava, seus olhos ferroavam, sua garganta doía. Recuou e começou a fechar a porta.

— Tizzie — disse o homem. — Tizzie?

Ela olhou para os braços magros do homem e viu crostas, arranhões e buracos pretos de queimadura e teve certeza de que olhava para um dos fantasmas com quem, as pessoas diziam, Emama Seble conversava. Ela bateu a porta assustada e correu de volta para perto da mãe.

O GRITO DE SARA FOI formado na linha tênue entre o horror e a altivez. Ela parou na soleira da porta, atônita com a imagem do homem que ela via tremer ao sol, a boca abrindo e fechando em busca de ar. Gritou de novo, apertou o coração e afastou-se da porta.

— Sara — ele disse, imóvel, com medo, ao que parecia, de mover-se sem que lhe mandassem. Era uma árvore que apodrecia despojada de raízes, privada de água e sol.

— *Abbaye* — ela gritou, estendendo os braços mesmo quando ele permaneceu imóvel. — É o senhor — exclamou, renovando a confiança dos dois. Ululações escaparam de sua boca, a emoção mútua pelo reencontro misturada a uma dor profunda. Engoliu em seco, tentou interromper as lágrimas, mas sua garganta liberou os gritos, aliviou a solidão e o temor que haviam começado muito antes da prisão de *Abbaye*, que haviam sido plantados com a morte de seu próprio pai. — O senhor está em casa.

— Quem é? — Tizita perguntou. Ela se mantinha rígida como uma tábua.

— Sou eu, Tizita. — Ele começou a balançar-se, seu corpo por fim curvado, derrubado pelos temores da menina.

— Meu pai. Meu pai. — Yonas deixou-se cair ao lado delas. — *Abbaye*.

Hailu inclinou-se solidamente contra Sara, como uma pedra pesada. Sara sentou-se no chão e colocou-o atravessado no seu colo. Ele gemeu e sua respiração difícil flutuou até o rosto dela.

59.

LÁ. LÁ. LÁ ADIANTE. Um grão de areia flutua em um vento enfurecido e pousa nos olhos úmidos de um homem com a boca aberta para a lua. Ele se agacha em seu uniforme militar, olhar selvagem e abatido sobre terra improdutiva, seus olhos poços sujos de luz. Lá está o Coronel à beira de uma estrada de encosta, acima de uma cidade obscura, e ele se encanta com a densidade da noite escura. No topo de uma colina bem acima de Adis Abeba ele tira o uniforme, Coronel nunca mais, despido para o vento. Ele para, a pele sensível e as costas curvadas, um pai aflito com nuvens nos olhos. Lá, em uma encosta solitária, estrelas curvam-se para um lamento repentino. Árvores balançam no ritmo de seu peito ofegante. Uma coruja assustada pisca com o baque surdo de bala perfurando um osso de crânio.

60.

O FUZIL ERA SEU BRAÇO, conectado ao ritmo de seu peito, quente, pesado e sólido contra o ombro. Dawit mirou, atirou e acertou o alvo, ouviu o estampido e o estrondo de madeira lascando, sentiu o zumbido nos ouvidos e o cheiro ativo de chumbo, compreendeu o poder e a carga de algo ao mesmo tempo mortífero e sedutor e carregou de novo. Pássaros se dispersaram acima de sua cabeça, o assobio distante de um pastor elevou-se e sumiu na surpreendente quietude de fumaça de tiro e suor.

— Muito melhor — afirmou Solomon, parado ao lado dele, algodão enfiado nos ouvidos, um sorriso de inveja nos lábios. — Estou surpreso. — Bateu no seu ombro. — Basta por hoje. Vamos voltar.

Dawit deu um suspiro de agradecimento. Um cansaço profundo o tinha invadido.

— Preciso ir para casa — disse. — Lily já partiu para Cuba e não sei nada sobre minha família.

— Devemos esperar até que encontrem um novo anarquista para perseguir. Não vai demorar muito, eles têm prendido todo mundo — afirmou.

— Por minha causa? — Dawit perguntou. Ficou agitado. — E se castigarem meu pai? Preciso ir.

— Calma — recomendou Solomon. — Seu pai está em casa.

Dawit largou o fuzil.

— Preciso ir. — Pegou o casaco do chão. — Preciso vê-lo.

Solomon bloqueou seu caminho.

— Pare! — Empurrou-o para trás. — É este o seu problema, você não escuta ninguém.

Dawit tentou desviar-se dele.

— Preciso ter certeza de que ele está bem. E se voltarem para pegá-lo?

— Acha que ele estará mais seguro com você em casa? — Solomon perguntou, empurrando-o para trás de novo, depois pousando a mão no seu peito. — O Coronel mandou libertá-lo, depois se matou. Um velho agricultor encontrou o corpo.

— O Coronel? — Dawit cambaleou para trás. — O famoso? — Ele lera sobre esse homem na sua aula de história.

Solomon concordou.

— O mesmo Coronel, um de nossos maiores heróis de guerra, teve a própria filha, aluna do secundário, presa. Ela estava nos ajudando a entregar panfletos na escola. Ouvi dizer que ele queria assustá-la, dar-lhe uma lição, mas ela caiu em mãos erradas. Erro burocrático.

— O que isso tem a ver com *Abbaye*? — Dawit perguntou.

— Levaram a menina para o Hospital Black Lion, os interrogadores e soldados envolvidos. Eles não queriam que o Coronel descobrisse. Girma foi quem a interrogou.

Dawit respirou fundo. Todos conheciam Girma, o Açougueiro, homem charmoso e elegante que trabalhava com um saco plástico do tamanho de uma pessoa por cima de suas vítimas. Poucas saíam com vida. As que conseguiam, comentava-se, eram as que não tinham sorte.

— Meu pai a atendeu? — Dawit perguntou. — Foi ele quem cuidou dela?

Solomon aquiesceu.

— Dizem que ele próprio a matou, deu-lhe veneno para que ela não voltasse para a prisão. — Observou de perto a expressão de Dawit. — Não sabia?

— Não nos falamos. Ele não me dirige a palavra.

Solomon parecia triste.

— Girma planejava ameaçá-la para que ficasse de boca fechada, depois mandá-la de volta para casa, para o Coronel, curada e obediente, e conseguir uma promoção. — Mastigou a parte interna da bochecha. — Era amiga de minha irmã.

— Como sabe tudo isso? — Dawit perguntou.

— Girma nos contou. Ele estava tentando fugir do país e não colaborava muito, mas após algumas noites de... — Solomon fez uma pausa — ... conversas conosco, contou tudo.

— Onde ele está agora? — perguntou Dawit.

— Foi atropelado por um carro logo depois que o soltamos. Lamentável.

Dawit sacudiu a cabeça, perplexo com a informação. Ainda sentia a desaprovação do pai, mesmo com o abismo existente entre eles.

— Ele nunca me contou.

Poeira flutuava na faixa iluminada pelo sol que descia enviesada até a cama, a trajetória de seu movimento testemunhando o passar das horas do dia. Hailu estava deitado no quarto de Dawit e tentava quebrar minutos e segundos em seus mínimos incrementos, naquele momento perfeito imediatamente antes de o cérebro reconhecer a dor.

— O senhor desapareceu de novo — disse Sara, enquanto levava uma colherada de mingau à sua boca. — Coma. Não está muito quente. — Sorriu com a ternura de uma mãe recente.

Fumaça de cigarro escapava pelo seu nariz. Hailu virou para o lado, receoso de enxergar o Coronel. Dawit ainda precisava visitá-lo, ninguém mencionara seu nome. Ergueu os olhos e percebeu o Coronel apoiado nas dores pungentes que dilaceravam sua garganta.

— Só um pouco. — Sara forçou a colher contra seus lábios fechados.

Tizita entrou no quarto correndo, fazendo-o estremecer.

— Tizita! — exclamou Sara. — Falei para você não correr aqui. — Bateu de leve no ombro dele.

Tizita tocou as pernas de Hailu, sem perceber que atingia exatamente os lugares onde os fios tinham sido ligados. Ele gemeu.

— Pare de tocar nele. — Sara afastou a mão da menina com um tapa. — Ele ainda está em recuperação.

— De onde ele veio?

— Já lhe falei — Sara respondeu. — Da prisão. Ficou lá por um longo tempo. Por isso está assim.

Tizita aproximou-se mais de Hailu. Com um dedo tímido, desenhou o contorno de um corte fechado acima de sua sobrancelha.

— Dói?

Hailu permaneceu calado e lembrou a si mesmo que o Coronel não viria.

— Acho que ele gosta disso — disse Sara. — Ele em geral se retrai.

Hailu fechou os olhos e deixou que a voz dela pairasse acima de sua cabeça.

— Tenho certeza de que seus dentes logo voltarão a crescer — afirmou Tizita. — Os meus cresceram. — Fez uma pausa. — Acho que ele está sonhando de novo, *Emaye*. Suas pernas estão correndo.

61.

O QUIOSQUE ESTAVA protegido de olhos intrusos por um cobertor preto que Melaku pendurara sobre as persianas. Dawit deixou que seus olhos percorressem a luz pálida. Robel estava na frente dele, arrastando os pés no chão de terra. O menino era pequeno para a sua idade. Poeira e torrões de barro seco enchiam os vãos entre seus dedos. Estava sem sapatos e seus tornozelos se sobressaíam pontiagudos do final das pernas ossudas que balançavam dentro de calções grandes demais para ele. Sua camisa desbotada estava manchada e deixava à mostra uma barriga achatada. As sobrancelhas grossas quase se encontravam no centro.

— Sinto muito pelo seu irmão. — Dawit sabia que sua estrutura alta dominava o espaço limitado e deixava Robel ainda menor. Acomodou-se no banco de madeira. — Era um menino fantástico. Garanto a você que faremos tudo que estiver ao nosso alcance para pegá-los. — Ele pedira a Solomon uma noite no seu bairro para falar com a família. — Como está sua mãe?

— Ele era inteligente. Devia ter ido para a escola. — Os braços de Robel estavam rígidos ao longo do corpo, os punhos cerrados.

Sara observava de um canto, à espera de sua vez de falar.

— Se sua mãe perder mais uma pessoa, tem ideia de como ela ficará triste? — Dawit perguntou. — Sei que quer fazer alguma coisa. Vim aqui só para lhe dizer, para que você consiga entender, que a melhor coisa a fazer é cuidar de sua mãe. Deixe a luta por conta dos outros.

Os olhos castanho-claros de Robel encontraram os de Dawit, transbordando de ódio.

— Levaram meu pai, também. — Sua boca tremeu. — Eu tinha obrigação de cuidar de meu irmão.

Dawit percebeu que aquele menino poderia tornar-se uma ameaça adulta vigorosa, uma força destruidora carregada de desgosto que tinha sido tratada como inconsequente. Fingiu que pensava por um momento.

— Minha mãe costumava me mostrar pedras como esta. — Pegou um cascalho e rolou-o entre os dedos. — Assim, não consegue fazer nada, é pequena demais. Dentro de um sapato, no entanto, pode fazer um homem mancar. Compreende?

Robel franziu as sobrancelhas, sacudiu a cabeça, mas estava escutando com atenção.

— Você é meu cascalho. Quero que conte para Melaku toda vez que ouvir alguma coisa enquanto estiver trabalhando. Você escuta gente falando, certo?

Robel concordou, entusiasmado.

— Eles não imaginam que posso ouvi-los.

— Ótimo, isso é perfeito. Precisamos de você. E tem de me prometer que não dirá a ninguém que me viu.

— Não direi — confirmou Robel, virando-se para olhar Sara.

— Não direi a ninguém que você esteve aqui — ela disse ao menino. — Nem à sua mãe.

— Endireite o corpo. Junte os pés. — O coração de Dawit apertou-se à visão do menino ansioso, obediente. Segurou-o pelos ombros e olhou dentro de seus olhos. — Seyoum. Este é seu novo nome. Qualquer recado que me mandar por Melaku, diga que é de Seyoum. — Fez uma pausa. — E eu sou Mekonnen.

— Mekonnen — Robel repetiu, erguendo os olhos para Dawit, atônito.

Sara e Yonas falavam em voz baixa através de um abismo que era maior do que a mesa de jantar que os separava. O peso da confiança traída invadia as subcorrentes de tensão.

— Você sabia? Todo esse tempo você sabia e não me contou? — perguntou Yonas. — Fui até àquele... àquele necrotério, e você sabia? — Suas palavras lutavam contra sua própria descrença.

— Eu não sabia então. Só descobri que ele anda se escondendo, mas ele não diz onde. Pediu para avisá-lo que está bem.

— Não. — Yonas sacudiu a cabeça. — Você sabia, eu notava que alguma coisa estava diferente, você não estava muito preocupada e só começou a procurá-lo uma semana após seu sumiço. Não me diga que não sabia.

Sara falava em tom uniforme.

— Você precisará confiar em mim. — Levantou-se. — Preciso ver como está seu pai.

— O que mais está acontecendo?

Ela parou e virou-se.

— O que quer dizer com isso?

— Tem mais alguma coisa.

— Não tem mais nada — confirmou. Cansaço e amor suavizavam sua voz.

— Acha que não sei de suas saídas noturnas? Você vai a algum lugar e não volta antes do toque de recolher. Eu costumava ficar inquieto até você voltar. Eu sabia que você estava com Dawit, mas o que podia dizer? — Engoliu em seco. — Depois de todas as coisas que não fiz e que deveria ter feito... Como poderia culpar você?

Sara balançou a cabeça, surpresa.

— Não é o que está pensando.

— Como sabe o que estou pensando?

Ela enrijeceu o corpo.

— Você é meu marido e em nenhum momento deixei de saber disso.

— Você nunca soube mentir, Sara. Como eu — disse, com um sorriso triste. — Não consegue me contar um de seus muitos segredos depois de todos esses anos?

Estendeu o braço e puxou-a para junto dele.

— O que há? — Beijou o rosto da esposa, depois cada um dos seus olhos e pousou a boca no topo de sua cabeça. — Durante minha vida inteira, juro jamais contar a alguém.

Ela se apoiou no seu peito forte, cansada, e começou a contar sobre os corpos, as identificações, a náusea e o fedor, os ossos quebrados e as famílias destruídas, as mães chorosas e os pais atordoados. Contou-lhe das idas tarde da noite ao ventre de uma cidade sitiada, de como rastejavam sob a luz das estrelas e das árvores.

— Trabalhávamos tão depressa quanto podíamos, porém no dia seguinte haveria mais. E as mães, as mães. Eu precisava contar às mães.

Abraçou-a com mais força, apertou-a suavemente e beijou-a.

— Isso era perigoso. — Fechou os olhos. — Você esteve perto demais de tanto perigo. Melaku ajudava?

Ela assentiu.

— Por isso ele parecia sempre tão cansado. Emama Seble sabia?

— Precisa perguntar?

Ambos riram. Ele voltou a ficar pensativo.

— E depois?

Ela se aconchegou mais no seu abraço.

— O toque de recolher mudou da meia-noite para o anoitecer. Dawit anda escondido. Não há nada a fazer agora senão esperar que ele volte para casa, que *Abbaye* melhore, que fiquemos juntos de novo.

— Ele não melhorou nada.

— Ele precisa dormir — ela disse.

Hailu chamava por Selam no seu sono todas as noites, sentava-se na cama no meio de uma conversa com ela, depois voltava a deitar atordoado e resmungando.

— Não podemos trazer um médico para examiná-lo — Yonas afirmou. — Quem se aproximaria dele? — Almaz tinha sido arrastada da cama logo depois da prisão de Hailu e executada na frente da filha. — Nada está melhorando.

62.

O VENTO FRIO DO DIA anterior tinha se transformado em brisa amena. Pés viçosos de luminosas flores *meskel* margeavam a estrada. Era o começo do Ramadã e tudo estava fechado, inclusive o quiosque de Melaku. Sara tinha ido fazer uma visita ao velho.

— Olhe para o céu, olhe! — ele exclamou, indicando o lugar para onde outros já estavam olhando, boquiabertos.

Melaku debruçou-se na janela do quiosque, o corpo apoiado no balcão. No centro do céu, circundando o sol escaldante, havia halos de cores vivas — vermelho, amarelo, laranja, azul — com bordas escuras, quase queimadas.

Uma velha com o rosto enrugado em uma carranca severa sacudiu a cabeça.

— É uma maldição. Vê aquela parte escura nas pontas? Satã está botando fogo no céu. — Deu um suspiro triste, mas continuou espantada com as cores. — Ele está vencendo.

— É uma bênção! — gritou um vizinho. — As coisas vão mudar.

Sara sentiu que vacilava sob o sol circundado de vermelho. Sua mãe descrevera um sol como esse no dia em que decidiu tirar a vida do italiano. Ela tinha lhe dito que, mesmo quando fechou os olhos, imobilizou o corpo e começou a apertar o pescoço do general, as cores do sol tinham se fixado sob suas pálpebras, iluminando sua escuridão.

— Não olhe por tanto tempo — a velha aconselhou.

Sara viu vários fregueses correndo para casa, porém outros surgiam de seus condomínios e se reuniam em grupos na estrada. Havia tantas pessoas que começava a parecer o início de uma procissão. Várias estavam de joelhos orando com as palmas das mãos erguidas. Sara percebeu soldados também olhando para o alto, confusão e curiosidade estampadas em seus rostos. Suas armas esquecidas estavam apoiadas de qualquer jeito nas suas coxas ou penduradas nos ombros. Shiferaw manteve-se afastado de todos, admirando o céu com seu sorriso deformado.

— O que acha que é isso? — ela perguntou a Melaku.

— É um sinal de perdão — ele respondeu. — É um sinal de redenção para as pessoas que nos tornamos. — Esfregou os olhos. — Entre.

Ele deu a ela um tamborete e ofereceu-lhe uma Coca-Cola.

— É a última que tenho. Nossos amigos socialistas não se dão conta de que essa é uma bebida imperialista. — Sentou-se ao lado de Sara e bateu de leve na sua perna, toda a energia drenada de seu corpo, de repente mais velho e cansado.

— Guarde-a — disse-lhe Sara, colocando de volta a garrafa no balcão. — Você está bem?

Ele já estava perdido em pensamentos.

— Eu era um homem bom — afirmou.

As palavras de Melaku remontaram aos dias em que ele parou no alto de um mirante de madeira instável e acertou com uma atiradeira as hienas que vagueavam perto das cabras de seu pai. Ele tramou uma história sobre o jovem filho de um camponês que conseguiu entrar no palácio de um imperador e usou suas canções para se misturar a nobres e princesas, senadores e príncipes.

— Então conheci uma menina — contou. — Mas seu pai queria netos dignos de palácios. Elsa. Minha Elsa. Gastei todo o meu dinheiro com essa menina mimada enquanto meu pai rebentava sua coluna ao sol. Ele morreu enquanto eu estava no palácio — contou Melaku. — Eu estava ocupado demais insistindo com Elsa para voltar quando me contaram que ele estava doente. Pensei que tivesse tempo.

— Se soubesse você teria voltado — disse Sara.

Ele prosseguiu, inclinando-se à frente.

— O que sabemos sobre o tempo que temos? O que sabemos sobre qualquer coisa? Quando instalaram uma caixa na delegacia de polícia para informações sobre reacionários, coloquei nela o nome do marido de Elsa. Pegaram os dois, e até o pai dela, um homem velho, já era velho naquela época. Precisaram carregá-lo, e também sua cadeira de rodas, para fora de casa. Quando percebi que esses novos oficiais não passavam de assassinos, tentei expulsá-los, mas não consegui. Eles se foram.

Colocou as mãos sobre a cabeça e pressionou as têmporas.

— Pedi um sinal de que eu poderia me perdoar. Que mostrasse que ainda há luz sob tudo o que falei. Comecei a ajudar Dawit, penitência por todas as pessoas que destruí. — Passou a mão de um lado ao outro do peito. — Mostrem-me, eu pedia, porque meu coração não conseguia sentir. Eu buscava sinais todo dia, toda noite em que recolhíamos um corpo. Eu receava encontrar Elsa, rezava para encontrar Elsa, rezava para ser apanhado. Mas vejo alguma coisa hoje nesse sol. Já vi. — Apontou para fora. — Esse sol.

— VIU AQUILO? — Dawit perguntou, apontando para o sol. — Todas aquelas cores. O que é? — Dawit tentou abstrair-se das instruções de Solomon quanto à sua nova tarefa, dos detalhes sobre a nova arma, das advertências para ter como alvo matar do modo mais limpo possível. Tudo acontecia naquele dia.

— Você é bom, quase melhor do que eu. — Solomon pegou do porta-malas do carro a valise que Dawit tinha lhe dado tempos atrás, a que continha o fuzil do soldado que ele matara. — Lembra-se dele? — Solomon perguntou, segurando a arma no alto. — Guardei-o para você. Foi testado, funciona bem, não é preciso apertar com tanta força quanto o modelo mais antigo que lhe dei na semana passada. Todo o resto é igual. — Apontou para o gatilho, depois cerrou o punho para esconder a mão que tremia mais do que o usual. — Pratique um pouco agora, depois precisamos ir.

Dawit pegou a arma e tentou controlar a tremedeira. Estava segurando a arma de um homem que ele matara, a caminho de matar mais um. Contemplou o céu de novo. Tinha havido uma época em que tudo que ele queria era ajudar os indefesos.

— O que há de errado? — Solomon perguntou.

— Acha que isso significa alguma coisa, o sol? Nunca o vi assim — disse Dawit, tentando esconder seus pensamentos.

— Está com medo? — Solomon fechou o porta-malas com uma pancada surda. — Não podemos depender de sinais.

— Não. — Dawit sentiu um aperto tomar conta de seu peito. As primeiras ondas de náusea surgiram.

Solomon passou o braço pelos seus ombros.

— Vou deixá-lo na Revolutionary Square, onde há uma grande manifestação. Você verá uma fila de Mercedes e jipes. Quando ouvir o primeiro tiro, mire no penúltimo carro e comece a atirar. É simples.

— Em quem devo mirar? — Dawit perguntou, começando a transpirar.

— Em qualquer pessoa naquele carro. Com bastante gente nossa, teremos cobertura completa. Assim que atirar, misture-se à multidão. Encontre-se comigo aqui atrás. — Solomon olhou para a clareira na floresta. — Se você não estiver aqui no toque de recolher, precisarei voltar no dia seguinte.

— As pessoas me verão com a arma.

— Trouxe um uniforme para você. — Solomon avaliou o seu tamanho. — Deve servir. Você será o segundo na fila a atirar, as pessoas pensarão que está mirando no primeiro atirador. Não perca um segundo. Mire no banco de trás. Continue atirando enquanto puder. Corra com a multidão.

Dawit perguntou a si mesmo se Solomon sentiria o cheiro azedo de seu hálito. Sentir um medo tão forte tinha um gosto.

— Não me interessa quem mais você vai pegar, e se não pegar há uma boa chance de outra pessoa pegar. Fracassamos da primeira vez, sabemos o que fazer agora. — Solomon flexionou as mãos. — Não me importo com o medo, detesto dúvidas.

— Com toda a certeza — respondeu Dawit.

Solomon bateu nas suas costas e observou o céu.

— Meu pai me contou sobre um sol como esse, certa vez. — Em seguida deu de ombros e entregou o uniforme a Dawit.

SARA DEITOU-SE EM cima de Yonas, peito contra peito, boca contra boca, e contou-lhe tudo. Observou-o escutar suas histórias, atento e amoroso. Deixou que a mão dele percorresse o topo de sua cabeça e encontrasse a cicatriz.

— Sou filha de minha mãe — disse. — Meu pai era Mikael Abraham. Eles fugiram para Qulubi e nasci lá, filha do filho de Abraham.

— Você é minha esposa — disse Yonas. — Nada mais me importa. Sua história começa aqui, comigo.

Roçou os lábios nos dele.

— Começou antes de você. — Sorriu com os olhos fixos nos dele. — Mas nos moldamos a partir de nossos destinos, não é? Certa vez minha mãe me disse isso. — Deixou a barriga subir e descer contra a dele, sentiu a maciez da carne contra carne, apoiada em seus músculos e na força. — Deixarei de chorar pelo que nunca tive, por aqueles dois. Eu prometo.

Ele abraçou-a com força.

— Nós dois pararemos de chorar por aqueles que estão mais felizes com Deus.

— Seremos de novo uma família — ela afirmou. — Com Dawit.

Yonas piscou repetidas vezes para afastar as lágrimas, enquanto Sara beijava o canto de sua boca.

— Vocês dois terão a oportunidade de conversar quando isso acabar. Ele está se escondendo para ter segurança e está a salvo. Ele voltará — concluiu Sara.

HAILU SONHA: UM caminhão na estrada para a sua casa ronca a caminho do portão, soldados saem com dificuldade pelas portas rangentes, correm com mil pernas e cem gritos para a sua janela. Agitam o retrato de Selam e o deixam em pedaços, expõem a fotografia de um Dawit recém-nascido e, com pernas de centopeia e mãos de répteis, rasgam-na pelo meio. Hailu se lança da janela para uma brisa fresca e um sol escuro anelado e ouve acima da cacofonia de baratas e ratos, acima do zumbido de cigarras zangadas, sua própria voz voltar para ele, viril e firme.

63.

A S RUAS ESTAVAM DESERTAS naquela tarde, nenhum jipe patrulhava a área e não havia soldados caminhando na frente das casas.

— Tudo está tão calmo — Sara disse para Emama Seble. Estavam na cama de Hailu, esperando que Yonas trouxesse Tizita da escola. Eram quase 17 horas. Sara olhou pela janela. — Já deviam estar aqui.

— Há um grande comício hoje — explicou Emama Seble. — Guddu está fazendo um novo pronunciamento. O tráfego no centro está pesado. Yonas telefonou, não é verdade? Faria compras antes de voltar para casa.

Sara concordou com a cabeça.

— Ele está esperando acalmar o movimento da ruas. Disse que há crianças recrutadas nas escolas participando das manifestações. — Parou. — Ele chora por Berhane. Ouço-o de noite, mas ele para quando percebe que estou acordada.

— Contou para ele? — a velha perguntou.

Sara fez que sim com a cabeça.

— Ele pensou que havia mais coisa entre mim e Dawit.

— Quem não pensaria? — Olhou de lado para Hailu. — Nenhuma novidade?

— Ainda não. — Sara desenrolou a atadura do peito de Hailu e colocou folhas novas sobre os ferimentos. Estavam cicatrizando aos poucos.

Emama Seble tocou suas faces.

— Ele está melhorando. Está reagindo.

DAWIT OLHOU COM atenção os espectadores na Revolutionary Square. As pessoas se acotovelavam e caminhavam em círculos. Sentiu expectativa e tensão no ar, a carga elétrica de corpos em excesso movendo-se depressa demais sem pensar muito, e isso tornava o amplo espaço aberto sufocante. Virou-se de frente para o Fanfine River e os muros dourados desbotados do que antes era chamado de Jubilee Palace, depois olhou na direção do imponente Africa Hall, da cúpula polida da igreja St. Estifanos, e por fim pousou o olhar nas árvores ao redor da praça. Percebeu o reflexo dos óculos de sol de um atirador de elite através de folhas finas. Soldados flanqueavam cada canto, seus cintos de munição presos com firmeza na cintura e atravessados no peito, os olhos vagueando metodicamente pelos pedestres e pelas crianças. Esquadrinhavam o horizonte, se detinham em grupos dispersos de jovens, franziam as sobrancelhas para mães vestidas de preto e o ignoravam. Os olhos de Dawit estavam paralisados em uma determinada fila bem no alto das arquibancadas descobertas, onde dois homens com uniforme de soldado estavam sentados separados um do outro, as pernas cruzadas de modo idêntico.

O *keberos* começou, com um firme soar de tambores que sufocava os sussurros moderados dos civis. Os tambores eram batidos com força, o couro esticado, já fino pelos anos de uso, e lançavam sons cavernosos que ecoavam no campo. Por um momento, pessoas pararam de andar, soldados fizeram uma pausa à meia espreita e todos os olhos se voltaram para os meninos e as meninas que tocavam impetuosamente seus tambores. Um grito de expectativa subiu como uma bolha em direção ao céu. Dawit intuiu o que ele sabia que todos os outros tinham intuído: que anjos estavam falando, lembrando-os de que havia outros também que gritavam com eles para os céus. Não estavam sozinhos.

Um assobio soou do lado de fora, gritos penetrantes que quebraram seu devaneio. Vozes de crianças se elevaram, excitadas e estridentes. O ronco distante de motores e pneus grossos ficou mais alto. Policiais militares avançaram na direção da estrada em grupos de dois ou três e Dawit foi atrás, um vulto solitário caminhando com passos rápidos rumo à saída mais próxima.

— Não ande com eles, mas mantenha-se perto — recomendara Solomon. — Pare no cruzamento mais próximo do estádio e fique de olho na penúltima Mercedes. Mire nos passageiros. Atire sem cessar. Não pare, não se preocupe com quem mais você atingir. Corra com a multidão. — Depois tinha apertado sua mão e a segurado com firmeza. — E se for apanhado... — ele enfiara uma minúscula cápsula de cianeto na palma de sua mão. — Que os anjos nos ouçam hoje.

O cortejo seguia a passo lento. A multidão estava silenciosa, transfixada pela suavidade untuosa dos carros que deslizavam pela estrada como uma cobra preta solitária. Dawit enfiou-se atrás de duas mulheres e olhou ao redor. Todos os olhos estavam voltados para o cortejo, hipnotizados pelos suntuosos aparatos dos participantes. Estudantes quebraram de novo o silêncio com um canto que louvava os últimos triunfos de Guddu contra inimigos covardes. O toque dos tambores os orientava, suas passadas se tornavam mais largas, seus braços balançavam com exuberância selvagem. E, a despeito das palavras, a despeito das bandeiras com foice e estrela, a despeito do terror instalado por trás no olhar de cada espectador, a multidão não conseguia deixar de achar animado e divertido testemunhar tanto poder e tanta força.

De uma esquina do outro lado da rua, Dawit viu Solomon e, atrás dele, Anbessa. Solomon fez um sinal com a cabeça e misturou-se à multidão. Anbessa deu um passo à frente e Dawit acreditou tê-lo visto piscar e forçar um sorriso antes de colocar cuidadosamente o fuzil mais alto no seu braço. Restavam ainda cinco carros, depois uma fileira de soldados, a seguir os últimos dois carros.

Eles vieram, um após o outro, com convicção e calma. Os soldados passaram, envoltos pelo fervor de uma plateia instruída para encorajar e aplaudir diante da ameaça de morte. As crianças gritavam. Os tambores soavam sem parar. E Dawit imaginou que até as árvores se curvavam e reverenciavam o momento. Anbessa ergueu o fuzil.

Dawit ergueu o seu, observou com atenção a última fila de soldados, certificou-se de que nenhum olhava na sua direção. Então liberou a trava de segurança e começou a contar.

O carro deslizou para seu campo de visão.

O motorista vestia roupas vistosas, tinha nariz comprido e boca impassível. Depois apareceram os passageiros no banco de trás. Dawit colocou o dedo no gatilho e mirou no homem mais perto dele. O que viu o fez vacilar. Mickey: deslumbrado, piscando rapidamente, um leve sorriso nos lábios, distribuindo acenos afáveis pela janela. Dawit ergueu os olhos rapidamente e percebeu que Anbessa estava atento ao carro, seus ombros retesados, toda a sua concentração nos passageiros, nenhuma no soldado do outro lado da rua apontando um fuzil para um antigo amigo, a confusão crescendo e estourando contra seu estômago.

Uma mão gorda erguendo-o após uma luta, o constante empurrar dos óculos com armação preta, os sorrisos nervosos, os risos rápidos e ofegantes que mascaravam uma mente calculista, o suor, as roupas passadas com obsessão, o uniforme manchado naquela noite maldita que virou esse amigo pelo avesso e de cabeça para baixo e depois mandou-o de volta para a vida de Dawit irreconhecível, com um coração em frangalhos e cortado para caber em uma só mordida na boca de um monstro venenoso. Esse menino não é mais um menino, esse homem nunca foi um homem. O que nunca foi pode de fato ser levado embora?

Dawit apoiou o fuzil em ângulo no ombro. Antes de ouvir a primeira bala rodopiar no ar, puxou o gatilho e disparou um tiro após o outro, ignorando as mulheres que se abaixavam à sua frente e depois corriam cobrindo as cabeças. Crianças se dispersaram. Soldados tombaram. A Mercedes deu uma guinada, os freios chiaram, Mickey despencou contra a janela estilhaçada, buracos atravessaram seus óculos. Dawit atirou repetidas vezes, absorvido pela mágica de balas rugindo de um cano polido, explodindo com som, ricocheteando em metal e osso. No primeiro clique vazio, olhou para cima, encurralado pela imensa onda de civis em pânico, e caminhou rapidamente com eles. Perdeu-se entre os corpos imprensados e tornou-se apenas mais um soldado que tentava encontrar um caminho para escapar ileso da confusão.

64.

ADIS ABEBA INTEIRA VIROU um caos. Portas foram arrancadas das dobradiças, filhos tirados à força das casas e mortos a tiros, filhas violentadas, homens e mulheres enforcados em praça pública. Milhares foram levados como gado para prisões onde gritos mórbidos e apelos angustiados escapavam das pequenas celas escuras.

— O Terror Vermelho! — declarou o ainda ofegante Guddu na Revolutionary Square. — O Terror Vermelho quebrará a espinha desses inimigos do Estado! Mataram mais um de nossos bravos homens! Tentaram matar-me de novo! E de novo fracassaram! — Avançou até um púlpito na frente de uma nova multidão de espectadores aterrorizados e trêmulos e ergueu uma garrafa cheia de água cor de sangue. — Recentemente eliminamos o traidor general Teferi Bante por seus atos traiçoeiros contra o Estado — afirmou, ignorando o grito sufocado da multidão. — De Nakfa a Assab, destruiremos um a um todos os eritreus rebeldes! Todos os que querem interromper o progresso da Etiópia serão eliminados. Não cessaremos até que as sarjetas transbordem com o sangue de todos os nossos inimigos. Combateremos o Terror Branco burguês com o Terror Vermelho! Até que o solo etíope esteja encharcado de seus ossos, de sua carne e de seus gritos, não vamos parar! Morte aos inimigos! Morte! — Ergueu mais alto a garrafa e espatifou-a no chão.

Cacos de vidro tingidos de vermelho se espalharam e cintilaram no sol. Mil mães e pais caíram de joelhos e rezaram. Jovens de ambos os sexos se prepararam para uma nova investida de violência. E na cidade inteira todos buscavam nos céus sinais de que os anjos reinavam, de que eles escutariam e considerariam seus pedidos de ajuda.

Enquanto corpos se empilhavam uns sobre os outros em ruas e praças da cidade, enquanto famílias tropeçavam em cadáveres de parentes enrolados em cartazes que anunciavam "Terror Vermelho" com sangue fresco, enquanto cresciam as valas comuns, histórias de furiosas batalhas armadas de Anbessa com os temidos soldados do Derg, sempre travadas com Mekonnen e Solomon ao seu lado, se espalhavam pelas casas. A busca do governo pelos três homens se intensificou. Semana após semana, forças especiais eram mandadas para as regiões montanhosas, recebiam ordens para esquadrinhar cavernas e cabanas, destruir campos e fazendas, arrasar aldeias e descer até o fundo de poços de água. Ainda assim, não encontravam nada. Era como se, as pessoas comentavam a meia voz, anjos os tivessem tornado invisíveis. A cada noite, orações eram feitas para Anbessa, destruidor de barricadas; Mekonnen, matador de soldados; e Solomon, o sábio. A Santíssima Trindade, alguns ousavam dizer, sem medo de blasfemar contra uma deidade que há muito os abandonara.

65.

UM MONGE CANSADO arrastava os pés na escuridão púrpura da caverna, abrindo espaço para Anbessa, Solomon e Mekonnen. Sua longa túnica empoeirada roçava o chão quando ele se inclinava, fazia o sinal da cruz diante de um altar com velas e uma Bíblia e depois se sentava em uma velha almofada de couro.

— Vivemos aqui há centenas de anos sem nenhum problema. Vocês estão em segurança — afirmou. — Eles não conseguem subir esta montanha sem isto. — Nas suas mãos havia uma corda comprida e grossa.

Solomon agachou-se na entrada da caverna estreita, apertou os olhos para evitar o sol e olhou o vale bem abaixo. Árvores altas na parte inferior do declive íngreme e rochoso bloqueavam a visão, as folhas deixando passar apenas nesgas fragmentadas da luz do dia.

— Estão à procura de Mekonnen, especificamente — disse Solomon, apontando para Dawit. Virou-se para o monge. — Há outro lugar para onde ele possa ir se precisarmos nos separar?

— Somos muitos aqui — respondeu o monge, com um sinal positivo de cabeça. — Eles não sabem que existimos, estamos esquecidos.

Dawit parou atrás de Solomon e observou a boca escancarada do vale luminoso, enquanto um vento frio e cortante gemia perto deles. Uma pequena sepultura recém-cavada estava visível embaixo da ampla sombra de uma árvore afastada, rodeada de flores *meskel* murchas.

— Há uma criança enterrada lá. A mãe vem todos os dias e dorme ao lado da sepultura antes do toque de recolher — disse o monge. Olhou para Dawit. — Ele nos prometeu que não haveria mais dilúvio, mas rezo todos os dias por uma inundação que acabe com tudo isso.

Dawit olhou para o homem, curvado e digno, e percebeu uma raiva insinuante e uma lealdade determinada. Ajoelhou-se e abraçou as pernas do velho monge.

— Fiz tanta coisa — reconheceu. A saudade de casa e da família, de sua antiga vida e dos antigos amigos invadiu-o de repente.

— Mekonnen. — O monge pousou a mão na sua cabeça. — Não servimos ao Deus do guerreiro rei Dawit, o matador de feras e gigantes, o reconhecido assassino de maridos e pais e dos filhos viris de mães chorosas? Nosso Pai não fez desse Dawit o mais querido, a semente para seu próprio Filho? Ele não acrescentou força à sua espada vibrante? Ele mesmo não levou a raiva de um assassino para o coração de sua amada? — Fez o sinal da cruz na parte superior da cabeça de Dawit. Sua voz tinha um quê da determinação dos fiéis. — Meu filho, Etiópia, levanta-te e luta contra a nova besta que desceu sobre nosso país. Rezarei por você por nada além de bênçãos, por olhos que vejam na noite e pernas que o levem longe e depressa, por uma vida longa e pacífica, por filhos que não descansarão até que nosso país esteja livre de novo.

HAILU ACORDOU, arrancado do sono pela forte claridade do sol. Foi a rápida contração de suas pernas que o fez compreender que seu corpo começava a se recuperar, que durante todo aquele tempo, enquanto oscilava entre intelecto embotado e medo aguçado, ele estivera unindo e remendando nervos e músculos. Seu corpo estava se adaptando a uma existência sem dor. Engoli meus próprios dentes, não tive onde cuspir meu próprio refugo e quase morri de fome com o estômago cheio apenas de culpa e medo. Hailu olhou para suas pernas, para o leve tremor que ele não conseguia controlar nas mãos, e no espelho acompanhou o canto de sua boca, que jamais voltaria a ficar completamente desentorpecida. O corpo, no entanto, se recupera no devido tempo, pensou, e um dia que chegará em breve dormirei livre dos sonhos e dos espasmos incontroláveis que testemunhei nos moribundos que anseiam por partir. Viverei livre de tudo isso, longe dos dias de fedor e eletricidade e mãos investigadoras. Viverei. A menina. O que fiz? Hailu fixou mais uma vez os olhos nas suas pernas que saravam, nas mãos que se fortaleciam, no corpo em recuperação de um velho e começou a chorar.

YONAS OLHOU PELA janela da sala de orações e forçou os olhos para distinguir o vulto que se agachou e depois, com um único salto ágil, entrou no quiosque de Melaku. Tentou adequar os olhos aos contornos da luz fraca que piscou e depois se apagou dentro do quiosque, mas não havia luar. Virou-se e começou a orar.

Ouviu um som familiar. Era uma batida leve, seguida de pedras sendo atiradas contra vidro. Yonas foi levado de volta aos dias da infância quando ele e o irmão se escondiam um do outro, de Mickey, de seus pais, de uma desgostosa Bizu. Era uma brincadeira mais do irmão do que dele, mas da qual participava com uma certa má vontade. As pedras vieram de novo, uma chuva delas contra a janela.

Yonas desceu depressa e em silêncio a escada que levava à pequena porta lateral. Levantou o trinco, abriu bem os braços, deixou seu irmão cair sobre ele e segurou-o com firmeza, o choro baixo de Dawit o único som a separar os dois homens altos, que se abraçavam com tanto desespero que era quase impossível distingui-los no escuro.

— Você está em casa — exclamou Yonas. — Você está em casa.

— Estou em perigo — cortou Dawit. — Não tenho outro lugar para ir.

Yonas sacudiu a cabeça.

— Você estará a salvo aqui. Não deixarei que o encontrem — tranquilizou-o, no abrigo da casa do pai.

DAWIT RESPIROU COM dificuldade quando viu o pai.

— *Abbaye* — disse, tentando atravessar a nebulosidade na cabeça do pai e encontrar o homem. — Hailu. — Segurou a mão do pai. — Estou aqui.

Hailu levou a mão de Dawit à boca para beijá-la, depois virou-se.

— Em geral ele está mais alerta e muito mais forte — esclareceu Sara. Tocou o travesseiro próximo à cabeça de Hailu. — Ele tem chorado. — Levantou sua cabeça e apalpou embaixo. — Está encharcado. Vou trocar. *Abbaye*, o que está acontecendo?

— Vamos trocar o travesseiro e deixá-lo descansar — sugeriu Yonas, com o braço de novo ao redor dos ombros do irmão e trazendo-o mais para perto. — Você precisa voltar lá para cima e se esconder antes que Tizita acorde da sesta — recomendou a Dawit. — Ela não deve saber que você está aqui, poderia falar alguma coisa.

Dawit ergueu-se.

— Ela cresceu tanto. Quanto tempo estive fora?

Sara tocou seu braço, retirou a mão e segurou o braço de Yonas.

— Tempo demais.

— Shiferaw dá muito trabalho? — perguntou, enquanto saíam de seu antigo quarto e subiam a escada.

Yonas sacudiu a cabeça.

— Ele está fora para reuniões. Esses *kebeles* ficarão mais rigorosos.

Dawit deteve-se diante de Tizzie adormecida.

— Ela se parece com você — disse, sorrindo para Yonas.

Sara parou na porta da sala de orações.

— Traremos comida logo. — Entrou, alisou o veludo que cobria a mesa. — Logo que Melaku encontrar um lugar, levaremos você para lá.

Dawit foi para a sala de orações.

— Lembro-me de quando eu nunca me sentia mal pelas coisas que fazia... — Sua voz perdeu a força.

— Todos temos arrependimentos — disse Yonas.

66.

UMA LUA GRANDE E CLARA fixou-se na curva do céu. Uma brisa acariciou os topos de árvores e roçou o rosto de Sara. Ela segurou Tizita no colo no quarto de Hailu, embalando-a com carinho. Olharam pela janela e observaram um cão perdido andando sem destino pela estrada.

— Às vezes, quando as pessoas nos deixam, elas não morrem, apenas escapam de nós — disse Sara. Sua voz estava tão fraca que soou apenas como um sussurro, depois morreu na brisa.

Tizita olhou pela janela, inclinou-se para a mãe e prestou atenção.

— Sofia e Robel estão empacotando tudo porque estão de mudança, não porque devem ir para a prisão — Sara explicou.

Pousou um dedo na face direita de Tizita, observou uma covinha se formar quando a filha começou a sorrir e ela mesma sorriu.

— Quando eles vão pegar o avião? — Tizita perguntou. — Posso ir?

— Você fica comigo. — Sara passou a mão nas tranças da filha. — Eles ficarão aqui um pouco mais. Depois vão para a América e uma igreja tomará conta deles.

— A mãe de Rahel disse que se formos embora eles levarão *Abbaye* para a prisão de novo. — Tizita parou, séria. — Ele pode vir também, não pode? Ele só dorme. — Ergueu os olhos.

— Não vamos sair daqui. — Sara sorriu. — *Abbaye* está melhorando. Ele não rezou com você aqui ontem?

Um ruído contínuo, a distancia, do lado de fora da janela, tornou-se cada vez mais forte, depois deu lugar ao chiado de pneus grossos. Uma porta bateu. Gritos ricochetaram. Tiros perfuraram a noite. Mais uma busca.

— É tarde — disse Sara. Sentou-se ao lado de Tizita na cama. — Vá para o quarto e logo estarei lá para orar com você.

— São os soldados? — Tizita perguntou.

Abraçou-se a Sara e correu os dedos pelos cabelos curtos e crespos da mãe. Sara tinha cortado os cabelos como sinal de luto por Berhane. Sua cicatriz parecia uma raiz de árvore que descia do topo de sua cabeça.

— É só um carro do governo — respondeu Sara. Soltou um suspiro profundo quando o ruído passou.

— Às vezes as balas têm o som da chuva — disse Tizita, apontando para o teto e falando nervosamente. — Vem do telhado. — Segurou a mão da mãe e olhou pela janela com medo. — Eles estão vindo? — O carro diminuiu a velocidade na frente da casa e parou.

— Daqui a pouco eu volto — avisou Sara. Desceu correndo a escada até onde estava Hailu na poltrona, perto de seu rádio vermelho, agora desligado para sempre.

Tizita ficou na ponta dos pés na cama do avô para ter uma visão melhor do carro. Ela conseguia ouvir passos firmes entrando no condomínio. Dois soldados se dirigiram para a porta, seus fuzis à frente. O mais baixo bateu três vezes na porta com a base da arma. Virou-se para dizer alguma coisa e então a porta se abriu de repente.

— O que é isso? — ela ouviu a mãe perguntar. Tizita imaginou-a plantada firmemente no caminho deles.

— Chame Yonas — um soldado respondeu. — Precisamos falar com ele.

— Sobre o quê?

— Onde ele está? Já passa da hora do toque de recolher — observou o outro soldado. Ambos ameaçaram entrar na casa, mas Sara saiu e fechou a porta.

— Podem falar comigo. Ele está dormindo — respondeu a mãe.

Tizita não percebeu o pai atrás dela até sentir a forte palmada que ele deu no seu traseiro. Seu avô estava com ele, os olhos cansados agora bem abertos.

— Preciso descer — disse o pai. — Você devia estar dormindo. — Yonas agarrou os ombros de Tizita com tanta força que ela estremeceu com a dor. — *Abbaye*, deite — disse. Virou-se para ela. — Volte para seu quarto. Depressa.

Eles ouviram as fortes passadas ao mesmo tempo.

— Eles estão dentro de casa! — Tizita gritou.

Atirou-se nos braços do pai. O fino crucifixo de ouro que ela usava no pescoço quase cortou sua face.

— Não tenha medo — disse Yonas. — Se você não for valente, trará problema para todos. — Instalou-se na sala de orações. — Vá para seu quarto e feche a porta.

Vozes altas chegavam da sala de estar e Yonas correu. Tizita viu-se sozinha com o avô, encurralados em uma sala de repente sinistra com sombras noturnas e gritos de hienas. Ela queria abraçá-lo, mas ele estava ajoelhado, perdido em alguma coisa no chão.

Ela entrou na sala de orações para pedir ajuda. A pequena sala quadrada era pintada de azul-claro. A estátua de Santa Maria e seu bebê ficava no centro de uma mesa comprida com toalha vermelha. Tizita fez o sinal da cruz e, como fizera todas as noites durante muito tempo, pediu aos anjos que cuidassem de Berhane, depois começou a rezar para sua família.

Tizita rezou de olhos abertos para o caso de sua mãe precisar dela.

— Por favor, não permita que levem meu pai ou *Abbaye*. Ajude minha mãe para que ela não tenha medo.

Do térreo veio o barulho forte de móveis caindo. A voz estridente de Sara ergueu-se acima do alarido.

— Vocês estão perdendo tempo!

Tizita sabia que sua mãe estava olhando nos olhos do soldado quando disse isso, do mesmo modo como olhava nos olhos de seu pai quando brigavam. Continuou a orar, na esperança de que suas palavras fizessem com que os anjos soubessem que eles precisavam de ajuda naquele momento, ainda que fosse tarde da noite. Ela lutou para resistir ao impulso de descer.

Passos fortes subiam os degraus. Eles estavam vindo para a sala de orações.

— Diga onde ele está! Mekonnen está aqui!

— Vocês já estiveram aqui antes. Não há ninguém na casa além de nós — garantiu o pai.

Tizita fechou a porta do quarto. Ouviu, do outro lado, um barulho de vômito e um gemido de seu pai. Ergueu a toalha de veludo para se enfiar embaixo da mesa e se esconder, mas enroscado naquele espaço reduzido estava seu tio.

Seu mundo começou a se desemaranhar naquele breve segundo entre horror e reconhecimento.

— Dawit?

Seus olhos se encontraram. Ela nunca vira o tio tremer daquele jeito. Ele colocou um dedo sobre a boca da sobrinha para que ela se calasse e Tizita viu que ele mordera um lado do lábio até sangrar.

— Patife. Só um covarde precisa de um fuzil para atingir um homem desarmado — sua mãe gritou.

— Vocês estão na casa errada. — A voz era de seu pai. — Não há Mekonnen aqui.

Ela baixou os olhos para o tio e esperou que ele lhe dissesse o que fazer. O tremor dele se transferia para o corpo dela; seus joelhos estavam tremendo. Ele se moveu e ela se encostou nele.

— Eles farão uma busca aqui — Dawit sussurrou. — Quando abrirem a porta, finja que não estou aqui. — Olhou para ela, que concordou com a cabeça.

Do outro lado da porta, ela ouviu a mãe.

— Esse uniforme russo infame fez você esquecer que era *habesha*? — sibilou Sara. — Você é muito tolo.

Tizita estremeceu, alarmada, quando ouviu o tapa violento que obrigou sua mãe a gritar e seu pai a rugir de raiva. Corpos caíram no chão com um baque surdo. Tizita gritou de medo, depois empurrou Dawit de qualquer jeito de volta para baixo da mesa e recolocou a toalha de veludo no lugar. Virou-se a tempo de ver uma firme determinação nos olhos do soldado alto quando ele entrou na sala com passos largos. Sua mãe estava logo atrás, tentando passar à frente dele. Seu pai estava do lado de fora da porta, contendo o soldado.

O soldado ergueu o fuzil e todos ficaram paralisados, os olhos fixos no cano.

— Ouvi você falar.

O soldado estendeu um braço furtivo na direção de Tizita. Sua mãe, no entanto, saltou à frente dele e puxou-a para perto dela. Tizita abraçou a cintura de Sara. Não conseguia desviar os olhos da arma.

— Não atire em nós — pediu. — Eu só estava rezando.

O soldado inclinou-se sobre ela, o cheiro de dentes podres no seu hálito. Seus olhos varreram a sala parcamente mobiliada, ao mesmo tempo em que dava estocadas em cada canto com o fuzil.

— Chega. Já fizeram o suficiente por seu governo esta noite — protestou a mãe. Seus olhos estavam grudados no fuzil, suas unhas cravadas nos braços de Tizita.

O soldado ergueu o cano do rifle para coçar o queixo e cuspiu, mirando o pé de Sara. Parou para observar a cusparada que acertara a borda dos chinelos dela. Em seguida sua boca se alargou e seus dentes manchados se projetaram em um sorriso triunfante.

— Mexa-se — disse. — Mesfin! Venha cá! — gritou para o parceiro.

O soldado enfiou o cano do fuzil na barriga de Sara, desequilibrando-a. A cabeça de Sara bateu com força contra a parede. Ele olhou para baixo, satisfeito, quando Tizita ajoelhou-se para ajudá-la.

O soldado já estava se recuperando do soco antes que alguém percebesse o que estava acontecendo. O próximo golpe de Yonas mandou o soldado aos trambolhões por cima de Tizita e Sara e seu peso empurrou-a para ainda mais perto da mãe. Por trás, Sara aplicou-lhe uma gravata e Tizita agarrou as costas de sua camisa. As duas lutaram para conseguir manter o domínio do corpo que se debatia.

— Papai, estou segurando o cara para o senhor! — Tizita gritou entre os dentes cerrados.

Yonas sabia o que precisava fazer. Agarrou a arma, implacável e determinado, e estraçalhou com a extremidade da arma a face do soldado, depois de novo quando ele tentou se erguer, e outra vez mais. Então o soldado ficou imóvel no chão e tudo se acalmou, sua filha e esposa deslizaram por baixo da massa disforme e Yonas apontou o fuzil para o coração do soldado.

— Meu filho. Não. — Era seu pai, de pé atrás do segundo soldado, que olhava com ar assustado o companheiro caído.

Hailu e o soldado entraram na sala e foi somente quando Yonas olhou de novo que ele viu que seu pai estava com uma pistola, cuja existência ele desconhecia, apontada para a cabeça do soldado.

— *Abbaye*? Onde conseguiu essa arma? — Sara perguntou.

Dawit ouviu de onde estava, embaixo da mesa. Apertou os olhos e mordeu a língua. A arma descarregada tinha chegado àquela casa pelas mãos carnudas de um covarde. Tinha viajado de um campo de batalha até sua sala e depois pousara nas mãos de seu pai. Aquela arma que tinha transformado seu amigo em inimigo e assassino estava agora nas mãos de seu pai, uma arma maldita que não poderia oferecer defesa naquela noite, se testada. Dawit começou a rastejar para sair de debaixo da mesa para tomar a arma dele e oferecer-se para os soldados. Mas então ouviu o pai falar.

— Sou médico. Não tenho medo de ver você morrer — disse. — Fui preso pelo Coronel e mantido na prisão durante meses. — Fez uma pausa, depois continuou com voz trêmula. — Ninguém pode me fazer algo pior. Atiro se você não nos deixar em paz.

Dawit ouviu um dos soldados sussurrar, "O Coronel", depois viu o irmão dar um passo na direção do soldado que estava gemendo no chão.

— Saia de nossa casa — ordenou Yonas. — Deixe minha família em paz.

Dawit viu o cano da arma pressionar por baixo o queixo do soldado e forçá-lo a levantar os olhos, sem tomar conhecimento do que havia embaixo da mesa. O soldado levantou-se.

Tizita chorava. Suas pernas tremiam tanto que ela mal conseguia manter-se de pé. Os soldados estavam calados, imóveis, meninos assustados e confusos. Então deram meia-volta e saíram, com Sara e Yonas seguindo-os. Logo a casa ficou em silêncio. Apenas a família permaneceu nela.

— Dawit — disse seu pai. — Meu Dawit. — A pistola caiu no chão, seu pai ajoelhou-se e braços fortes envolveram Dawit e o ajudaram a se levantar.

Do lado de fora, enquanto casa após casa era aberta à força à procura de Mekonnen, Emama Seble murmurava uma prece que continha o poder de uma centena. Melaku abriu as persianas e entoou uma canção de resistência e coragem, seus gritos ecoando na noite. E Hailu sentou-se na borda da cama com a mão de Dawit entre as suas, recusando-se a soltá-la.

Dawit apoiou o pai e ouviu quando ele começou a contar. Enquanto contava, de olhos fechados, Hailu viu um reflexo azul brilhante, tão amplo e aberto quanto o céu do meio-dia, e um pássaro selvagem nas costas possantes de um leão feroz correndo de volta para casa.

NOTA DA AUTORA

ESTE LIVRO TEM COMO base a revolução etíope que começou em 1974, porém tomei muitas liberdades para meu propósito de escrever ficção. Meu intuito foi o de transmitir, através da imaginação, a essência dos primeiros anos da revolução. Ainda que os personagens do imperador Hailé Selassié e do primeiro-ministro Aklilu Habtewold sejam fundamentados em pessoas reais, suas descrições são fictícias. Os personagens de Kifle e do coronel Mehari, incluídos entre os sessenta oficiais executados pelo Derg logo após a prisão do imperador, são também fictícios. O major Guddu foi inspirado em Mengistu Haile Mariam, sem deixar, contudo, de ser um personagem fictício. A cronologia dos eventos foi às vezes comprimida e alterada. Incluí uma lista condensada de livros que contribuíram para minha pesquisa e agradeço de coração aos autores. Especificamente, *The Generation, Part II*, de Kiflu Tadesse, foi uma ajuda fundamental para a criação de um perfil dos grupos secretos de resistência em Adis Abeba; *A Tripping Stone*, de Taffara Deguefé, foi de suma importância para a compreensão da vida de prisioneiros; *Notes from the Hyena's Belly*, de Nega Mezlekia, e *Aklilu Remembers: Historical Recollections from a Prison Cell*, do falecido ex-primeiro-ministro

Aklilu Habtewold, foram importantes para meu entendimento dos custos políticos e pessoais da revolução. Expresso com humildade minha gratidão a esses autores por partilharem suas histórias para que os outros pudessem conhecê-las.

O regime Derg desmoronou em 1991 e não há um número confirmado de quantos homens, mulheres e crianças perderam a vida durante seu domínio. Alguns relatórios baseados em estimativas da Anistia Internacional dizem que a quantidade de mortos talvez chegue às centenas de milhares. No final do período mais violento do regime Derg, o Terror Vermelho (1976-1978), Mengistu Haile Mariam efetivamente eliminou toda a oposição por meio de execuções, prisões ou exílio. Este livro é dedicado àqueles que fizeram o sacrifício extremo por seu país e àqueles que sobreviveram para levar adiante o sonho de uma Etiópia melhor, seja do seu país, seja do exterior.

Embora escrever seja um ato solitário, concluir qualquer livro é o resultado da generosidade de muitos. Todo o meu amor vai para meus maravilhosos pais, Mengiste Imru e Yayne Abeba Abebe, pelo apoio inquebrantável. Sou grata ao meu irmão, Tedros Mengiste, e à sua esposa, Anketse Debebe Kassa, pela confiança incondicional. Meu eterno reconhecimento ao casal Phil e Mary Roden e à minha querida amiga Molly Roden Winter pela assombrosa generosidade.

Um caloroso muito obrigado a dois que me orientaram durante os anos em que participei do Creative Writing Program da Universidade de New York, Melissa Hammerle e Russell Carmony; parabéns por criarem uma comunidade fantástica, permitindo a tantos que se sentissem em casa. Minha gratidão a Breyten Breytenbach, que me ensinou a confiar na minha visão; a Irini Spanidou, pela amizade, honestidade e estímulo constante; a Chuck Wachtel, que gentilmente concordou em ser consultor de minha tese, apesar do volume desumano de trabalho. Meus agradecimentos à diretora do Creative Writing Program da Universidade de New York, Dra. Deborah Landau, por defender meu trabalho. Um obrigado especial ao Expository Writing

Program da Universidade de New York e a Pat Hoy, por me ajudarem a compreender o que é preciso para ser um escritor melhor. Sou grata ao Voices Workshop da Voices of Our Nations Arts Foundation (Vona) por criar um espaço onde tantos escritores de cor podem se reunir e compartilhar suas histórias.

Também merece os maiores agradecimentos minha fantástica agente, Maria Massie, que acreditou neste livro antes mesmo de ele começar a tomar forma e teve fé na minha habilidade para concretizá-lo. Estrondosos aplausos para sua assistente Rachel Vogel, pela atenção dedicada a todos os pequenos detalhes. Sou grata à minha competente editora, Jill Bialosky, que orientou este livro com foco seguro e firme, e à sua assistente, Adrienne Davich, por ajudar-me com profissionalismo e entusiasmo a manter em dia o planejado e a seguir o caminho certo. A todos na W. W. Norton, agradecimentos sinceros pela disposição de levar este romance adiante.

Eu teria tropeçado muitas vezes se não tivesse o apoio e o discernimento de meus amigos. Agradeço de coração às talentosas participantes do melhor grupo de escritoras do mundo: Katie Berg, Olivia Birdsall, Nicole Hefner Callihan e Cleyvis Natera. Sou profundamente grata aos colegas do *workshop* de ficção de Breyten Breytenbach, no outono de 2004, por aquela animada noite de novembro em que viram o primeiro esboço de minhas ideias e ofereceram críticas amenas, porém honestas: Ryan Sloan, Nat Bennett, Eric Ozawa, P.J. Bordeau, Chris Mahar, Ethan Bernard, Luke Fiske, Thomas Hopkins, Martin Marks, Dominique Bell. Devo muito a Uwem Akpan, Getachew Abera, professor Yacob Fisseha e ao Centro de Estudos Africanos da Michigan State University, a Peter Limb, da biblioteca da Michigan State University e ao staff da Divisão de Coleções Especiais, ao professor Solomon Getahun, professor Tibebe Eshete, Mahlet Tsegaye e à família do falecido poeta etíope laureado Tsegaye Gebremedhin, a Makonnen Ketema, Tarekegn Gebreyesus, Debrework Zewdie, ao meu tio Ayalew Abebe, a Yemane Demissie, Marty McClatchey, Laila

Lalami, Mylitta Chaplain, Sarida Scott, Rebekah Anderson, Matt Gilgoff, Debut Lit, ao Prague Summer Program, ao Virginia Center for the Arts, Yaddo, Bill e Carol Freeman, da Borland House, e aos doutores Glenn Hirsch e Tim Muir. Meu amor e gratidão eternos vão para minha âncora e luz nos mais penosos dos dias, Marco Fernando Navarro.

BIBLIOGRAFIA

Gaitachew Bekele. *The Emperor's Clothes: A Personal Viewpoint on Politics and Administration in the Imperial Ethiopian Government.* Trenton: Red Sea Press, 1989.

Dawit Wolde Giorgis. *Red Tears: War, Famine, and Revolution in Ethiopia.* Trenton: Red Sea Press, 1989.

Taffara Deguefé. *A Tripping Stone: Ethiopian Prison Diary (1976-1981).* Addis Ababa: Addis Ababa University Press, 2003.

Donald L. Donham. *Marxist Modern: An Ethnographic History of the Ethiopian Revolution.* Berkeley: University of California Press, 1999.

Ethiopia: Revolution in the Making. Nova York: Progressive Publishers, 1978.

Solomon Addis Getahun. *The History of Ethiopian Immigrants and Refugees in America, 1900-2000: Patterns of Migration, Survival, and Adjustment.* Nova York: LFB Scholarly Publishing, 2007.

Aklilu Habtewold. *Aklilu Remembers: Historical Recollections from a Prison Cell.* Uppsala: Nina Printing Press, 1994.

Teferra Hailé Selassié. *The Ethiopian Revolution, 1974-91: From a Monarchical Autocracy to a Military Oligarchy.* Lond e Nova York: Kegan Paul International, 1997. Distribuído pela Columbia University Press.

Fred Halliday. *The Ethiopian Revolution.* Edição de Maxine Molyneux. Lond: NLB, 1981.

Paul B. Henze. *Layers of Time: A History of Ethiopia*. Nova York: St. Martin's Press, 2000.

Edmond J. Keller. *Revolutionary Ethiopia: From Empire to People's Republic*. Bloomington: Indiana University Press, 1988.

Harold G. Marcus. *A History of Ethiopia*. Berkeley: University of California Press, 2002.

John Markakis. *Class and Revolution in Ethiopia*. Edição de Nega Ayele. Trenton: Red Sea Press, 1986.

Nega Mezlekia. *Notes from the Hyena's Belly: An Ethiopian Boyhood*. Nova York: Picador USA, 2001.

Marina Ottaway. *Ethiopia: Empire in Revolution*. Edição de David Ottaway. Nova York: Africana Publishing Company, 1978.

Hailé Selassié I, Imperador da Etiópia. *My Life and Ethiopia's Progress, 1892-1937*. Vol. 2, *Addis Abeba, 1966 E.C.* Edição de Harold G. Marcus, Ezekiel Gebissa e Tibebe Eshete. East Lansing: Michigan State University Press, 1994.

Kiflu Tadesse. *The Generation, Part II*. Lanham: University Press of America, 1998.

Andargachew Tiruneh. *The Ethiopian Revolution, 1974-1987: A Transformation from an Aristocratic to a Totalitarian Autocracy*. Cambridge e Nova York: Cambridge University Press, 1993.

Bahru Zewde. *A History of Modern Ethiopia, 1855-1991*. Athens: Ohio University Press; Oxford: James Curry; Addis Ababa: Addis Ababa University Press, 2001.

Este livro foi composto na tipografia Kepler Std,
em corpo 11/15, e impresso em papel off-white
no Sistema Cameron da Divisão Gráfica
da Distribuidora Record.